O ROMANCE DO CÁRCERE

Nikolai Bukharin

O ROMANCE DO CÁRCERE

TRADUÇÃO
Zoia Prestes

EDITORA RECORD
RIO DE JANEIRO • SÃO PAULO

2003

Cip-Brasil. Catalogação-na-fonte
Sindicato Nacional dos Editores de Livros, RJ.

B949r Bukharin, Nikolai Ivanovitch, 1888-1938
O romance do cárcere / Nikolai Bukharin ;
tradução de Zoia Prestes. – Rio de Janeiro : Record,
2003.

Tradução de: Vremena
ISBN 85-01-05510-7

1. Romance russo. I. Prestes, Zoia. II. Título.

CDD 891.73
03-0925 CDU 821.161.1-3

Título original em russo: Vremena

Projeto gráfico: Regina Ferraz

Impresso no Brasil

ISBN 85-01-05510-7

PEDIDOS PELO REEMBOLSO POSTAL
Caixa Postal 23.052
Rio de Janeiro, RJ – 20922-970

NOTA DA TRADUTORA

Surge uma novidade no mercado editorial brasileiro: a tradução direta do russo de obras clássicas e contemporâneas. Não é propósito desta nota falar sobre a importância da tradução do texto original. Gostaria apenas de fazer algumas considerações sobre as especificidades da língua russa e assim facilitar a leitura não só deste livro, mas de muitos que já estão aí e dos que virão.

O idioma russo pertence ao grupo das línguas eslavas que não são escritas em caracteres latinos, mas possuem algumas letras que se assemelham ao latim. Este alfabeto é chamado de cirílico, nome recebido em homenagem a Cirilo, o Apóstolo, que, com seu irmão Metódio, levou aos eslavos no século IX a doutrina cristã.

Uma importante especificidade da língua russa é o valor fonético de cada letra. Como exemplo, as vogais russas têm o som pleno somente em sílabas tônicas, modificando-se o som em sílabas átonas. Mas a sílaba forte em russo não segue regra fixa e por isso deve-se aprender a tonicidade de cada palavra, que muda também de acordo com a declinação. Alguns tradutores preferem acentuar principalmente os nomes para apresentar ao leitor a pronúncia correta (Iessénin, Tolstói, Lênin). Não está errado, mas não é o ideal, já que no russo não há acentuação.

Algumas vogais e consoantes no alfabeto cirílico não existem no nosso alfabeto. Por isso, adota-se uma regra de transliteração específica que para o leitor, às vezes, pode parecer excessiva. Por exemplo, os sons [tch], [ts], [ch], [kh] são representados por letras que não existem no alfabeto latino. É o caso de Tchekhov, Chedrin, Tsvetaieva. É especialmente curiosa a transliteração que foi adotada para o nome de Gorbachev. O correto seria Gorbatchiov, pois seu nome em russo se pronuncia exatamente assim, só que a vogal composta "ë" (com o som de [io]) não é mais oficialmente representada com trema nos textos russos, assim na transliteração para o português Gorbatchiov virou Gorbachev, como em inglês.

Gostaria de acrescentar ainda algumas palavras sobre os nomes próprios, seus diminutivos e patronímicos.

A formação dos nomes na Rússia segue uma tradição antiga. O primeiro nome é escolhido pelos pais. O segundo (patronímico) é formado a partir do primeiro nome do pai. Por exemplo, o filho de Anton terá o patronímico Antonovitch (ou Antonitch, forma abreviada) e a filha será Antonovna (ou Antonna). Em seguida vem o sobrenome que normalmente é o do pai.

Os apelidos de cada nome são variados como em qualquer país. Para não confundir o leitor, listamos abaixo os nomes dos personagens deste romance com seus respectivos apelidos.

Nikolai Ivanovitch Petrov *alter ego* de Nikolai Bukharin (apelidos Kolia / Koliucha / Kolietchka / Koliun / Kolka)

Ivan Antonovitch (Antonitch) Petrov pai de Kolia (apelidos Vania / Ivanuchka / Vanietchka / Vanka / Ivachka)

Liubov Ivanovna Petrova mãe de Kolia (apelidos Liuba / Liubotchka)

Vladimir Petrov irmão de Kolia (apelido Volodia)

Andrei Petrov irmão mais novo de Kolia Petrov (apelidos Andriucha / Andriuchetchka / Andreitchik / Andriuchka)

Ivan Ivanovitch (Ivanitch) sacristão da aldeia Makarovo

Mikhail Antonovitch (Antonitch) irmão do pai de Kolia Petrov (apelidos Mitri / Mikhaluchka / Micha / Martigan)

Evgueni Antonovitch (Antonitch) irmão do pai de Kolia Petrov (apelido Jorj)

Mikhail Vasilievitch Iablotchkin marido da irmã de Liubov Ivanovna (apelido Micha)

Maria Ivanovna Iablotchkina irmã de Liubov Ivanovna (apelido Mania)
Nikolai Mikhailovitch Iablotchkin primo de Kolia Petrov, filho de Maria Ivanovna e Mikhail Vasilievitch (apelidos Kolia / Nikechka)
Maria Mikhailovna Iablotchkina prima de Kolia Petrov, filha de Maria Ivanovna e Mikhail Vasilievitch (apelido Mania)
Ivan Pavlovitch (Palitch) professor
Dmitri Dmitrievitch professor, colega do pai de Kolia Petrov
Ivan Iegorovitch Stanevitch (Ivan Iegoritch)
Katerina Ivanovna mulher de Ivan Iegoritch
Pavel Ivanovitch, **Vasili Ivanovitch** e **Elizaveta Ivanovna** filhos de Ivan Iegoritch e Katerina Ivanovna
Lev amigo de Kolia Petrov (apelido Levka)
Ivan Nesterov amigo de Kolia Petrov (apelido Vanka)
Lialia ou **Lialka** irmã da mãe de Kolia Petrov
Stepan (apelido Stiopa)
Anton amigo de Kolia (apelido Tocia)
Vasili (apelidos Vasia / Vasionok)
Fiodor (apelidos Fedia / Fedka / Fedenka)
Boris (apelidos Borka / Boria)

Esta edição inclui, ainda, um índice de personagens nela mencionados.

Zoia Prestes

Iniciado em 12/09/1937

1

Kolia Petrov nasceu em Moscou, no final dos anos 80 do século XIX, na rua Bolchaia Ordinka, no distrito de Zamoskvoretchie, a localidade mais antiga da cidade, em um prédio da Sociedade Comercial Aleksandro-Mariinski de Zamoskvoretchie. "Escola" — era o que dizia a placa, preta como fuligem, com letras douradas. Ordinka era uma rua tranqüila e solene. Ali erguiam-se as mansões de dois ou três andares da Sociedade Comercial de Zamoskvoretchie, com suas limpas janelas brilhando como espelhos; nos pátios ficavam as estrebarias, com cavalos para carruagens e imponentes cocheiros admirados e cortejados pelas ociosas mulheres, corpulentas e rosadas, dos comerciantes. As padarias exibiam grandes pães dourados em forma de trança, convidando o público a comprar uma trança, um pastel ou um pão doce coberto de grãozinhos úmidos de açúcar. As igrejas de cúpulas douradas pareciam encravadas na terra há séculos e ocupavam um quarteirão inteiro: havia a igreja de Santa Catarina, a Mártir, a de São Jorge Neocesar, a de Sexta-Feira Paracsev, a de Nossa Senhora da Assunção e a da Santíssima Trindade em Luzhniki. Seus sinos badalavam pela manhã e à noite com tinidos graves e aveludados e as ondas trêmulas dos sons se propagavam pela cidade e depois cessavam... A ralé — operários, sapateiros, marceneiros, criados, lixeiros — aglomerava-se nos porões e dependências, escondidos no fundo dos quintais; olhava as calçadas através de janelas no subsolo, com seus vidros empoeirados, sujos, cobertos por uma camada às vezes matizada de cores. Mas esses buracos negros não importunavam o olhar dos senhores que voavam atrevidos em seus trenós pela neve rangente, quando o crepúsculo rosa dourava o domo das igrejas e apagava o azul da manhã fria de inverno.

A rua era calma, sem barulho de carruagens, bondes, ou gritarias e brigas. No inverno, quando o frio intenso imobilizava tudo com seu sopro gelado, a rua ficava completamente coberta de neve, comprimida pelas beiras das calçadas. Ao lado de pequenos frades, a neve tomava a forma de uma pirâmide que depois era recolhida pelos lixeiros, com chapas de cobre, para grandes montes. Nas esquinas ouvia-se o estalar das fogueiras. Ao lado delas caminhavam, com ares de importância, os cocheiros com suas luvas grandes e pesadas. Eles aqueciam-se ao fogo, batendo no peito ao cruzar os braços e saltitando para esquentar os pés congelados, calçados em botas de feltro. Às vezes, um policial aproximava-se enrolado num capuz, com o bigode coberto de gelo, de tanto frio. Com um som abafado, passavam trotadores, murzelos bufantes ou as belas éguas malhadas dos comerciantes e mal percebia-se o perpassar das patas, a carruagem forrada com pele, as robustas costas do cocheiro e a corpulenta figura da bem-alimentada mulher do comerciante. A fumaça das chaminés subia reta, as casas pareciam fumar, soltando colunas encaracoladas que dissolviam-se e desapareciam devagarinho no ar frio e claro.

No verão, era mais animado e alegre: nos portões ficavam as crianças que viviam no fundo dos quintais, criados, operários; eles comiam sementes de girassol e, zombando ou insultando uns aos outros, cobriam a terra com as cascas das sementes; à noite casais se apertavam nas desertas entradas dos prédios ou sentados nos banquinhos dos nichos; às vezes, surgia um bêbado correndo, esfarrapado e cabeludo, e atrás dele vinha um bando de "guardiões da ordem" aos berros pela rua inteira; meninos soltavam pipas, subiam nos telhados e, com a agilidade de um macaco, espantavam os pombos; vendedores, com tabuleiros presos à barriga por cintos grossos e engordurados, vendiam *kvas** quente e ralo, panquecas,

* Refresco fermentado de pão. (*N. da T.*)

pastéis, sorvete, sementes de girassol; eles eram cercados por uma multidão barulhenta de garotos que lambiam os lábios e contavam suas moedas de cobre; lá, crianças também jogavam roda de cinto e bola de gude — as discussões, os gritos e berros dos jogadores interrompiam a tranqüilidade sonolenta do quarteirão dos comerciantes. Às vezes, entrava ali um tocador de realejo, e então a rua era invadida pelos sons rangedores e fanhos daquele instrumento frágil.

Era diferente em Serpukhovki, Kozhevniki, Babii Gorodok: estes lugares eram sujos e barulhentos, havia bebedeira e miséria. Nos casebres, crianças nuas remexiam-se entre trapos imundos; o local fedia a latrina, repolho azedo e mofo, de tanta umidade; os porões e as casas estreitas e tortas estavam descascadas, pois o reboco caía em pedaços inteiros. Nelas e nas casas de madeira, todos os cubículos transbordavam de pessoas pobres, trabalhadores à beira da mendicância: operários de fábricas, malandros, boêmios, artesãos e pequenos mestres artesãos — sapateiros, empregados da fábrica de caixas, vidraceiros, marceneiros, vendedores ambulantes; lavadeiras, jornaleiros; pedintes profissionais —, toda essa gente enchia os porões, sótãos e pequenos cubículos. Nos feriados inundavam a rua ou sufocavam-se na fumaça das tabernas e das cervejarias de placas vermelhas e azuis, onde se lia "Cervejaria Jardim" ou, com palavras escritas de forma caprichada, "Taberna Encontro dos Amigos". Nelas havia um eterno vaivém de garçons com a roupa imunda, que de branca só tinha o nome; a fumaça pairava como uma nuvem, a "máquina" tocava música, os copos tiniam, a sanfona rasgava o ar, ouviam-se canções lancinantes e tristes. Essa multidão heterogênea, colorida e diferente, cantava, provocava desordem, gritava, abraçava-se, brigava, beijava-se, chorava.

As igrejas ficavam lotadas. As velas brilhavam e derretiam a cera diante dos ícones dourados. Bramiam os baixos e oitavas dos arcediagos, escolhidos pelos sérios comerciantes, amantes dos cânticos religiosos, pelos pançudos responsáveis pela igreja e pelos membros honorários da paróquia. Os baixos, com seus rugidos poderosos, faziam o ar tremer. O coro cantava harmoniosamente: os meninos de cabeças raspadas, rostos pálidos, bocas tortas; os adultos, inchados e desleixados. Porém, a música de Bortnianski era triunfante e os cânticos subiam até Deus todo-poderoso, onipresente, sábio. As mulheres dos comerciantes, em vestidos de seda, ocupavam a primeira fileira, farfalhando com as blusas e saias, e fazendo o sinal-da-cruz com suas mãos gordinhas e rosadas. Seus maridos rezavam com fervor e seriedade. Atrás deles ficavam os agregados e comensais: velhinhas de preto, mexeriqueiras tementes a Deus, guardiãs de lares e alcoviteiras, titias e sobrinhas, à espera de noivos, damas de companhia, lânguidas de tristeza e gordura, e as criadas. No mesmo lugar, ficavam os funcionários públicos almofadinhas. E lá atrás, no fundo, numa densa multidão de pé e de joelhos, espremia-se a ralé cansada, aguardando um conforto do bondoso Deus, a salvação do nosso Salvador... Mas o Salvador estava calado e somente olhava triste, através da luz das lamparinas, para os corpos inclinados, para as costas encurvadas, para os suspiros penosos dos desafortunados... As crianças brincavam umas com as outras mas com medo. Cuspiam nos dedos e apagavam as velas. As velas estalavam, os meninos e as meninas suspiravam fundo e o riso os sufocava, apesar dos olhares aborrecidos dos adultos. No adro ficavam os mendigos aleijados, junto com a escória miserável, envoltos em trapos, com restos de braços e pernas, olhos sanguinolentos ou com manchas brancas, com as pálpebras reviradas, cegos, mancos, um povo muito feio, Deus que me perdoe. Impertinentes, apontavam com o dedo o lugar purulento, suas feridas, os cotos das pernas e braços amputados e as corcundas. Com exclamações fanhosas e depreciativas, pediam por moedas de cinco copeques* que tiniam nos chapéus e bonés rasgados colocados no chão de pedra. Era forte a crença no Rei dos Céus e no rei terrestre, o czar — paizinho que firmemente atarraxava todos os parafu-

* Moeda divisionária, centésima parte do rublo. (*N. da T.*)

sos do terrível sistema de poder, então firme na mão dos grandes proprietários de terra...

Nas casas dos paroquianos importantes ainda usavam-se muito as severas regras do livro do padre Silvestre. O poder do dono era muito rígido. Eram homens influentes, ricos que, às vezes, faziam girar milhões: negociantes de tecidos, de peixe, de chá, de carne e toucinho, de madeira, de alcatrão, de couro; proprietários de grandes tabernas, hospedarias e galerias de lojas. A vida de negócios acontecia nas ruas das Galerias Comerciais, na "City" de Moscou: eles ficavam sentados lá em seus celeiros e escritórios abobadados e de janelas pequenas, contavam, pesavam e mediam, enganavam e tapeavam, bebiam chá no pires ou mandavam meninos buscar sopa de repolho azedo — comida preferida daquela época. Ali também aconteciam os encontros de negócios, se estes não fossem marcados em tabernas especiais que ofereciam tortas, leitões, caviar, pastelões de carne ou peixe, cogumelos e vodcas de todas as qualidades. Mas em casa usavam a máscara da decência e no ar mofado das salas de visita, de jantar e dos quartos de dormir, por detrás das cortinas pesadas, entre as montanhas de cobertores, colchões de penugem, baús, cofres, ícones, lamparinas e travesseiros, corria a vida com seus dramas e tragédias, que eram abafados mas que às vezes irrompiam repentinamente para fora em forma de um escândalo estrondoso ou de um chafariz de sangue. As mulheres dos comerciantes dormiam com os cocheiros; as moças jovens, de tanta melancolia, dependuravam-se no pescoço dos empregados bonitinhos; o próprio comerciante adquiria "mãezinhas" entre as francesinhas; os filhos esqueciam a vergonha e caíam na boemia — e quantos outros segredos podiam contar as alcovas e os cômodos das pesadas casas senhoriais? Mas sobre todos pesava a poderosa mão do dono e nenhum rosto era digno de seu toque rude! Alguns comerciantes estabeleciam laços de parentesco com os senhores de terras empobrecidos. E na Rússia acontecia o mesmo processo que na França e em outros países. Os fanáticos da antiga devoção consideravam isso o mesmo que a decadência do reino de

Sodoma e tinham em Moscou, no cemitério de Rogozhski, a sua principal cidadela de paz.

Os antigos brasões necessitavam de um banho de ouro e o poder do dinheiro, o grande alcoviteiro, através da Igreja e do casamento, renovava o brilho dos emblemas heráldicos e títulos apagados, da mesma forma que injetava o sangue dos comerciantes nas veias azuis dos velhos clãs aristocráticos. As filhas dos comerciantes já freqüentavam os salões da Associação dos Nobres de Moscou e brilhavam com suas pedras preciosas e corpos rosados entre as damas pálidas, elegantes e requintadas da nobreza russa: o novo-rico começava a ocupar espaço e qualquer cabeça grisalha honrada e de boa linhagem bajulava a figura de cafetã e botas rangentes. Mas os próprios barbudos mudavam: enfiavam sobrecasacas, contratavam governantas para as filhas e aprendiam línguas, música, danças e colocavam os filhos em ginásios. Já surgiam na Rússia dos pequenos camponeses e dos intermediários, burgueses russos esclarecidos, os futuros mecenas, os capitães da crescente indústria: os Morozov, os Mamontov, os Chukin, os Tchetvericov. E por mais que os arautos da antiga nobreza desejassem congelar o Estado russo, celebrando no mais elegante francês sua admiração pelos costumes asiáticos e por Bizâncio, e tentando manter em suas mãos as propriedades que escorriam por entre seus dedos, propriedades com mansões com colunas palacianas, lacaios de libré, com velhas alamedas de tílias e uma vida tranqüila — o dinheiro afofava a terra feito uma toupeira, minava as bases da velha ordem e com ferrugem corroía os pilares irremovíveis...

A escola na Ordinka, onde nasceu Kolia Petrov, era composta de dois prédios grandes: um de frente para a rua e outro, de três andares, que dava para o pátio. No primeiro prédio ficava a própria escola, no segundo moravam as famílias dos professores e no último andar ficava a sala de trabalhos manuais, onde moças mais velhas, que já haviam terminado a escola, aprendiam a bordar, costurar etc. Os comerciantes que a construíram rendiam honras ao espírito da época: nós também, diziam, não somos piores que os outros, sabemos as coisas, e defendemos o saber! A escola era ampla, o assoalho de taco brilhava; das paredes enormes retratos dos czares olhavam tudo. Os filhos dos pequeno-burgueses, dos gerentes, dos artesãos, dos vigias, da gentalha lotavam as salas, zoavam nos corredores, ficavam sentados nas carteiras com as mãos sujas de tinta. De vez em quando, algum benfeitor visitava a escola e todos ficavam paralisados de medo. No entanto, a escola tinha uma rotina comum. Os professores, normalmente, eram seminaristas preparados para dar aulas, mas havia outros professores. A eles pertencia o pai de Kolia, Ivan Antonitch (Vania) Petrov. Ele era um típico intelectual pequeno-burguês, que perdera o pai quando tinha quatro anos. O pai, um pouco antes da morte (ele morreu de uma tísica galopante), perdera os poucos recursos que tinha em jogos de cartas, deixando para a mulher um monte de crianças e nem um mísero tostão furado. A avó de Kolia, com dinheiro emprestado, montou uma oficina de costura onde trabalhava sozinha, e Vanietchka teve que começar a trabalhar cedo, dando aulas desde os dez anos, para ajudar a família. Ele era um bom aluno no ginásio, seus méritos não eram poucos, tinha um caráter flexível e dócil além de ser alegre e extrovertido. Vania trabalhou toda sua juventude para a família, sustentando a mãe e os irmãos. Na universidade fez amizade com ativistas da organização populista Narodnaia Volia e poderia ter se envolvido com o movimento revolucionário. Mas um incidente cômico pôs um ponto final nisso. Certa vez, quando Vania se arrumava para uma reunião política, sua mãe, uma mulher enérgica e aparentemente uma antiga dissidente, escondeu as calças e as botas do filho em um baú, fechou a chave e pronto! Este foi um ultimato em ação! Logo começaram a rolar as lágrimas, as conversas sobre a família e tudo o mais que acontece nesses casos. O dócil Ivan Antònitch se resignou. E assim terminou sua carreira revolucionária. Ele vivia, na época, uma história romântica: amava uma moça, bonita e revolucionária e era correspondido; ela o chamava de "Jano, o encantador". Porém, depois, aconteceu algo misterioso: sabe-se somente que Jano passou várias semanas de cama, com febre nervosa, e quase morreu, mas conseguiu se salvar. A moça, mais tarde, encontrou-se com ele algumas vezes mas depois casou-se com outro. O resto ninguém sabe e, por mais que tentassem extrair de Ivan Antonitch o seu segredo, ele não falava nada; mas em seus olhos surgiam faíscas que depois se apagavam rapidamente e algumas rugas rasgavam sua testa, feito valas... Ele terminou a faculdade de matemática, mas sua paixão era a literatura: ele conhecia uma enorme quantidade de poemas de cor, gostava de declamar e ler em voz alta (e lia maravilhosamente bem); às vezes agarrava alguém e começava a perturbar:

— Quer que eu leia isso para você agora? É uma coisa maravilhosa! Ouça só!

— Ivan Antonitch, me desculpe, vamos deixar para outra vez, pelo amor de Deus, estou ocupado agora!

— Eu sei! Mas espere, é só um minuto!

Ele sentava o pobre coitado (ou coitada) e obrigava-o a ouvir de qualquer jeito. E ouviam: Ivan Antonitch lia muito bem. Ele parou de pensar em política: Aleksandr-Mirotvorets, esse homem bruto e pesado, de barba em leque, que gabava-se de gostar da comida simples e verdadeiramente russa — sopa de repolho e papa de trigo, sem esquecer, é claro, da bebida russa, mantinha com pulso firme sua gendarmaria* e não seriam tipos como Ivan Antonitch que mergulhariam nos pântanos da clandestinidade. Mas Ivan lia e às vezes gostava de fazer observações radicais. Não acreditava em Deus e olhava ironicamente os padres, porém sem ódio. Aliás, não tinha vocação para ódio de verdade: ele somente explodia e depois se acalmava: tinha que ser "frito" sistematicamente para que guardasse algum rancor. Era uma pessoa desorganizada e boa. "Ivan Antonitch vai comprar salame e traz um canário" — falavam dele. Mas sua língua era aguçada e às vezes gostava de zombar de alguém próximo e com isso atraía alguns inimigos. No entanto, eram raras exceções, pois de maneira geral Ivan Antonitch

* Gendarmaria, gendarmes – guardas da Rússia czarista. (*N. da T.*)

era a alma do grupo. De estatura mediana, magro, parecia fraco; tinha olhos grandes, acinzentados, bondosos e inteligentes e um nariz aquilino; parecia o Cristo dos antigos pintores russos de ícones, mas ficou careca cedo. Quando zombavam dele por causa disso, ele não se aborrecia, seguia em frente e, mostrando o crânio pelado, falava com o tom da Escritura Sagrada: "E de seus feitos pródigos ficou calvo." Mas isso era pura bravata e o encantador Ivan Antonitch, na realidade, era puro e ingênuo. Ele pertencia a um raro tipo de homens que são cortejados pelas mulheres, apesar de não ser tímido e se comportar com elas, aparentemente, de maneira bastante permissiva, principalmente com as palavras. Ele sabia muito sobre as mais diversas áreas e podia falar infinitamente sobre os estames e pistilos das flores, sobre as borboletas e besouros, sobre os pássaros e peixes, sobre as estrelas e a Lua, sobre Heinrich Heine, sobre geometria ou raízes das palavras. Era alegre, volúvel e irônico; em certa época estudou a fundo a Bíblia e em conversas com os padres da escola ou os diáconos dizia de cor um monte de obscenidades bíblicas, colocando seus interlocutores em situações embaraçosas; às vezes era chamado, devido a essas atitudes, de Anticristo.

Conheceu sua futura mulher, Liubov Ivanovna, no trabalho: ela era professora na mesma escola. Naquela época ela era uma loirinha magricela e doce, de nariz arrebitado, inteligente e animada. Em seu rosto havia algo meio infantil. Não podia ser chamada de bonita nem simpática. Porém havia tanta graça em sua figura, em seus olhos claros, inteligentes e pequenos, em seu sorriso vivo que Ivan Antonitch apaixonou-se e logo se casou, obedecendo a todos os procedimentos do casamento legal. Liubov Ivanovna vinha de uma família de militares. Seu pai era oficial e sua mãe, que era da Polônia, pertencia a uma família com tradições revolucionárias dos velhos donos de terras. Mas ao se casar com um russo, ainda por cima oficial, mesmo sendo por amor, ela provocou indignação entre os seus parentes e era vista como uma renegada. Por sua vez, os parentes russos também não gostavam dela e olhavam-na como rebento do clã polonês rebelde. Por fim, esta mulher enérgica e inteligentíssima não suportou a pressão. Adquiriu uma grave melancolia e enlouqueceu, passando a ser cuidada pelas filhas. Liubotchka terminou o Instituto para Moças e desde cedo começou a trabalhar para ganhar seu pão: o pai havia morrido, a mãe era doente mental e a jovem vivia entregue à própria sorte, como suas irmãs. Mas como não pertencia à nobreza, não participou de nenhuma revolução e era sempre reservada em suas opiniões: como uma mancha negra, pesava sobre ela a loucura da mãe que delirava imaginando prisões, invasões e execuções. Ela resolveu firme e de uma vez por todas ficar à margem da política. Possuía uma grande força de vontade, uma enorme firmeza, o que era difícil de se imaginar, observando seu rostinho infantil. Desse casamento nasceu o primogênito Kolia. E depois dele vieram como cogumelos os outros...

Aos quatro anos, Kolia já sabia ler e escrever em letra de imprensa. Os pais amavam-no excessivamente, orgulhavam-se dele, gostavam de mostrar como ele escrevia, como desenhava bem cavalinhos, pinheirinhos, casinhas, pássaros. Nas tranqüilas noites de inverno, quando para lá da janela escurecia e bandos de gralhas com gritos sonoros e guturais pousavam no telhado do prédio da escola, brigavam, grasnavam e depois silenciavam; quando a rua emudecia e estrelas cintilantes acendiam no céu; quando o frio era intenso e fazia desenhos raros nos vidros das janelas, em forma de misteriosas samambaias e estranhas flores de cristal, no pequeno apartamento dos Petrov acendiam-se as lâmpadas de querosene com redoma de vidro, chegavam visitas e durante o chá o pequeno garotinho declamava um trecho do poema de Lermontov "O comerciante Kalachnikov":

> Sobre a grande e dourada Moscou
> Sobre a branca parede do Kremlin,
> Dos bosques longínquos, das montanhas azuis,
> Espalhando as nuvens cinzentas...
> A aurora rubra se levanta,
> Varrendo os cachos dourados...

As visitas admiravam-se e balançavam as cabeças. Depois começava a exposição dos desenhos, dos garranchos, demonstração de leitura — não de qualquer maneira, nem silábica, mas de frase por frase, de ponto a ponto. Mas Kolia logo se cansava disso e levava as visitas para ver os pássaros. Ah! era um mundo tão interessante que se poderia viver nele durante várias horas. No quarto das crianças, uma das janelas tinha uma rede esticada e atrás da rede, em galhos secos, estavam os pintassilgos, gralhinhas, pássaros azuis, cânhamos, pisco-chilreiro e ampelis. À noite, eles já estavam dormindo, metidos nos cantos e com as penas delicadas levantadas e as cabeças escondidas debaixo das asas. Eles acordavam com o barulho, com espanto abriam seus olhinhos pretos e brilhantes, voavam e batiam no vidro. Então, Kolia, como um dono zeloso, retirava as presas da janela e levava as visitas embora: já mostrei, pensava, basta...

Às vezes, as visitas entoavam junto com os donos da casa canções típicas russas: "*Bistri kak volni*", "*Iz strani, strani daliokoi*"; e "*Gaudeamus igitur*", antigo hino estudantil. Mas quando Ivan Antonitch tentava, desafinando descaradamente, entoar algo mais radical como "Nós bebemos a amarga, porque cada dose está selada com a águia russa de duas cabeças", Liubov Ivanovna jogava-lhe um olhar expressivo e severo e Ivan Antonitch obedecia e calava-se. Sua mulher, com muito tato, levava as visitas até o pequeno piano e tocava a serenata de Schubert ou canções românticas populares naquela época: "Olhando o raio do crepúsculo púrpura, estávamos às margens do Neva", "Não tenha dó de Gassan em seus velhos farrapos"... Formavam-se duetos e trios. Ivan Antonitch com o mesmo entusiasmo e desafinação (ele gostava de cantar mas não tinha ouvido nenhum) cantarolava as novas melodias, esquecendo completamente aquela sobre a "dose".

O domingo para Kolia era uma verdadeira festa. Não só porque o pai e a mãe, endeusados por ele, ficavam em casa o dia inteiro, mas também porque durante a semana os pais passavam os dias inteiros no trabalho e ele tinha que limitar-se à companhia da "velha babá". E havia ainda outro motivo. Aos domingos, em Moscou, havia uma feira de pássaros, "Truba" (na praça Trubnaia, no bulevar Tvetnoi). Kolia mal esfregava os olhos na manhã de domingo e corria descalço para o quarto dos pais. Entrava debaixo do cobertor do pai e com uma voz carinhosa e derretida pedia:

— Vania — ele chamava o pai assim, como o chamava a mãe —, Vania, vamos até a Truba?

— Está um frio de rachar, como é que vamos?

— Vania, querido, vamos. Não vou congelar. Visto o capuz.

Era tão insistente que Ivan Antonitch, depois de trocar olhares com a mulher, sorria e finalmente se entregava. Então pegavam Kolia, agasalhavam-no, enrolavam-no e partiam.

Era uma felicidade! Iam até a Truba de cocheiro. Impressionante o que havia lá! Vários pássaros, esquilos, peixes, ursinhos, rosinhas, minhocas de farinha, besouros d'água, mariposas vermelhas, gaiolas, redes, armadilhas, cachorros, diferentes rações, latas, vidros, aquários — e tudo isso era acompanhado da chilreada, gorjeio, assobio, canto dos pássaros e o barulho da multidão colorida. Andavam por ali vagabundos, ladrões de pombos com gaiolas debaixo do braço, meninos esfarrapados corriam assobiando com dois dedos; havia também bêbados com olheiras horrorosas, narizes cinzentos e rostos marrons e inchados como maçãs podres; amantes de pássaros de todas as espécies, conhecedores que, por sinais que escapam aos olhos de pessoas pouco entendidas no assunto, podiam definir as qualidades de um ou outro animal; revendedores e intermediários; colegiais e universitários; caçadores das aldeias dos arredores de Moscou em casacos de ovelhas. E tudo isso fervilhava como uma massa multicolorida e densa que mexia com todos os membros do seu corpo coletivo. Os vendedores conheciam bem os fregueses da Truba e ali não existia nem barganha, nem engano: os fregueses entendiam bem do assunto. Ivan Antonitch também entendia e o pequerrucho Kolia, "o pequeno Robinson", era assim que o chamavam na família, conhecia muito bem o reino das aves: seus livros de cabeceira eram, há muito tempo, Brehm e Kaigorodov.

Depois de passar pela multidão compacta na qual Kolia perdia-se entre pernas e não enxergava nada até se aproximarem das barracas ou carroças, eles compravam pássaros novos, colocavam-nos temporariamente em gaiolas pequenas e voltavam gelados para casa de trenó. Vibrando de felicidade, Kolia abria com suas mãos avermelhadas a portinhola da gaiola e colocava no viveiro os pássaros recém-comprados. Depois ficava imóvel durante horas, olhando para seus amigos...

Chegava a primavera. A neve na rua começava a derreter. O sol brilhava com mais intensidade. Junto à calçada corriam enxurradas de um marrom lamacento, murmurando alegremente e brincando. As crianças, ao saírem pelos portões da escola, imediatamente faziam navios e barcos de papel e os colocavam na água. Essas flotilhas desciam até o rio Moscou, balançando de um lado para o outro, acompanhados pela gritaria da criançada. Ao longo das paredes dos prédios a terra aparecia e secava. Começavam as brincadeiras infantis: jogos de canivete, de atirar moedas, pedaços de pau e ossinhos de animais. Os brotos intumesciam no pequeno jardim da escola. Dos porões, onde moravam os vigias, porteiros e faxineiras, as velhas de rostos amarelados saíam para ficar um pouco nos degraus, aquecer-se ao sol primaveril e respirar ar puro.

Passava voando a primeira borboleta amarelo-limão. Moscas surgiam nas paredes aquecidas pelo sol. Brotos estouravam nos arbustos de flores e a bétula se cobria com uma rede delicada de folhinhas verde-claras. O jardim cheirava a terra, dava para andar sem galochas. Dos buracos, saía rastejando tudo que estava vivo. E Kolia perambulava pelos jardins, observava todas as árvores e portões, cavava a terra e juntava lagartas e crisálidas. Ele gostava do cheiro da terra, das folhas deterioradas e dos galhos úmidos. E qual não era a sua alegria quando de uma crisálida saía uma borboleta; ela saía molhada, indefesa, com as asas dobradas e penduradas como pequenos paninhos! Depois essas asas espichavamse a olhos vistos e cresciam: a borboleta injetava ar em suas "veias", as asas esticavam-se como um guarda-chuva aberto e parecia que elas realmente cresciam...

Kolia ficava tão apaixonado que esquecia-se de todo o resto. E a sua primeira raiva e o primeiro palavrão pronunciado por ele foi ocasionado por algo ligado a esta paixão.

Aconteceu o seguinte: num certo dia da primavera ele encontrou no jardim da escola uma carocha. Ficou entretido com ela durante muito tempo e, apesar do cheiro que exalava, saiu correndo para casa, apertando-a em sua mão.

— Kolia! Para onde está correndo? — perguntou uma das alunas da classe de trabalhos manuais.

— É uma carocha! Está vendo?

— O que é? Me mostre! Mostre!

Ele mostrou.

— Ergh, que porcaria! E que cheiro asqueroso!

Em seguida, a moça esmagou com o pé a preciosidade de Kolia... Ele começou a tremer, seus olhos encheram-se de lágrimas: já acreditava que não era uma carocha comum do jardim da escola e sim uma enorme, da Criméia, azul-escura, brilhante e misteriosa, com a qual sempre sonhou... Sua indignação não tinha fim. Ele parou e olhou fixamente para os olhos da jovem, que não entendia a importância mundial do crime que havia cometido, e com uma voz entrecortada e furiosa gritou:

— Moça filha da puta!

Essa "moça filha da puta" ficou em sua memória para o resto da vida.

Mas nessa época, da aldeiazinha de Makarovo, para onde os Petrov viajavam todo verão, chegavam as carroças. Nelas eram colocadas camas, vasos, travesseiros, cobertores e as duas carroças arrastavam-se vagarosamente por mais de oitenta quilômetros de volta para a aldeia. Os Petrov viajavam de trem até a cidade de Bogorodsko e depois iam de carroça mais uns vinte quilômetros até a dacha onde passavam o verão: os professores tinham férias de verão e o pai de Kolia podia dedicar ao menino seu tempo livre.

A aldeia de Makarovo, onde os Petrov alugavam a cabana do sacristão local, Ivan Ivanitch, era uma aldeia típica da região de Bogorodsko-Glukhovskaia. Havia ali enormes bosques e pântanos. Os bosques eram selvagens e nas proximidades de Makarovo habitavam ursos que às vezes comiam as vacas dos aldeões. Contavam diversas lendas sobre como o tio Mitri ou algum outro tio livrara-se de um urso com uma cesta. Era famoso um mujique,* apelidado de "sobras de comida de urso" que tinha o rosto todo deformado devido ao carinho que recebera de um senhor urso chamado Mikhail Ivanovitch Toptiguin.** Mostravam o lugar no bosque onde o urso se assustou com umas moças que colhiam frutinhas silvestres e que, por causa do susto, fez cocô e fugiu. As frutinhas — moranguinhos, amoras, framboesa, mirtilos, fragárias, pitangas — eram inúmeras. Havia muito cogumelo. Mas os mujiques possuíam pouca terra, que era ruim, argilosa e os torrões remexidos com o arado de madeira amarelavam feito ossos de mortos. A vida era miserável. As casinhas pobres, cobertas de palha enegrecida, eram construídas em duas fileiras até o cemitério, onde ficava a paróquia e, a seu lado, a casa do padre da aldeia. Perto dali ficava a casa do sacristão. Os camponeses levavam uma vida dura, cheia de suor, trabalho, necessidades e vodca, nos feriados. Os ganhos extras vinham de trabalhos temporários em outros lugares e de serviços em máquinas de costura caseiras com o material de distribuidores intermediários. Menininhas de cinco e sete anos, descalças, famintas, sujas e de roupas rasgadas já aprendiam o trabalho na máquina primitiva e da aurora ao crepúsculo costuravam sem parar para ganhar um copeque extra. As mulheres também trabalhavam e obrigavam impiedosamente seus filhos a trabalhar entre a sujeira, percevejos, baratas, um monte de trapos miseráveis.

---

* Mujique – camponês, homem. (*N. da T.*)

** Nome dado a ursos em contos infantis russos. (*N. da T.*)

As poderosas fábricas de tecelagem, localizadas por perto, com sua concorrência, reduziam os preços a uma ninharia. Uma espada pendia sobre as cabeças dos mujiques e uma colheita abundante era arrebanhada pelos atravessadores avarentos e espertos. E sem esperanças era a necessidade dos mujiques, que imploravam com suspiros noturnos: "Pelo menos Deus podia arrumar algo!"

No meio da aldeia, ficava a taberna torta e caída para um lado, com o telhado de zinco. Próximo dela, por uma área calçada, os caminhos da aldeia se cruzavam; assim era mais fácil embebedar o povo. Aos domingos, ali eram gastos em bebidas os últimos tostões e os empregados dos donos das tabernas enxotavam dali os vadios e desordeiros. Lá também, normalmente, reuniam-se os líderes das brigas, das barulhentas tormentas, quando uma aldeia entrava em luta contra outra e os homens brigavam obstinados, transformando-se em verdadeiros animais. O sangue corria e, às vezes, pedaços de chumbo e estacas entravam na briga.

Perto do cemitério, ficava a casinha do padre da aldeia. Ao seu redor, havia um jardim com arbustos de lírios e jasmim. Os arbustos cresciam tanto que a casa ficava escondida e somente os contraventos brancos apareciam através dos galhos e das folhas. A sacristia era pobre e decadente, pobre também era a vida da família do padre, atingida, além de tudo e como muitas famílias da aldeia, pela sífilis hereditária: a prova eloqüente disso era a fala fanhosa, os narizes nodosos e arrebitados, a palidez dos rostos, a escrófula e a gagueira das crianças, cobertas de chagas, raquíticas, com corizas crônicas, de pernas tortas e doentes...

Pelas manhãs, depois de acordar e esfregar os olhos, Kolia corria com o pai até o rio. Eles caminhavam por pequenos troncos finos, colocados sobre o pântano lamacento, tentando se equilibrar: os troncos patinhavam, tremiam e por debaixo deles apareciam bolhas; até os montinhos de terra balançavam. Finalmente chegavam em terreno sólido, ao longo da margem do rio, onde havia um pequeno lago. Os salgueiros pendiam com seus galhos prateados até a água. Os grandes e velhos amieiros sombreavam o lago, onde, por baixo das raízes, em tocas, ficavam os caranguejos e escondiam-se os peixes-cobra, gordos e escorregadios; borboletas azul-escuras esvoaçavam sobre a água com suas asinhas tremulantes; cigarras desprendiam-se de galhinhos secos e impetuosamente, depois de uma dar um giro no ar, voltavam para seu lugar preferido.

Eles sentavam-se na grama. A grama, perto da água, era fria e ainda estava úmida por causa do orvalho matinal. O sol brincava, através das folhas, com os reflexos do espelho-d'água. Estava silencioso. Somente um passarinho, perseguindo mosquitos entre o verde, soltava um barulho contínuo e sonoro: ten-ten-ten! Ah, que medo de entrar na água fria! Porém, tanto o pai como o filho, depois de ficarem algum tempo sentados na grama, entravam e começavam a bufar, mergulhar e já não queriam mais sair. O sol já estava bem alto. O mato secava. As flores silvestres exalavam um aroma de mel. Nas onze-horas, agarrados a arbustos aromáticos ficavam pousados besouros verde-dourados. Pelas margens do rio, na terra úmida, apareciam besouros que saíam de suas tocas, andando de maneira engraçada. A mosca amarela flutuava imóvel no ar e batia as asas no mesmo lugar com tanta rapidez que estas ficavam imperceptíveis e de repente sumiam... Mas era hora de voltar para casa e tomar chá. Depois vinha o bosque. Que riqueza! Kolia arregalava os olhos: ele queria absorver essa vida tão diversificada que se desenvolvia ao seu redor. Os esquilos pulavam pelos pinheiros, passavam pelo ar e com agilidade agarravam-se nos galhos com guirlandas de pinhas. Os papa-figos conversavam, pareciam tocar flauta. Os gritos dos gaios, que surgiam na mata com suas asas azuis espelhadas, eram incessantes e roucos. As gralhas fofocavam nos arbustos e pareciam vendedoras rabugentas das feiras. Entre os travesseiros de musgo cor de esmeralda, às vezes surgiam aqui e acolá, como se fossem gotinhas de sangue, frutinhas vermelhas e apareciam cogumelos com seus chapéus. Por entre as flores, voavam diferentes e enormes borboletas; nas margaridas abrigavam-se os besouros. À noite, as mariposas zuniam pelas flores, esticando suas trombas compridas. Isso é que era vida! E o

"Pequeno Robinson" passava os dias inteiros entretido com as pequenas dádivas da natureza: da casca do tronco do pinheiro fazia esticadores para preparar as borboletas e os besouros para a coleção, de acordo com todas as normas. Da mesma casca fazia flutuadores pontiagudos para as varas de pescar; de arame e gaze fazia a rede para apanhar borboletas; do rabo de cavalos fazia uma excelente linha. Ivan Antonitch ajudava em tudo; ele recolhia amostras para o herbário e se envolvia com paixão: andava o dia inteiro com a cabeça descoberta e sua careca brilhava a todo instante. Ele era um grande conhecedor de ervas, flores, insetos e pássaros; suas histórias deixavam o filho ainda mais curioso: ah, que bom seria encontrar uma "cabeça morta"! Ah, e como seria legal encontrar uma lagarta-arpão, com bandeirinhas!

Quando a lua aparecia, Kolia se sentava com os amigos e os meninos vizinhos no adro da igreja e esperava: surgiam os *kozodoi*, misteriosos pássaros noturnos cinzentos, com enormes olhos negros e com asas silenciosas como plumas. Eles eram uma espécie de bacurau. Seria bom conseguir pegar um *kozodoi* vivo!...

Assim era o verão dos Petrov. Quando chegava o outono, eles voltavam para Moscou: carregavam as carroças com as tralhas da casa e a passo lento os cavalinhos, com as cabeças baixas, caminhavam da aldeia de Makarovo até a cidade do primeiro reinado, para a tranqüila rua Bolchaia Ordinka.

2

A família dos Iablotchkin era vizinha dos Petrov. Mikhail Vasilievitch Iablotchkin, que era casado com a irmã de Liubov Ivanovna, Maria Ivanovna, ocupava o cargo de administrador da escola, professor decano. Ele era um homem alto, bonito, mas com uma grave doença cardíaca; possuía um nariz aquilino, cabelos pretos e levemente cacheados. Era muito magro e seu tipo parecia uma mistura de georgiano e de membro da velha seita, um *kerzhak*.* Em seus olhos negros, em seu rosto amarelado e doentio havia algo de morto e mortificador: o brilho opaco desses olhos falava da ferrugem que corroía e debilitava seu organismo. Ele estava sempre doente. Sofria com os constantes ataques do coração. Irritadiço e de cabeça quente tinha, ao mesmo tempo, medo de sua irritação. Sua infância não foi das mais alegres: seu pai, um padre de aldeia, enorme e de nariz imponente, era conhecido como um déspota terrível que mandou para o caixão a bonita e inteligente, porém frágil, mulher. Este padre era poderoso, avarento e selvagem: severo com os mujiques e feroz com a mulher e os filhos. Ele sabia aproveitar-se de sua posição na comunidade: organizou sua próspera propriedade com um pomar, framboeseiras e uma casa de banhos. Não se envergonhava de cobrar mais caro seus serviços de pároco, e após a morte da mulher vivia com sua criada, tiranizando-a como fazia com todos na família. Surrava seus filhos e colocava ordem na casa à maneira antiga. Queria que Mikhail fosse padre e entregou-o ao seminário com todas as suas maravilhas: decoreba do grego e latim,

* Adepto de velhos ritos. (*N. da T.*)

apologias e homilias, teologia moral, surras desenfreadas e costumes selvagens dos seminaristas. Ao passar por esta escola, o menino, já tão doente, saiu completamente enfraquecido. Não foi ser padre e seguiu a carreira de professor seminarista. As surras na família e na escola não o revoltavam nem formaram nele uma natureza rebelde e crítica. Para isso ele não possuía nem o talento necessário, nem a necessária vitalidade natural. Ao contrário, acreditava piamente na hierarquia espiritual e mundana, sendo mais que fiel em todos os sentidos. Todas as idéias progressistas e revolucionárias do século passavam diante dele: não lia nada que pudesse perturbar seu pensamento limitado e bitolado. Em toda sua aparência, no seu jeito de andar, de sentar, de falar, em todos os seus gestos, na expressão do seu rosto, sentia-se um cansaço mortal, parecia que tinha sorvido para o resto de sua vida um veneno perverso para o qual não existia antídoto. Ele andava meio encurvado e com moleza movia suas pernas magras e compridas como de uma cegonha. Falava devagar, alongando as palavras. Seu gesto preferido era o da desesperança, acompanhado por uma sentençazinha pronunciada e cantarolada com uma voz desanimada: "Tudo por aqui está errado." O conceito de "errado", no entanto, não se referia à crítica de princípios — este nível ele nunca atingia; não, ele se referia a pequenos detalhes da administração da casa: "Nikechka" (Mikhail Vasilievitch gostava de usar apelidos antigos) comprou a lenha errada, a cozinheira fez a sopa errada, a toalha de mesa estava estendida de maneira errada, os quartos estavam aquecidos de maneira errada etc. Ele estava eternamente insatisfeito com alguma coisa. Porém com a intransigente ordem pública ele estava satisfeito e era fiel a ela, não por medo, mas sim por consciência. Além de tudo, este homem fraco, doente e limitado herdou do pai os traços de um déspota, que o tornavam mais insuportável, pois se uniam a sua permanente condição de doente.

Sua mulher, ao contrário: era muito boa e inteligente. Ela era muito mais bonita que sua irmã: com duas grossas tranças castanho-claras, sobrancelhas espessas, olhos radiantes, grandes e inteligentes, e seu sorriso gentil tornava-se às vezes encantadora. Será que foi sua beleza que atraiu Mikhail Vasilievitch? Pode até ser. Mas, em todo caso, ela sabia que seu futuro marido gostava de sua irmã Liubotchka e que somente depois de recusado por ela é que percebeu Maria. Porém, de um jeito ou de outro, alguns anos depois, quando Maria Ivanovna já tinha três filhos, sua vida familiar — não aquela pública, nem aquela que é aparentemente feliz, calma e aplainada, mas aquela verdadeira, que começa na cama do casal, a verdadeira vida familiar que era tão temida por Tolstoi — tornou-se um inferno e maldita. Quantas lágrimas Maria Ivanovna derramou escondida para ninguém ver, quantos pensamentos passaram por sua cabeça, quanta força de vontade, tato, caráter ela descobriu em si para não revelar com palavras, gestos ou voz trêmula o seu sofrimento — disso ninguém sabia. Dessas coisas desconfiaram mais tarde somente as crianças, que a amavam infinitamente, da forma como somente se ama a mãe. Por causa das crianças, Maria Ivanovna aceitava o sofrimento e não se separava do marido que, além de tudo, tinha ciúme dela, um ciúme tolo e estúpido, característico de pessoas ignorantes e de pouca vida interior que reconheciam sua insignificância nesta raiva; ou seja, Mikhail Vasilievitch entendia perfeitamente o quanto sua mulher era superior a ele em todos os sentidos; até mesmo, com o respeito que tinha pelo cargo que ocupava, agradava-o que Maria Ivanovna tivesse terminado com louvor o instituto, recebendo o "registro" superior com distinção, e que alguma alta personalidade, parece que muito próxima da imperatriz, lhe entregara o prêmio. Maria Ivanovna não possuía só uma formação do instituto, onde adquiriu um maravilhoso conhecimento de línguas, assim como todas as suas irmãs. Ela lia muito e possuía uma visão ampla das coisas. Assim, entre ela e o marido não havia no fundo nada em comum. No entanto, assim são as mulheres! — ela, com seu coração nobre tinha pena dele e ficava preocupada quando ele piorava e cedia a ele em tudo. Mas somente numa coisa ela não podia ceder: quando ele levantava a mão para as crianças. E ele surrava, surrava impiedosamente com um cinto seu primogênito, que também se chamava Kolia, um menino doente, magrinho, inteligente, que crescia feito um lobinho acuado, cheio de ódio pelo pai, a quem, com teimosia, demonstrava em qualquer oportunidade a sua resistência. Nessas ocasiões a mãe se jogava em defesa do filho, esquecendo-se de tudo. As outras crianças — duas filhas — choravam e agarravam-se na saia da mãe... O final normalmente era o mesmo, Mikhail Vasilievitch tinha um ataque do coração e então Maria Ivanovna corria para buscar seus remédios, mandava chamar o médico e, durante alguns dias seguidos, abnegadamente cuidava do déspota doente. Nesses dias, as janelas eram trancadas e as cortinas permaneciam fechadas. Nos quartos escuros reinava o cheiro sufocante de remédios. Todos andavam nas pontas dos pés. Maria Ivanovna trabalhava por ela e pelo marido dias inteiros na escola e passava as noites em claro...

E assim passavam-se meses e anos.

A tempestade começava normalmente por uma besteira. Freqüentemente acontecia assim: durante o almoço, que transcorria num silêncio total que deprimia a todos, incluindo o irritadiço Mikhail Vasilievitch. Este, de repente, não agüentava e lançava um olhar mortal sobre o filho carrancudo, com a cabeça enfiada no prato e ateava a faísca — a cena desenrolava-se depois como um fio de pavio aceso.

— Nikolai, por que afundou a cabeça no prato?

— Por nada, não!

— Como nada, não? Levante a cabeça.

Silêncio.

— Estou falando com você! Está me ouvindo ou não?

Silêncio.

— Vai obedecer a seu pai?

— Não vou!

— O que você disse? Vamos, repita, repita novamente!

— Não vou.

— Ah, então é assim! Seu miserável!

No mesmo instante Mikhail Vasilievitch, com o guardanapo pendurado pela gola da camisa, e as mãos trêmulas, levantava-se com ímpeto do lugar em que estava sentado. Maria Ivanovna, que há muito tempo, com temor, lançava olhares de súplica ora para o filho, ora para o marido, corria até ele:

— Micha, Micha, acalme-se! Micha, não se exalte, pelo amor de Deus...

Mas ele já estava fora de si:

— Você também está do lado deste miserável! Todos unidos!

Bruscamente afastava a mulher e punha-se a correr para pegar o filho.

Kolia, com a agilidade de um pequeno e raivoso lobinho, posicionava-se atrás das mesas e camas, corria, derrubava cadeiras, bancos e, formando barricadas com eles, corria de um cômodo para outro, batia as portas e, depois de passar por um corredor escuro, sumia na escada de saída do prédio.

Mas às vezes acontecia de o pai conseguir pegar o menino. Então, segurava-o entre os joelhos, tirava-lhe as calças e o surrava implacavelmente. A surra lhe dava uma estranha satisfação: ali ele descarregava a sua raiva, seu sentimento de inferioridade, sua alienação de tudo, sua doença, sua fraqueza. Porém, logo depois da execução, ele agarrava o peito com as mãos. Seu coração batia, parava e depois parecia ter parado de vez. Com dificuldade, ele aproximava-se do sofá e o ataque colocava-o na fronteira do fim de todos os mortais.

Daí para a frente, na vida dos Iablotchkin, começava a fase em que todo o apartamento transformava-se, durante alguns dias, num hospital sombrio.

Essas cenas, com pequenas variações, repetiam-se na família dos Iablotchkin periodicamente, como uma lei natural. Quantas vezes Maria Ivanovna, com seu maravilhoso tato e cuidado, aproximou-se do marido para ter uma conversa séria sobre a educação das crianças! Mas ele lançava-lhe aquele olhar irado, mortal e irritado que não prenunciava nada de bom, e ela, temendo irritá-lo ainda mais, afastava-se. Nenhum argumento, até os de mais alto nível — lembrando Comenius, Pestalozzi e outros luminares —, surtia efeito e se surtia era como um pano vermelho para o touro, apesar de a pobre Maria Ivanovna não ter a mínima semelhança com um toreador. Muitas vezes, Mikhail Vasilievitch permanecia durante semanas em seu escritório escuro, de cortinas fechadas, cercado de travesseiros e rodeado de remédios. E Maria Ivanovna, que trabalhava na escola por dois, administrando tudo e mantendo as aparências, sempre sorrindo e amável, normalmente em casa trancava-se a chave em seu quarto para chorar sozinha sua dor inconsolável. Os nervos dela também não agüentavam: esta permanente tensão, esta permanente necessidade de *faire bonne mine au mauvais jeu*, entre as inevitáveis fofocas, olhares atravessados e às vezes indiretas ferinas e transparentes, pois todos sabiam como os vizinhos reagiam aos gritos que ouviam — estavam fazendo a sua parte.

Nesse ambiente cresceram as crianças dos Iablotchkin. O precoce Kolia nutria e cultivava em si, completamente consciente, raiva contra o pai e desde cedo aprendeu a ver e perceber tudo o que era negativo na vida e nas relações sociais. Mania, a filha mais velha dos Iablotchkin, uma menina magrinha, de pernas fininhas, com maravilhosos olhos negros aveludados, era a tristeza encarnada: naquela época ela já era chamada de *Mater Dolorosa*. Seu sofrimento era profundo ao ver as perseguições contra o irmão a quem amava muito, ao ver as lágrimas da mãe, a quem endeusava, e ao ver a doença do pai, de quem tinha pena. A menina tímida — ela era um ano e meio mais nova que o irmão e um ano e meio mais velha que Kolia Petrov — lia muito e desde pequena era atormentada com as questões dos relacionamentos humanos: por que a mãe, que era tão boa sofria tanto? Por que o pai perseguia o irmão? Será que isso era justo? Por que Deus permite isso, se ele é bom? Centenas de perguntas deste tipo rondavam sua cabeça pequena e de cabelos negros, que olhava para o mundo com olhos dóceis e tristes. Ela chorava lendo *A cabana do Pai Tomás*, Dickens, a Bíblia e *Taras Bulba,** de Gogol, na parte em que torturavam Ostap. Em tudo procurava respostas para suas perguntas, mas não as encontrava. Até mesmo a sua mãe, a amada e querida mamãe que sabia tudo e entendia de tudo, nem ela conseguia acalmar com suas respostas a confusa e inquieta alma infantil de Mania.

Mania era a única amiga de Kolia Petrov. O irmão de Kolia, Volodia, ainda era pequeno até mesmo para ele. E Mania, apesar de ser um ano e meio mais velha, gostava de passear pelos jardins com ele, procurar crisálidas e conversar sobre vários assuntos. A vida dos Petrov lhe parecia interessante e diferente: lá não existiam brigas, tudo era alegre, havia o que não existia na casa deles, dos Iablotchkin. O contraste entre suas vidas surtia efeito, e Mania, ao mergulhar em outro ambiente e em outros interesses, simplesmente descansava e recuperava-se das constantes alfinetadas que a torturavam em sua casa. E assim os dois andavam juntos, subiam nos portões e nas árvores, arrancavam a casca dos troncos empilhados no pátio da escola, fuçavam a terra...

— Kolia, olha só que minhoca esquisita!

— Não é uma minhoca, é uma lagarta. Uma lagarta de álamo.

— Parece um galho.

— É, todas são assim. É o disfarce.

— Kolia, o que você vai ser quando crescer?

— Vou para a Faculdade de Ciências Naturais. Meu pai me prometeu comprar o *Atlas das borboletas.* Do Kholodkovski. Conhece?

— Não.

— Tem cada figura! Lá tem tudo, tudo. Eu te mostro. Tem até a "cabeça morta".

Uma pausa.

— O tio Vania nunca te bate?

— Nunca.

— E você não chora?

---

* *Taras Bulba,* romance de Gogol, publicado em 1835. (*N. da T.*)

— Não. Só chorei no domingo passado. Não fomos para a Truba.

— Diga, você não ficou com pena do Cristo quando estava sendo maltratado?

— Fiquei...

— E você não chorou?

— Chorei.

— Então, está vendo? E você diz que nunca chora!

— Mas isso é outra coisa. Ele foi crucificado. É claro que a gente fica triste quando alguém está sendo machucado!

Outra pausa. Mania ficou pensativa. Seus pensamentos não lhe davam sossego e rompiam o fluxo dos outros interesses. Era difícil para ela se encontrar naquele caos. Pensativa, movia seus dedos magrinhos e compridos, com os quais já aprendera a tocar algumas peças musicais simples no piano (Mania era apaixonada por música) e ficou calada.

— Mania, vamos lá para casa.

— Está bem, só vou falar com mamãe.

— Tudo bem. Mas rápido. Você vem?

— Se deixarem. Minha mãe, ela com certeza vai deixar.

Kolia foi para casa com as suas presas: lagartas, folhas para alimentá-las, crisálidas. Ele distribuiu tudo aquilo por caixinhas. Mania chegou correndo, animada e alegre: obtivera rapidamente a permissão! Kolia, mais uma vez, mostrou-lhe sua coleção. A tarde caía. O sol se pôs. Bandos de gralhas davam voltas fazendo barulho. Coladas nos vidros da janela, as crianças olhavam o dia que terminava. Chegavam os *tchiki-ftiki* (assim eram chamados os "caçadores", "vagabundos" que retiravam os restos de comida, o lixo da escola para colocar nos latões). Os *tchiki-ftiki* faziam seu trabalho e dava para ouvir como xingavam uns aos outros. Escurecia. Kolia e Mania sentavam-se à pequenina mesa infantil e bebiam chá de pequenas xícaras, presenteadas a Kolia pela avó. Mania servia o chá.

Porém, isso tudo logo chegava ao fim. Na porta aparecia Ivan Antonitch e passava a mão na cabeça de Mania.

— Mania, sua mãe mandou buscar você.

As crianças corriam até a cozinha. Lá estava a cozinheira dos Iablotchkin.

— A senhora mandou ir para casa. Está na hora de dormir.

E Mania saia com o rostinho triste.

Ivan Antonitch ficava mexendo com o filho. Ele, aliás, tinha uma mania detestável contra a qual protestava por todos os meios e sem sucesso, Liubov Ivanovna: o pai ensinava a Kolia "bobagens" que o menino não entendia, mas que ficavam impressionantemente engraçadas na boca de uma criança. E assim Kolia declamava com imponência:

O homem sem a mulher
É como locomotiva sem fumaça,
É como o clarinete sem clave,
É como o revólver sem alvo.

— Vamos lá, Koliun! Como é que é?

— O homem sem a mulher...

— Vania! Pare! Que besteira! Kolia, basta...

— O papai pediu.

— Eu sei que foi o pai. Melhor vir ver um novo livro sobre o gato-gatuno.

— Onde? De onde? É novo?

— É novo.

— Você comprou?

— Sim. Hoje. Tem muitas figuras interessantes.

Kolia corre até a mãe, que lança um olhar de desaprovação ao marido. Ivan Antonitch sorri: nunca brigou com a mulher. E Kolia já estava grudado no livro... Ele lia tudo que encontrava. Aprendeu a ler quase sozinho com auxílio do pai e de cubinhos; depois veio a *Cartilha* de Tolstoi, que era interessado em pedagogia naquela época. Depois Kolia leu *Livro de leitura*, de capas amarelas, também de

Tolstoi. O seu autor preferido era Kaigorodov (*Do reino das aves*). Como um monumento de sabedoria ficavam os pesados e grossos volumes sobre pássaros de Brem. Porém Kolia tinha uma paixão especial: o livro mais querido que ele lia e relia e lia novamente e conhecia cada linha. Não era *Robinson Crusoé*, nem *Os filhos do capitão Grant*, mas *As aventuras de Huckleberry Finn*, de Mark Twain. Huckleberry era o herói de Kolia, que se esquecia de tudo quando lia entretido as travessuras do menino...

No entanto, não se deve pensar que a vida dos Petrov, com suas humildes alegrias e modestas dimensões, transcorria sem qualquer atrito. Isso jamais se poderia afirmar. Mas a esfera dos conflitos não estava no lar: ela estava na vida da escola, em seus interesses especiais, tarefas, questões, na rede de relações interpessoais ligada ao trabalho e ao cotidiano que eram confusas e complicadas, apesar de sua insignificância. Ali fervilhavam as paixões e os interesses, ambição e honra, o amor-próprio e arrogância, vaidade e leviandade, impertinência e presunção, inveja e orgulho, virtudes e fraquezas. E por mais estranho que possa parecer os pólos de atração dos diversos grupos e pessoas da escola, eram os chefes das duas famílias tão intimamente ligados entre si: Mikhail Vasilievitch e Ivan Antonitch. O que os fazia se enfrentarem? Podiam ser os conflitos antigos, escondidos lá no abismo profundo e escuro do inconsciente, que nunca vieram à tona, por causa da esposa de Ivan, Liubotchka — que foi objeto de desejo de Mikhail Vasilievitch, mas casou-se com Ivan Antonitch. Porém, mesmo sem este detalhe, havia motivos suficientes para o conflito. Um era seminarista e não fazia o tipo "malandro", muito pelo contrário. E o outro era universitário. Um era filho ortodoxo do regime e da igreja; o outro, de um jeito ou de outro, era um homem que esbarrou com os sonhos de liberdade da época. Um era sombrio e frio; o outro, alegre, comunicativo e leviano. Um era o diretor; o outro, um subordinado, que não reconhecia de nenhuma maneira a autoridade do seu chefe. Nessa situação, era óbvio que surgissem entre eles muitas brigas, às vezes sem sentido, às vezes relevantes, explodindo aqui e ali, freqüentemente por motivos completamente casuais. E nestes dois heróis, grudavam, assim como pó de ferro adere ao ímã, os colegas que fofocavam, envenenavam, incitavam, fomentavam, bajulavam, difamavam e bisbilhotavam a vida dos outros, ou seja, faziam tudo que acontecia e se repetia com fastidiosa monotonia, milhões de vezes, no ambiente dos pequenos funcionários e dos semi-intelectuais. Portanto, assim transcorria a vida nas entranhas da escola, onde havia uma grande guerra entre ratos e sapos, às vezes explodindo como um sério conflito que se transformava num escândalo dentro da escola, ou então se apagava nos processos escondidos nos subsolos, como num incêndio de um pântano de turfa, onde somente sentia-se o cheiro de queimado que vinha do fundo da terra, avisando sobre o fogo.

Certa vez, Ivan Antonitch entrou, durante o recreio, numa sala de outro professor.

— Ivan Antonitch! Ivan Antonitch! — ouviu-se na sala. Em seguida, as crianças fizeram silêncio, mas não se assustaram: a fama de Ivan Antonitch entre os alunos não era nem de bicho-papão nem de ameaça.

Ivan Antonitch olhou para a lousa. Lá, com letras garrafais, estava escrito *Konava, kon*, "*babki* estão na aposta".*

— Quem escreveu isso?

— Ivan Palitch! — respondeu uma dezena de vozes.

— Então vocês escrevem *kanava* com "o"?

— É, Ivan Antonitch! Ivan Palitch nos disse...

— Chega de falar bobagem! Ele não podia dizer uma asneira dessas. É uma besteira. *Kon* não tem nada a ver com *kanava*!

— Mas Ivan Palitch nos explicou...

— Falou besteira então, esse Ivan Palitch! Podem dizer isso a ele.

---

* *Kon* é uma peça do jogo *babki*, disputado com ossos de cascos de animais, similar ao jogo de bolinha de gude. A frase significa que foi feita uma aposta na peça. Na palavra *Konava* existe um erro de ortografia da língua russa, o certo é *kanava*, que significa vala. (*N. da T.*)

Os alunos se entreolharam e riram. Olhavam uns para os outros e prendiam o riso. Bufavam e escondiam-se. Um ouvia completamente atônito e, pensativo, cutucava o nariz. Outro, mais esperto, colocou o caderno em cima da carteira, tirou do estojo a borracha e a pena e, cuidadosamente, com a cabeça inclinada e ajudando com a língua, corrigia a letra "o" pelo "a". O terceiro, completamente indiferente à questão de como se escreve *kanava*, enchendo a boca de pão doce, mastigava e pensava por que colocaram tão pouco açúcar em seu pão enquanto o de Volodka Vasiliev estava cheio! O quarto beliscava o traseiro do vizinho e este último chutava-o com toda força, com os pés, por baixo da carteira... Ou seja, cada um estava ocupado com seus afazeres, mas mesmo assim o impacto do discurso foi considerável.

No entanto, ele não se limitou a esta resposta acidental: seu zelo lingüístico exigia mais. Ivan Antonitch era conhecido como um entusiasta implicante e zombador.

Já se ouvia o burburinho na sala de professores. Mikhail Vasilievitch com suas pernas de cegonha andava preocupado de um canto para o outro. Seu rosto estava verde e com a mão magra e ascética segurava o peito cavado. O pároco, padre Voskresenski, baixo e obeso, com a barba grisalha dividida em duas partes e os olhos pequenininhos de porco com trancinhas que mais pareciam dois rabinhos de ratazanas que balançavam em sua nuca, semicerrou os olhos e deslizava da cadeira larga para debaixo da mesa com sua pesada massa corporal. Ivan Palitch estava vermelho como um caranguejo cozido e não sabia para o que ou para onde olhar. Os outros professores juntaram-se em grupos, entreolhavam-se, gesticulavam e cochichavam: Mikhail Vasilievitch, assim que soube do ocorrido, fez imediatamente uma declaração na sala de professores, de que não permitiria em hipótese alguma que a autoridade de nenhum professor fosse minada e que daria uma reprimenda em Ivan Antonitch por sua falta de tato. E este último, sem desconfiar de nada, entrou voando e alegre na sala e, colocando a mão no ombro de Ivan Palitch, que ficou definitivamente desnorteado, iniciou o ataque:

— Meu querido, o que aconteceu? Ficou louco, é? Escreve mesmo *kanava* com "o"?...

Silêncio.

— Ouçam só, senhores! O nosso Ivan Palitch! Ele ensina as crianças a escrever *kanava* com "o"! Ha-ha-ha! O que os senhores acham disso? Uma nova era na gramática russa! Introdução de novas palavras na lingüística da Europa Ocidental!...

— Ivan Antonitch, o seu comportamento... Seu comportamento... Diante dos meninos... O senhor se permitiu usar a palavra "besteira"!... Isso... Isso...

— O que é "isso"? Os professores devem ensinar a gramática certa e não errada.

— Mas o senhor se permite... É um atrevimento impróprio...

— O que é que eu estou me permitindo? Será que o senhor não sabe que na palavra *kanava* a raiz é...

— Não ouse! Não ouse!

— Não grite! Na palavra *kanava* a raiz é a mesma que na palavra "canal". A raiz não é russa, é estrangeira... Querendo, mostro para o senhor agora mesmo...

— Claro, o senhor passou por universidades... Mas de qualquer jeito devo repreendê-lo... O senhor está minando a minha autoridade... O senhor está levantando... O senhor é obrigado...

— Mikhail Vasilievitch, a meu ver, o senhor é que é obrigado...

— Eu sei muito bem, sem o senhor, das minhas obrigações... Não precisa me lembrar delas...

— O senhor deve observar para que ensinem certo. Ivan Antonitch, me desculpe, mas o senhor não disse besteira aos meninos? Diga sinceramente, foi besteira, não é?

— Ivan Antonitch, me permita, mas de onde tirou o "v"?

— Mas se é de *Kon*, de onde tirou o "v"? Isso é *lucus a non luce*!

— Espere! Como o senhor ousa rir dos professores diante dos meninos? O senhor está pervertendo a escola!

— E o senhor não ouse gritar com um pedagogo!

Então Ivan Antonitch saiu e bateu a porta de vidro da sala de professores de tal maneira que os vidros tremeram.

À noite, no apartamento dos Iablotchkin, estava um silêncio terrível; as crianças estavam com medo: o pai e a mãe trancaram-se no escritório e já há duas horas não saíam de lá. Kolia permanecia ostensivamente calado. Mania aproximou-se de mansinho da porta misteriosa, mas de repente assustou-se e voltou. Não dava para saber de nada e nada se ouvia. Pobre mamãe: será que o pai a está ofendendo? E quem sabe, de repente o pai morreu e a mãe também...

Nos olhos de Mania surgiam lágrimas amargas: ela sentia muita pena de sua mãe e lhe parecia que ela estava deitada sem respirar, com os olhos fechados, fria... "Mãe! Mamãe!" — a menina tinha vontade de gritar bem alto. Ah, como gostaria de se jogar na porta, bater com os punhos e se certificar de que a mãe estava viva, que seus olhos estavam abertos, que ela estava como antes, quente, carinhosa, viva; e que era possível novamente colocar a cabeça em seu peito materno e esquecer de tudo no mundo, de tudo de amargo e mau... Porém Mania, engolindo as lágrimas, segurava-se e esperava...

Atrás da porta misteriosa acontecia uma conversa em voz baixa. Uma das vozes era irritada, rouca e mal conseguia esconder a raiva e era constantemente interrompida por ataques de tosse e fraquezas do coração. A outra voz era macia, calma: com uma voz assim uma enfermeira experiente convence uma pessoa gravemente doente.

— Mas isso é revoltante! Esse Ivachka vai arruinar a minha escola...

— Não se preocupe, Micha. Fique calmo. Ivan Antonitch irá perceber por si mesmo que agiu sem tato. Você pode dizer a Ivan Palitch que, em casos de dúvida, deve consultar pelo menos, no livro de Grot, a gramática russa.

— Escute aqui, não é esta a questão! Ele é um insolente! O que ele está pensando? Eu sou ou não o diretor? Não é ele e sim eu o responsável pela escola...

— Claro, Micha. Mas a questão é outra. Não há necessidade de se valorizar tanto isso! Ivan Antonitch pode até ser cabeça-de-vento, no entanto é um bom professor.

— Que bom professor o quê! Um desordeiro, um bagunceiro. Um insolente. Amanhã mesmo vou escrever para o curador... Esta escola é pequena demais para nós dois. Esses tagarelas universitários...

— Espere, Micha, espere um pouco, pelo menos.

— Mas eu já disse aos professores: ou eu ou ele. Com esse tagarela, com esse... com esse... com esse porco... eu não continuo.

— Está bem, Micha, faça o que você acha que deve fazer. Só não fique nervoso. Tome, tome isso e tente dormir... Tome, por favor... Acalme-se. Fique bem... Boa noite!...

Maria Ivanovna entregou o remédio ao marido e devagarinho, quase sem fazer barulho, saiu, para alegria geral das crianças, do sombrio jazigo do pai. Até que enfim!...

Na mesma noite, Ivan Antonitch inesperadamente dispara para sua Liubotchka:

— Liuba, estou saindo da escola.

— Por quê? O que aconteceu? Diga, vamos, Vania!

— Não posso fazer nada com este imbecil.

— Que imbecil? Fale, por favor, sério e não com charadas.

— É óbvio quem é. Estou falando do Iablotchkin. Você não conseguiu adivinhar?

Então Ivan Antonitch, sem poupar adjetivos, contou em todos os detalhes sobre a palavra *kanava* e sobre a cena na sala de professores. Ele, Ivan Antonitch, era um guardião da gramática e não podia permitir que besteiras fossem ensinadas às crianças. E além de tudo, aquele Iablotchkin se atreveu a gritar com ele!

— Mas, Vania, espere, pense mais...

— Estão tocando a campainha... Quem diabo está chegando nesta hora imprópria?

Pela cozinha entrou Dmitri Dmitrievitch, que também era professor. De estatura baixa, com marcas profundas da varíola que teve na infância, de olhos permanentemente vermelhos por causa do eterno estado de embriaguez, com um sorriso servil no rosto bêbado, pequenino, redondinho, inquieto, e todo cinza, parecia que não se lavava há um ano, e que há um ano não escovava os dentes, as botas, o casaco.

— Vim por um minuto somente, Ivan Antonitch.

— Sente-se, por favor. Liuba! Sirva um chazinho para Dmitri Dmitrievitch!

— Não, agradeço, Liubov Ivanovna!... Ivan Antonitch, um minuto somente. Só queria dizer... Queria comunicar... Dividir... como companheiro...

— Fale, Dmitri Dmitrievitch, o que é que há?

— Bom, quando o senhor saiu...

— De onde?

— Da sala de professores...

— Ah! E daí?

— Bem, Mikhail Vasilievitch comunicou a todos que enviará uma solicitação ao curador para demiti-lo... Ele disse...

— Ah, então é assim!

— Realmente é isso. Desculpe-me, Ivan Antonitch... Achei que, como colega, tinha o dever de avisar... acho que deveria saber... os melhores estão indignados... Os professores dão muito valor ao senhor... Entre nós o senhor é...

— Agradeço... É, não esperava...

A visita começa a sair, demora a enfiar as galochas nos pés ou então estava, de propósito, alargando o processo de calçá-las para poder ouvir a reação de Ivan Antonitch ao comunicado "do companheiro" na conversa com a mulher. Enfim as galochas foram calçadas, a porta se abriu, nuvens de vapor surgiram na soleira, o sininho de cobre tilintou quando a porta bateu novamente — Dmitri Dmitrievitch se fora.

— Liuba, você ouviu? Que desgraçado!

— Deixa para lá, Vania! Até parece que você não conhece Mikhail Vasilievitch. Ele é uma pessoa doente. Hoje explode, amanhã esquece...

— Por que então colocam pessoas assim como diretores? A escola não é um hospício ou hospital!

— Ele não é um mau professor.

— Você está sempre pronta para defender qualquer um, Liuba. Você quer que eu, como um cristão, dê o outro lado do rosto? Eu não sou criança! E agora, que ele anunciou para todos que pretende me expulsar, devo amanhã mesmo cortar seu caminho. Ele vai ver só! Vou esfregar o nariz desse estúpido!

— Vania, pare de bravatas! Você não está sendo nem um pouco sério. Tem que pensar, em vez de se jogar da ponte de cabeça para baixo. Agora, se quer ir embora, tem que pensar em outro lugar. Para onde vamos com as crianças? Temos que pensar nisso também. Estamos habituados e acostumados aqui. Para ir embora temos que resolver muitas questões, a começar pelo apartamento. Nisso você não pensou...

— Sempre haverá um lugar.

— De onde você tirou essa idéia?

— Eu estou lhe dizendo!

— Não, Vania, Assim não dá. Você só está falando bobagens. Peço, não resolva nada de cabeça quente. Você é meu Pólvora Polvorovitch...

Liubov Ivanovna beijou a cabeça do marido. Ele, por sua vez, beijou sua pequena e inteligente mão que deixara de ser fina e infantil, como de uma boneca, quando no passado eles iam passear nas colinas Vorobiov...

Por volta das dez horas, chegou Maria Ivanovna. Dava para perceber sua preocupação, mas conseguia manter as aparências.

— Liuba, quero conversar com você.

— Eu também, estava me arrumando para ir até sua casa.

— Mikhail Vasilievitch resolveu escrever amanhã para o curador... Você está sabendo de toda a história?

— Estou. Vania quer ir embora.

— E o que vamos fazer?

— Apertar a manivela dos freios. E você pensava em fazer o quê?

— Também acho isso. Já implorei ao Micha, mas ele, mesmo assim, está fora de si. Vou tentar falar com ele amanhã. Agora ele está deitado. É tão pesado isso tudo, Liubotchka.

Naquele momento, atrás da porta, ouviu-se a alegre cantoria de Ivan Antonitch que, desafinando impiedosamente, reproduzia o trinado da *Maravilhosa Helena de Tróia*, de Offenbach:

> Uma vez, três deusas puseram-se a discutir
> Infelizmente em hora tardia.
> "Evoé — disseram elas —
> Qual de nós é a mais bela?"

As irmãs se entreolharam, caladas. Sorriram. A cantoria não parava:

> Ó, deuses, será que os diverte
> Quando nossa honra descamba, descamba?...
> Quando nossa vida descamba, descamba?...

Ivan Antonitch passa para uma nova ária... Por muito tempo, preocupa-se em reproduzir com a voz o tal "descamba, descamba" e satisfeito com seu sucesso e êxito, finalmente se cala. Ele surge diante das irmãs animado e alegre. Parecia que nada havia acontecido.

— Ah, a senhora está aqui, encantadora Maria! Como a vida é maravilhosa! A alma canta.

— O senhor realmente acha que a vida é maravilhosa?

— Claro.

— O senhor é um homem afortunado, Ivan Antonitch. Eu te invejo, Liuba. Com ele por perto não há tristeza.

— É, anjo de minha alma, não sou dos tristes. E como vai a sua preciosa saúde?

— Vai indo, não posso reclamar. Bem, está na minha hora. Meu Micha, Ivan Antonitch, está novamente acamado. Então, até logo, Liuba! Até logo, Ivan Antonitch.

— Boa noite! E que você possa em seus sonhos andar por aléias, cheirar jasmim e beijar quem é querido.

— Chega, seu galhofeiro! Até logo!

As sábias irmãs conseguiram adiar desta vez o desenrolar dos acontecimentos. Mas as brigas continuavam: uma hora pela seleção de livros para a biblioteca dos professores, outra hora pelos prazos de pagamento do salário, depois por causa da explicação de uma frase ou da raiz de alguma palavra, por causa do tratamento dado aos empregados — ou seja, causas e motivos suficientes sempre eram encontrados. Formaram-se dois partidos opostos na escola e um pequeno "pântano" de neutros entre eles. Havia também desertores de ambos os lados e os espiões; os conspiradores, os incendiários, informantes, provocadores — peritos em reconhecimento —, uma enorme variedade de forças e pessoas que sempre, como espuma ou escória, surgem durante o processo de uma luta real e crescem como fermento, quando, em vez de uma luta real, reina a intriga. Acontecem também as passagens de luta real para intriga e vice-versa.

Liubotchka finalmente conseguiu que Ivan Antonitch encontrasse preventivamente uma colocação, para quando a vida começasse a se tornar impossível. Essa procura para grande espanto de Ivan Antonitch, que imaginava que seria recebido de braços abertos em todos os lugares, por seu caráter doce, prolongou-se por muito tempo. E Ivan Antonitch teve que suportar alfinetadas em sua auto-estima e humilhações, até conseguir o cargo de inspetor de impostos na região da Bessarábia.

Numa bela noite, quando as crianças e alguns professores passeavam pelo jardim da escola, Ivan Antonitch surgiu de repente no terraço num uniforme novo, todo bordado em dourado e solenemente anunciou, parecendo um diácono no púlpito.

— Vou partir para servir à pátria.

Adeus, escola; adeus, jardim; adeus Mania. Kolia ficou contente, mas quase chorou.

3

A região da Bessarábia, onde foram parar os Petrov após uma viagem longa e cansativa, surgiu diante deles não na forma da relativamente grande e culta Kichiniov, a cidade sobre a qual até mesmo os não-moscovitas, que nunca haviam deixado suas pequenas alamedas nos bosques Krivokolenni, Spaso-Peskovski, Spaso-Bolvanovski etc., tinham ouvido falar pelas aventuras de Puchkin por lá. Não, surgiu na forma da pequena e suja Beltsi,* cidadezinha do interior. O próprio nome da aldeia soava como uma ironia cruel, pois Beltsi era famosa por sua intransitável lama negra. Essa sujeira gordurosa e grudenta parecia um mar, até mesmo na rua principal, Tserkovnaia, a rua da igreja, em toda sua extensão e para grande satisfação de um bando de porcos, que, em diversas poses, desfrutavam a vida ao máximo: alguns mergulhados até as orelhas na lama fedorenta de estrume, com os olhinhos desbotados semicerrados em doce languidez, ocasionalmente mexendo preguiçosamente uma das orelhas; outros, com grunhido brincalhão, andavam, balançando o que restou das bolotas de lama seca em seus rabos; terceiros, coçavam-se na cerca torta, grunhindo docemente de prazer. Beltsi era o verdadeiro paraíso dos porcos.

As terras de Beltsi e seus arredores pertenciam a riquíssimos comerciantes, os Krupenski e os príncipes Kantakuzen, que eram donos de províncias quase inteiras. Os mujiques da Moldávia, morenos, parecendo ciganos, escuros, magros e desgrenhados, tinham uma vida difícil: as plantações de milho, de melancia, de girassol e

* Beltsi – da palavra *belii*, que significa branco em russo. (*N. da T.*)

as árvores frutíferas eram as fontes da sua escassa renda, beliscada por todos os lados pelos impostos, tributos, arrendamento, este triplicado pela pressão de espertos agentes judeus, que alugavam as terras a preços absurdos para os mujiques. Não só a carne, mas também o pão eram excluídos da alimentação do camponês: ele devia agradecer a Deus e ao governo pelo único e comum prato nacional da Moldávia, a *mamaliga* — um espesso mingau de milho que por longo tempo apertavam e amassavam nas mãos antes de enfiar na boca; rebatiam o gosto com melancia, a guloseima era *papucha*, os mesmos grãos de milho, assados com farinha. No meio da estepe nua e quente, onde espalhavam-se as aldeias com suas casas brancas, era possível encontrar vilas inteiras de judeus pobres; esta infeliz *paupérie*, com olhos comidos pelo tracoma e corpo devorado por piolhos, vivia de migalhas miseráveis. Trabalhando como sapateiros, marceneiros, fazendo fretes, dedicando-se à venda ambulante miserável, onde todo o estoque, às vezes, era composto somente de algumas caixas de fósforos, um cantil de *fotohena*, novelos de linha e centenas de agulhas, eles conseguiam de alguma maneira sobreviver e ainda com muito afinco procriar e se multiplicar, apesar da cria faminta, nua, suja e coberta de feridas, provocadas pelos insetos, correr pelas ruas e com sua terrível aparência demonstrar os cuidados de Jeová com seu povo escolhido. Porém seus conterrâneos ricos e importantes prosperavam: viviam de arrendamentos, da agiotagem impiedosa, insolente e gananciosa; eram comerciantes grandes e espertos e donos de lojas, de empresas de transporte, de depósitos e escritórios. Eles possuíam casas boas e limpas, seus filhos estudavam em ginásios da elite em Kichiniov ou Odessa. Eles eram os guardiões do Testamento: na sinagoga os lugares de honra pertenciam a eles. Todos os outros judeus olhavam para eles com respeito temeroso, como para sábios (*kokhem*), que conseguiram ser alguém na vida e foram premiados pelo grande Adonai, por sua devoção e ortodoxia.

Os russos da cidade eram, em sua grande maioria, funcionários públicos de todas as espécies: comissários de polícia, comandantes militares, oficiais, cobradores de impostos e tributos, funcionários do Tesouro, policiais, gendarmes, padres, juízes, guardas da prisão, médicos — esses todos eram russos e normalmente russos de uma constituição bastante específica: burros, arrogantes, patriotas, que, com ódio, usavam a palavra "judeu" depreciativamente, e maltratavam também os moldávios; eram comprovadamente ladrões, bêbados e jogadores de cartas que passavam os dias e as noites sobre o pano verde tomando vodca e conhaque; tinham baralho, giz e outros pequenos acessórios do cotidiano do funcionalismo. "Arrebentar a cara do *jid*"* era a senha patriótica do oficial cossaco, do carcereiro, do comandante militar e de qualquer outro funcionário russo em geral. Seus filhos eram educados no mesmo espírito e musiquinhas do tipo "*Jid* voador, na merda será crucificado" não saíam da sua boca. Humilhar os judeus era de bom-tom, considerado um dever patriótico e um ato de valentia. Os judeus ricos pagavam para ficar fora disso de várias maneiras. Por isso eles eram poupados e às vezes até mantinha-se uma certa relação com eles, mas quando viravam as costas, os russos cuspiam com nojo. Quanto aos pobres e despossuídos, a ralé judaica, esta era aos olhos dos civilizadores russos algo que na hierarquia dos seres vivos ficava bem abaixo dos cachorros vira-latas e dos porcos. Essa casta de funcionários grã-russa sentia-se como uma espécie de aristocracia, porém não possuía nenhuma das virtudes dos aristocratas, pois tudo ali entre eles era insignificante, provinciano e miserável, inclusive o aspecto cultural. E este meio era como um pântano negro e lamacento, como um atoleiro friorento e terrível que sugava o recém-chegado até suas profundezas refazendo-o à sua imagem e semelhança, ou seja, transformando-o em concussionário, bêbado e jogador compulsivo, imbuído de um patriotismo policialesco e burocrático e com modos de um malvado cão colonizador, ou então, mais cedo ou mais tarde, este meio o expelia como um estranho,

* *Jid* – depreciativo de judeu. (*N. da T.*)

criando em torno de seu nome alguma fofoca ou acusação que justificasse este ato de expulsão.

Foi neste ambiente que caiu Ivan Petrov, com sua prole e agregados. Os Petrov se instalaram no subúrbio da cidade, no final da rua Tserkovnaia, na casinha dos Stanevitch. O dono, o moldávio Ivan Iegoritch, era um homem simples e semi-analfabeto que vivia do aluguel da sua casinha e do seu pomar suficientemente grande. Ele próprio estava sempre remexendo a terra e sua pá brilhante e muito usada constantemente aparecia no pomar: ora afofando a terra das macieiras ou abricós, ora acertando as trilhas, ora escavando poços, ora plantando novas mudas. Ele não tinha empregados e desde cedo até tarde da noite trabalhava no pomar, consertava as cercas, colocava escoras nas árvores, caiava as paredes, renovava o telhado, podava os galhos dos arbustos com tesouras enormes. Ele era um velho forte e corpulento, bem-feito de corpo e ainda por cima com uma barba negra como carvão, salpicada de sal até a cintura. Sua mulher, Katerina Ivanovna, tinha a aparência de uma velha moldávia clássica: seus grandes olhos negros algum dia foram ígneos, mas agora se apagaram e estavam cercados de todos os lados por uma pele enrugada, amarelada e marrom; seu enorme nariz romano quase chegava ao queixo pontiagudo; o pescoço magro e velho possuía duas dobras de pele flácida, que tendiam longitudinalmente, como uma membrana. Ela, no seu todo — seca, magra, enrugada —, parecia mais um velho peru. Estava sempre fumando uma *papiroska*,* reabastecendo sem parar o cigarro, como um fumante inveterado. Esta velha se destacava por sua inteligência nata e grande experiência de vida. Não era Ivan Iegoritch e sim Katerina Ivanovna que usava as calças na família dos Stanevitch.

Eles tinham três filhos já crescidos — os jovens Stanevitch. Os filhos terminaram o curso médio. O mais velho, Pavel Ivanovitch, um belo rapaz de olhos negros, com os traços do rosto maravi-

* Cigarro com boquilha de papel. (*N. da T.*)

lhosamente regulares, uma barba espessa e um chapéu de pele de castor. Trabalhava em Kichiniov como professor do ginásio local. O mais novo, Vasili Ivanovitch, trabalhava na própria Beltsi, no departamento do Tesouro. Era um rapaz bonito, arrumadinho como se saído de um salão de beleza, mas de pouca inteligência. Tudo nele lembrava uma borboleta: seus cabelos negros e encaracolados, cheios de creme e penteados cuidadosamente; sua barbicha era sempre repartida ao meio; sua gravata era sempre uma gravata-borboleta e até mesmo seu andar era papilionáceo e esvoaçante. A irmã deles, Elizaveta Ivanovna, estava na idade de casar e seria muito bonita se não fosse por seu nariz de águia, bem proeminente, que dava um toque masculino a seu rosto delicado, fino e de olhos ardentes. Ela era alta, esbelta e flexível como uma palmeira jovem. Mas além de seu nariz comprido, ela possuía outro defeito que era objeto de sua constante preocupação: um cheiro sufocante e forte de suor. A pobre moça tentava de todas as maneiras disfarçar o cheiro com perfumes e se perfumava loucamente: em seu quarto, diante do espelho, havia uma coleção completa de frascos e ela a cada minuto usava diferentes aromas para abafar o seu próprio aroma que tanto a torturava. Os jovens Stanevitch eram pessoas calmas e humildes. Diziam as más línguas que Pavel gostava de beber. Mas ele morava em Kichiniov. Como o povo gosta de falar!

Na verdade os Petrov não tinham motivos para reclamar dos proprietários e logo estabeleceram boas relações com eles.

Para as crianças — Kolia e Volodia — o mais importante era o pomar. A cidade era cercada por estepes, milharal, colinas, terras salgadas. Não havia nem arvoredos nem bosques. Mas o pomar era bastante grande e o principal — todas as suas árvores eram novidade para eles, diferentes das de Moscou e de Makarov. Nele cresciam abricós, pêssegos, cerejas, ameixas. Havia enormes acácias brancas com troncos enrugados e tortos; tuias suntuosas e sempre verdes, com a frondosa cabeleira de galhos densos e o aroma dos brotos. Freixos e faias. Havia também densos arbustos de rosas, com as flores, das quais faziam doces e o *sorbet*, um refresco desconhecido em Moscou, que era o que mais gostavam de oferecer na Bessarábia. Atrás da cerca ficava o vinhedo dos vizinhos, onde a uva doce e cheirosa havia amadurecido. Tudo isso era novo. Novo também era o mundo animal — os pássaros, os insetos, os bichos. No próprio pomar, onde Kolia rapidamente explorou cada árvore, arbusto, trilha, cerca, onde ele descobriu, em cada buraco, cada galho, riquezas fabulosas com as quais, em Moscou, só podia sonhar. Achou buraquinhos redondos na terra, com teias coladas pelos lados: era a toca da tarântula venenosa. As tarântulas podem ser retiradas com água, mas podem ser capturadas de outra maneira, com uma bola de cera amarrada numa linha. Quando a bolinha entra no buraco e bate nas costas da aranha, ela crava as suas garras na cera e então é pescada como um peixe do rio... Kolia se aproximava devagarinho da cômoda da mãe, abria a gaveta, roía alguns pedaços das velas que ficaram guardadas como lembrança do casamento junto com as *fleurs d'orange* de cera. E quem poderia imaginar que essas relíquias estavam sendo usadas para a captura das horríveis e venenosas aranhas da Bessarábia! Havia outros buraquinhos, tortos — eram dos vaga-lumes campestres pretos que não existiam em Moscou. Era difícil encontrar a pista deles e era preciso esperar muito tempo para que saíssem de sua casa. E Kolia, sem respirar, aguardava este momento feliz para poder fechar rapidamente com a mão a entrada. Nos grandes e densos arbustos de lírios havia besouros verdes de lavoura — mosquinhas espanholas. Na cerca velha e negra, coberta com musgo de diferentes cores, pousara uma enorme borboleta noturna, a maior em toda a Europa — da família dos saturnídeos com olhos noturnos semelhantes aos de um pavão, aveludada e misteriosa, do tamanho de um morcego quando abria as asas. Na nogueira bem alta, em que a casca dos frutos cheirava a iodo e deixava as mãos pretas, um açor, espécie de pardal, fez seu ninho e o menino com a agilidade de um macaco subiu a uma altura vertiginosa; apoiando-se com a sola na saliência do tronco, para poder passar para outro galho, pois lá havia um lugarzinho que ele precisava ver por um segundo — somente por um segundo! Se caísse, podia dar adeus a tudo! No entanto, Kolia teimava em subir: ele conhecia bem todas as técnicas acrobáticas; uma ou outra vez dava um frio na barriga — mas conseguiu! Lá no alto, no céu, rodopiavam aves douradas. Nos lírios havia abelhas enormes, de cabeça vermelha, duas vezes maiores que a vespa. À noite, escaravelhos e besouros zumbiam, batendo nos vidros do terraço. É muito difícil relacionar tudo. Kolia ficava extasiado com este mundo novo, onde havia muito mais variedade de tudo, era muito mais colorido, mais florido do que na longínqua, longínqua Moscou...

Mas, em outro aspecto, as crianças dos Petrov caíram num ambiente completamente novo para elas. Em Moscou elas viviam como plantas domésticas cuidadosamente tratadas — não ultrapassavam as fronteiras do jardim da escola. Elas eram crianças bem-comportadas, obedientes, educadas, crianças exemplares. Os jovens e velhos Stanevitch ficavam impressionados como Kolia e Volodia, entre a abundância de frutos que havia no pomar, não arrancavam sequer uma cereja, uma ameixa e nem um maravilhoso e suculento pêssego! Nenhuma tentação era capaz de corromper a bondade e a decência daquelas crianças. Porém, isso tudo um dia se evaporou: as crianças ficavam na rua, que lhes apresentou novos amigos com uma nova moral, a audácia, as travessuras e novos códigos de comportamento. Mas isso não aconteceu imediatamente...

No início, Liubov Ivanovna resolveu dedicar-se à educação e formação sistemática de Kolia. Pensou até em infundir-lhe idéias religiosas, partindo do pressuposto de que "tem que ser assim". Ela mesma não se destacava por sua religiosidade, apesar de protestar contra as constantes piadinhas anti-religiosas do marido. Num belo dia foram comprados novos livros, a começar pela *História sagrada*, onde havia figuras interessantes que impressionaram a imaginação de Kolia: um anjo com uma espada expulsando Adão e Eva do paraíso; a arca de Noé navegando pelas ondas agitadas do dilúvio universal; os irmãos vendendo o maravilhoso José como escravo; uma enorme baleia engolindo o profeta Jonas; o pobre Jó sentado vestido em farrapos, com as mãos elevadas para o céu; o pequeno Moisés na cestinha forrada com juncos do Nilo — e muitos outros desenhos e histórias que havia naquele livro. A mãe começava as lições obrigando Kolia a rezar antes: "Pai nosso..." Mas por aí terminou a virtuosa iniciação. Liubov Ivanovna estava grávida. Ivan Antonitch ao cortar o pão dizia: "Tome a *gorbuchka** e nascerá o filho Andriuchka." E Andriuchka, realmente, logo surgiu no mundo, chilreando e grunhindo para grande admiração de Kolia, que ficava pensando sobre o dom profético dos pais. Agora a mãe tinha outras preocupações e as crianças se viram livres, sem nenhum limite: a plena liberdade, os novos amigos, as ruas, os pomares e os campos, novos jogos e aventuras irromperam na sua vida e a transformaram completamente.

Junto à casa dos Stanevitch ficava a casa da viúva do padre moldávio, Kioresku. A viúva era uma mulher grande, corpulenta, de sobrancelhas e olhos negros e andava de uma maneira que parecia que sua barriga, excessivamente inchada, estava sempre atrapalhando. Ela era razoavelmente bondosa, razoavelmente ignorante, razoavelmente trabalhadeira. Seu pequeno pomar era bem-cuidado, recebia uma pensão, vendia maçãs, groselhas e ameixas, educava como podia, ou seja, não educava de maneira alguma, seus dois filhos: Volodia, que recebeu o apelido dos Petrov de "Volodka Vizinho" e a pequena Tania, com olhinhos pretos e sempre de nariz escorrendo, que limpava ininterruptamente com suas mãozinhas pequenas e sujas. O Volodka Vizinho era uns dois anos mais velho que Kolia Petrov, mas só agora estava aprendendo a ler em sílabas e Kolia festejou por dentro quando foi organizada uma competição de leitura. Ele leu com maestria, correntemente e com entonação um pequeno conto. Mas Volodka Vizinho ao ler o conto "O tubarão", de Tolstoi, gaguejando e tropeçando em cada palavra,

* Ponta do pão. (*N. da T.*)

pronunciava as sílabas: “Nos-so ba-a-rco nosso barco... i-a... ia... pe-e-lo... pelo... li-i-to-o-ra-al... litoral...” O prestígio de Kolia logo aumentou diante dos amigos...

Outro amigo era um menino judeu, Levka. Ele era magro, ruivo, sardento, muito vivo, e logo cativou os Petrov e enriqueceu o acervo de seus conhecimentos com mágicas impressionantes. Ele sabia revirar as pálpebras dos olhos. As pálpebras reviradas ficavam vermelhas como sangue e ele corria assim, assustando a criançada. Ele pronunciava sons guturais diferentes e logo ensinou Kolia e Volodia, que com perfeição aprenderam esta arte, apesar dos protestos da mãe que dizia serem “sons idiotas” — mas a autoridade da mãe quase desaparecera. Levka sabia também enfiar uma linha pelas narinas e puxar a ponta pela boca e “fazer serrinha”, puxando ora a ponta da boca ora a do nariz. Sabia engolir balas que encontrava perto dos quartéis. E os pequenos Petrov serravam os narizes, engoliam balas e depois cuidadosamente observavam quando as balas saíam, remexendo seus excrementos e alegravam-se quando a bala aparecia novamente após realizar o devido percurso. Ou seja, Levka era perito em travessuras. Havia mais um menino com liderança no grupo, Vanka Nesterov, o filho de um carpinteiro russo, bem-informado sobre os segredos ocultos que eram agrupados sob o título de “de onde vêm as crianças...” E finalmente havia também duas vizinhas próximas, as “meninas”, filhas de um padre da aldeia: uma delas, Sania,* tinha enormes olhos azul-claros, que olhavam para o mundo com admiração, e sua irmã mais velha, Lena, que, pela idade, já não combinava tanto com as crianças. Sania estava sempre com terçóis em seus olhos bonitos e tristes, mas Kolia Petrov achava que esses terçóis deixavam o rosto pensativo da menina calma e carinhosa ainda mais belo.

Kolia e Volodia passavam quase o tempo todo no pomar ou na rua. Kolia era ativo, rápido e tinha ficado banguela; liderava, co-

* Sania – diminutivo de Aleksandra. (*N. da T.*)

mandava e apressava o irmão. Volodia com olhos grandes, honestos e ingênuos estava sempre pronto a fazer qualquer coisa para o irmão.

— Volodia, vá rápido buscar água, vamos capturar um texugo na toca! Rápido!

— Está bem!

E Volodia tropeçando de tanta pressa corria atrás da água.

— Você só trouxe meio balde por quê?!

— Desculpe-me, Kolia, vou buscar mais.

E Volodia obedientemente ia apanhar mais um balde de água e ficava para lá e para cá até o pobre bicho sair tonto, ensopado, tremendo e parecido com uma ratazana molhada. Na mesma hora começavam a fazer suas suposições: "será que está com peste?" e eram feitas propostas para a sua desinfecção.

— Volodia, traga uma caixa!

— Está bem!

Kolia permanecia no seu posto de observação, apesar de nunca se esquivar de trabalho pesado e saber sempre melhor que os outros como seguir e capturar toda criatura interessante, mas, quando acontecia uma operação complicada, as funções de supervisão passavam para ele e o atencioso e ingênuo Volodia cumpria as ordens do irmão sem discussão.

Assim se passaram dias e dias, meses e meses. Quando floria a acácia branca com seus cachos cheirosos, toda a criançada ficava sentada nas árvores como um bando de macacos e devorava as flores compulsivamente. Onde foram parar seus bons modos? Das damasqueiras e cerejeiras, arrancavam com os dentes a goma da casca e mastigavam o dia inteiro: vermelha-escura e dura, cor de âmbar e amarela, pendia em gotas secas como nas velas de estearina; umedecida depois da chuva, sem gosto e aguada — de todas as maneiras, Kolia experimentou com seus dentes. Ele esbaldava-se com a cereja, arrancava a ameixa grande e azul com um toque cinzento, que aparecia atraentemente por trás de uma folha verde enrolada e balançava a árvore de damasco para que caíssem no chão os frutos maduros, doces como açúcar, com cujos caroços podiam fazer ótimos apitos... E a pobre groselha, meu Deus! Mal a deixavam amadurecer: quando das flores surgiam as bolinhas azedas dos frutos, a criançada se atirava neles, apesar das reclamações e ameaças dos adultos, e como gafanhotos vorazes comiam tudo. E quantas pequenas espertezas havia por lá! Quando quebravam um galho grande na árvore de abricó, na mesma hora amarravam-no de novo no lugar e tapavam os buracos e machucados do galho com terra molhada, eliminando todas as marcas externas do crime — não dava nem para perceber!

As crianças, como os adultos, têm seus preconceitos, superstições, sonhos íntimos, ideais, casos inesquecíveis que permanecem na memória para sempre e que afloram vivos, inesperadamente, com todos os seus detalhes, nas rugas de um rosto qualquer, que parecem a teia de aranha iluminada pelo pôr-do-sol, nos minutos terríveis e trágicos da vida. O mundo infantil é vasto e diversificado. Mas a cada dia cresce, os olhos ingênuos da criança, abertos para tudo; sua pequena alma devora com avidez todas as cores e sons, a luz e a sombra, as novas formas e objetos, que abrem seu caminho para as cavernas secretas da existência ou marcham através de seus bosques e alamedas ensolaradas.

Kolia também tinha seu pequeno ideal, a estrela de sua vida. Era a misteriosa borboleta de fogo. Ela não estava em nenhum atlas e nem possuía nome latino ou russo. Ela era desconhecida para os entomólogos. Mas nela estavam concentrados todos os sonhos infantis de Kolia. Ela equivalia ao Pássaro de Fogo, a algo do paraíso, inacessível e eternamente desejada, como o fantástico Pássaro Azul de Mäterlink. E o mais impressionante era que Kolia a via várias vezes. Certa vez, ela levantou vôo bem perto e pairou suavemente com suas asas vermelhas de fogo e de repente subiu e sumiu, como uma miragem misteriosa, atrás da ripa do telhado da casa vizinha. Sufocando de tanta emoção, Kolia correu para casa e gritou como um louco:

— Pai! Pai! Eu vi a borboleta de fogo!

E começavam as histórias intermináveis...

Mas ele nunca conseguiu capturar a borboleta de fogo...

Porém havia outras maravilhas.

Certa vez, Kolia vasculhava com os olhos o jardim, observando se as raras borboletas noturnas não teriam se escondido nos buracos sombreados da árvore para o descanso diurno. E, de repente, ouviu a conhecida voz de um pássaro: "Pop-rrou, pop-rrou". Ele ficou paralisado. Seu coração martelava. Diante de seus olhos brilhavam círculos coloridos de fogo. O que poderia ser aquilo? Asas opalinas e prateadas coriscavam. Elas tremulavam na folhagem densa das acácias brancas, enormes como as asas de um serafim, misteriosas e desconhecidas. Quantas vezes Kolia vira em seus sonhos flamingos rosados voando no céu azul ou ouvira os sons de trombetas maravilhosas soando do abismo profundo e azul do paraíso! E, de repente, algo mágico desceu de verdade com suas asas e ele estava bem acordado! E era bem perto, logo ali ao lado, ao seu alcance. Novamente ouviu-se aquele estranho som... Kolia, encantado e fascinado como se estivesse em transe, foi se arrastando ao longo da cerca, pisando cuidadosamente em direção ao som... E de repente... meu Deus!... algo tremulou bem diante dos seus olhos, algo pousou na cerca, bem perto... Kolia agarrou sem dificuldade a ave e, quase perdendo os sentidos, correu com a presa, sem saber o que era. Era uma magia! Mil pensamentos se misturavam em sua cabeça. Que pássaro seria aquele? Como isso pôde acontecer? Ninguém iria acreditar! Não seria um sonho? Kolia queria beliscar-se para conferir, mas não podia: as duas mãos estavam ocupadas, suadas, coladas nas peninhas delicadas — nenhuma força do mundo conseguiria arrancar essas mãozinhas apertadas do pássaro-maravilha!

O mistério foi logo desvendado: em algum lugar do outro lado da cidade, da gaiola de um amante e colecionador de pássaros, fugiu um pombo azul egípcio, quase domesticado. Ele é que tinha ido parar nas mãos do levado garoto. Mas ficou a recordação da emoção vivida, do gostoso palpitar do coração, do acontecimento extraordinário...

Um belo dia, entre as mais diversas presas — insetos, vaga-lumes pretos campestres, besouros, escaravelhos e outras criaturas —, Kolia trouxe uma enorme lagarta verde com lindas listras e chifres dourados na cauda. Sua alegria poucos entendiam: a lagarta era a de uma "cabeça morta", uma borboleta grande e maravilhosa, com uma caveira dourada nas costas, a única borboleta que emite som, rainha de todas as nossas borboletas européias! Quanta conversa, esperanças e expectativas ela suscitou! Expectativas obstinadas e longas: dois anos inteiros deveria ficar a crisálida da "cabeça morta" até que dela levantasse vôo uma borboleta esbelta e forte, ladra de colméias que, como o legendário ladrão egípcio, entrava na pirâmide de abelhas para roubar o doce tesouro do seu reino! A lagarta era bem alimentada com folhas de batata numa caixa com terra, tinha toda a comodidade. Depois de algumas semanas, estava deitada na caixa uma crisálida marrom e vigorosa, como goma de cerejeira. Ela se virava quando tocada por dedos imprudentes. Mas Kolia se transformava numa verdadeira fera quando via algum "bobo" ou alguma "boba" mostrar uma curiosidade muito grande e importunar a sua preciosidade. A caixinha com a crisálida era como um relicário de prata numa catedral qualquer. Kolia conseguiu conquistar uma parte do terraço de vidro onde ficava um verdadeiro templo da zoologia, a arca sagrada do Velho Testamento, e a chave ficava sempre em seu bolso direito. Aqui só faltava a placa com as palavras: "Proibida a entrada de estranhos, *Eingang verboten*!" Mas todos já conheciam o grande ciúme de Kolia em relação ao lugar sagrado da divindade e, para evitar escândalos, lágrimas, mágoas, não se aproximavam. E ali havia de tudo! Gaiolas penduradas com diferentes pássaros capturados com suas próprias armadilhas. Havia vidros com tarântulas que devoravam umas às outras e um fedor terrível e nauseante, dos restos de seus cadáveres, pairava, incomparável, no ar. Em grandes vidros de geléias, roubados da cozinha, ficavam, no fundo de terra, besouros engraçados que faziam seus caminhos intricados, escavando a terra com suas patas dianteiras fortes como pás e que à noite matraqueavam surdamente como o pássaro *kozodoi* ao despertar da primavera. Os grilos, enormes e verdes, andavam devagar pelo batente da janela e pelas flores, balançando sabiamente seus bigodes compridos e finos; pareciam apalpar o mundo, conferindo o seu caminho, pensando em algo... Todo este jardim zoológico era enriquecido ininterruptamente. No pátio ficava sua filial: ali havia caixas enormes, nas quais estavam um falcão com a asa machucada; ao lado um pombo egípcio, um mocho e outros bichos emplumados. Os inimigos eram os gatos. E as crianças da família Petrov odiavam-nos e batiam neles impiedosamente, sem misericórdia: os gatos eram seus inimigos pessoais. Às vezes o falcão pulava da caixa e com a asa quebrada encolhida nas costas andava pelo pátio e pulava, por algum motivo, nas costas do belo pavão e este com medo corria velozmente, carregando o estranho cavaleiro...

Numa bela manhã Kolia acordou com os gritos: Kolia! Kolia! Que horror! Que alegria! Oh, diabo! Oh, Deus! No corredor estava a velha babá, segurando nas mãos a "cabeça morta" espetada com uma agulha, mas viva! Kolia correu até a crisálida: a porta estava aberta e a crisálida vazia, restaram somente as casquinhas... Ainda bem que os desenhos da asa não se apagaram. A borboleta foi escondida cuidadosamente e à noite a mataram com éter: ela chiou, debateu-se e resistiu muito à morte... Kolia quase chorou. Mas não havia nada a fazer, do contrário toda a sua beleza seria apagada... Na manhã seguinte, o menino escreveu para a avó, na longínqua Moscou, a seguinte carta:

"Querida vovó! Venha nos visitar. Eu tenho uma 'cabeça morta'. Kolia".

Assim, o tempo passava rapidamente. Depois de um dia inteiro de escavações pelos cantos do pomar, depois de brincar de polícia e ladrão, de ossinhos de carneiro, de pega-pega, as crianças exaustas sentavam-se nos degraus com Ivan Iegoritch, o pai ou Katerina Ivanovna. Com o claro céu poente ao fundo, as enormes amendoeiras pareciam sombras negras. Num galho seco, lá no alto de uma árvore, de repente aparecia um falcão e emitia seu grito estridente: kuk-vau! kuk-vau! O verso "As corujas conversavam no arvoredo" passava pela mente de Kolia. A lua nascia, surgiam as estrelas. Na casa, acendiam-se as luzes. Podia-se ouvir Liubov Ivanovna lavando mamadeira — utensílio criado pela firma Sokhlet para alimentar recém-nascidos. Grandes besouros batiam nos vidros das janelas. As crianças, completamente esgotadas, iam deitar-se e viam em seus sonhos borboletas de fogo, pássaros fantásticos e livros extremamente fascinantes; mais de mil outros olhos ingênuos acariciavam as almas dos meninos com seu feitiço...

Porém, logo estaria no destino dos meninos experimentar o fruto da árvore do conhecimento do bem e do mal, daquela mesma árvore na qual há muito tempo se instalou a serpente bíblica que com tanto êxito seduziu a nossa inocente mãe ancestral, Eva. Vanka Nesterov fez o papel de serpente, e certo dia revelou para as crianças o segredo da reprodução humana, com todos os detalhes. Volodia ficou indiferente. Mas Kolia ficou enlouquecido. Durante muito tempo, defendeu a posição de que essas coisas podiam funcionar com os outros, mas a idéia de que seu pai e sua mãe se ocupassem disso, os outros que acreditassem se quisessem; quanto a ele, sabia que isso era impossível. Entretanto o verme da dúvida roía e atormentava a sua alma. Houve uma época em que ele queria fazer a pergunta diretamente aos pais, mas não teve coragem. Depois, começou a lembrar como a mãe não foi muito clara ao explicar-lhe nas aulas de história sagrada o que significava, em sua essência, o mandamento "Não cometerás adultério". E o que significariam aquelas palavras da Escritura que diziam o seguinte: o marido se juntará à sua mulher e seus dois corpos darão um único fruto. As palavras, ele conhecia perfeitamente bem, mas nunca entendera o sentido sagrado delas. Será que este sentido, amedontrador e sujo, estaria nas explicações de Vanka Nesterov? E por que, se Vanka afirmava que viu pessoalmente essas sujeiras em sua família, falando de seu próprio pai e sua própria mãe, será que isso realmente não acontecia assim? Além do mais, os cachorros se cruzavam, por exemplo. Veja a nossa própria Belka... As perplexidades e desconfianças cresciam como uma bola de neve. Kolia ficou alerta. E, por sua vez, aconteceu uma cena bastante estranha. Era tarde da noite. As portas do quarto de seus pais estavam abertas. No quartinho ao lado, estavam deitados Kolia e Volodia. Estavam sem sono. Muitos pensamentos e imagens rondavam suas cabeças, como um enxame de mosquitos numa calma noite de verão. Estava silencioso. E de repente, no meio desse silêncio soou a voz de Volodia:

— Sabe, pai, Vanka Nesterov nos disse que Stepan tropa com as moças...

— Não é tropa, é trepa — corrigiu Kolia e com medo aguardou a resposta, pois a pergunta foi feita diretamente.

No quarto dos pais, fez-se um silêncio absoluto. Depois, ouviu-se um cochicho baixinho...

Ah, pensou Kolia, agora peguei vocês, meus queridinhos. Então é tudo verdade! Então vocês também fazem isso! Então vocês nos enganaram o tempo todo! Bem! Agora esperam que eu ainda acredite em vocês? Esperem para ver!

Daí por diante, Kolia passou a desconfiar de todos os adultos. Passou a observar seus movimentos. Ele desconfiava deles até mesmo quando nada de estranho estava acontecendo.

Certo dia a mãe deixou escapar, *en passant*, dirigindo-se ao marido:

— Sabe, Vania, dentro de alguns dias será o jubileu da tia Sonia...

— Verdade?

— É... Na terça-feira.

— Mãe, o que é jubileu?

Por alguma razão Liubov Ivanovna não respondeu à pergunta de Kolia.

Ah! Já sei o que significa isso, decidiu o menino.

Outra vez caiu numa desconfiança ainda mais séria em relação a Liubov Ivanovna. Ela estava se lavando e escovando os dentes.

Kolia percebeu que saiu sangue de sua gengiva: a escova de dente estava levemente manchada de sangue.

— Mãe, por que sua escova está com sangue?

A mãe nada respondeu.

Ah!, pensou Kolia, sei muito bem! Claro que vai sair sangue se vocês...

Kolia, naquela época, nunca tinha ouvido falar em Freud, é claro. Porém começou a elaborar teorias, das mais fantásticas, dentro do espírito daquelas noções infantis sobre sexo, das quais o fundador da psicanálise, então na moda, informou o mundo detalhadamente. Mas, de qualquer maneira, a confiança com relação aos adultos, incluindo seus pais, foi minada decididamente de uma vez para sempre. E havia mais, Kolia estava com muita mágoa, principalmente dos pais, pois eles, tão queridos para ele, uma vez que acreditava em tudo que diziam, enganaram-no de maneira tão infame, tão desonesta. A mágoa e a decepção com eles doía especialmente, com uma tristeza que se escondia no lugar mais fundo da alma. Kolia não compreendia como seus companheiros — Vanka, Volodka Vizinho, Levka e outros — podiam ser indiferentes em relação a isso, e até mesmo rir disso. Somente mais tarde ele começou a sentir algum interesse por essas coisas e com curiosidade começou a ouvir histórias sobre esses temas, histórias que não se destacavam por sua pureza nem indiferença. Elas, aos poucos, seduziram-no para esse mundo muito especial. Ele até parou de brigar quando os meninos implicavam com ele cantando musiquinhas escabrosas do tipo:

> Kolia, Kolia, Nikolai
> Foi com a moça para o galpão
> Meteu, meteu mas não chegou a lugar algum,
> Só gastou dinheiro em vão.

Ou outras obras deste tipo, que faziam parte das travessuras verbais dos meninos. Ele começou a fugir de qualquer relação com as "meninas". Parecia algo vergonhoso e infame lidar com elas. Ele parou de olhar para elas de maneira simples e direta. A alma dele estava envenenada pela aprendizagem sexual das ruas. Mas tudo isso, todas as perguntas, dúvidas, interesses, suposições, teorias, ele carregava como um grande segredo e escondia de todos. Ele fechou, com todos os botões, sua alma neste departamento, e, com a esperteza de animal, evitava qualquer referência a esse assunto com os adultos. Às vezes, tudo isso lhe parecia um pesadelo horrível e selvagem. Ele lembrava-se de Moscou, lembrava-se de Mania, lembrava como passeava com ela, como as relações com ela eram puras, simples e boas. O que pensaria Mania se soubesse o que ele, Kolia, carregava agora em sua alma? Mania querida e amável! Onde está você? Como era bom aquele tempo... E diante de Kolia surgiam os olhos tristes e gentis de sua amiga de infância...

4

A carreira profissional de Ivan Antonitch andava sombria, deprimente e sem perspectivas; estava para ele como a sela para uma vaca, e o ambiente da longínqua fronteira, o mundo podre e estagnado do funcionalismo público provinciano não lhe agradava; freqüentemente sentia náusea diante das fisionomias, das intrigas, das trapaças, da corrupção, das burrices e espertezas, do servilismo, sorrisinhos e reverências. Ele não conseguia, de maneira alguma, acatar a sabedoria, que ele considerava de mentalidade estreita, contida no ditado: "Se você vive entre lobos, uive como lobos." Suas obrigações, em seu serviço, eram fiscalizar o pagamento de impostos e tributos, os documentos e certificados comerciais, fazer relatórios para a Câmara do Tesouro, chamar à responsabilidade. Como era completamente incompetente como administrador, humanamente comunicativo e gentil e possuía um coração mole, enganá-lo não apresentava nenhuma dificuldade para ninguém. E isso ele temia como a praga e freqüentemente fazia pose de severidade e inflexibilidade. Porém esta pose logo se dissipava como fumaça. De sua honestidade e franqueza, logo todos ficaram cientes. Ninguém lhe oferecia suborno — não tinham coragem. Os outros funcionários, conversando entre si, zombavam dele, chamando-o de tolo ou de um simples idiota. Aliás, não se atreviam a usar a última formulação por causa do respeito profundo por Moscou e pela formação universitária: para essas pessoas Moscou era uma força terrível e o diploma universitário, algo como um alto cargo ou uma condecoração que impunha um respeito involuntário. Ninguém se atrevia a ofender Ivan Antonitch publicamente — no clube, na casa dos outros, a linguazinha maliciosa de Ivan Antonitch já era famosa e competir com ele nesta área era perigoso, ele poderia dizer algo que seria muito difícil apagar, até mesmo com água-de-colônia. Por isso tomavam muito cuidado com ele, em sua companhia ficavam com um pé atrás.

Por causa do tipo de serviço Ivan Antonitch recebia periodicamente os chamados representantes comerciais, intercessores do comércio, advogados dos donos de mercearias e lojas que tinham sido fechadas e lacradas, representantes dos interesses da classe comercial. Vinham normalmente em grupo: Raful era um velho judeu ortodoxo, com mechas compridas nos cabelos e uma barba enorme despenteada, grisalha e oleosa; seus olhos eram vermelhos e gastos, sempre lacrimejando com as pálpebras purulentas atingidas pelo tracoma; nas mãos finas apareciam as veias azuis e inchadas; o corpo magro vestido com um paletó longo, gasto e engordurado parecia estar sempre tremendo por causa da fraqueza e enfermidade da idade; a voz rouca parecia conhecer as mesmas notas: as notas de piedade e súplica; mas esta pose de subserviência foi elaborada por dezenas de anos diante de funcionários ladrões: na rua dos judeus Raful era considerado um *hoch*, um conselheiro, uma autoridade, e era sempre ouvido até pelos judeus mais ricos, que respeitavam sua experiência de vida, sua tenacidade, sua inteligência hipócrita e penetrante, tudo isso num velhinho de aparência afável e patética. Junto com Raful normalmente aparecia Schneerson, homem corpulento, atingido pela sífilis e quase sem nariz; este, completamente afundado. Em seu lugar sobraram somente umas saliências esburacadas cor-de-rosa que pareciam estar amarradas com um nó horrível; seu rosto era todo coberto com uma rede de veiazinhas pequenas e vermelhas; estava sempre assoando o nariz e, ao fazer isso, exalava um cheiro tão fedorento de sua faringe que nem mesmo o alho conseguia quebrar. Schneerson apresentava-se sempre com muito mais firmeza e confiança do que Raful, não precisava procurar palavras e não possuía a aparência humilde de Raful; no entanto, este homem antiquado e convencido não gozava entre os seus do mesmo respeito que o pacato Raful. Aparecia também um homem chamado Pinkhenzon, vestido à moda judia, num paletó, colarinho e gravata, mas ele normalmente limitava-se a observações breves ou passageiras.

Uma postura especial tinha o comerciante russo Riabinin. De rosto, parecia o arcebispo Avvakum ou Nikita Pustosviat: nariz de águia; olhos amarelados, frios e penetrantes, que olhavam sem piscar para o seu interlocutor; um rosto bexiguento, quase chupado e ascético; mãos magras com dedos nodosos e compridos, que lembravam um ancinho; um jeito de andar macio como do Sviatoslav, que aproximava-se de mansinho como um barco a vela; seu cafetã comprido, de corte antigo, era do gosto dos *raskolnik*,* os velhos crentes — de fato, Riabinin era um dos *raskolnik*. Eles sabiam abrir caminho nos negócios comerciais e neles as virtudes da antiga devoção eram uma expressão de sovinice, cobiça e acumulação no comércio, como entre os protestantes devotos da Europa Ocidental, ou entre os heróis do cemitério Rogozhski de Moscou, o centro do capitalismo comercial dos *raskolnik*. Riabinin representava a facção russa entre a delegação dos comerciantes: ele freqüentemente chegava junto com seus colegas judeus, mas se mantinha apartado; ele gostava de entrar só, pelo portal de trás, demonstrando com isso a sua situação especial como se dissesse: "por favor, não me confundam com aqueles outros, os 'judeus'..."

Ivan Antonitch provavelmente era o único russo entre os funcionários em Beltsi que conversava normalmente com os representantes dos judeus e não manifestava nenhuma preferência pela facção russa. Na família de Ivan Antonitch, não existia o detestável jargão nacionalista, que declinava a palavra judeu, judeuzinho etc. E esta circunstância já servia para criar uma certa atmosfera ao redor de Ivan Antonitch. "Este dá folga para os judeus", "é o porta-voz dos judeus" — diziam pelas costas de Ivan Antonitch. Mas na sua presença sorriam condescendentes: sabemos da sua fraqueza, o

* Sectário da agrupação religiosa dos "velhos crentes". (*N. da T.*)

que fazer?! Ele era visto como uma pessoa prejudicial e deficiente do ponto de vista daquele valor patriótico, em que honrar e glorificar o estado russo era pisotear os "estrangeiros". Aliás, a este nível de abstração as almas dos funcionários não conseguiam chegar. Aqui tudo era bem mais simples, elementar e grosseiro. Servis para com os chefes, eles podiam sentir-se plenos donos da situação, ainda mais na relação com os "estrangeiros", e deliciavam-se com essa situação. Com relação aos judeus, eles tinham *carte blanche*; os judeus eram um objeto que foi dado para eles para pilhagem e roubo, da mesma forma que a "propriedade" era definida na lei romana: *jus utendi et abutendi* (direito de usar e abusar).

O judeu podia ser arrastado pela barba; ele podia apanhar; ele podia ser humilhado e achincalhado; ele podia ser chantageado — e tudo isso ficava sem castigo. Caso alguém protestasse, poderiam ser encontradas muitas testemunhas que, sob juramento, mostrariam que o judeu era sempre o culpado: não foi à toa que os judeus crucificaram o Cristo...

Os interesses aqui eram pequenos, ordinários e cheiravam mal. Podia estar acontecendo o que fosse no mundo, reinos podiam se desmanchar, coroas caírem ou atos heróicos serem praticados. Tudo isso passava desapercebido diante da verde mesa-mágica de cartas, que era onde se cruzavam os ideais, as aspirações, os sonhos antigos e os desejos ardentes do provinciano mundo do funcionalismo: "jogar um joguinho de cartas", "entrar em parafuso", "tomar umas e outras", estas frases esgotavam quase todas as exigências e necessidades materiais e espirituais desse mundo. A elite de funcionários de Beltsi era composta por personagens desse tipo. Na vanguarda estava o chefe militar Petuchkov. Um homem pequenino, barrigudo, com a farda esticada que, apesar dos esforços e habilidades do alfaiate, não conseguia esconder sua cômica figura. Petuchkov era muito engraçado e lembrava a rã da fábula de Krilov ao avistar o touro. Qualquer que fosse a sua ocupação, andando, sentado à mesa de cartas, comandando os soldados ou passeando pelo bulevar de braços dados com a mulher, sóbrio, bêbado ou alegre, ele resfolegava, enchia o peito, fazia uma cara de importante e seu pescoço apoplético ficava vermelho, as dobras de gorduras dele tornavam-se rubras como uma boa beterraba com raiz-forte ucraniana. Além do mais, ele tinha uma voz fina e aguda, ao mesmo tempo que uma rouquidão cortante, e o som era tão desagradável quanto o de um garfo na mão de um menino levado arranhando um vidro. Aquela pança de perninhas curtas, ajustada dentro da farda, com o sabre de lado, uma cabecinha vermelha, olhinhos cinzentos e maus, era presunçosa e arrogante e parecia ver o sentido do universo em um copo de "macao" ou "no conhaquezinho com limão". Sua mulher era quase duas vezes maior do que este herói guerreiro. Seus membros e suas vastas formas arredondadas, em qualquer ponto de seu corpo, esticavam sua infeliz roupa de tal maneira que esta parecia gemer sob a pressão desenfreada da carne inflada. Quando Petuchkov passeava, pomposamente, de braços dados com a sua cara-metade pela aléia do pobre bulevarzinho, com freixos e acácias cor-de-rosa, ele parecia mais um acessório fardado do toalete de sua majestosa dama, que caminhava como uma Cibele grávida, mãe dos deuses da Frígia, com o tamanho da bacia e do ventre testemunhando sua raça superior. Aliás, o honrado casal não possuía filhos e não se sabe de quem era a culpa. Petuchkov era especialmente próximo do coronel Korchunov, um bêbado, brigão, amante de pancadarias. Este Korchunov batia não somente em judeus, como dava também na cara dos soldados e era famoso por seus palavrões. Nos treinamentos em campo, fora da cidade, seus palavrões eram ouvidos até na casa dos Stanevitch. Ele era temido em círculos sociais onde estavam presentes damas. Mas havia em sua grosseria bárbara algo original que o diferenciava da mediocridade reinante e ele orgulhava-se de sua desenfreada rudeza de soldado, alardeando isso. Era alto, seu rosto parecia ter sido talhado com machado e lembrava os antigos ídolos de madeira; no meio do rosto havia um nariz carnudo vermelho-lilás; as sobrancelhas espessas ficavam espetadas como penas eriçadas; os bigodes ruivos, quase grisalhos, cobriam a boca que exalava bafo de vinho e fumo. Para o seu pequeno colega Korchunov olhava meio com ódio e meio com ar de superioridade. Porém, diante da esposa dele, ficava fascinado, arrastava o pé galantemente, esporeava e, com agilidade, beijava-lhe a mão, recebendo em troca um beijo fiel na cabeça de cabelos grossos, cortados curtinho, à escovinha. Korchunov, um assíduo freqüentador do bordel e famoso desordeiro, referia-se às mulheres geralmente numa terminologia vulgar, em que sua dignidade de coronel era extremamente parecida com as idéias correspondentes de Ivan, seu ordenança. E avistando *madame* Petuchkova, Korchunov pensava: "É... Veja que galinhazinha tem o galinho... É... é bem apetitosa... Temos em que segurar..."

A sua imaginação não ia além desses "apetitosa" e "segurar". Porém, não se podia de maneira alguma, chegar à conclusão de que o valoroso coronel nunca fora além do beijo na mão. Ele não podia ser considerado um ser de natureza platônica ou um romântico anêmico de bela alma. Como militar, estava acostumado a ocupar fortalezas atacando sempre com êxito, ainda mais que neste galinheiro provinciano os galos tinham poucas opções. Mas seja lá como for, pelo tamanho Korchunov combinava muito mais com *madame* Petuchkova do que seu legítimo micromarido.

— Basil! Oh, Basil! — falou *madame*, dirigindo-se ao marido.

— O que foi, meu amorzinho?

— Por que o coronel está tão sumido?

— Eu o vi hoje, no clube.

— Basil!

— O quê, minha queridinha?

— Você bem que podia convidar algumas pessoas. Você está sempre no clube. Enquanto eu...

— Convidar quem?

— Todos...

— Todos quem?

— Bem, tem o Korchunov.

— Está bem, Korchunov. Quem mais?

— O Khinkulov... Ah, chame aqueles que conhece...

— Para amanhã?

— Pode ser para amanhã. Eu estou muito entediada, ai meu Deus do céu!

— Está bem, mas você providencie tudo: as cartas, os aperitivos, o conhaque e tudo o mais. Você é habilidosa para essas coisas.

À noite, no clube, Petuchkov se aproximou de Korchunov, que, sem a farda, todo sujo de giz e com o taco na mão estava quase deitado com seu corpo imenso inclinado sobre a mesa de bilhar. Uma de suas pernas estava estirada para trás e ele tentava jogar uma dupla bem na caçapa do meio. Ainda tinha algum comando da linguagem, mas longe de um Cícero. No que se referia à firmeza da mão, à sistemática lubrificação do espírito, que o deixava furioso e lhe arrancava maldições inaudíveis, sugeriam o considerável exagero do coronel no consumo de bebidas alcoólicas.

— Olá, coronel...

— Humm... Quanta honra... Espere... Eu agora... Uma dupla no meio!... Ah, diabo! Errei de novo! O senhor me atrapalhou... Vasili Semionitch... Que diabo!?...

— Perdoe-me, coronel! Venho a pedido de minha esposa...

— Ah, estou às ordens!

— Ela realmente não pode viver sem o senhor...

— O que é isso, Vasili Semionitch...

Korchunov ficou visivelmente embaraçado. Estava com receio de ser uma armadilha: será que havia alguma conversa séria por trás da brincadeira que pudesse ter conseqüências? "Bom, o diabo gosta de brincar... A vida é uma brincadeira... Que chore o fracassado. De onde é isso?, pensou Korchunov. Ah, é! De alguma ópera... três cartas... três cartas..."

Mas a conversa séria não aconteceu.

— Minha esposa pediu que o convidasse para ir em nossa casa amanhã.

— Com muito prazer.

— Sabe como é, jogaremos um pouco de cartas, beberemos e beliscaremos alguma coisa. É bem melhor assim. Se não sabe, abandonei completamente a minha esposa...

— É, isso é um grande pecado de sua parte — disse Korchunov, por alguma razão tornando-se sóbrio subitamente e colocando o casaco de sua farda —, um pecado muito grande, Vasili Semionitch. Quanta felicidade Deus lhe deu, e o senhor...

— Está bem, está bem! Guarde os elogios para dizer à minha mulher... ha-ha-ha! Diga a ela, não a mim, coronel. O que responde então? O senhor virá?

— Peço que lhe agradeça. Irei com certeza.

— Passar bem...

— Passar bem...

Korchunov sai do clube assobiando *Olhos negros*:

Olhos negros, luminosos
Olhos divinos e maravilhosos
Como os amo eu
Como os amo eu
Foi na hora errada
Que fui conhecer você...

Ele estava satisfeito com sua vida, consigo próprio, com as cartas, com a mulher de Petuchkov, com o próprio Petuchkov, com o clube, com Beltsi, com tudo no mundo. Ele pressentia um reatamento das relações com a majestosa *madame* que, pelo visto, tão comoventemente estava com saudades dele. "Também, pudera, pensava ele, esse fedelho é incapaz. Precisa com certeza de uma escada de bombeiro"...

E de repente, prevendo os prazeres do dia seguinte, ele se voltou e decidiu ir para o alegre estabelecimento da cafetina Sofia Abramovna.

Assim era Korchunov, o sempre animado representante do exército que amava a Cristo. Havia, ainda, em Beltsi, um oficial cossaco audaz e bonito, que atendia pelo sobrenome de Kutulov. Era um rapaz de sobrancelhas negras, jovem e alegre, um maravilhoso dançarino. Kutulov bebia, provocava desordens, era debochado, mas no fundo não tinha a frieza nem a baixeza calculista e presunçosa de Petuchkov, ou o rude e bruto cinismo militar de Korchunov. Ele até possuía algumas boas inclinações. Porém, elas já haviam mergulhado há muito tempo no redemoinho da vida obscura, boêmia e ociosa. Certa vez, depois de perder tudo nas cartas, Kutulov se viu de repente, surpreso ele mesmo, à beira do abismo: ele não tinha com que pagar suas dívidas. Sua honra de oficial estava exposta ao ridículo e à chacota. Ele já havia se preparado para acabar com a própria vida diversas vezes, acariciando o cano frio do revólver, levando-o até os lábios e, sem dúvida, partiria para o nada, mas por acaso, inesperadamente, encontrou uma outra saída: ele se casou. Casou-se com uma dama muito rica e aristocrática, de quem diziam que "conservara as marcas da beleza da juventude", mas, na verdade, casou-se com o dinheiro dela. Sua consciência quase não o perturbava: não pagar no prazo a dívida do jogo de cartas ao seu companheiro de garrafa — isto sim era um crime, agora, vender-se, vender seu corpo por dinheiro, contanto que esta venda fosse abençoada pela Santa Igreja e houvesse uma certidão de casamento para provar isto, não lhe parecia repreensível. "Que tolo", diziam uns. "Muito bem", falavam outros...

Porém, as coisas se tornaram mais complicadas do que as pessoas pensaram e sobre as quais bisbilhotaram. Ekaterina Agafovna, a mulher de Kutulov, era uma personalidade de estirpe muito superior à das damas da cidade, das mulheres de seus maridos e amantes de seus amantes. Na sua juventude ela tinha sido muito bonita. Desta beleza ficaram os enormes olhos negros que perderam o brilho e se cansaram; ficaram as sobrancelhas de marta, o nariz esbelto e bem-torneado e um corpo maravilhoso. Mas tudo envelhecera, murchara e se apagara, pois Ekaterina Agafovna já havia ultrapassado os quarenta. Era educada, culta e tocava piano divinamente. Possuía um extremo bom gosto ao contrário do mau gosto pequeno-burguês das damas de Beltsi. Vestia-se com simplicidade refinada. Todo o *intérieur* de sua casa, afastada das outras, diferenciava-se por uma simplicidade nobre, porém cara: nada era gritante, não havia o exibicionismo sem gosto dos novos-ricos, em tudo notava-se a elegância bem pensada. O próprio Kutulov sabia que sua mulher era de longe superior a ele. Ele via que ela o amava loucamente, com o amor de uma mulher que já está com um pé na maturidade, o último amor ansioso e ardente de sua vida. Mas, infelizmente, ela já estava velha. E por mais que Kutulov tentasse se esforçar em ser um verdadeiro marido para Ekaterina Agafovna, ele não conseguia. E ela passava as noites aos prantos, e durante o dia, com as cortinas fechadas, tinha ciúmes e sofria, sofria e tinha ciúmes. Às vezes Kutulov, em quem a coroa de sofredor não caía bem, fugia de casa e entregava-se à libertinagem selvagem e a farras, voltando para casa sem um tostão, meio doente, com a roupa em farrapos e cheio de hematomas. Certa vez, no clube, ele passou das medidas e quase foi chamado para um duelo insensato; foi salvo por Petrov, que por acaso estava presente. Petrov levou para sua casa Kutulov, que estava quase inconsciente. Kutulov passou três dias na casa dos Petrov até recobrar os sentidos daquela loucura física e moral. Para devolver com mais tato e delicadeza Kutulov a Ekaterina Agafovna, que foi a tempo avisada sobre o paradeiro de seu marido libertino, Petrov levou consigo Kolia: assim seria mais fácil evitar confidências, interrogações e possíveis cenas, das quais Ivan Antonitch não gostava nem um pouco. Kolia ficou impressionado com todo o mobiliário dos Kutulov e com Ekaterina Agafovna e sua tristeza infinita nos olhos. O ar, na sala de visitas, estava impregnado por um aroma suave e limpo. Mas a Kolia pareceu que cheirava a enterro e olhando para Ekaterina Agafovna ele lembrou-se do quadro de Kramski *A tristeza inconsolável*, que ele conhecia bem de reproduções... Kutulov suicidou-se alguns anos depois.

O doutor Khinkulov, um dos astros na constelação da burocracia de Beltsi, na presença das damas, era chamado de "médico de mulheres" e, em companhia masculina, de "garanhão público". Falando na língua de Chedrin, ele se destacava pela capacidade de trabalho de um oficial da guarda; na verdade ele tinha muito êxito entre as representantes do sexo frágil, que padeciam de tédio em Beltsi; a ausência de dragonas era substituída por coisas bem mais significativas. Ele era um homem alto, bem-alimentado e corado, de origem étnica desconhecida: parecia ou armênio, ou da província de Tambov, ou grego. Ele se considerava russo e ostensivamente freqüentava a igreja nos dias de grandes festas, principalmente nas festas do czar. Os traços de seu rosto eram graúdos e expressivos. Expressivo era principalmente seu nariz, grande e carnudo, um ótimo objeto de estudo. Seus olhos eram vivos, negros como azeitonas; mas não possuíam a languidez e ternura oriental, lembravam mais insetos pretos inquietos correndo em todas as direções. A voz parecia a corneta de um arcanjo. Podia beber quanta vodca quisesse, pois nunca ficava bêbado. Tinha um ódio preconceituoso dos judeus, mas atendia os judeus ricos, pois sempre ganhava uma gorjeta considerável; não recusava também consolar judias bonitinhas, que depois incluía desavergonhadamente nos grupos das chamadas "egüinhas"; as suas aventuras com as damas russas ele preferia não comentar.

Em torno desses astros giravam os seus satélites, feitos freqüentemente à imagem e semelhança de seus ídolos, apesar, é claro, de cada um possuir seus traços individuais; somente a ralé dos funcionários era tão impessoal que perdia as diferenças individuais. Aliás, se tudo no mundo é relativo, como diz o famoso truísmo, podemos encontrar traços diferentes e a conhecida chama divina em tudo e em todos. É preciso somente alterar nossa perspectiva, somente isso.

Mas voltemos aos nossos heróis. A casa dos Petrov era freqüentada por um nobre funcionário do departamento de impostos, Dolivo-Dobrovolski. Ele usava uma barba enorme e grisalha em forma de leque, e os ralos cabelos repartidos ao meio, tinha olhos selvagens saltados, como quem sofre de tireóide. Era impressionante como se parecia com um grande sapo verde e isso deixava as crianças Petrov admiradas. Elas ficavam tão impressionadas que um dia o pequeno Volodia, movido por um desejo estranho de penetrar na natureza de sapo desse tio esquisito, de repente exclamou, olhando diretamente em seus olhos:

— Sabe, Kolia disse que o senhor é um sapo grande... Verdadeiro...

A resposta foi um silêncio tumular e um piscar de olhos espantado. Kolia disparou para o quarto, parecia ter se soltado de uma corrente e em seguida correu até a mãe para delatar a falta de tato de seu irmão. O visitante, entretanto, ignorou o incidente. Uma particularidade dele era a importância que atribuía à sua barba. Quando levava um cálice de vodca até a boca parecia estar realizando um gesto religioso. Quando um pedaço de salmão era comido, ele o fazia passo a passo, com movimentos tão cerimoniosos que a essa simples operação parecia atribuir um sentido profundo. Da mesma forma pomposa, ele andava, sentava-se, segurava as cartas, anotava com giz as perdas, procurava por sua bengala num canto ao sair, colocava o chapéu ou a capa; tudo era feito com sentimento, deliberação e ordem, diferente dos simples mortais. Seu companheiro de trabalho, Mikhailov, ao contrário desta postura falsa e teatral, era um bom sujeito: gostava de beber e podia passar três noites seguidas numa mesa de cartas; era uma pessoa sem freio; a nada temia; porém, na verdade, ele era o único que não aceitava suborno e não debochava das pessoas; seu "liberalismo" desordenado ia tão longe que ele vivia abertamente com sua mulher ilegítima e tinha uma bela filhinha; sobre isso cochichavam de cara enojada, entre si, as damas de Beltsi. O esperto tesoureiro e o padre melífluo que, durante horas, falavam sobre as virtudes do padre Ioann Kronchtadski, um arcebispo ortodoxo conservador e racista, completavam o retrato do mundo de funcionários, burocratas, militares e religiosos da cidade de Beltsi no *anno Domini* de 189... A este adorável retrato, podia-se acrescentar o chefe da prisão, que criava pombos; o diretor da escola de língua afiada e os inúmeros funcionários de cargos inferiores: secretários, escriturários, escrivães e o resto da ralé burocrática que penetrava nos olhos, orelhas, narinas e mãos da população, e sob cuja "guarda" esta população era sugada e roubada.

Ivan Antonitch era obrigado, de uma maneira ou de outra, a manter relações com todas essas pessoas. E era inevitável, não só em função do cargo que ocupava, mesmo a despeito de suas aspirações e desejos, que ele se movesse nesta rede de relações, mas também porque ele, por sua própria natureza, não podia ser uma fria figura de mármore, um *Childe Harold*, de Byron, ou um ermitão budista. Pelo contrário, até mesmo nos momentos de tristeza — e quem não os tem? — Ivan Antonitch tendia a estar entre pessoas, misturado a elas, para no turbilhão humano esquecer a si próprio e adquirir alguns impulsos adicionais para a vida. Ele preferia fugir da tristeza a ficar remoendo-a e sofrendo. Aliás, as pessoas, neste aspecto, parecem-se muito com os cachorros. Os cachorros se dividem em duas categorias: uns, quando são feridos, vão para a matilha; outros somem no bosque para cicatrizar suas feridas sozinhos, lambem e comem ervas conhecidas só deles e depois, magros e curados, retornam para o dono. Ivan Antonitch era como os cachorros da primeira categoria. Ele, literalmente, não conseguia viver sem as pessoas. E como não havia outras pessoas (quer dizer, não havia naquele meio com o qual ele tinha que conviver), então era cada vez mais absorvido por aquela vida estúpida, na tola alegria de filisteu de festas, de bebedeiras, de tira-gostos, de cartas, levando sua mulher a um estado de preocupação e perplexidade.

— Liubotchka, amanhã teremos visitas... Você...

— Vania, por favor! Já recebemos faz três dias somente...

— Sabe como é, fiquei sem graça de dizer não...

Este "sem graça" adquiriu um papel excepcionalmente importante na vida de Ivan Antonitch. As palavras em russo "quem sabe", "pode ser", "de alguma maneira", no nível do desenvolvimento cultural no qual se encontrava Ivan Antonitch, transformavam-se em "sem graça". Ele ficava "sem graça" de chamar a atenção de um subordinado culpado. Ficava "sem graça" de cortar a palavra de um insolente; ficava "sem graça" de não comparecer a alguma bebedeira, para a qual era chamado; ficava "sem graça" de recusar mais um cálice de vodca ou de não participar de um jogo de cartas; ficava "sem graça" de se recusar a receber as visitas, caso elas se convidassem. Ou seja, as palavras "sem graça" se transformaram para ele num imperativo categórico de seu comportamento numa esfera bastante ampla da sua vida, e esta esfera tinha a tendência de crescer e crescer.

— Escute, mas nós não temos nada em casa...

— Isso é problema seu, Liubotchka. Se não, ficarei sem graça...

— Mas não tenho dinheiro tampouco.

— Isso é besteira, pegarei emprestado...

— Vania!

— E, por favor, compre tudo do melhor. Conhaque, salmão, caviar, cogumelos, vinho e tudo o mais...

— Lá vem você novamente. Para que isso tudo? Para quê? Você está sendo absorvido pela vida local. E você mesmo dizia...

— Pare, Liubotchka. Como diria a eles para não vir? Sabe como é: fico sem graça...

Então Ivan Antonitch fazia a lista de todas as comidas e bebidas, tira-gostos e aperitivos, pratos quentes e frios, vodcas, vinhos e licores, de tudo do que era composta a maravilhosa, com a permissão da palavra, vida. Por mais estranho que pudesse parecer, ele começou a sentir uma certa satisfação em poder brilhar diante das visitas com a diversidade dos comes e bebes que oferecia. Ele passou a gostar do papel de chefe de família hospitaleiro e preferia, durante uma semana, alimentar-se de almoços escassos, mas receber bem suas visitas, que no fundo não respeitava nem um pouco, nem podia respeitar. Mas enquanto elas estavam ali, bebendo, comendo, jogando cartas, enalteciam a sua hospitalidade, e ele pensava, com sinceridade, que todas eram pessoas maravilhosas, colegas-amigos; naquele momento ele esquecia completamente que, ao sair pela porta, todos estes colegas-amigos começavam a fofocar sobre ele, bisbilhotar e falar mal dele, e novamente chamá-lo de puxa-saco de judeu e de tolo e esquecia que todos eles eram estúpidos, burros, trapaceiros e inescrupulosos. Uma nuvem de embriaguez e de ilusões cordiais tomava conta dele e ele, não sem satisfação, flutuava nessa nuvem etérea. Nem mesmo as crianças deixavam de notar esta mudança nele e a preocupação da mãe, que, com muito tato, fazia o papel de uma dona de casa hospitaleira, mas sempre que a festa acabava, entregava-se a pensamentos sombrios e, às vezes, até chorava, ao ver seu querido Vania, fraco para o álcool, vomitar o presunto numa bacia de metal ou ficar estirado sobre a cama, com uma enorme dor de cabeça, gemendo e jurando que aquela fora "a última vez". As crianças até inventaram um dito satírico que dizia: "Mamãe é uma nobre orgulhosa e papai um russo hospitaleiro." Era um dito do qual o próprio Ivan Antonitch ria com sinceridade num ímpeto de momentânea autocrítica. Porém, por mais que jurasse ser "a última vez", a última vez era sempre a penúltima em relação à seguinte.

Na cidade, aguardava-se a visita de um certo inspetor de Kichiniov, uma figura importante. Esta personalidade logo chegou e hospedou-se na casa dos Stanevitch, onde moravam os Petrov: o quarto foi recomendado por Pavel Ivanovitch Stanevitch, que morava na capital. O visitante — Vasili Ivanovitch Kniazhnin — apresentava-se com arrogância e majestosamente; seu porte refletia a qualificação importante que sempre diferenciava os grisalhos senadores e os graduados lacaios de libré. Ele tinha um andar majestoso, gestos maneirosos, cheios de dignidade. Seu rosto era cinzento, pálido, maquiado, parecia uma máscara de pedra opaca ou uma máscara mortuária, a *facies Hyppocratica*; nas laterais desta máscara de pedra foram cultivadas e cuidadosamente penteadas, costeletas grisalhas à Alexandre II, e no queixo, igualmente raspado até a metade com apuro, um cavanhaque. Os olhos marejados expressavam um desdém indiferente e uma indiferença desdenhosa. Além de tudo isso, Vasili Ivanovitch tocava flauta, o que fazia com muito entusiasmo a manhã toda e ainda jogava *vint*, um jogo de cartas muito em voga na época.

Durante três dias e três noites, jogou-se carta. Vasili Ivanovitch não conseguia nem se divertir com a flauta. Os quartos eram um pandemônio: garrafas por toda parte, cálices com restos de bebida, guimbas e tocos de cigarros, latas vazias de sardinhas comidas pela metade, pedaços de limão, papeizinhos, pedaçinhos de giz, baralhos. Pela manhã, o ar era tão sufocante que as visitas, que pareciam coladas à mesa de cartas, eram retiradas quase à força para poder arejar os quartos; balançando, os cavalheiros saíam tontos para o pátio, faziam as suas necessidades naturais, tremendo no frio matinal e olhando o céu empalidecido e as estrelas que mal brilhavam. Eles voltavam novamente para envenenar a si, aos outros e ao ar com conhaque, com fumo, com jogos de azar. Logo, tudo voltava a ficar azul e no oceano de tabaco surgiam somente traços humanos confusos e ouviam-se gritos curtos:

— *Royal street flash.*

— Dois sem curinga...

— Escute, e o rei?

— Passo.

— Mais conhaque! Vai, só um calicezinho...

— Eu não po-o-sso... hic... hic... Ente-e-nde... nã-o... po-o-sso.

As toalhas de mesas, sujas de vinho derramado, cinzas, sujeiras, marcas de vômitos, um chiqueiro geral — tudo isso tinha de ser lavado e limpo pelas mulheres...

Com isso, chegou ao fim a inspeção de Vasili Ivanovitch. Com o rosto inchado, bolsas azuis debaixo dos olhos, que se tornaram completamente vítreos, como de um bacalhau adormecido, Vasili Ivanovitch com a consciência de ter cumprido seu dever e com algum dinheiro, que ganhara no jogo, no bolso, dirigia-se para Kichiniov para relatar à chefia que, na região sob sua responsabilidade, transcorria tudo da melhor maneira possível; somente Petrov, a seu ver, dava muita liberdade para os judeus, assim afirmava a voz do povo e a voz do povo, como se sabe, é a voz de Deus. "*Chaque* *sot trouve toujours un plus sot qui l'admire*" (cada bobo encontra sempre um bobo mais bobo que ele para reverenciá-lo) — diz um velho ditado francês. Vasili Ivanovitch era um bobo exemplar, com selo oficial, tanto que os moradores de Beltsi, muito mais bobos, tinham todos os motivos para andar diante dele nas patas traseiras e lançar olhares servis para seus olhos opacos que nada expressavam. Assim, as duas partes ficaram mutuamente satisfeitas: aquele, diante do qual se curvavam, e os outros, que se curvaram. Transformou-se em outro tipo de bobo, o "russo *khlebosol*",* o hospitaleiro Ivan Ivanovitch, um tolo ingênuo que, na capital, Kichiniov, foi caracterizado pelo "amável" Vasili Ivanovitch como a única mancha no resplendente sol de Beltsi.

O próprio Ivan Antonitch não desconfiava nem um pouco desta conclusão. Aliás, ele passou três dias de cama, doente, após este passatempo cultural. Com uma toalha molhada na testa, tomando óleo das latas de sardinhas, ele gemia e amaldiçoava a todos e a tudo no mundo até ficar bom e conseguir se pôr de pé.

Assim terminou a inspeção.

As tarefas no trabalho de Ivan Antonitch caminhavam mais ou menos. Não sentia nenhum entusiasmo por elas. Em determinados prazos era preciso fazer relatórios e a sua elaboração normalmente era adiada, caso fosse possível, ao máximo. Mas, pelo menos, nesses dias tudo entrava nos eixos. A metade do trabalho era feita por Liubov Ivanovna, enquanto Ivan Antonitch andava para lá e para cá preocupado e perplexo, sem saber o que dizer, e entregava-se a pensamentos apreensivos sobre o assunto, não entendendo por que restara tão pouco tempo. Como auxiliar, para copiar o relatório, aparecia o "secretário" Dziub, um jovem chupado, com um enorme pomo-de-adão em seu pescoço extraordinariamente fino, todo coberto de espinhas vermelhas e amarelas, conhecido pelo apelido de *boutons d'amour*. As penas rangiam e o relatório, mes-

---

* *Khlebosol* significa pão e sal. Na Rússia, existe uma antiga tradição de se oferecer pão e sal para as visitas comerem, em sinal de boas-vindas. (*N. da T.*)

mo assim, ficava pronto no prazo, para grande alegria de Ivan Antonitch.

Provavelmente, foi o processo dessa escrita coletiva que levou Kolia a pensar em ser escritor, não de relatórios mas de livros interessantes. Ele, naquele momento, estava lendo coisas variadas: Bret Harte e Korolenko, Dickens e Leão Tolstoi; Kot-Murlika e os livros do "Mediador" sobre Epicteto, Marco Aurélio, Sáquia-Muni; o Evangelho e poemas eróticos de Mirra Lokhvitskaia; Heine e Garchin — tudo isso era devorado pelo menino como uma torta folheada recheada com os mais diversos ingredientes. Porém, Kolia, agora, depois das aulas de educação sexual, depois que a mentira dos adultos tornou-se para ele um fato muito importante, num dos princípios de sua vida, quase não perguntava sobre nada, pois não acreditava mais em nenhuma explicação dos pais. "Já que mentiram uma vez, quem irá acreditar agora?", dizia o inesquecível poeta e diretor da Oficina Experimental, Kozma Prutkov...

Entre as mais diferentes obras impressas, os Petrov possuíam a coletânea *Pérolas da poesia russa*. De todos os poemas do livro, o preferido de Kolia era a tradução de Lermontov *Über allen Gipfeln ist Ruh* de Goethe ("Os topos das montanhas dormem no escuro da noite") e "O julgamento de Ioann Hus", de Maikov. Kolia leu o poema mais de dez vezes e repetia de cor:

Na catedral, em Kostantski,
Os teólogos se reuniram.
Após declarar Ioann Hus culpado
Discutiam a sua pena.
Em longo discurso, o doutor negro
Ao examinar todas as torturas,
Propunha à assembléia condená-lo
Ao suplício da roda;
E jogar seu coração, fonte do mal,
Para os cães sórdidos,
E sua língua, arma do mal,
Deixar para as bicadas dos corvos impuros.

E o “Pequeno Robinson” ficava impregnado de um ódio confuso pelos teólogos, sem entender muito bem por que, na realidade, eles atribuíam uma pena tão severa para Ioann Hus. Mas a ironia do poema em relação aos teólogos evidenciava que eles eram calhordas. Pois não foram eles que julgaram Cristo e O torturaram, junto com os soldados romanos? Falam dos *jid.* E Cristo, não era judeu, por acaso? Virgem Maria não era judia? O Evangelho não diz que Cristo era da família de Davi? E Davi não era um rei judeu? Toda a história sagrada é sobre os judeus. Não, ali também há mentiras dos adultos. É verdade que papai sempre riu da Escritura Sagrada. Mas, para que, então, pensava o menino, ele me levava à igreja já que achava tudo isso besteira?

E diante de Kolia, em todos os seus detalhes, surgia o quadro da noite antes do Domingo da Ressurreição de Cristo, quando o pai o levou para assistir à missa solene ao chamado dos sinos. No horizonte já dava para ver as enormes labaredas: em homenagem a Deus, que ressuscitara, queimavam barris de alcatrão. Mas, infelizmente, Kolia não pôde ouvir os hinos solenes: pelo caminho ele quase afundou na sujeira e no esterco de porco. Ficou com a lama malcheirosa pela cintura, perdeu as galochas, atolou as botas, quase ficou preso e passou o resto da noite se lavando de tanta sujeira, limpando os sapatos novinhos que ficaram cobertos por uma crosta nauseante, as meias, as calças... Nunca mais se esqueceu dessa noite pascal!...

...E se Cristo era bom, Kolia continuava seu raciocínio, por que as pessoas que acreditavam nele faziam o contrário? Ele ordenou que amássemos a todos — o que elas fazem? Ele defendia os pobres — e elas? Aqui também há mentiras. Veja Sáquia-Muni: saiu do palácio, largou tudo, fez muito bem! E Epicteto: foi escravo, e como era sábio! E o condenado de Dickens em *Grandes esperanças*, era mil vezes melhor do que todos os ricos...

Assim, Kolia estava cercado de dúvidas por todos os lados: ele achava que os adultos espalharam mentiras por toda parte, laços, ciladas, armadilhas e era preciso afastar os arbustos com cuidado para desmascarar todas essas mentiras...

Mas Kolia gostava principalmente de Heine. O menino ficava no canto do sofá, engolindo lágrimas amargas, e um nó na garganta o sufocava quando ele lia o último dos românticos, "o rei dos rouxinóis e dos poetas". Havia Edith — Pescoço de Cisne — caminhando entre os cadáveres e o sangue, pelo campo de batalha de Hasting. Kolia imaginava até os mínimos detalhes: com seus cabelos ao vento, ela vê o sangue e as feridas. Kolia vislumbra o olhar vago da moça, ele ouve o grito abominável dos corvos comedores de cadáveres, ele distingue três cortes de espada nos quais a pobre encostou seus lábios. Eis dom Ramiro morto que responde a Clara com a voz tumular: "Você que me chamou." Um tremor frio percorre Kolia. Ele ouve a voz abafada de Ramiro morto... Como deve estar envergonhada a dona Clara! Que miserável é este dom Fernando!... Kolia lamenta profundamente por Ramiro e as lágrimas caem devagar no precioso livro. E que valente é o cavaleiro Olavo! O rei colocou o carrasco na porta e ele canta antes da própria morte uma canção de amor à vida, às estrelas e às flores... Porém o rei! Que cafajeste, que canalha!... Havia também o "Navio de escravos".

> Em sua cabine do supercargueiro
> Van Keuck sobre o livro faz suas contas
> Avalia sua carga e por ela
> Calcula o lucro que obtivera

E Kolia vê os infelizes escravos negros acorrentados, as caras nojentas do capitão e de Van Keuck, e na mesma hora seu ódio aflora e seus pequenos punhos se cerram. No entanto, que felicidade quando o filho do sábio rabino, Gabriel de Saragossa, faz de tola a maravilhosa e jovem filha do alcaide espanhol! Ah, como é maravilhosa esta parte de "As melodias judaicas" de Heine! Kolia queria ler esta maravilha para todos os tolos que faziam afirmações estúpidas sobre os judeus, como a bela jovem tinha feito com seu amado... E quanto a William Ratclyffe?... Kolia repetia os versos com o coração desfalecido "Oh! Por que sua espada está toda ensangüentada, querido Eduardo!" da cançãozinha escocesa da louca Margarida!... E Almanzor? E Vizli-Puzli? Bem feito para os ávidos abutres espanhóis! Era um verdadeiro descobrimento para Kolia o fato de que, no poema "Vizli-Puzli", os cristãos eram chamados de "teófagos". Na verdade, se na eucaristia há realmente um corpo e sangue verdadeiros, que coisa mais abominável! Isso era pior que canibalismo... E como ninguém conseguia perceber isso?... E o pensamento do menino funcionava intensamente, como se estivesse empurrando calhaus pesados de um lugar para outro... Em Heine, ainda havia o seguinte: o dogma da Trindade contradiz a tabuada. Será que não era isso mesmo? Que tipo de bobagem era aquela? Mesmo mamãe não conseguira explicar como o Filho de Deus dentro da eternidade, nasce do pai, mas o Espírito Santo existe antes da eternidade... Eles não nascem e nem se originam coisa nenhuma! Isso tudo é uma bobagem sem fim. É mentira também, e das grandes! Um conto de fadas! — mais nada além disso! E na Escritura Sagrada também: inicialmente Deus criou a Luz, depois o Sol, a Lua e as Estrelas. Se foi assim, de onde vinha a luz? Ou ainda: Josué convenceu Deus a parar o Sol. Mas a geografia diz que a Terra gira em torno do Sol. Então a Escritura está mentindo. Ela diz que um peixe chamado baleia engoliu Jonas. A baleia não é peixe e sim um mamífero e nem pode engolir uma pessoa — sua garganta é muito estreita. A Terra anteriormente era uma bola de fogo. Mas a Escritura diz que uma semana depois surgiram Adão e Eva: eles seriam fritados sem dúvida, os queridinhos, naquele paraíso de fogo! Nos livros científicos está escrito que a Terra existe há muitos milhões de anos, mas na Escritura Sagrada desde a criação do mundo até o Nascimento de Cristo se passaram exatamente 5.508 anos... E existem escavações de moradias que têm mais de dez mil anos... É tudo bobagem, bobagem...

Assim, através de suas próprias reflexões, Kolia chegava ao completo ateísmo. Seus pensamentos eram por vezes ingênuos, mas tinham uma sólida base nas ciências naturais, enquanto a ironia e brincadeiras de mau gosto serviam como lubrificante. Claro, acrescentavam-se a isso também argumentos infantis e blasfêmias de crianças travessas.

— Pode o seu Deus de merda fazer uma pedra que ele mesmo seria incapaz de levantar?...

Os meninos ficavam parados e calados...

— Quem sabe seu Deus poderá me castigar se eu disser que ele é idiota, canalha e imprestável?...

Os amigos de Kolia arregalavam os olhos de tal forma que dava a impressão de que saltariam das órbitas.

As blafêmias aumentavam cada vez mais: todas as especificidades nascidas da instrução recaíam sobre o pobre Deus amaldiçoado, mas ele, pelo visto, era realmente impotente, já que permitia que essas coisas terríveis ficassem impunes.

Entre os livros dos Petrov, havia um que era ou de Mamin-Sibiriak ou de Niemirovitch-Dantchenko, sobre os países nórdicos. As ilustrações e a luxuosa encadernação, com a impressão dourada das letras e a capa de esmalte negro de vários padrões e desenhos com esmalte e manchas, atraíram a atenção de Kolia. Ele enfiou na cabeça a idéia de que se começasse a copiar novamente este livro, ele seria um livro novo, uma obra dele, Kolia. Tentem explicar: o menino que já entendia que Deus não existia, acreditava que uma obra copiada podia ser original! E como acreditava! Ele pegava do pai pilhas de folhas pautadas para registros e, se escondendo e fazendo segredo, copiava o livro durante horas. As folhas rasuradas ele metia atrás do sofá onde, logo, logo, surgiu um amontoado de papel velho. Sua consciência começou a pesar, pois o papel era roubado. Será que Epicteto ou Marco Aurélio tinham roubado? A cabeça de Kolia suava por debaixo dos cabelos, por causa da vergonha que sentia pelo roubo do papel.

Certa vez, a velha babá, que cuidava de Andriucha, mas que aproveitava, às vezes, para dar uma olhada em Kolia e Volodia, apanhou-o de surpresa durante sua atividade de escritor.

— Você, Kolia, o que faz aqui?

— Estou criando um livro.

— Meu Deus! Quanto papel! Onde você pegou?

— Para um livro é sempre preciso papel.

— Mas o que você está escrevendo?

— Já disse, estou escrevendo um livro...

— Meu pai! E como é que se escreve?

— Muito simples. De cabeça.

— E o papel você pega do seu pai? Você pediu para ele?

— Por favor, não diga nada! Eu peguei só um pouco. Não vou pegar mais.

A babá prometeu não falar nada. E se ela soubesse que atrás do sofá havia dez vezes mais papel amassado?! Como se livrar desta sujeira? Onde jogar? Isso era um enorme problema sobre o qual pensava inutilmente o cérebro de Kolia, consciente do crime que seria descoberto a qualquer momento. Foi desta forma estranha que se revelaram os primeiros anseios literários de Kolia Petrov, ainda na sua infância.

5

Ela surgiu no horizonte repentinamente, como um raio de luz, como uma estrela cadente, como um meteoro. Ela era uma menina linda e loira, de olhos azuis como violetas; de rosto carinhoso, como as pétalas da mais frágil rosa do jardim dos Stanevitch; de tranças douradas que anelavam a sua cabeça como os claros e brilhantes raios do sol; com um sorriso amável, como a primavera; com uma graça leve e inata, como a mais maravilhosa ninfa. Ela acabara de terminar os estudos em um dos institutos de Petersburgo e, possuindo uns parentes distantes em Beltsi, voou para lá, feito uma borboleta que acabara de sair da crisálida com todo o brilho de suas asas coloridas, das quais a vida ainda não conseguira apagar, com seus dedos brutos, a rara beleza. Chamavam-na de Elena Vladimirovna Klevanskaia e acabara de completar a sua décima nona primavera. Tudo nela era impressionantemente natural e ela era a negação viva e esvoaçante do ditado francês: *Pour être belle, il faut souffrir.*

Sua chegada a Beltsi (ela apareceu na casa dos Stanevitch, pois logo fizera amizade com a filha deles, Elizaveta Ivanovna) provocou um verdadeiro furor. Ela, além de sua aparência pura e atraente, possuía outras qualidades: não era uma alemãzinha ingênua do tipo de Margarida, personagem de Goethe, para quem as expressões de Fausto soavam da mesma forma que virtuosos conselhos de um pastor; ela era cheia de vida, culta, inteligente, e tinha aquele polimento mundano mas sem arrogância, que lhe permitia sentir-se segura e pouco tímida na vida social. Resumindo, em poucos dias ela conquistou o reconhecimento geral e ao seu redor, como ao redor de um astro, todos os personagens da intelectualidade e do funcionalismo da cidadezinha interiorana, jovens e velhos, civis e militares, circulavam em torno dela. Parecendo obedecer à lei da gravidade, as pessoas saíam de suas órbitas habituais e começavam a movimentar-se por novos caminhos. A casa dos Stanevitch tornou-se barulhenta, repleta de risos e alegria. Os galanteios a Elena Vladimirovna criaram tumulto e correria: não eram só as pessoas que vinham, mas chegavam também buquês de flores, caixas de bombons, barras de chocolate, gravuras e estatuetas, adagas antigas e quinquilharias — ou seja, os mais diversos agrados eram lançados por seus admiradores aos pés da moça, que se assemelhava a um anjo.

Naquela época, estava de visita na casa dos Petrov a irmã de Liubov Ivanovna por parte do padrasto, a quem todos chamavam de tia Lialia, ou tia Lialka. Ela era ainda bastante jovem, interessante, muito inteligente e se distinguia pela ausência de preconceitos. Apesar de sua juventude, ela já havia vivido um pesado drama. Quando ainda cursava o instituto, viveu um romance platônico: os dois jovens se amavam muito, mas ele sempre manteve uma distância respeitável dela. A história e o sentido dessa respeitável deferência e reserva foram revelados depois de alguns anos, repletos de um amor profundo de ambos os lados. E revelaram-se como uma verdadeira tragédia e de uma forma muito triste. Um belo dia, o ainda jovem rapaz, objeto da ardente devoção, de repente e, sem nenhum motivo aparente, enlouqueceu. Então soube-se que havia enlouquecido por causa da *lues*, a sífilis, da qual se tratava em segredo. Se ela foi um presente herdado dos pais ou um pecado antigo, ninguém ficou sabendo. Entretanto, ele, ciente da doença, sofria muito por dentro. Esta foi a razão de sua atitude estritamente platônica em relação à sua amada. Se tinha esperanças de se curar, se não tinha coragem de deixar para sempre a moça ou se tinha algum desejo de revelar o seu terrível segredo a ela, isso nunca se soube: ele morreu sem dizer uma palavra de despedida. A tia Lialia, ao saber de tudo por intermédio da irmã dele, sua colega de faculdade, ficou inquieta como um pássaro ferido. Seu coração sangrava. Agora era ela que estava próxima de um colapso nervoso. Os caçadores sabem: acontece de o pato ferido se curvar, começar a tremer, levantar vôo e parecer que vai cair. Mas, de repente, se endireita e voa na horizontal para a vastidão desconhecida. Pode talvez até cair bem longe, tornando-se presa do gavião, mas pode também recuperar-se, a ferida cicatrizar e só doer às vezes, como uma lembrança física do passado.

Foi assim com a pobre "Lialka". Com a sua cabeleira em cachos, partiu para a vastidão da Bessarábia, a fim de abafar a dor do coração. Lá seus parentes a trataram com toda a delicadeza e preocupação. Elizaveta Ivanovna, a jovem Stanevitch, praticamente se apaixonou por ela, os meninos a adoravam, principalmente Kolia. Não só porque ela trouxe para ele de Moscou uma ótima aljava com arco e flecha, com os quais ele ginetеava em cima de um pedaço de pau, com o chapéu de lado, mas principalmente porque tia Lialia o tratava como um adulto, sem ceceio e obviamente sem mimos: ela percebia perfeitamente que Kolia entendia muito mais do que pensavam dele. Pois bem, então ela começou a se restabelecer, às vezes, até ficava alegre, e como isso acontece freqüentemente com as pessoas depois de passar uma grande comoção, deixava-se parecer leviana e até flertava. Pavel Ivanovitch já olhava-a carinhosamente com seus olhos ardentes e aveludados e rodeava-a como o pombo rodeia a pomba. Já os velhos Stanevitch, às vezes com alegria, às vezes com medo, observavam tudo sorrateiramente, tentando adivinhar o que iria acontecer (apesar de que, provavelmente, nada poderia acontecer)...

Foi então que surgiu em cena Elena Vladimirovna. Todos os eixos se deslocaram. Lialka fez as malas e por mais que suplicassem viajou para Moscou: ou ela não queria assumir um papel feminino secundário ou então sentia dor por causa do contraste entre a verdadeira leviandade e a falsa alegria, na qual sempre, lá no fundo da alma, tremia uma lágrima triste. Mas ela não se rendeu a todas as súplicas, convencimentos e apelos e sumiu da mesma forma repentina como surgiu.

O reino de Elena Vladimirovna transformou-se numa monarquia sólida e invencível.

A amizade de Klevanskaia com Elizaveta Ivanovna aconteceu por acaso e de maneira completamente natural: elas tinham a mesma idade, os mesmos interesses, os mesmos sonhos. Kolia freqüentemente era chamado pelas moças para o pequeno quartinho de Elizaveta Ivanovna. Tudo ali para ele era mágico e estranho: a cama bem-feita, a penteadeira com o espelho, os frascos facetados com perfumes, o tapete pendurado em cima da cama, as cortinas com desenhos de pássaros e pavões paradisíacos e toda a atmosfera de algo extraordinário, fechado, inacessível, completamente especial. As moças derramavam no menino seus carinhos, às vezes o beijavam, o perfumavam, brincavam, obrigavam-no a declamar versos. Essa estranha mistura de erotismo reprimido e sentimentos maternais embalava Kolia carinhosamente e ele afundava numa neblina que exalava os diferentes perfumes de Elizaveta Ivanovna. Nesse nevoeiro ouviam-se as alegres vozes das moças, a fala rápida da morena e o contralto profundo da loira, brilhavam os dentes brancos, sorriam alegremente os olhos pretos e azuis. Kolia ficava acanhado, mas para ele era agradável e bom ficar sentado naquele quartinho cercado pelas moças; não se fazia de rogado e derrubava nas cabeças das ouvintes um dilúvio de poemas, pois ele, naquele momento, já sabia uma significativa quantidade deles.

— Kolia, por favor, agora "Os topos da montanha".

E ele recitava o poema de Goethe. Depois do verso-suspiro final "Espere um pouco, você também descansará", reinava um silêncio melancólico.

— Agora, algo de Fet. Kolietchka, queridinho, está bem?

— O quê? Querem "Eu vim a você com saudações"?

— Está bem. Primeiro "Eu vim a você com saudações", mas depois "Sussurro, uma respiração tímida". Está bem?

— Está bem, como quiserem.

Kolia sentava-se mais confortavelmente no sofá de estampado exótico, entre os travesseiros, num canto, onde a luz do lampião, com o abajur opaco e de duas velas, que queimavam perto do espelho, quase não chegava, acatava o pedido e declamava Fet. Mas Fet, de quem Elena Vladimirovna gostava muito (ela, pelo visto, não estudara a escola de Pisarev, grande crítico de Fet, porque no instituto que ela freqüentava eles tiveram orientações numa direção diferente), não satisfazia o próprio Kolia.

— Se vocês quiserem, posso recitar algo de Heine!

E ele, com a vozinha trêmula de emoção, declamava para elas "O campo de Hasting". Quando chegava na estrofe

> Possuía um pescoço de cisne
> Branco, esbelto e maravilhoso,
> E o rei Haroldo, agora morto em Boz,
> Um dia ardentemente a amara...
> Amara, beijara, e perdoara...
> Depois deixou de amá-la, e a abandonou...
> Passaram-se dias, passaram-se anos,
> Até completarem-se dezesseis anos

as moças prendiam a respiração, seus peitos arfavam, as lágrimas surgiam em seus olhos.

E depois do último verso, quando traziam a Edith o cadáver do amado e quando "os monges sussurravam uma oração", elas já estavam quase chorando. E Kolia, no escuro, enxugava as suas lágrimas com a manga do casaco, para que ninguém percebesse. Durante alguns minutos ele ficava fisicamente incapaz de pronunciar sequer uma palavra...

Às vezes, Kolia lia para elas algo do livro *Contos coloridos* de Tchekhov, ou de *As noites no sítio próximo a Dikanka*, de Gogol. Ao ler "A vingança terrível", ele sentia seus cabelos se arrepiando, quando o malvado bruxo-gigante crescia... As moças ficam paralisadas de pavor...

Depois, elas sacudiam Kolia, presenteavam-no com muitos bombons e, no dia seguinte, espalhavam aos quatro ventos como Kolia lia bem e como era um menino extraordinário... Ivan Antonitch ficava feliz. Liubov Ivanovna sorria... Kolia ficava ruborizado como uma peônia, e saía correndo para poder descansar de tantos elogios, apesar de sentir-se lisonjeado e nas nuvens; ele ficava sozinho, no meio de uma moita de anserina, olhando para o céu, pensando sem saber em quê...

Certa vez, após uma dessas tardes, Elena Vladimirovna, num impulso carinhoso, deu a Kolia o melhor objeto (assim ela disse) que possuía. Era o álbum do instituto, um maravilhoso álbum, com um papel fantástico, numa encadernação cara e em couro estampado. O álbum exalava um perfume extraordinário. Quase todas as páginas estavam preenchidas com poemas e mensagens de amigas, professores, conhecidos de Petersburgo. Havia desenhos ingênuos, votos de felicidade, citações de personalidades, traduções de poemas de poetas ingleses e franceses, feitas por ela mesma, às vezes com um conteúdo bastante aristocrático, como por exemplo:

Lordes e *ladies* alegres, levantem-se!

Os "alegres lordes e *ladies*" eram os convidados de uma requintada caçada ao veado. Kolia ficou profundamente orgulhoso com este maravilhoso presente da encantadora moça. O álbum tornou-se seu tesouro e ele, como o "Cavaleiro avarento" de Puchkin ficava em algum canto folheando as páginas do álbum, sabendo o seu conteúdo já de cor. Porém entre os diversos poemas e textos em prosa, Kolia ficou mesmo impressionado com uma frase, escrita num cantinho quase imperceptível. Era curta e clara: "Lembre-se de Moiseika" — e mais nada, não havia assinatura. Kolia já era bem esclarecido para entender muito bem o que significava esta frase; o quanto ela era, apesar de seu tamanho, importante. Algo espetou o coração de Kolia.

Seria isso um ciúme infantil precoce? Improvável, já que Kolia não possuía uma paixão infantil, como as que nos informam as biografias de muitas pessoas. Mas algo deste ciúme, algum embrião dele, possivelmente havia. Era doloroso e o aborrecia muito saber que Elena Vladimirovna possuía segredos com esse desconhecido Moiseika...

Entretanto, ela continuava sob o cortejo geral, que não cessava. O tumulto de pessoas continuava, os Stanevitch recebiam visita o tempo todo e Elena Vladimirovna desabrochava, brilhava, resplandecia, gracejava. Até mesmo Ivan Antonitch, fiel à sua Liubotchka da cabeça aos pés, e que pertencia à sua esposa afetivamente, *mit Haut und Haar* ficava mais agitado na presença da moça e, dizendo bravatas, com expressão ardente declamava as estrofes de Lokhvitskaia:

> Eu almejo prazeres tórridos
> No escuro das velas apagadas...

ou então alguns versos rabiscados:

> Dêem-me uma mulher, uma mulher selvagem,
> Enlaçá-la-ei como uma hera.

Em resposta, todos gargalhavam juntos e, às vezes, aplaudiam. Kolia sempre lamentava quando o pai se misturava com os funcionários de Beltsi: já entendera o verdadeiro tratamento que lhe dispensavam. Ele amava muito o pai: ele gostava de suas troças sobre os santos, gostava da perfeição como declamava poemas, gostava de seus conhecimentos, suas histórias e simplesmente o amava como o pai bom e carinhoso que era. Kolia sofria ao ver o pai vomitar após a habitual bebedeira. Ele não suportava as visitas, com exceção do vagabundo Mikhailov, que desenhava maravilhosamente bem os antigos castelos do Reno e ensinava a Kolia como fazer desenhos humorísticos: "tróica atrás da encosta", onde por detrás da colina aparecia somente um chicote e não havia nenhuma troica; "o sentinela atrás da guarita", onde no lugar do sentinela aparecia somente a baioneta; "cavalos deitados", que vistos de certo ângulo transformavam-se em fogosos corcéis galopando. E havia muitas outras mágicas que Mikhailov mostrava no papel. Kolia, por essa época, interrompera qualquer contato com as meninas. Mas, com a filha de Mikhailov, ele mantinha a amizade, passeava, empurrava-a no balanço e brincava. Ela era uma menininha boa e inteligente, porém a discriminavam como "bastarda". Kolia sabia disso e observava como era tratada (nunca era convidada para nada) e, ao ver algo extraordinário, justamente a ela fazia exceção: certa vez trouxe-a para sua casa e ficou com ela o dia inteiro; os Mikhailov ficaram desesperados (pensaram que havia sumido ou fora roubada pelos ciganos). E ela estava muito bem em companhia de Kolia.

Por estranho que pareça, Kolia adquiriu tal sentimento em relação a Elena Vladimirovna, que as visitas lhe pareciam indignas dela, tolas, baixas, insignificantes. Para ele era desagradável quando ela flertava e se exibia, nadava feito um peixe dentro d'água, entre todos esses gozadores pouco originais, verdadeiros porcos, vestidos de paletó, sobrecasacas e calças listradas. Claro que os Stanevitch eram outra coisa. Mas e os outros? E como Elena Vladimirovna não se cansava de ouvir a mesma coisa: as mesmas piadas, as mesmas histórias, as mesmas réplicas, acompanhadas dos mesmos gestos, sorrisos, risadas? A Kolia parecia que era uma Elena Vladimirovna completamente diferente; não era aquela que ficava no quartinho de Elizaveta Ivanovna ouvindo os poemas. Lá era tudo tão delicado, fino, maravilhoso e bom. Fora dali, havia somente cálices e exibição e, pior de tudo, tolices. No coração de Kolia surgia uma vontade revoltante de fazer algo de ruim a essa Elena Vladimirovna "má", para que permanecesse somente a "boa". Não que houvesse algum plano ou um objetivo racional e arquitetado a ser alcançado, ou mesmo pensamentos claros. Ele não tinha idéia do que fazer. Porém, havia um chamado inconsciente, ou semi-inconsciente, algo indefinido, um ímpeto obscuro que surgia da profundidade oculta da sua alma infantil. A Kolia, parecia que ele era o sentinela do querido quartinho e de tudo que estava ligado a ele. Estava protegendo a verdadeira Elena Vladimirovna, como um cavaleiro, de todos aqueles cães que avançavam por todos os lados.

Mesmo sendo muito inteligente, Kolia não conseguia compreender o fato de uma moça de Petersburgo sentir satisfação com esses galanteios todos: para sua consciência ingênua e infantil, o comportamento de Elena Vladimirovna na presença das visitas parecia mais algo anormal e, se naquela época ele conhecesse Hegel, sem sentido, irreal e irracional. Mas ele não conhecia Hegel. Mesmo assim, apesar de não raciocinar dessa maneira, sentia esta Elena Vladimirovna como a não verdadeira, a falsa, não era aquela que constituía a sua verdadeira essência.

Todos esses fragmentos de pensamentos semiformados, imagens, sentimentos e sensações resolveram-se num belo dia, de uma maneira inesperada. Na casa dos Stanevitch acontecia o "encontro de todas as peças" e, como era normal nestes casos, Elena Vladimirovna pulverizava seus sorrisos à direita e à esquerda. Kolia estava presente com seu álbum precioso nas mãos. De repente, como o menino tchekhoviano que dizia: "Humm, mas eu sei", ele abriu o álbum, encontrou a frase que o impressionara e leu alto: "Do álbum de Elena Vladimirovna: 'Lembre-se de Moiseika.'" É bem verdade que muitos — ou quase todos — não entenderam direito do que se tratava. Porém, Elena Vladimirovna entendeu muito bem. Ela explodiu, levantou-se da mesa e partiu para cima de Kolia, atrás do álbum. Ele, feito uma enguia, saiu do cômodo e atrás dele foi a moça. Ela corria realmente mais rápido que um gamo, mas não conseguia pular as cercas e sebes. Kolia, depois de pular duas cercas, já estava fora de seu alcance. A perseguição foi interrompida...

O efeito desse discurso foi, para Kolia, completamente inesperado. Pelo visto, "Moiseika" tinha um papel muito mais importante do que Kolia imaginava e ele cravou uma agulha pontiaguda na verdadeira Elena Vladimirovna, naquela que suspirava e entristecia ao ouvir os poemas românticos de Heine. E foi isso, o sentimento mais íntimo, que o menino maldoso expôs para vexame público.. Assim acabaram para sempre as tardes no quartinho de Elizaveta Ivanovna. Elena Vladimirovna não queria mais o álbum e cumprimentava amavelmente o menino, mas não pedia que lesse poemas.

Aconteceu, aliás, que ela, algum tempo depois, recebeu um telegrama de Petersburgo e foi embora para a capital nórdica, deixando todos os seus admiradores como caranguejos encalhados... De Elena Vladimirovna restou somente o álbum.

Mas o destino logo recompensou Kolia. Chegaram a Beltsi, inesperadamente, os moscovitas Slavianski. A esposa de Slavianski, nascida Gorodetskaia, ou como a chamava Ivan Antonitch, Natachka Gorodetskaia, era uma velha colega e irmã daquela revolucionária bonita com quem Ivan Antonitch tivera, antes do seu casamento, um trágico romance. Natalia Dmitrievna era em todos os sentidos uma grande mulher e, ademais, é claro, não se encaixava na pobre escala de Beltsi: tanto pela aparência, pela força de vontade, pela inteligência, como pela formação excepcional, pelo amplo horizonte cultural. Seu marido era também um homem altamente culto; porém mal conseguia arrastar os pés, pois era muito doente, fraco, míope. Sua figura frágil, com uma enorme cabeça, com óculos no pequeno nariz e com um topete de cabelos claros desgrenhados que teimavam em não obedecer à ação domadora do pente, contrastava bruscamente com a figura de sua mulher. Eles trouxeram consigo o filhinho Tocia. Ele era um menino fenomenal: magrinho, da mesma idade de Kolia Petrov, muito míope e já usava óculos enormes com lentes grossas e era, fisicamente, a cópia do pai. Mas sua erudição, conhecimento, inteligência e originalidade superavam tudo que podia se esperar de uma criança nessa idade.

O aparecimento dos Slavianski no horizonte de Beltsi introduziu na vida dos Petrov uma corrente humana fresca: eles eram pessoas verdadeiras! Ivan Antonitch foi invadido pelas velhas recordações e a Moscou avançada e pensante adentrou com suas idéias e interesses como um vento fresco, limpando o mau cheiro. Liubov Ivanovna também estava extraordinariamente feliz: podia-se conversar como gente e obter uma trégua do limo burocrático e provinciano. A pobre mulher, obrigada a mergulhar de vez nas fraldas, amamentação, administração da casa, visitas, preocupações com o seu marido negligente, estava morta de saudades de uma simples conversa. Mas quem estava mais contente era Kolia, pois pela primeira vez recebera como companhia um presente que não só não ficava nada a dever a ele, mas que até o superava em muitas coisas. Kolia inicialmente ficou surpreso, mas depois reconheceu honestamente a superioridade de Tocia.

Logo nas primeiras conversas, quando os meninos passeavam calmamente pelo jardim, trocavam pequenas frases e olhavam-se avaliando um ao outro, descobriu-se que Kolia não sabia quem era Uriel Acosta, e Tocia, com uma voz baixa mas firme, deu uma verdadeira aula sobre o rebelde pensador. Depois soube-se que Tocia lera Swift, que Kolia nem sabia que existia. Kolia pôs-se a explicar os segredos do nascimento de bebês e Tocia, com a mesma voz baixa, calma e fininha, de maneira concisa, falou sobre a reprodução por multiplicação, divisão e germinação de células, coisas a que Kolia não conseguira chegar com sua própria cabeça e de que os outros meninos nunca ouviram falar. Kolia pôs-se a dissertar com animação sobre pássaros e borboletas. E Tocia lhe contou como já trabalhara com microscópio e que existiam infusórios extraordinários. Quanto mais se entra no bosque, mais lenha aparece: descobriu-se que Tocia sabia alemão e francês e falava bastante bem estas duas línguas. Mas quando o quieto Tocia começou a cantar em italiano *La donna è mobile* (a melodia Kolia conhecia muito bem), então nosso herói ficou definitivamente e para sempre impressionado. Na verdade, Tocia não conhecia tão bem a vida dos animais e das plantas como Kolia, não sabia desenhar, não sabia correr, nem trepar nas árvores, nem caçar tarântulas e espermófilos... Mas Kolia estava assombrado com os conhecimentos livrescos e lhe parecia que, por trás da testa grande, pálida e frágil de Tocia, escondiam-se montanhas inesgotáveis de grande sabedoria. O menino realmente lembrava um recipiente precioso, repleto com o mais refinado cérebro que qualquer toque quebraria. Este ser frágil necessitava de cuidados especiais: Tocia estava sempre resfriado, sofria de dores de cabeça, seu peito cavado inspirava cuidados e dó. O pobre menino ficava muito confiante quando o assunto era algo intelectual, porém dava-se por vencido diante das brincadeiras infantis mais comuns e com um sorriso triste interrogava Kolia sobre suas inúmeras aventuras.

Em poucos dias os meninos tornaram-se amigos íntimos; estavam sempre juntos. Tocia gostava que Kolia possuísse aquilo que lhe faltava. E Kolia reverenciava Tocia por causa de sua inteligência e sua amizade tornou-se verdadeiramente sagrada para ele; pelo gênio fraquinho ele enfrentaria até mesmo um dragão. Tocia possuía uma curiosa maneira de falar literária: quando falava parecia estar lendo, escandia cada frase e sua fala não só não se parecia nem um pouco com a fala infantil, como também estava longe da conversa dos adultos. Além do mais, Tocia possuía um talento, uma imaginação original e aguda, uma capacidade brilhante, como Pisarev, de atacar e cortar o oponente com o aço das facas afiadíssimas da lógica e zombar dele, sem aumentar o tom da voz, mantendo-a pausada, baixa e calma. Desse contraste entre a tensão maliciosa do conteúdo e a coragem tranqüila e a aparente indiferença da forma, obtinha-se uma impressão completamente especial. Todos os adultos sorriam e, em segredo, ficavam sem compreender de onde extraía tanta esperteza aquele menino fraquinho. Por seus pensamentos, no entanto, ele nunca era aceito como uma criança; ele era simplesmente um adulto pequeno e muito inteligente, um anão inteligente com óculos grandes e olhos fixos de porcelana. Custou muito caro a Tocia esta hipertrofia do cérebro: alguns anos mais tarde ele morreu de uma doença cerebral. Mas isso aconteceu depois. Naquela época ele estava vivo e era amigo de Kolia; mas Kolia, mesmo amando-o do fundo do seu coração, sentia sempre uma preocupação confusa pelo seu amigo, parecida com a preocupação que as pessoas sentem por uma preciosidade rara e insubstituível.

Na varanda coberta dos Petrov, à mesa, estavam os Slavianski. Com eles estava Tocia. Liubov Ivanovna, como sempre, andava às voltas com o samovar, enxugava as xícaras, punha a mesa, servia o pão, a manteiga, a geléia e refrescos. Lá fora já estava escuro. Somente as mariposas batiam nos vidros das janelas, querendo alcançar a luz; elas emergiam da escuridão, chocavam-se contra o vidro e rapidamente, movendo as patinhas e batendo as asas, subiam e depois caíam e recomeçavam seu trabalho incessante. Havia abelhas na geléia: uma já congelara, as outras tentavam sair, todas meladas e meio paralisadas com a geléia pegajosa, pareciam inválidas incuráveis... As lâmpadas brilhavam alegremente. Em torno delas, debaixo do teto, onde havia manchas claras, giravam pequenos besouros, vaga-lumes, mosquitos que, batendo de repente no teto ou na lâmpada, caíam na toalha da mesa... Era bom e tranqüilo lá, no final da tarde de verão...

— Mas como é que realmente vocês vivem aqui, Ivan Antonitch? — perguntou Natalia Dmitrievna. — Vocês não nos contaram nada direito. Aliás, de vocês nunca se consegue arrancar nada útil.

— Isso, repreenda o Vania, Natalia Dmitrievna. Isto é bom para ele — interveio Liubov Ivanovna.

— Oh, *Natalie*! Como vivemos? Assim... mascando o pão, devagar e de leve.

— Mas isso é muito pouco, não é suficiente para nós entendermos. Como são as pessoas daqui?

— Pessoas como qualquer pessoa: dois buracos no nariz e as pernas crescem onde crescem as de todos.

— Deixe de besteira, Ivan Antonitch!

— Ele é sempre assim, Natalia Dmitrievna! Será que ele era assim também antes? Sabe, em Moscou era diferente; lá também havia muita leviandade, mas havia pelo menos um eixo. Porém, aqui não há nenhum eixo. Hoje, cartas; amanhã cartas e depois de amanhã a mesma coisa... Este é o sentido da vida. E ainda tenho crianças pequenas... Eu realmente não sei como escapar desta situação...

— As cartas, pelo visto, desenvolvem as habilidades matemáticas de Ivan Antonitch — introduz inesperadamente Tocia com sua voz fina, como se estivesse espetando uma agulha afiada...

— Tocia, não se intrometa quando não pedem a sua opinião!

— Mãe, eu estava só comentando que as cartas podem ter seu lado bom, que a relação de Ivan Antonitch com elas pode não ser negativa. (Kolia lhe contara muito sobre a vida em Beltsi.)

Ao ouvir esta tirada, Ivan Antonitch ficou vermelho... Que menino! Liubov Ivanovna, apesar de sua firmeza, tomada pela surpresa, ficou visivelmente perturbada. Kolia, ao mesmo tempo, sofria e se deliciava. Tocia, sentado com seu rosto e olhos de porcelana parecia uma bonequinha frágil, nada refletia em sua fisionomia. Apenas ficava sentado lá como um pequeno Buda. Natalia Dmitrievna não sabia o que fazer. Slavianski ficou paralisado, escondido em algum lugar atrás do samovar.

— Tocia, não diga bobagens! — disse finalmente com uma voz insegura Natalia Dmitrievna.

— Dizer bobagens, mamãe, significaria preocupar-se. Não posso me preocupar, me faz mal. Eu, como se sabe, herdei de papai a sua saúde de ferro.

— Escute, Anton — de repente ouve-se o pio de Slavianski —, vá passear um pouco...

— Se o problema de pais e filhos é assim tão crítico que para você ou alguém mais é nociva a minha presença, então, papai, vou acatar o seu pedido, devido a um elementar sentimento de amor ao próximo.

Tocia se levanta, agarra a mão de Kolia ao passar e some com ele pela porta.

Faz-se uma pausa.

Um silêncio incômodo continua por cinco minutos.

Finalmente, Ivan Antonitch abre uma brecha.

— Temos que fazer os meninos voltarem. Que fenômeno vocês têm, Natalia Dmitrievna, o seu Tocia, juro por Deus, é um fenômeno! Com que o alimentaram? Kolia! Kolia! Traga Tocia para cá! Venha rápido!

Os meninos se aproximaram e se acomodaram. Tocia sentou-se no seu lugar.

Sua aparência não mudara, era a mesma de antes de ser expulso, estava como se nada tivesse acontecido. Mas, realmente, teria acontecido algo? Ivan Antonitch, por exemplo, até aquele exato momento não entendera nada: foi num sonho que o menininho o repreendeu? Será que existem crianças assim na vida real? De repente, foi dito algo completamente diferente e todos atribuíram às palavras um sentido adulto? Não, foi exatamente o que ele disse... Aliás, por que eu — pensou Ivan Antonitch — estou preocupado com um menino?...

— Bom, a sra. Natalia Dmitrievna quer mesmo saber como as pessoas vivem aqui? — Ivan Antonitch passou a tratá-la de senhora. — Bem, lembra como Hertsen descreveu a cidade do interior em *As anotações de um jovem rapaz*? Aqui é igualzinho. Escritório, dia vinte, gratificações, condecorações. Depois bebedeiras, tira-gostos e cartas. A maioria cobra propina. Mas que revelações, diga-me por favor, a senhora quer? Depois de Hertsen, de Chedrin? Até mesmo depois de Gogol, para encerrar?

— E a *couleur local* daqui?

— Existe, é claro. É o revoltante o tratamento dispensado aos judeus, e até mesmo aos moldávios, em parte. Disso, creio eu, vocês sabem muito bem, sem eu precisar dizer. Os mujiques suam, não se alimentam direito, comem mingau de milho e nos feriados tomam vodca, como todos os cristãos ortodoxos. Os judeus locais sofrem de tracoma e não se sabe como e de que vivem, como naquela piada onde as pessoas ganham a vida tomando emprestado uns dos outros. Eu, às vezes, fico quebrando a cabeça só de pensar como conseguem sobreviver a esta miséria... E sobrevivem... Procriam, multiplicam-se e povoam a terra. São roubados e ainda por cima arrastados pelas barbas. Alguma coisa da Bessarábia a senhora deve conhecer pelas obras de Puchkin. Mas lá era Kichiniov, isso aqui é Beltsi... Mas por que não estão tomando o chá? Liubotchka, sirva-os, pelo amor de Deus!

— Obrigada. Não se preocupe, Ivan Antonitch.

— Bem, e além de Beltsi há lugarejos como Skuliani, Falechti e vários outros. Às vezes, tenho que viajar para lá a serviço. A situação lá é bem pior...

— Está bem. E sobre o senhor? Vai fazer o quê?

— O que posso fazer? Reclamar? Para quem? Elaborar projetos de reformas? Não posso e nem quero! Que reformista sou eu? E, além do mais, isso é completamente inútil. Além de aborrecimentos nada acontecerá. Este serviço, falando sinceramente, me enoja. Deus queira que eu consiga permanecer um homem honesto e simples neste trabalho. E mesmo assim, parece que estão cavando buracos debaixo dos meus pés para que eu caia. E só porque não aceito propinas e não uso palavras depreciativas para com os judeus. É muito gentil, não acha?

— É, há muito pouco de bom.

— Com certeza, muito pouco. Aqui não é Moscou. Que tempos bons eram aqueles! Não é, Natalia Dmitrievna? Lembra? É isso que acontece. O homem põe, mas Deus dispõe. Porém, dispõe de uma maneira muito tola... Sabe do que mais, é melhor a senhora e o Anton Ivanitch nos falarem de Moscou e Piter (S. Petersburgo). Com certeza, será muito mais interessante. Se eu ainda tivesse feito algum tipo de juramento de Aníbal, como fizeram Hertsen e Ogariov... Como a senhora sabe, não o fiz...

Chegara a hora das histórias sobre Moscou. Elas realmente eram bem mais interessantes. Os Slavianski contaram que, depois da *khodinka** e da coroação de Nicolau, as esperanças de mudança logo se dissiparam como fumaça; que a pressão é maior que na época de Aleksandr; que Raspopin, um colega de Ivan Antonitch, que quase o envolvera com a revolução, morreu no exílio, na Sibéria; que nos grupos intelectuais progressistas, os marxistas se multiplicavam ("eram pessoas impressionantemente enérgicas, porém limitadas"); que na literatura surgiram os simbolistas, que cultivavam os poetas

* Tumulto, com centenas de vítimas, na praça Khodinskaia, em Moscou, em 1896, por ocasião da coroação de Nicolau II. (*N. da T.*)

franceses decadentes e cortejavam, ao mesmo tempo, os seguidores de Soloviov; que na filosofia quem dava o tom eram os místicos e os idealistas e que Lopatin dominava o periódico *As Questões da Filosofia e da Psicologia*; que todos os *narodniki*,* com suas velhas tradições, estavam passando por momentos difíceis: eram bicados pelos marxistas e atacados pelos "ultramodernos" burgueses europeizados; que em Moscou nasceu um novo teatro com a ajuda de comerciantes esclarecidos; que no meio da intelectualidade havia grandes divergências, as coisas não eram mais como tinham sido no passado; que estava crescendo uma grande intolerância e batalhas verbais ensandecidas estavam sendo travadas...

Em resumo, as visitas derrubaram na cabeça dos Petrov um mundo de idéias, que estava tão longe do mundo de cartas de Beltsi, como a terra do sol... Esta diferença era tão sensível, que Ivan Antonitch, com suas recordações anteriores, às vezes, não entendia tudo o que Natalia Dmitrievna contava, tão grande era o rompimento com o passado e, evidentemente, a vida estava fluindo com muita rapidez e intensidade. Kolia piscava os olhos. Em sua cabeça veio um versinho engraçado do Instituto, que aprendeu com a tia Lialia:

Buckle, Mill, Comte e Kant
É bem mais fácil lê-los
E alcançar a sua "substância"
Do que você, meu amigo, entender.

Quem eram as pessoas citadas e o que era "substância", Kolia, obviamente, não sabia. Mas justamente este desconhecimento, a completa e consciente ignorância, é que fazia, do versinho, um

* Idealizadores das ligas camponesas, adeptos do movimento burguês na segunda metade do século XIX que negava a liderança da classe operária no processo revolucionário. (*N. da T.*)

símbolo do incompreensível abracadabra, desta algaravia dos diabos, da qual se lembrava sempre quando ouvia frases compridas, que não faziam nenhum sentido para ele.

Ivan Antonitch ficou sério. A natureza da conversa em si excluía a sua maneira costumeira de brincar e soltar a sua leviana e frívola *façon de parler*. E a presença do Slavianski, que acabara de conhecer, o intimidava. Natacha já o conhecia muito bem, mas o que iria pensar dele aquele senhor eternamente sério e de óculos que, provavelmente, em toda sua vida não entendeu nenhuma piada e não fez nenhuma brincadeira? Ele não saberia nem beber um cálice de vodca. Engasgaria? E obrigatoriamente chegaria à seguinte conclusão: puxa, que amigos tinha Natacha! Assim pensava Ivan Antonitch. Acalmou-se, prendeu a sua língua e passou para um tom mais sério e adequado. Aliás, para ele era interessante e essencial conversar com os Slavianski: o dia-a-dia de Beltsi não envenenou suas necessidades e seus interesses reais e ele dizia a pura verdade, anunciando que esse serviço com todas as suas relações e implicações lhe causava náuseas. A conversa se prolongou. Tocia já cabeceava, seu rostinho empalidecido e doentio caía sobre a mesa cansado.

A mãe olhou para ele com olhos tristes.

— Está na nossa hora, Ivan Antonitch.

— Fiquem mais um pouco! É uma vez na vida!

— Não, está na hora — anunciou decididamente Natalia Dmitrievna —, Anton Ivanitch, vamos!

Ela se levantou.

— Levem as lanternas, o caminho é confuso. Kolia! Vá buscar as lanternas! Eu acompanho vocês.

— Não precisa, não se preocupe, pelo amor de Deus.

— Não, vão atolar na sujeira. Nosso Kolia quase afundou uma vez na lama...

Os Slavianski se foram e Kolia repentinamente sentiu um vazio em seu peito e solidão, embora a mãe, o pai e Volodietchka ainda estivessem ali.

6

Beltsi era cercada por estepes, milharais, colinas e pântanos salinizados. O pequeno rio Reutsel corria feito uma serpente. Pelas estepes o vento agitava o cardo. Seus arbustos, como uma leve bola marrom trançada, pulando e saltando, voavam precipitadamente pela vastidão imensurável. As marmotas ficavam paradas sobre duas patas e de vez em quando assobiavam e escondiam-se em seus buracos, quando aparecia o homem ou passava rapidamente um gavião. Depois dos limites da cidade estendiam-se, com suas laterais brancas, os quartéis e ao seu lado, toda cercada, ficava a prisão, de formas quadradas e retangulares brutas que, com sua geometria seca, inspirava medo. Sobre estes edifícios pairavam sempre bandos de pombos alegres e de diversas cores que brincavam e volteavam sob o céu azul e pareciam estar zombando: o chefe da prisão era um grande apreciador de pombos e valorizava muito os cinzentos, opalinos e arrebitados. O rio era raso; no calor, quando a terra extenuada rachava e as estepes tornavam-se ruivas, como o tecido da lã de camelo, ele secava completamente e no lugar surgiam poças rasas e sujas. O peixe era raridade, porém havia conchas de rio em abundância no fundo, que ali eram chamadas de *skoiki*. Não havia um arbusto, uma árvore nas margens, cortadas por pequenos barrancos longitudinais pelos quais, na primavera, passavam os córregos que borbulhavam com uma espuma amarelada e suja. Em grandes espaços, nas margens do rio, cresciam ervas daninhas: cardo, bardana, quenopódio, estramônio, absinto. Abrir caminho neste matagal era difícil, mas por outro lado era o lugar ideal para os pintassilgos, rolinhas e rouxinóis.

Kolia, às vezes, lembrava com tristeza do bosque de Makarov. O jardim dos Stanevitch ele já conhecia até o último galho. Então, um dia o pai anunciou:

— Amanhã vamos ao bosque!

Meu Deus, que maravilha! O bosque ficava a umas vinte verstas* dali. Reuniu-se uma multidão: Elizaveta Ivanovna, os Slavianski, os velhos Stanevitch, Mikhailov com a filha e dois funcionários da tesouraria — eles e o Mikhailov levaram armas e cachorros para caçar patos e abetardas. Alugaram cocheiros judeus com faetons, atrelados com um par de éguas. Os guizos deles anunciaram a saída do cortejo para fora dos limites da cidadezinha, causa de tantos aborrecimentos.

O tempo estava maravilhoso. A manhã de verão estava fresca, e fazia frio. Bandos de nuvens delicadas e peroladas passavam pelo azul ilimitado do céu.

Sobre os campos voavam os esmerilhões que de repente paravam no ar, batendo as asas e com olhos perscrutadores procuravam uma presa. As marmotas atravessavam o caminho, balançando o traseiro desajeitadamente. Os *korosteli*** gritavam todos ao mesmo tempo com berros trêmulos e penetrantes, parecia que alguns meninos brincalhões rasgavam com raiva pedaços de pano. Aqui e acolá batia a codorna, escondendo-se no capim trêmulo, leve e sedoso. Cheirava a absinto e flores de absinto: as estepes naquele ano não queimaram, o verão havia sido chuvoso, mais chuvoso, diziam, que em qualquer outro ano, de que os velhos guardas florestais se lembrassem. A floresta floria com uma vida repleta e diversa. O sol se levantava, começava a ficar quente. Os cavalos já estavam suados e freqüentemente passavam para um passo lerdo, que era interrompido com o chicote e gritos do cocheiro. Nuvens de moscardos e moscas grudavam nos pobres animais, por mais que estes balançassem as cabeças e abanassem os rabos. O pêlo deles cobria-se de

* Medida antiga russa: 1 versta é equivalente a 1,06 quilômetros. (*N. da T.*)

** Ave de caça, comum nos pântanos da Rússia. (*N. da T.*)

sangue por causa das picadas dos insetos e inchava em bolhas. Os guizos tocavam. Atrás dos faetons estendia-se uma nuvem de poeira amarelada... Todos estavam felizes por verem algo novo e não os eternos cômodos, as mesmas árvores, as mesmas cercas. Elizaveta Ivanovna cantarolava a meia voz uma canção moldávia:

Spune, spune, moldavane,
Inde drumu la fokchani
Chi kasutsa mititik,
Chi nevasta frumuchik,
Chi barbatu natereu,
Iakuloi suflitu neu?

Os caçadores iam juntos e, prevendo uma boa caça, trocavam idéias sobre o assunto.

— Será que tem patos selvagens?

— Não, agora não está fazendo calor.

— E teremos abetardas?

— Só o Diabo sabe. Elas aparecem por aqui às vezes, em bando de duzentas, e de repente somem. Quando a geada as pega, os mujiques batem nelas com pedaços de pau ou elas são empurradas para o quintal como gansos domésticos. Isso se as suas asas congelarem.

— E pato?

— Acho que nas margens do rio, no meio dos juncos, encontraremos o pato selvagem e o cerceta. Encontraremos perdizes. Meu Rex é especialista em caçá-las: poderá levar a lugares que é bom nem pensar...

— Ha-ha-ha! E o que há de bom nisso?

— Não brinque, sabe como é. O senhor é um caçador, não é? Ou só está aqui por causa da bebedeira que acompanha a caçada?

— Isso também é bom. Ao ar livre. Trouxeram o conhaque?

— O que faríamos sem ele? Claro que trouxemos. Nós também, ha-ha-ha, somos caçadores.

— E pegaram uma rede ou bolsa?

— Peguei os ganchos.

— Não voltaremos de mãos vazias, não se preocupem...

Os cachorros tentavam escapar. Estavam de olhos ardendo e volta e meia se levantavam. Eles eram empurrados para o fundo da carruagem a pontapés e palavrões. Os Slavianski estavam junto com os Petrov. Kolia e Tocia, com os Stanevitch. Tocia olhava para tudo com perplexidade através de seus óculos enormes, parecia um pequeno marciano que caíra na Terra de repente.

— O que é isso?

— Milho. Você achou que fossem palmeiras?

— E isso? Está voando?! É prateado?!

— Tartaranhão campestre.

— Ele se alimenta de quê?

— De ratos, grilos, besouros.

— Kolia! Kolia! Veja que belo pássaro! É todo azul!

— Deste tesouro há muito por aqui. É a gralha cinza. Puxa, que bom chegar logo ao bosque.

— Kolia — chama pelo menino o velho Stanevitch —, me esqueci de te contar: hoje, com a pá, parti ao meio um ratinho.

— Que ratinho? Como era ele?

— Assim, ruivo com manchas pretas do tamanho de duas marmotas.

— Devia ser um *hamster*. Por que o senhor não me mostrou? Morreu?

— Não. Ficou vivo ainda.

— Ivan Iegoritch, me mostre, por favor. Por que o matou? Dava para pegá-lo vivo...

— Para que precisaria dele? Aquela porcaria! Estava estragando tudo em meu jardim e eu ainda devia ficar com pena dele?

No "carro" onde viajavam os Petrov com os Slavianski, transcorria a seguinte conversa:

— Natalia Dmitrievna, não acha que faz mal a Tocia ler tanto assim? Um desenvolvimento intelectual tão precoce... Isto é extraordinário... Mas a senhora não tem medo...

— Mas o que posso fazer? Claro que tenho medo! Não há nem cheiro da pedagogia racional... eu sei. Não dou conta. E o pior de tudo, Liubov Ivanovna, é que ele fisicamente é tão fraco, tão franzino... Eu tremo de tanta preocupação... Ele não gosta nem pode participar de brincadeiras infantis: não pode correr, nadar... A senhora não imagina como é fraco. E outra coisa: está sempre com os adultos. Então ele compensa com o mundo dos livros. Claro que esta unilateralidade é perigosa... Já falei tantas vezes a Anton Ivanitch para levá-lo a Rossolimo, mas...

— Claro, claro — falou Slavianski com sua voz fina —, isso é ruim. De um lado é ruim porque não há o desenvolvimento de todas as funções... E, acho, que, humm... é perigoso. Por outro lado, veja Bokl. Pelo que me lembro, desde os quatro anos, humm... escrevia, humm... em grego. Cresceu, não houve nada...

— É tudo assim com Anton Ivanitch: de um lado, por outro lado, em terceiro lugar... E o resultado? Vacilar e pensar como Hamlet? Depois será tarde. Acredite ou não: não faz muito tempo tirei de Tocia um livro de Draper. Draper para um menino de oito anos! E sabe o que mais? Tive que devolver o livro, de tanto choro e tristeza...

— E eu temo por nosso Kolia.

— Ele é outra coisa: é vivo! Sabe fazer tudo.

— A senhora não sabe, Natalia Dmitrievna. Não tenho como cuidar de todas as crianças. Eles tornaram-se verdadeiros meninos de rua. Foram iniciados em tudo. Eu e Vania estávamos pensando como chegar ao assunto... sobre sexo... Eles já estavam informados... Aprenderam na rua...

— Não há nada de grave nisso, Liuba. Chega de segurar as crianças em gaiolas! Deixe que nadem sozinhos...

— Você fala assim, Vania, por causa da sua leviandade. Você mesmo ensinou a Kolia várias besteiras. Nunca diferencia o que pode ser dito e o que não pode... Quando é preciso ter bom senso em determinados assuntos, com certeza, Deus não privilegiou você!

Naquele momento, a carruagem da frente, com os caçadores, parou repentinamente. O que teria acontecido? Os homens desceram com as armas e os cachorros... Uma ninhada de perdizes havia atravessado a estrada: os pássaros estavam banhando-se na poeira e levantaram vôo bem debaixo das patas dos cavalos...

— Ivan Antonitch, nós vamos começar a caçada daqui. Até o bosque falta um pouco mais de cinco verstas, não mais. Acomodem-se lá, o bosque é pequeno, encontraremos vocês.

— Está bem.

— Não vão nos desejar "nem pluma, nem pena!"?*

— O quê? Como?

— É, paizinho, logo se vê que "quando jovem não esteve na Saxônia" — gargalhou Mikhailov. — É um ditado de caçador desejando boa sorte. Vocês me perdoem, mas pedir isso a vocês é como tirar leite de bode. *Adieu!* Cuidem de minha filha, por favor! "Que missão é essa, Criador, ser pai de uma filha adulta!" — cantarolou em um bramido baixo Mikhailov até os Petrov e os Slavianski sorrirem involuntariamente. Os caçadores se foram. Kolia e Tocia passaram da carruagem dos Stanevitch para junto de Tania e partiram em direção ao bosque, que logo apareceu ao longe como uma listra azulada de neblina.

Finalmente, soprou o frescor da floresta em seus rostos e as carruagens entraram debaixo de um arco de galhos robustos e verdes, que brilhavam com reflexos cor de esmeralda. Os cavalos pararam. Os cocheiros desatrelaram rapidamente os animais e os levaram para a sombra, onde, cansados, puseram-se na mesma hora a arrancar as folhas dos galhos e, abanando os rabos melancolicamente e balançando o corpo, mastigavam o capim suculento. No bosque, reinava um silêncio solene e concentrado. Enormes árvores — carvalhos, faias, carpinos e troncos de cerejeira silvestre, como pilares colossais, sustentavam as majestosas abóbadas de folhagem e,

* "Nem pluma, nem pena – êxito!" É uma antiga tradição falar assim para os caçadores, desejando que eles tragam mais carne da caça e menos plumas e penas. (*N. da T.*)

através desta densa folhagem, com faíscas animadas e brincalhonas, penetravam os raios do sol, alegres e vivificantes. Por toda parte, sob os pés, havia fofos travesseiros de musgo e de capim sedoso, cobertos de coroas de flores. Por entre a densa cúpula do bosque, surgiam aqui e acolá pedaços azuis do céu limpo, de onde caíam, nas pequenas clareiras, focos de luz. Na sombra, entre enormes troncos cobertos de musgo e raízes imóveis, que penetravam na terra como cobras gordas e entrelaçadas, murmurava um corregozinho, quase imperceptível atrás do matagal de samambaias que espalhavam por todo lado o seu verde desenhado e esculpido.

— Venham aqui, venham! — gritaram ao mesmo tempo várias vozes.

— Aqui, vamos descansar! Que lugarzinho bom. Não é?

Ivan Antonitch animou-se.

— Natalia Dmitrievna! Elizaveta Ivanovna! Katerina Ivanovna! Venham cá... Liubotchka, dê as ordens, por favor...

Todos, incluindo os cocheiros, começaram a transportar para o lugar escolhido vários pertences e utensílios para o piquenique: a toalha, o samovar, as caixas com os comestíveis e garrafas...

— Por favor, não joguem papéis por aí, se for possível — suplicou sorrindo Natalia Dmitrievna.

Forraram com a toalha uma clareira coberta com o musgo da floresta. Trouxeram almofadas de couro — os assentos dos faetons. Espalharam os sanduíches, as sardinhas, o queijo, os ovos cozidos, o salame, pedacinhos de presunto. Surgiram as inevitáveis garrafas.

— Onde estão as crianças?

— Kooolia! Tocia! Tania! Oi! Oiii! — gritou com toda força Ivan Antonitch.

De algum lugar, ouviram-se as vozes infantis: Oi! Oi! As crianças tinham conseguido escapar, inspecionar e subir nos arbustos e nas árvores: Kolia comandava o grupo e dava explicações, como um verdadeiro cicerone; Tania ia atrás dele; e Tocia, com um rosto sério e expressando uma surpresa filosófica típica de Aristóteles, ouvia, quase sem conseguir acompanhá-los e visivelmente envergonhado por causa da presença da menina.

Eles chegaram correndo, ofegantes. Kolia já tinha alguma presa nas mãos.

— Pai Vania! Veja! Veja, estou falando com o senhor, uma lagarta cabeluda! Esta aqui! Está vendo?

— É uma apolônia, um tipo de borboleta.

— E não está machucada. Dê-me um pedaço de papel, vou fazer um envelope. Também vimos um bando de cardeais! É verdade!

— Onde?

— Lá, numa cerejeira silvestre. Estavam bicando as frutinhas velhas. Era um bando. Se quiser, vamos lá ver. É perto, a dois passos...

Ivan Antonitch vacilou um pouco. Depois resolveu ficar, pois seria falta de educação...

— Por favor, dêem-me o saca-rolha!

Ploc! Ploc!

— Ivan Iegoritch! Isto pode ser aceito até por monges! Quer, Anton Ivanitch?

— Obrigado, não bebo.

— Kolia, vá chamar os cocheiros. Anda!

Kolia correu até as carruagens.

— Papai está chamando vocês.

Os três alentados cocheiros judeus, de casacos velhos e rasgados, amarrados com tiras e de chapeuzinhos tipo solidéu, debaixo dos quais sobressaíam as costeletas espessas e ruivas, entreolharam-se desconfiados, pronunciando algo incompreensível, mas mesmo assim, foram até onde os chamaram.

— O que ordena, Vossa Excelência?

— Venham, bebam, por favor! Vocês com certeza bebem, não é?

— Será que podemos, mesmo?

— Podem sim. Vão beber ou não?

— Vamos, sim.

Eles tomaram um copinho de vodca, soltaram um grunhido, mas recusaram decididamente o tira-gosto e até não conseguiram esconder a sua aversão ao presunto, só o cheiro já os deixava enjoados. Agradecendo pelas "iguarias", eles foram para um lado, tiraram dos bolsos enormes lenços vermelhos iguais onde estava embrulhado algo comestível e começaram a comer, partindo pequenos pedacinhos e juntando pacientemente os farelos...

Depois da refeição, todos foram dar uma caminhada nas profundezas do bosque, que seduzia com seu ar perfumado e fresco. As belas faias, com seus troncos do tamanho de várias braçadas, lisos como o robusto corpo das cariátides, cobertos somente em lugares esparsos por manchas de musgo marrom-escuro, penetravam no céu com suas copas, que se perdiam no caos verde e geral. Os carvalhos frondosos com a crosta enrugada como a pele de velhos centenários, estendiam para todos os lados seus galhos, que pareciam mãos nodosas, e suas folhas facetadas, de um verde dourado, emolduravam seu torso forte e sólido. Numa profunda sombra escondiam-se campânulas frágeis e brancas de capim silvestre, penduradas em fileiras debaixo de folhas verde-escuras. A pereira surgia da terra, espalhando um aroma delicado, quase imperceptível. Entre as samambaias, com sua plumagem, estavam as cavalinhas verde-claras, que são as longínquas antepassadas de espécies colossais desaparecidas. A maria-sem-vergonha ostentava seus caules com flores cor-de-rosa delicadas... O cheiro de capim fresco e de folhas secas pairava no ar, repleto de fascínio virginal. Um pica-pau batia em algum lugar mais acima. Os melros piavam. No tronco derrubado e quase apodrecido de uma enorme árvore de repente surgiu, vindo do matagal, uma pequena cambaxirra que começou a cantar, levantando seu rabinho e que, feito um ratinho, sumiu num monte de ramos quebrados pelo vento.

— Pai! Olhe a pereira silvestre! Como é grande!

— E onde estão os seus cardeais?

— É ali, à direita. Vamos rápido.

Ivan Antonitch separou-se do grupo e saiu com as crianças. Não havia mais cardeais no tronco da cerejeira, mas na terra percebiam-se os restos da festa, os velhos frutos tinham sido comidos e havia muito excremento.

— Viu, viu? Eles estavam aqui agorinha mesmo. O cocô é fresco! — quase em êxtase gritou Kolia: suas mãos continham provas materiais e convincentes e ele segurava-as bem debaixo do nariz do pai.

— Largue já essa sujeira! Estou vendo!

Tocia sorriu maliciosamente. Tania ruborizou-se: ela não estava acostumada a uma maneira tão direta de falar e agir. Tudo ali a impressionava, ela estava num bosque pela primeira vez na vida.

— Ei! — ouvem-se vozes femininas.

— Gente, vamos voltar!

O restante do grupo caminhava devagar, com passos curtos, para não se distanciar da turma mais lenta. Trocavam pequenas observações; deliciavam-se com o verde, as flores, o ar fresco e os raios de sol. E ao mesmo tempo cada um pensava em algo seu, num difuso fluxo da consciência que parecia se diluir em algo grande, terno e tranqüilo. Elizaveta Ivanovna fazia um buquê e seu corpo esbelto freqüentemente inclinava-se para arrancar uma flor. Ela tinha a sensação de paz e tristeza, sentia-se bem, mas ao mesmo tempo não: queria cantar e chorar, chorar, não de tristeza, mas assim sem nenhum motivo... Ivan Iegoritch batia com um pedaço de pau nos troncos-gigantes: seria bom levar algumas dúzias daqueles pedaços de madeira para casa! Quanta lenha, gravetos e pedaços de madeira podres estavam se perdendo por ali — e que preciosidade!

Natalia Dmitrievna estava temerosa pelo marido e pelo filho: será que não se cansaram muito os seus dois queridos, tão fracos e doentes? Liubov Ivanovna atormentava-se com o pensamento de como a babá alimentara Andriucha. Será que o leite não azedara? Era tão arriscado deixar a casa durante um dia inteiro... Porém, meu Deus, como era bom estar ali, pensava ela. Anton Ivanitch vinha mancando atrás de todos; sentia um certo prazer, mas não muito grande; era difícil caminhar e, pensando bem, não havia nada de mais ali... Mas, por outro lado, era bom ver a natureza... Ele observava atentamente esta natureza, com seus olhos míopes, através dos óculos.

O tempo passava tão rapidamente como uma flecha invisível. As crianças mal começaram a correr e passear e os adultos já trocavam palavras que dava nelas vontade de chorar.

— Não está na hora de voltar?

— Temos que chegar com dia claro.

— O caminho é longo?

— Umas vinte verstas.

— O sol ainda está alto.

— Mas ainda temos que apanhar os caçadores...

Kolia ficou parado com os lábios trêmulos: não queria ir embora de jeito nenhum, mas sabia que as súplicas não adiantariam. No bosque estava tudo maravilhoso! O menino sentia com o coração este reino da natureza, sua palpitação viva, o jogo de suas imagens. Kolia era a negação viva da relação seca e racional daqueles que vêem no arvoredo somente a lenha e também da visão romântica da fantasia desenfreada com duendes, gnomos e outros sonhos. O preconceito, que criou raízes desde os tempos do grande escritor de obras de ficção científica, Hoffmann, com seus contos de fadas cheios de fontes brilhantes e douradas, afirmava que só se podia experimentar a palpitação dos ritmos da natureza sob formas do expressamente maravilhoso e sobrenatural, ou seja, revelando por detrás da natureza um outro mundo, secreto e misterioso. Este preconceito Kolia desmentia com cada fibra do seu ser. Ele gostava, não menos do que o cômico professor de "Klein Zaches", de "fazer botânica", criar herbários e manter coleções. Mas isso não o impedia de ouvir todas as vozes da natureza, da natureza verdadeira, da natureza real e genuína, com seu céu estrelado, suas auroras púrpura, o farfalhar de suas folhagens, os estrondos das tempestades e o delicado brilho do luar. Ele banhava-se no cheiro das ervas aromáticas, afundava nas lufadas do ar quente e dissolvia-se nas flores e nos sons... E agora o menino estava lá parado, com olhos suplicantes, pedindo para ficar pelo menos mais uma horinha entre as árvores, no veludo dos tapetes de musgo, no brilho dos raios dourados que atravessavam a camada de esmeralda do verde insubmisso...

— Vamos, vamos! Se arrumem, está na hora...

Sem muita vontade, as crianças ajudaram a embalar os copos e as xícaras. Juntaram os papéis num monte só e enterraram-no para não macular, com o lixo do piquenique, a pureza virginal da mãe-natureza... Sentaram-se novamente nos faetons. Os cavalos abanaram os rabos. Os guizos começaram a soar, os chicotes começaram a fustigar os animais e as carruagens com barulho e vigor saíram do bosque. O sol já começava a declinar pela ofuscante cortina azul-clara. O horizonte fumegava com uma neblina azulada e sobre os milharais dava para perceber o ar quente ondulando, correndo caprichoso, e rutilando com fluxos quase imperceptíveis. À frente, com suas moedas de ouro, ardiam os campos de girassóis. A fita do rio, sombreada pelo veludo profundo e verde do canavial, serpenteava como prata líquida ali perto. De algum lugar, de tempos em tempos, ouviam-se estampidos surdos que lembravam batidas à porta. Incessantemente, estrepitavam e cricrilavam os grilos e os vaga-lumes campestres. Quando os faetons desceram as colinas e chegaram no vale, a criançada gritou:

— Vejam, lá estão eles! Estão vendo? Lá!

Bem ao longe, à frente deles, em diferentes distâncias uns dos outros, caminhavam as pequenas figuras dos caçadores. A seu lado corriam cachorrinhos pequenos, que pareciam de brinquedo. Às vezes, um caçador mirava, via-se uma fumaça e depois — era tão estranho esse depois! — ouvia-se um som surdo, como se estivessem atirando debaixo de um travesseiro. As pessoas e os cachorros agitavam-se, corriam de um lado para o outro, inclinavam-se — pelo visto procuravam algo que depois apanhavam — e novamente se dispersavam para vários lados... Mas as carruagens aproximavam-se do lugar da caçada e os caçadores, que antes não tinham prestado nenhuma atenção nelas, começaram a acenar com as mãos de longe e soprar os canos das armas: um doce som para os caçadores. O som metálico, como de um berrante, vibrando no ar, chegava até o grupo.

— Imagino quanto eles mataram!

— Acho que nada.

— Que nada, o quê! Os tiros foram tantos!

— Atirar é uma coisa; agora, acertar é outra — piou Tocia com sua voz fina.

O velho Stanevitch colocou a mão, como pala de boné, em cima das suas sobrancelhas cabeludas e disse com ar de autoridade:

— Estão carregando algo, portanto acertaram os alvos. Na cintura de Mikhailov e dos outros há algo balançando.

— Também estou vendo! — gritou Kolia, batendo palmas.

— Pai, será que você não está vendo? Olhe melhor! No Mikhailov, do lado esquerdo, e nos outros do lado direito. Não é, Ivan Iegoritch?

— Está certo. Nas costas de Mikhailov, me parece, há algo também. Está vendo? Parece até que cresceu uma corcunda!

— É. Que legal!

— Papai, diga aos cocheiros para andarem mais rápido...

A ordem foi dada e os faetons, pulando, foram rápidos pela estrada, deixando atrás uma enorme nuvem de poeira: para os que estavam na frente tudo bem, mas para os que estavam atrás!... Ainda bem que o verão fora chuvoso e a poeira entrava moderadamente no nariz, nos olhos e nos ouvidos.

Finalmente chegaram. Kolia, no mesmo instante, com a carruagem ainda andando, pulou para fora e voou ao encontro dos caçadores. Não havia limites para seu entusiasmo. Os cavalos pararam, todos desceram das carruagens. Os caçadores ficaram cor de cobre e bronze num dia, com os rostos queimados cobertos de suor e despejaram num monte, um a um, os seus troféus. Os cachorros ficaram sentados, com as bocas abertas e respiravam ofegantes, com as línguas vermelhas e pontiagudas penduradas para fora; delas corria uma espuma; pelos lados de seus corpos escorria suor, seus pêlos ficaram cobertos de espinhos, bardanas e vários outros carrapichos; um deles estava com um corte na pata e o outro o lambia com um movimento rápido, quase convulsivo. Os caçadores também estavam cansados, mas felizes; seus rostos demonstravam o orgulho da vitória. Mas faziam-se de importantes, sem apregoar, como de costume, a admiração, pareciam estar dizendo: "Isso para nós é normal... caçar animais, não há por que se impressionar." Mas através dessa falsa indiferença, através dessa artificial máscara de bronze, queimada pelo sol, escapava a alegria interior e a vontade de começar a contar as histórias que justificam a fama de caçadores...

— Ivan Antonitch! Estamos cansados como o diabo — falou com sua voz baixa Mikhailov, dissimulado, evitando deliberadamente mencionar sua caça. — Seria bom tomar um gole. Vocês vão ter de esperar aqui...

— Mas é óbvio. Acomodem-se. Damas! Sirvam os seus cavalheiros: eles merecem um prêmio. Liubotchka! Elizaveta Ivanovna!

— Não se preocupem, nos viramos sozinhos. Olhem lá, estão vendo? Meus cavalheiros já se serviram sem ser convidados!

E realmente dois caçadores, em um segundo, superaram as dificuldades para abrir os pacotes e retiraram deles tudo que era comestível, com alegria arrancavam as rolhas das garrafas, faziam as mandíbulas trabalhar, mostrando dentes fortes e brancos que tanto brilhavam nos rostos queimados: pareciam os índios de Fenimore Cooper.

O resto do grupo examinava a caça, principalmente a criançada; Tania estava orgulhosa do pai. Mas Kolia ficou furioso: na rede dos caçadores percebeu um esmerilhão vivo, ferido em uma das asas e o levou correndo para Mikhailov.

— Trouxe para você, Kolia. Peguei essa ave machucada para você — mal conseguia falar Mikhailov, pois estava com a boca tão cheia de sanduíche de presunto que as duas bochechas pareciam duas bolas; ele movimentava os maxilares com esforço e dava para perceber que tinha que fazer, dentro da boca, certos movimentos especiais e difíceis com a língua, para que pudesse também acomodar a comida já mastigada... Ele resfolegava, fungava, grunhia, fazia muito barulho, mas seus olhos eram pura felicidade...

Realmente, como não ficar feliz! No monte, estavam duas braçadas de perdizes, umas doze em cada; suas penas cinza-arruivadas e os rabos cor de tijolo estavam amontoados numa pilha, no capim; do lado, duas abetardas enormes, pássaros esplêndidos e exuberantes, pesando cada um cerca de 16 kg, com asas opalinas malhadas, pescoço comprido e cabeça-cinzenta com bigodes de ambos os lados; os dois pássaros deitaram seus pescoços orgulhosos no chão e seus olhos negros cobriram-se para sempre com uma suave membrana azul-clara; um dos pássaros estava com o osso do ombro quebrado em mil pedaços e o sangue respingara por seu corpo todo, sujando e manchando os belos arabescos da vestimenta da abetarda; três bonitos patos brilhavam com seus "espelhos": assim eram denominadas as penas azuladas e verdes que brilhavam em suas asas. No mesmo lugar, deixaram as perdizes: elas, coitadas, debaixo do peso de outros pássaros, estavam irreconhecíveis — eram simplesmente bolinhas sujas e cinzentas, cobertas de sangue...

Enquanto todos observavam a caça, os caçadores se deliciavam: eles tiraram as botas, desamarraram — com a permissão das damas — as faixas dos pés; bebiam, comiam e de vez em quando lançavam olhares satisfeitos para os não-combatentes.

— E isso aqui, o que é? — piou Tocia, tirando de sob o monte de corpos um pássaro estranho, do tamanho de uma galinha, mas com um pescoço comprido e um bico bastante comprido também; ele era todo macio e leve, como um pano.

— Pai! É um alcaravão! Por Deus! Um alcaravão! Alcaravão!

— Ha-ha-ha! — estrondeou Mikhailov. — Perguntem a Pavel Vasilievitch como foi essa história. Peçam que ele conte a vocês.

Pavel Vasilievitch, um dos caçadores, estava sentado todo sujo. A lama já estava seca, mas cobria toda sua roupa. Seu rosto também estava sujo e, olhando de perto, parecia manchado como depois da varíola. Ele se encolheu com vergonha, mas seus dois companheiros o cutucaram e o animaram a contar algo que, para ele, não parecia ser nada agradável.

— Deixem-me em paz, pelo amor de Deus.

— Não, não, conte, Pavel Vasilievitch, não fique com vergonha, não há por que ficar envergonhado em sua terra natal!

Mas Pavel Vasilievitch continuou calado e preferiu mastigar um salame defumado bem duro. *Tarde venientibus ossa* — diz o ditado latino. Os melhores pedaços já tinham sido comidos. Para Pavel Vasilievitch, que mostrou menos agilidade que seus companheiros na hora de consumir, sobraram, se não foram os ossos, pelo menos os pedaços mais duros. Mas será que isso importava para um caçador?

— Não quer contar? Então contaremos nós...

— O senhor, Mikhailov, podia antes era contar como deixou o coelho escapar!

— Eu? O coelho? Ficou maluco!

— É sim, meu amigo, eu vi muito bem.

— Nada disso! Eu nem atirei em coelho.

— Está bem, não atirou! E por detrás da colinazinha, à esquerda, onde eu estava, quem saiu correndo em sua direção? Um leão? Ou seria um tigre?

— Eu estava atirando em perdizes, por tabela matei duas.

— Eram engraçadas essas suas perdizes: tinham quatro patas e orelhas compridas...

— Não fale besteira! Que diabo é isso! E quem foi, na sua opinião, que matou as duas abetardas?

— O senhor. Mas estou falando de outra coisa. As abetardas o senhor matou sim, mas também errou o alvo do coelho. E como errou! A vinte passos de distância. E o coelhinho, pulando, pulando, nem correu...

— O senhor inventou tudo isso. Mas aqui temos algumas provas materiais. Senhores! Reparem esta personalidade brilhante! Estão vendo ele todo malhado? Ele nadou no pântano! E gritava palavrões, chamando-nos e dizendo que matara uma abetarda. Entenderam? Uma abetarda! Isso num pântano! Isso é que é caçador!

Soube-se que Pavel Vasilievitch, ao assustar um alcaravão do canavial, estava convencido de que havia matado uma abetarda, apesar de não conseguir entender como uma abetarda poderia estar no pântano. Mas sem encontrar a sua vítima ele cometeu a imprudência de gritar que matara uma abetarda. E na sua pressa, ele escorregou, caiu, e por isso tomou um belo banho na lama cor de ferrugem do pântano. E então, pela totalidade dos atos heróicos cometidos por ele várias vezes, foi motivo de chacotas durante todo o caminho de volta e o pobre Pavel Vasilievitch não sabia como se livrar delas. Aliás, aquela história de que Mikhailov errara o alvo, o coelho, era verdadeira, apesar de todos acreditarem em Mikhailov, menos Pavel Vasilievitch, que vira toda cena até nos últimos detalhes. Aliás, uma das abetardas de Mikhailov, que ele trazia nas costas (era esta a corcunda vista pelos olhos vigilantes de Ivan Iegoritch), pesava mais que todo o resto...

— Caçadores! Está na hora! Vão demorar ainda? — disse Ivan Antonitch, dirigindo-se a Mikhailov.

— Já vamos. Ivan Antonitch, querido, estamos exaustos. Não se zangue: fizeram a besteira de nos convidar para os acompanhar, agora têm que pagar a conta.

— Não há problema algum — balbuciou Ivan Antonitch, um pouco confuso. (Acho que falei algo errado, fui inconveniente, foi o que na mesma hora passou por sua cabeça.)

— Já vamos, já vamos. Desculpem-nos, por favor.

Finalmente todos se acomodaram e pegaram a estrada de volta. Mikhailov levava novamente consigo a filha, apertando-a contra seu peito grande e cabeludo, que aparecia por debaixo da camisa completamente suada... O sol descia para o horizonte e todo o oriente ardia. As encostas em declive das colinas ficaram inundadas pelo ouro. O céu ardia num incêndio desenfreado e abria-se como um brocado brilhante, imensurável e resplandecente, no qual estavam bordados desenhos azuis com as bordas faiscantes. O sol descia mais e mais, com uma rapidez inconcebível. Seus raios ofuscantes perfuravam como flechas as nuvens que, azulando, encolhiam-se embaraçadas umas nas outras, parecendo envergonhar-se de toda a magnificência do astro gigante. A esfera vermelha e cor de fogo descia como um vasto e desregrado elemento do oceano púrpura. Cheiros perfumados e doces e o aroma adstringente e amargo do absinto voavam dos campos. Um enorme bando de gralhas encheu o céu de repente, e a conversa gutural de mil vozes dos pássaros — parecia que as membranas metálicas se rompiam — vinha das alturas para harmonizar-se impressionantemente com a noite tranqüila.

Como um eco longo no espaço imensurável,
Juntando-se num coro afinado, harmoniosa e languidamente,
Na vastidão misteriosa, numa união indissolúvel,
Todas as cores, cheiros e sons emergiam ao mesmo tempo.

O sol já estava bem na beira da terra. Achatado e mais largo, parecia fazer os últimos esforços para se segurar e não afundar e não se afogar... Mas ele afundava mais e mais no oceano rubro e não tinha onde se segurar na borda cada vez mais escura da terra. Passou uma onda de frio que se levantou de algum lugar, envolvendo a todos com sua brisa fresca. O pequeno segmento vermelho já afundara no horizonte. O esparramado leque de raios de sol, projetados de debaixo da terra, empalidecera, como se tivesse contraído uma doença fatal. O excessivo vermelho-púrpura desapareceu. O ouro se apagou. As tonalidades laranja desbotaram. O verde suave e dourado recuava calmamente diante da imperceptível invasão azul-clara, quase violeta, dos elementos da natureza. As estrelas começaram a aparecer e piscar e a imensa cúpula do céu noturno, sem limite, começou a brilhar maravilhosa e prateada. E ao longe, no meio da sombra da noite que invadiu a terra, já podiam ser vistas e rutilavam as luzinhas da cidade...

7

Em Beltsi, alastrou-se uma epidemia de varíola. Não era uma grande epidemia, mas alguns casos e algumas mortes foram notificadas pelos médicos e policiais em formulários com as assinaturas correspondentes — como alguém poderia levantar alguma dúvida depois disso? Então os pais de Kolia resolveram vacinar novamente todo o pessoal da família Petrov, os adultos e as crianças. Kolia ficou apavorado com a perspectiva dessa operação. Estranho é que certa vez, quando um cachorro enorme quase o comeu vivo ao agarrá-lo pelo ombro esquerdo, ele sequer gritou e somente depois, pálido e choroso, disse enquanto faziam os curativos: "Ele... ele... me... mordeu... inteiro." As cicatrizes ficaram para sempre. Ele podia, sem medo, realizar aventuras muito perigosas por telhados e árvores altíssimas. Ficava de cabeça para baixo nos galhos e aconteceu uma vez de ele ficar duas semanas sem condições de virar a cabeça, pois quase quebrou o pescoço. Certa vez ele subiu pelo tronco liso de uma árvore, agarrou com as mãos o primeiro galho que apareceu e, depois de soltar os pés, ficou pendurado pelos braços até trazerem uma escada de bombeiros para tirá-lo de lá; ele a muito custo abriu as mãos. Ou seja, suas aventuras eram muitas, diferentes e, além de tudo, arriscadas. Nunca recuava. Mas ficou com muito medo da vacina de varíola: ou seria a aflição com a idéia que fazia do médico com seus instrumentos frios e cortantes? Ou o som da própria combinação das palavras "vacina de varíola" provocava pavor — e tudo que é incompreensível e desconhecido aumenta o medo —, ou ele estava com medo dos abscessos vermelhos e purulentos e não queria ficar meio doente e meio saudável ao mesmo tempo, ou tudo isso agia em conjunto. Mas o resultado é que o menino resolveu, de qualquer maneira, escapar a todo custo dessa operação.

Chegou o doutor, com seu jeito de áugure e aquela seriedade característica do salvador consciente da humanidade sofredora. É claro que naquele caso ele não tinha nenhum crédito: não descobrira os micróbios da varíola, não criara a teoria da imunidade e não inventara a vacina. Seu papel limitava-se a alguns movimentos das mãos, acessíveis a qualquer um, como o é a campainha para uma pessoa que não tenha nenhuma idéia da origem da eletricidade. Mas seu ar era de alguém que guardasse no bolso do casaco de seda grossa as chaves dos grandes mistérios da medicina. Era para ele que deveriam olhar, com respeito supersticioso, os simples mortais, cuja vida ou morte dele dependiam. Era ele o recipiente sagrado da sabedoria... Com uma seriedade superior e cômica, o médico espalhou na toalha, branca como a neve, suas armas com brilho frio e os preparados, ordenou que trouxessem o fogareiro e, com ar de muita importância e de maneira vagarosa e ponderada, começou a lavar as mãos, depois a ferver os instrumentos, limpá-los com álcool — tudo isso num silêncio misterioso e solene, como um sumo sacerdote. Deveriam iniciar por Kolia. Mas Kolia não estava presente. Organizaram as buscas. O doutor esperava emburrado: estava perdendo seu precioso tempo! Ivan Antonitch estava enlouquecido e envergonhado até a alma diante do doutor! Ele corria gritando pelo jardim e, finalmente, vislumbrou a camisinha vermelha do filho. Correu atrás dele mas Kolia fugiu. O pai estava quase alcançando Kolia, quando este pulou a cerca e foi parar nas parreiras do vizinho. Mas algo inesperado o aguardava. Nessas parreiras, encontrava-se a vaca do vizinho, que era famosa por suas chifradas. Foi ela que veio socorrer o pai de Kolia e, ao inclinar a cabeça, saiu correndo atrás do menino. Com medo, ele correu até o muro que separava as parreiras do campo e, com os chifres quase o alcançando, pulou para o outro lado: ele sentiu o bafo quente do animal bem nas suas costas, enquanto subia o muro e alcançava o chão, do outro lado. Seu coração palpitava como o de um pássaro apanhado, estava ofegante, um suor frio cobria seu corpo todo. Estava sem forças e durante um longo tempo não conseguia lembrar nada ou pensar no que, na verdade, havia acontecido; tudo ocorreu tão rápido como um raio.

Entretanto, em casa iniciou-se a ação sagrada. Ivan Antonitch pediu desculpas de todas as maneiras pelo atraso, xingou o filho, mas tiveram que se virar sem ele: o doutor aplicou a vacina contra varíola em todos, serviram-lhe chá com conhaque, o que o deixou bem satisfeito, e ele, depois de receber seu pagamento, foi embora.

À tarde Kolia apareceu, todo empoeirado, cabisbaixo, como um filho pródigo que retorna para a casa do pai. Os pais, mesmo assim, resolveram castigá-lo e trancaram-no no cômodo onde ficava a banheira. Kolia olhou ao seu redor. O cômodo era vazio e triste. O castigo magoou-o profundamente. Na realidade, o que ele fizera de tão errado assim? Por que podiam dispor dele, Kolia, como quisessem? Se ele não queria tomar a vacina contra a varíola, por que deveria ser forçado? A mágoa fez em sua garganta uma bola amarga, os espasmos o sufocavam, os lábios tremiam, as lágrimas surgiram em seus olhos. Além do mais, ele queria comer, mas por causa do orgulho resolveu não pedir nem um pedacinho; já que esqueceram de lhe dar comida, apesar de ter passado o dia inteiro sem comer, não havia nada o que conversar com eles...

De repente, um plano surgiu em sua mente. Ele tocou os caixilhos da janela, abriu os ferrolhos e com agilidade de macaco saiu pela janela... Ficou pensativo alguns minutos. Meteu-se nos arbustos densos, que cresciam ali mesmo debaixo da janela. Lá ele improvisou um covil, amassou o capim, trançou os galhos sobre si de tal maneira que eles não ficassem arreganhados e nem balançando para todos os lados. Ficou lá e entregou-se a pensamentos amargos: "Que o procurem agora! Vão saber agora o que é quando ele está ausente! Eles o magoaram, agora que chorem um pouco também..."

— Kolia! Kolia — soou surdamente.

Silêncio.

— Kolia! Venha!

Nenhuma resposta.

Kolia ficou aguardando. Dos arbustos ele viu como, no quarto do qual ele fugiu, abriu-se a porta e entrou Liubov Ivanovna com a vela na mão e gelou de espanto: Kolia não estava!

Que bom!, pensou o menino. A mãe permaneceu parada com a vela. Dava para ver como a chama oscilava e como tremia a sombra na parede. Depois a mãe inclinou-se sobre a banheira, na certa para ver se ele não se afogara na água: a banheira estava cheia. Ficou parada imóvel. Abriu a janela. A chama da vela tremia com a corrente de ar e Kolia percebia, lá do seu esconderijo, com que rapidez derretia a estearina da vela. Ele estava ali perto e prendeu a respiração.

"Deixa, deixa", pensava ele. E já lhe parecia que havia se perdido de verdade, que sumira e até morrera. Que o pai e a mãe estavam olhando para o seu cadáver e, chorando, se arrependendo amargamente de terem magoado Kolia. Ele queria pensar: bem feito para eles! — mas, apesar de estar com muita pena de si mesmo e de ser bom ver o arrependimento dos pais, ele já estava começando a ficar com pena deles também. Já sentia que suas lágrimas se misturavam com as lagrimas deles. Ele não suportou e, chorando, gritou:

— Mãe, estou aqui! Estou aqui!

Mãe é mãe. Ela já havia se esquecido das travessuras do filho. Em sua alma só havia uma alegria e nada mais — a alegria de ter encontrado Kolia, de ele estar são e salvo. O resto foi como se simplesmente não houvesse acontecido.

— Como você me assustou, Kolia! Pensei que tivesse se afogado na banheira. Onde você estava?

— Eu... eu... mãezinha... estava escondido nos arbustos...

— O que você fazia lá?

— Eu... eu... estava... tinha...

— Por que está chorando... bobinho? Vania! Venha cá!

E a mãe contou para o marido toda a história.

— Kolia, como não tem vergonha, sua mãe poderia ter desmaiado de tanto susto! Não sabe que ela deu à luz há pouco tempo e que não pode se preocupar?

— Foi sem querer...

— E por que, seu bobo, fugiu do doutor?

— Dói...

— Uma mulherzinha, isso que você é!

— Diga a verdade, pai, você sabe que não sou mulherzinha.

— Como não? Ficou com medo de uma picadinha! Que herói! Vou contar isso para Tocia, que escândalo você armou por aqui! Um verdadeiro Uriel Acosta! E o que houve aí atrás, nas calças?

Além de tudo, ao pular pela cerca, Kolia, assustado com a vaca, rasgou as calças de uma maneira indecente e na correria nem percebeu. Aliás, as calças introduziram um momento humorístico no que estava ocorrendo e o buraco, encontrado por Ivan Antonitch, serviu somente de impulso para a reconciliação geral. A Kolia pareceu quase engraçado aquilo que há pouco achava trágico. Será mesmo que Uriel Acosta fugiria do doutor? E que bobagem ficar no mato, chorando seu cadáver imaginário? Foi tudo fantasia, pura imaginação!

Logo, Kolia comia com avidez almôndegas frias, bem salgadas, e pasteizinhos cozidos recheados com cerejas. Estas ficaram num prato na adega amadurecendo e soltaram muito suco, estavam impressionantemente deliciosas. Kolia saboreava os pastéis e a vida já não lhe parecia tão má como uma hora atrás...

Um belo dia, a velha babá de Andriucha levou consigo até a cidade Kolia e Volodia. Andaram pelas lojas e compraram diversas coisas: velas, sabonetes, cenoura, dentifrício em pó, carne, uvas... Tudo isso a babá teve a esperteza de acomodar, de maneira engenhosa, na cesta, separando cuidadosamente com papel um produto do outro — senão ocorreria uma mistura terrível. Por último, entraram no armazém colonial de Popov. Ali cheirava a pão-de-mel com menta, a baunilha, a caramelo de pêra (assim cheiram também agora — a essência de pêra — os vernizes, usados na pintura dos automóveis); ao longo das paredes, havia prateleiras repletas de produtos: potes de vidro com balas de diferentes tipos grudadas umas nas outras; pães doces em forma de cone, embrulhados num grosso papel azul; latas desenhadas de chá da firma de Perlov; peixe defumado; salames, com uma camada de mofo na casca; presuntos; garrafas de vinho, vodcas, variados licores de frutas, para qualquer gosto, umas grossas e bojudas, outras, compridas e de gargalos alongados... O dono, um velhinho russo, muito limpo, cuidadoso, vestido num elegante paletó cinza, supervisionava os rapazes que, em aventais brancos, ficavam atrás do balcão e, às vezes, tiravam um lápis de trás da orelha para anotar as compras do freguês. O proprietário tinha boa aparência, era magro, com uma barba grisalha e aparada; andava pela loja esfregando as mãos — não por causa do frio, é claro, mas simplesmente de satisfação. Seu negócio era ser o protótipo da cortesia; ele até usava um macio colarinho com gravata; em suma, a última palavra em boas maneiras. Enquanto a babá escolhia diferentes produtos, ele se aproximou dos meninos:

— Quem são vocês?

— Os Petrov.

— Do inspetor fiscal?

— Sim.

— Muito prazer em conhecê-los. Vocês gostam de bala? — perguntou a Kolia.

— Gostamos.

Popov foi até os potes, tirou balas e as ofereceu a Kolia e Volodia. Mas Kolia, de repente, virou-se e falou rispidamente:

— Não somos mendigos.

O comerciante não sabia o que responder: ele não esperava que tal resposta partisse do menino. Volodia também fechou a cara.

A babá terminou suas compras e enquanto o dono pensava na situação em que se encontrava, os três, depois de dizer "até logo", se foram. Os meninos já tinham ouvido falar tanto sobre subornos que Kolia viu nas balas um certo tipo de suborno, que Popov queria obrigá-lo a aceitar, pisando em seu orgulho, por ser filho do inspetor, e por isso revoltou-se, como sempre lhe ocorria em momentos críticos — grandes ou pequenos. No dia seguinte, quase toda a cidade comentava o feito das crianças: isso sim, que meninos! O próprio Popov elogiou os garotos, comentando o ocorrido e criticando os pais, severos demais. Apesar de serem crianças, não precisavam de tanta severidade. Ele queria evitar, como previa, possíveis conflitos...

A vida rotineira dos Petrov foi perturbada pela chamada, repentina e inesperada, de Ivan Antonitch a Kichiniov, a capital, onde residiam os chefes e onde ficava a Câmara Fiscal da região. Ele arrumou-se rapidamente, pegou vários papéis, documentos, relatórios, material estatístico, processos importantes em andamento e viajou para Kichiniov. Lá, ele foi recebido com frieza polida, dirigiram-lhe até alguns cumprimentos pela sua "honestidade irrepreensível". Mas no decorrer da conversa gelada, a chefia começou a dar alfinetadas sobre a vida fácil que ele dava aos *jid* (e tudo isso com sorrisinhos, como se estivessem pedindo perdão e compreensão). Quando começaram a fazer alusão ao comportando diferente de Ivan Antonitch, que ele não agia como os outros e que esta originalidade "não serve para nós" (temos, como se sabe, de marchar juntos), então Ivan Antonitch compreendeu que uma mina já havia sido colocada debaixo dos seus pés e que lhe restava somente explodi-la. Aliás, falando a verdade, no momento da conversa, ele não pesou muito os prós e contras. Simplesmente sentia muita raiva por dentro; ele queria cuspir na cara do bem-arrumado supervisor, vestido na farda novinha em folha. Cuspir ele não cuspiu, mas falou tantas palavras ríspidas que era impossível recuar: as pontes já estavam queimadas e na mesma hora ele anunciou que pedia demissão, despediu-se e voltou para Beltsi.

Ele se convenceu, assim que voltou da viagem, de como as coisas já tinham ido longe. Enquanto viajava para Kichiniov, chegou a Beltsi uma nova personagem, um tal de Primerov, que pertencia ao grupo de funcionários jovens e precoces que serviram em Kichiniov "em casos especiais" e, que pelo visto, tinham ligações com altas autoridades policiais. Ele veio como um forte candidato ao cargo de Ivan Antonitch e, de forma direta, sem ambigüidades, referia-se ao assunto. Numa cidadezinha provinciana, novidades como essas espalham-se com a velocidade de radiogramas. Todo o pequeno mundo burocrático de Beltsi já estava informado de que os dias de Ivan Antonitch estavam contados; por isso, no mesmo instante, como a um toque de varinha mágica, ocorreu um novo alinhamento de todas as relações oficiais de Beltsi e uma substancial corrente de pessoas virou-se, se não de costas, pelo menos de lado para Ivan Antonitch. Esta circunstância, no entanto, o entristecia pouco; ele estava no furor da indignação e cuspia em todos e em tudo da mais alta árvore, atribuindo a muitos características maliciosas e precisas, das quais antes se abstinha.

Primerov, no entanto, trabalhava energicamente, influenciando a chamada "opinião pública". Ele era um rapaz jovem, vestido impecavelmente num paletó de maravilhoso corte inglês; na sua lapela resplandecia um losango esmaltado que era o distintivo de sua universidade (o jovem cursara a faculdade de direito de uma das universidades do sul). Seus cabelos eram cuidadosamente repartidos de lado com um topete. As botas brilhavam. No colete sobressaía a corrente de ouro do relógio. Na mão direita usava um anel com uma "pedra". A camisa engomada brilhava como neve recente ao sol. Ele falava esticando as palavras, um pouco pelo nariz, um pouco através dos dentes, com ares de importância e eloqüência, como uma pessoa que goza da confiança dos chefes. Ele andava com a mesma eloqüência com que falava e até as mãos ele movimentava de maneira calculada: mãos racionais possuía o jovem rapaz! Sua fisionomia era bem adequada: um rosto insignificante, vermelho e coberto de espinhas, o nariz em forma de moela, os míseros bigodinhos ruivo-claros ele raspava e aparava apesar das vítimas da lâmina e da tesoura poderem ser descobertas somente com o auxílio de uma lupa; os olhos pequenos, espertos, parecidos com os de um porco, esforçavam-se em ser expressivos, e faziam força para sair das órbitas, mas, apesar deste esforço, nada acontecia. Todas estas falhas eram compensadas com as "boas maneiras", e em boas maneiras Primerov era um grande especialista, um verdadeiro mestre. Ele podia jogar cartas sem parar. Era resistente ao conhaque. Mas não permitia tom não-cerimonioso. Ao contrário, todo o seu comportamento demonstrava a "ênfase da distância" social, especificamente da distância burocrática entre os degraus da escala hierárquica. O mais importante era que Primerov sabia inspirar um medo respeitoso. Ele não havia assumido ainda o cargo oficial, mas diante dele já tremiam: tremiam os judeus (eles possuíam uma rede de informações própria e bastante precisa), tremiam os comerciantes russos — tanto os primeiros como os segundos pensavam intensamente nas "oferendas", que ele exigiria e os próprios funcionários tremiam. E se, de repente, ele começar a embaralhar as pessoas como as cartas — uns para cá, outros para lá? Ele é muito poderoso, participa dos bailes do governador, dizem que cortejou a filha de Sua Excelência. Resumindo: o crédito de Primerov no mundo burocrático estava em alta e os *moltchalini** se alinharam numa fileira, com todo seu estoque de servilismo, medo, esperança, lisonja, subserviência e outras virtudes específicas.

No domingo seguinte, Primerov apareceu de farda na igreja, ocupando o primeiro lugar na fileira dos funcionários, que abriram passagem respeitosamente. Ele examinou a todos com ar protetor e carinhosamente, parecia recomendar a si mesmo como líder da monarquia e dos ortodoxos no posto eminente; depois,

* Subserviência diante da chefia influente, palavra originária do nome Moltchalin, personagem de uma comédia de Griboedov, *Gore ot uma* ("Desgraça do juízo"). (*N. da T.*)

parou em pose solene, compatível com sua grandiosidade e benzeu-se, uma ou outra vez, fazendo o sinal-da-cruz com preguiça e devagar. Parecia estar fazendo um favor até para o próprio Deus, considerando apenas a vontade de seus superiores. Ivan Antonitch não estava na igreja: ele ia somente quando absolutamente necessário do ponto de vista profissional e sentia-se um estúpido lá. Assim, Primerov na igreja, pode-se dizer, ensaiou um contato oficial com toda a elite da burocracia de Beltsi; parecia ter sido crismado com as bênçãos silenciosas de todos os burocratas.

Quando a missa acabou e o povo começou a sair, pessoas importantes dirigiram-se até Primerov de todos os lados, com reverências e com "sinceros" apertos de mãos. Ele recebeu todos esses sinais como devidos. E depois, seguiu-se aquela conversa evasiva, ao caminhar, que freqüentemente é determinante de uma série inteira de relações:

— E então, como vão as coisas por aqui?

— Devagarzinho, Aleksei Vasilievitch. Nada de especial.

— Eu, senhores, estou falando com sinceridade: vou apertar as coisas por aqui...

— Sentiremos prazer em nos esforçar: é nosso dever comum.

— Disseram-me que relaxaram com os judeus: que tudo cheira a alho.

— É verdade, é um pecado...

— Como pode? Vocês são ortodoxos, servem ao czar e à pátria...

— Relaxamos, sim, não há que negar. Os judeus daqui estão mais insolentes.

— Quem é o responsável por isso? Não é de Deus certamente. Ha-ha-há!

— Cá entre nós, Aleksei Vasilievitch, Ivan Antonitch tem sido fraco neste ponto.

— É, ouvi ainda em Kichiniov, como ele faz vista grossa para os judeus.

— Vista grossa? Ele, a verdade seja dita, é ortodoxo somente no nome. Parece ser russo, mas no que diz respeito aos judeus...

— E ele age assim a troco de quê?

— Dizem que por nada.

— Bem... Eu mesmo, senhores, não acredito que seja por nada. Não se faz favores assim à toa. Mas é claro que vocês têm a opção de acreditar ou não. Ainda mais que...

— Mas quem pode garantir, Aleksei Vasilievitch? Também não sabemos com precisão... Era o que se comentava, então nós...

— Está bom. De meu lado, senhores, anuncio que vou dobrar os judeus. Não sou um Ivan Antonitch. Disso, os senhores devem saber antes de todos.

— Sim, senhor.

— Temos a obrigação de fazer desta cidade uma cidade russa, entendem?

— Entendemos.

— Há comerciantes russos aqui?

— Há, sim.

— E eles estão na mesma situação que os judeus?

— Ivan Antonitch não fazia nenhuma distinção. Mas o judeu, Aleksei Vasilievitch, como o senhor bem sabe, é esperto: se mete em tudo e engana a qualquer um.

— E Ivan Antonitch não ajudava... eh-eh... aos nossos?

— Ele fala sempre de direitos iguais. Diz que a lei não fala nada sobre isso.

— Que senhor insolente! E os senhores suportavam isso?

— O chefe era ele, ou seja, Ivan Antonitch.

— Os senhores escreveram pelo menos sobre isso para Kichiniov?

Pausa. As pessoas hesitam, querem falar, mas ficam com medo. Algumas escreveram, às escondidas, denúncias sobre Ivan Antonitch. Mas não tinham coragem de falar sobre isso: se de repente ele permanecesse no cargo? Por enquanto o melhor era calar, depois se vê, há tempo para isso.

— Dizem que alguém escreveu. Mas não sabemos com precisão.

— Humm... pois bem, o que dizer?

— Mas agora o senhor chegou, Aleksei Vasilievitch, e suas palavras serão certamente ouvidas. Finalmente teremos uma firme mão russa na cidade.

— É sim... Comigo, senhores, todos sentirão esta mão... Não admito travessuras... Sou severo, porém justo... É, senhores, isso mesmo: severo, porém justo.

— O falcão se percebe pelo vôo, diz o nosso maravilhoso ditado russo.

— Em latim, senhores, há algo parecido: *ex unque leonem*. Em russo seria mais ou menos assim: reconheço o leão pelas garras.

— Pelas garras, é justamente pelas garras... eh-eh... pelas garras. Bem colocado. Não na sobrancelha, mas no olho.

— Agradeço aos senhores. Tenho esperança de que, unindo nossos esforços em comum, nós... cumpriremos... o nosso... nosso... dever.

Foi entregue uma carruagem decente para Primerov. Ele conseguiu, em poucos dias, adquirir uma carruagem, anotando as despesas na coluna "para representação" e se foi, acompanhado pelos olhares servis do montinho de funcionários, senhores dos destinos da região.

Ivan Antonitch estava naquela situação absurda na qual se encontra todo aquele que está praticamente destituído, mas juridicamente ainda não: a pessoa leva uma existência dupla; é uma pessoa viva, de carne, até com todos os atributos do empregado da monarquia russa (ou seja, de corpo, alma e passaporte), mas, por outro lado, ele é somente uma sombra no teatro de sombras chinês. Restou a forma materializada, de farda, mas a função real sumiu. Aquelas mesmas palavras que ele pronunciava antes, agora significavam outra coisa. Ele podia falar, mas não era ouvido; sua existência pública mudara e com ela tudo mudou. Ainda bem que

Ivan Antonitch cortou todas as relações profissionais, parou de receber e começou imediatamente a se preparar para voltar a Moscou e sua precipitação neste caso foi para o seu próprio bem; caso contrário ele teria sido obrigado a comer uma colherada de mingau amargo a cada passo.

Em sua família, a decisão de viajar foi recebida com um sentimento duplo. Por um lado, todos se indignavam e se revoltavam, e de outro, estavam felizes por ter chegado ao final a existência naquele insignificante fim de mundo. É bem verdade que para Liubov Ivanovna a viagem estava ligada a grandes preocupações e dificuldades: com três meninos e um deles recém-nascido, uma viagem de três dias pela estrada de ferro, sem contar as baldeações! E depois, como sobreviver? Tinham que viajar sem ter nada de concreto. Ivan Antonitch não tinha nenhum cargo em vista. O que os esperaria? Mas para Liubov Ivanovna ir embora da Bessarábia representava uma saída, apesar de dolorosa: a vida em Beltsi, para ela, era extremamente nojenta. O próprio Ivan Antonitch, nem um pouco pessimista de caráter, depois de preocupar-se, acalmou-se e começou a nadar nas nuvens do arco-íris das esperanças e perspectivas: tudo lhe parecia, como sempre, muito mais fácil do que era depois, na realidade. Ele já fazia planos, com exaltação declamava poemas, sentava Kolia em seu colo e entregava-se junto com ele a sonhos em comum... Kolia queria muito ir para Moscou, pois sua atração agora eram as novas edições de Devrien,* cujos prospectos, com ilustrações, ele tinha nas mãos: *A vida do mar* e o *Atlas das borboletas da Europa e das possessões da Ásia Central* eram objeto de seus sonhos mais queridos. Enquanto não chegou a última hora, a hora da despedida, Moscou brilhava como um farol gigante; tudo lá era atraente e maravilhoso... Os Stanevitch, os velhos e os jovens, ficaram muito tristes, por causa da viagem que se preparava. Eles se deram bem com os Petrov, acostumaram-se a eles e estavam satisfei-

* Casa editora fundada em Petersburgo, em 1872, pelo empresário suíço A. F. Devrien; editava livros de ciências naturais. (*N. da T.*)

tos com eles, não só como moradores, mas também como pessoas. Os velhos, Ivan Iegoritch e Katerina Ivanovna, moldávios de nascença, pela primeira vez encontraram russos assim, que não bufavam quando ouviam o "muito obrigado" deles, da mesma forma que não bufavam ao ouvir o "*bite*" alemão ou o "*prego*" italiano; russos que, com grande interesse, olhavam para os moldávios que dançavam o seu *djok*, uma dança nativa, mais do que as valsas e polcas. Na relação entre esses velhinhos e os Petrov não havia nem um pouco de tensão, falta de sinceridade e frieza: ao contrário, tudo era simples, claro, humanamente bom. É bem verdade que a base disso era o cotidiano limitado e estreito de Beltsi — ali não circulavam grandes idéias. Porém, nos limites daquele cotidiano era impossível imaginar relações melhores que aquelas. E Elizaveta Ivanovna, que tanto se interessava por literatura e música, ficou amargamente entristecida e quase chorou quando soube da viagem dos Petrov. Na elite de Beltsi ela não circulava, a maior parte do seu tempo livre passava na casa dos Petrov — ali encontrava o foco da cultura e diversão. E agora tudo isso chegara ao fim!...

Quando Ivan Antonitch enviou o telegrama para seu irmão doutor e para o irmão da mulher sobre a partida, esta partida de repente surgiu diante de todos com tanta realidade, como um navio que de repente surge da neblina: ele está parado e espera por você, e você tem que subir o portaló. A arrumação caminhava a todo vapor; conseguiram de algum lugar grandes caixotes de madeira, pregos e papel; embrulhavam, enrolavam; batiam com o martelo e enchiam seus dedos de lascas de madeira, agitavam-se e transformaram o apartamento inteiro numa tal mixórdia que nem parecia deste mundo. Kolia andava com um problema: como transportar a sua preciosa coleção de borboletas, muito mais frágeis do que a mais frágil porcelana. Ele se agitou também e exigia enormes quantidades de algodão para empacotar suas caixinhas em seus berços delicados, importunava a todos com suas amolações, enquanto rodava no meio das pernas dos adultos. Volodia ajudava-o aplicadamente. O pequeno Andriucha, que saiu de sua rotina com o tumulto babilônico, gritava desesperadamente e todas as tentativas de acalmá-lo eram inúteis. Os lençóis molhados, as mamadeiras, os bicos, os remédios — tudo isso se movimentava em turbilhão, da maneira mais absurda possível, na tempestade de coisas que pareciam cair uma em cima da outra, varridas e retiradas de seus devidos lugares. Somente alguns dias depois, surgiu uma nova ordem: os cômodos ficaram repletos de caixas mudas, pregadas com pregos grandes, que pareciam caixões. Elas exalavam o cheiro de alcatrão e de raspas de madeira. Kolia já andava triste pelo jardim, despedindo-se de tudo de que gostava e a que estava acostumado. Seu coração doía e parecia explodir em vários pedaços. Tudo estava repleto de recordações: nesta tuia ele pegara um pintarroxo, por esta aléia Elena Vladimirovna correra atrás dele, aqui ele encontrara um casulo de satúrnia, por estas árvores trepara em busca do ninho de um pardal, ali eles passavam os ensolarados e claros dias de verão e suas tranqüilas noites, quando nos raios de sol oblíquos dançavam mil enxames de mosquitos como se fossem grãos de pó; lá eles andavam, respiravam e deleitavam-se com os aromas, cores e sons da primavera, quando todo o jardim ficava coberto pela neve das flores, suavemente branca e cor-de-rosa, quando floriam os abricós, as macieiras, as pereiras, as cerejeiras e as abelhas zumbiam, entrando nos cálices melíferos para pegar o mel; aqui entre os carrapichos, na neve recente e virgem, punham armadilhas para apanhar pintassilgos de cabeça encarnada ou pintassilgos-verdes — como se agitavam os pássaros livres e selvagens nos laços!... Ali Ivan Iegoritch matara com a pá um *hamster*... Tudo estava acontecendo diante dos olhos de Kolia: em fileira desfilavam as brincadeiras, os colegas, os pássaros, as borboletas, as árvores, a alegria, a tristeza, o encantamento, o êxito, as lágrimas, a Elena Vladimirovna, o Tocia... Estavam sendo arrancados do seu corpo pedaços de carne viva e eles se agitavam, morrendo sem estar em condições de morrer.

Como tudo na vida um dia chega ao fim, chegam ao fim também os sofrimentos dos estados intermediários, quando se engole a última e misteriosa lágrima da alma e então a crise passa, inaugurando nova fase que, ao surgir, por sua vez, está destinada ao desaparecimento na secular e eterna marcha dos tempos...

O sino do tempo tocou e os Petrov já estavam a caminho da terra natal, onde tinham suas raízes...

8

Ivan Antonitch tinha três irmãos, dois eram médicos: Georgi Antonitch e Mikhail Antonitch, ou como eles eram chamados na família "Jorj" e "Mikhaluchka" ou "Martigan". Apesar do parentesco, da mesma educação e finalmente da mesma profissão, era difícil imaginar tipos humanos tão opostos como eles. Georgi Antonitch, hábil, ágil, cabelos densos, suaves e grossos, olhos grandes e maliciosos, inteligente, gracioso, sedutor, preferido das damas e de forma alguma admirador platônico delas, era rápido, confiante em si, esperto, bastante liberal, e até radical em seus pontos de vista. Trabalhou durante muito tempo como médico de cidade do interior na região de Smolenski e era considerado a "alma do grupo" entre a intelectualidade local. Era um excelente médico, seus pacientes gostavam muito dele, e não somente as pacientes, apesar da vantagem estar obviamente do lado delas. Conhecia a medicina maravilhosamente bem, era considerado ótimo na sua prática e acompanhava a literatura especializada. Mas, para dizer a verdade, era extremamente cético em relação à medicina. Em conversas sinceras sobre a matéria, expunha duas teses que compunham, segundo ele, as bases para obter êxito na profissão de médico: em primeiro lugar, não fazer nada que cause danos ao doente; em segundo, convencê-lo de que ele pode ficar bom. Olhava para os remédios de maneira negativa e receitava apenas certos itens inofensivos. E há de se reconhecer que, de uma maneira ou de outra, seus resultados eram sempre melhores do que os dos outros médicos — e ele não lembrava em nada o doutor Sangredo de Alain Le Sage. Ele era sempre alegre e amável com os doentes; com as damas, encantador. Quando saía da casa dos doentes, eles, na maioria das vezes, sentiam mais ânimo e sua energia aumentava se o tema da conversa não fosse sobre algo muito pesado. Georgi Antonitch era muito limpo, estava sempre bem-vestido, de barba feita, roupa limpa...

Mikhaluchka atuava na aldeia, trabalhando no hospital do *zemstvo*,* a administração local. De estatura baixa, míope, de pincenê, barba espessa em tufos, sério, ele era tímido, não muito inteligente, vagaroso em tudo: nos pensamentos, nos movimentos, na fala. Sua honestidade era singular, mas, exatamente por tê-la em demasia, esta característica tornava-se seu principal defeito. Quando, em sua época, ele terminou o ginásio e deveria prestar a prova final para obter o diploma, pareceu-lhe que ainda não estava suficientemente "maduro", apesar de ter se preparado maravilhosamente bem para a prova. E por mais que tentassem expulsá-lo de casa, permanecia firme no sofá, onde, deitado, lia Spencer e não foi para a prova, repetindo o ano. Já que lhe dera na telha a idéia de imaturidade, ninguém conseguiria dissuadi-lo. Ele colocava a perna atrás do pescoço, como um macaco (por isso o chamavam de "Martigan"), e meditava por horas... Jorj gostava de mostrar sarcasticamente como, na sua opinião, Mikhaluchka deveria se declarar à amada:

— Sabe, pode ser que hoje lhe dê um beijo... Não, acho que só amanhã... Mas, quem sabe, pode ser hoje... Não, melhor amanhã...

Sua profissão ele estudava com atenção e seriedade. Mas esses estudos não lhe eram úteis, pois possuía a santa ingenuidade de expor aos doentes todas as suas dúvidas sobre o diagnóstico: o senhor pode ter isso, mas possui sintomas completamente diferentes; nestes casos tal celebridade recomenda fazer isso, e uma outra recomenda fugir disso, como do fogo; a medicina ainda desconhece muita coisa, prosseguia ele etc. Resumindo, o doente pensava com seus botões: "Que doutor é esse? Diabo o carregue, ele mesmo, pelo visto, não entende nada!" — e tentava na vez seguinte consultar

* Administração local em 1864-1918, eleita pelas classes abastadas da Rússia. (*N. da T.*)

um outro esculápio qualquer. É bem verdade que, no lugarejo, esse raciocínio diminuiu consideravelmente: havia muito trabalho, chegavam doentes de toda a região, o tempo não era simplesmente suficiente para dúvidas teóricas e não havia muito o que conversar com os mujiques. Mas Mikhail Antonitch nunca conseguiu exterminar de si a medicina hamletiana. Aliás, ele nem se esforçava, pois estava convencido da necessidade de análise, discussão e estudo amplo. Esta jamanta de mente não muito esperta, no entanto, era um ótimo enxadrista e não havia, entre as pessoas de sua convivência, sequer uma pessoa que conhecesse tão a fundo a teoria e a prática do xadrez como ele — nisso ele estava fora da concorrência. Ele era solteirão, vestia-se de qualquer jeito — o mais importante era estar vestido. No seu tempo livre, ficava deitado, lendo. Não mantinha relações com mulheres, não fumava tabaco, não bebia vodca, não jogava baralho. Gostava de isolamento, quase reclusão. Criava galinhas, patos e perus. De todo seu vocabulário, não muito rico, as palavras mais utilizadas eram "filhinho" e "queridinho", e as duas expressavam somente diferentes tons de uma bondade carinhosa. Ele se relacionava bem com as pessoas. Sentia um certo respeito pelo governo e autoridades superiores e não negava a existência de Deus por completo. Encontrava bases conhecidas para a crença, citando sempre a frase de Shakespeare "Há mais coisas entre o céu e a terra do que sonha nossa vã filosofia". Aqui na terra, também, dizia, havia muitas coisas que não tinham sido estudadas. Ele nutria um certo conservadorismo que era próprio de seu raciocínio e caráter lentos e da busca de algo sólido, resistente e inquebrantável; ele não possuía nenhum jogo de cintura.

A aldeia Tessovo, onde ficava o hospital em que ele trabalhava, não era nada diferente de outras milhões de aldeias da Rússia central: as casas eram moldadas da mesma forma, com telhados de palha escurecida; da mesma forma, cresciam na frente delas arbustos com frutinhas finas e mirradinhas, com a crosta roída pelos cavalos; da mesma forma havia lá a igreja de tijolos com os domos dourados e a inevitável taberna; da mesma forma os mujiques sofriam com a falta de terra, com os impostos, tributos, pagamento de arrendamentos; da mesma forma passavam fome, bebiam vodca, eram fuzilados; da mesma forma eram atormentados pelos proprietários, pela polícia rural, pelos padres, pelos chefes das administrações locais; da mesma forma eles ficavam confinados em seus pequenos terrenos das mansões dos donos de terras. O hospital refletia toda a hierarquia desta vida social: as feridas de brigas dos bêbados, a magreza provocada pela fome, a sífilis congênita, o sangue contaminado das parturientes, a tosse dos tuberculosos, o raquitismo das crianças, as fezes com sangue, herpes, micoses graves no couro cabeludo e escrófula. O ambulatório do hospital estava sempre abarrotado de gente sofredora e acabrunhada: as mulheres com crianças de colo, os mujiques de alpargatas de folhas trançadas — tudo cinzento, miserável, sujo, infeliz. Na recepção, onde sentia-se o cheiro de iodofórmio e fenol e onde as prateleiras estavam repletas de potes e frascos de vidros, ouviam-se gemidos e, às vezes, choro. Freqüentemente, os mujiques tinham que viajar dezenas de verstas para chegar ao hospital e, às vezes, os doentes eram trazidos em tal estado que a medicina já se tornara completamente desnecessária; como para aquela criança que perdera os sentidos e já estava quase roxa; para aquele homem que, por causa das convulsões, expelira quase todas as tripas para fora do ferimento; para a parturiente com eclampsia que morrera a caminho do hospital.

Na enfermaria ficavam os doentes graves: emaciados, magros, pele e osso, eles pareciam cadáveres debaixo de lençóis brancos; seus olhos apagados contornavam devagar o grande e claro quarto desconhecido e eles desejavam morrer em casa, abafada e suja, mas onde havia mais calor para a alma sofrida... No isolamento, com o ar viciado, reinavam o tifo, a difteria e a escarlatina. Para o necrotério, levavam os corpos gelados, cobertos com pano — ali chegavam ao fim todos os sofrimentos, as tristezas, as alegrias e as esperanças, existia somente a *mors immortalis*, a morte imortal.

Os Petrov chegaram de surpresa da Bessarábia na casa dos dois irmãos, tinham que se acomodar em algum lugar nos primeiros tempos. Os pais, com o bebê, acomodaram-se com Georgi Antonitch e mandaram Volodia e Kolia para Tessovo, para a casa do tio Micha. Lá, naquela época, estava de visita a avó, para quem Kolia enviara "relatórios" sobre a "cabeça morta". Além do mais, o tio Micha adotara Fedia, menino abandonado por um camponês, e por isso a companhia estava garantida. Então, depois do jardim da Bessarábia, das roseiras, das árvores de abricó, das flores, Kolia e Volodia eram vizinhos do fenol, do iodofórmio, do terrível necrotério, das cenas de doenças graves, da mutilação, da necessidade sem esperanças, do choro e gemidos, das mortes terríveis. Isso, para eles, era algo completamente novo e estranho, que os impressionava, abalava e chegou até mesmo a assustá-los com a revelação tão próxima da trágica vida comum. Kolia sabia que existiam doenças terríveis, a morte, a pobreza. Mas, para ele, elas eram abstrações indefinidas, apenas sombras de pensamento, fora das emoções reais. E ali, elas estavam concretizadas, agiam direta e espontaneamente sobre todos os órgãos de seus sentidos, gritavam com suas vozes terríveis... Por mais que Kolia tivesse ficado feliz de ver a avó e o tio Micha, o clima de hospital lhe era tão sombrio que ele sentia-se esmagado por algo escuro, frio e pesado. Os primeiros dias passou deprimido; com curiosidade e medo, espiava pelas janelas do hospital, observando os funcionários de jaleco que, com indiferença profissional, carregavam os doentes e os cadáveres, como se fossem toras de lenha ou carcaças de bezerro. Temeroso, ele se aproximava da varanda, onde esperavam na fila, de pé ou sentados, os que tinham ainda algumas esperanças, e percebia em seus rostos tanta aflição e desespero mudo que Kolia ficava até com vergonha de viver sem ter nenhuma doença. Ele ficou ainda mais impressionado com um caso, aparentemente insignificante, uma curta frase, uma réplica de um mujique sujo, desengonçado e grande, que com raiva olhou para o menino e disparou, sem mais nem menos:

— Vejam só que belo senhorzinho! Vai ver come carne todo dia...

Kolia logo imaginou esta carne — carne cozida com sal e mostarda que ele realmente comia todo dia, enquanto que para os outros era um luxo inacessível. Ele não ficou nem um pouco chateado com o mujique. Pelo contrário, sentiu-se meio culpado por causa desta carne cozida com mostarda e sal. Esta recriminação era uma recriminação que vinha daquele mundo enorme e pouco conhecido por Kolia, mundo que enviava para o hospital seus filhos feridos, mutilados, semimortos. Kolia encontrava os filhos dos camponeses que mastigavam assustados ao lado dos pais: eles lançavam olhares enviesados e desconfiados em volta, agarrados na barra da saia da mãe que veio até o hospital com a sua enfermidade; eles, em sua grande maioria, tinham as faces terrosas e pálidas; as barrigas inchadas; as pernas finas arranhadas e escamadas de tanto coçar, apareciam por debaixo dos trapos que os cobriam. A vida, muito cedo, lesara aquelas crianças e maltratara seus corpos infantis, delicados e fraquinhos. Kolia, às vezes, tinha vontade de se aproximar dessas crianças loiras, de cabelos claros, ariscas, tímidas e cheias de medo. Mas ele próprio sentia medo e não tinha coragem de iniciar um contato...

Assim se passaram os primeiros dias. O ser humano, no entanto, adapta-se a tudo no mundo. E Kolia, aos poucos, acostumou-se à nova situação, e aprendeu a conviver com as cenas do hospital, mas em sua alma ficou gravado para sempre este novo mundo de desgraça, necessidades, sofrimentos e mortes que se abria para ele.

A casinha onde Mikhail Antonitch morava com a avó ficava localizada no mesmo pátio do hospital. Pelo pátio andavam galos e galinhas de raça; bamboleando, mancavam grasnando, patos gordos; os perus, enchendo o papo e abrindo as penas, esforçavam-se, enchiam de sangue seus penduricalhos cor de coral e batiam as patas em torno das peruas, que faziam de conta que essas brincadeiras masculinas não tinham nada a ver com elas. Quando, de algum lugar do alto, aproximava-se um gavião ou um urubu e sua sombra escorregava suavemente pela terra, os galos olhavam com rabo do olho para os lados do céu, emitindo o temeroso "cocorocó", e as galinhas corriam para o galpão. Ali por perto, atrás da cerca pintada de ocre, ficavam os postes com argolas, nas quais os camponeses que chegavam amarravam as suas éguas cansadas. Gamelas para o feno ficavam presas aos argolões. As éguas dividiam com seus donos todas as agressões da vida: aveia elas nem viam, suas costelas sobressaíam nas ancas afundadas; o pêlo, ralado, esfolado, ferido, com protuberâncias e com falhas; elas ficavam paradas, sombrias, de cabeça baixa e com o corpo tremendo, melancolicamente mastigavam o feno e pareciam concordar plenamente com o sentimento expresso na frase dos mujiques: "Bem que Deus podia nos levar logo!", de tão cansados que eles estavam daquela vida. No entanto, os porcos se sentiam maravilhosamente bem no mundo dos homens. Reviravam-se no esterco, entravam nas gamelas com a ração dos patos, devoravam tudo que encontravam e tinham a mesma disposição otimista de Pangloss, personagem de Voltaire em *Candide*.

Volodia logo começou a gostar da criação de galinhas, como o tio Micha; até aprendeu rapidamente como saber, pelo toque, se as galinhas estavam prestes a botar um ovo, e recebeu do irmão o apelido detestável de "apalpador de galinhas". Kolia, por sua vez, gostava de capturar pássaros selvagens e não sentia nenhuma atração pelas aves domésticas. Certa vez, quase sofreu sérias conseqüências por causa de sua aversão pelo pacífico trabalho de criação de aves. Ele precisava de um bom flutuador para pescar. Para a linha, ele arrancou bastante cabelo de rabos de cavalos, que eram quietos e nem protestavam. Kolia queria fazer o flutuador de uma pena grossa de rabo de peru. Mas, no momento em que ele se aproximava devagarinho por trás do peru, que estava preocupado com seus problemas amorosos, para arrancar uma boa pena, foi visto por Mikhail Antonitch que já observava-o pela janela. Ele arrancou da parede seu chicote para cães e correu atrás de Kolia para lhe dar uma surra. Ele enfurecera-se tremendamente, pois amava demais as suas aves. Kolia, é claro, fugiu, mas passou algumas horas com medo de ser surrado. Como, em toda sua vida, ninguém batera nele, nem mesmo ameaçara fazer isso, era compreensível que tal perspectiva o mantivesse numa distância razoável do tio. Ele demorou para aparecer em casa e surgiu diante de Mikhail Antonitch somente após difíceis negociações com a avó, que o amava muito e conseguiu o perdão completo de seu tio. O peru ficou ileso e o traseiro de Kolia foi poupado de conhecer o açoite de cachorro. O flutuador teve de ser feito de uma pena velha e não ficou nada ruim...

Próximo a Tessovo, corria um riachozinho com profundas valas. Perto de uma das valas girava a roda do moinho de vento. No mesmo lugar ficava uma represa. Quem olhasse para o fundo da represa, percebia com facilidade como enormes carpas imóveis, sonolentas e largas ficavam próximas dos troncos das estacas cobertos de musgo e como, na profundidade misteriosa, passavam nadando cardumes de percas graúdas e listradas. Na água escura brilhavam como prata os alegres e levianos bicudos, brincando em círculos quase na superfície. Bastaria jogar a linha com uma mosca, até mesmo num gancho feito de alfinete, e no ar já se agitaria algo azul ou prateado. De vez em quando, subia na superfície da água um besouro-nadador, ficava parado um minuto com suas patinhas-nadadeiras, soltava bolhas e remava rapidamente desaparecendo no recôndito da represa. Foi este lugar que os três meninos, Kolia, Volodia e Fedia, começaram a freqüentar. Ficavam dias inteiros perto da vala, com as varas de pescar nas mãos. O resto do tempo gastavam com a preparação de iscas para os peixes da família dos ciprinídeos: pão com algodão e óleo de girassol (o óleo para dar cheiro, o algodão para que o pão não caísse do gancho); minhocas boas e vermelhas da terra adubada, para as parcas; moscas e ovos de formiga para os bicudos. Os meninos ficavam com os bolsos cheios de tralha; as caixinhas com o alimento dos peixes rasgavam e nos bolsos caía um pó da mais complexa composição: farelo de pão, perninhas grudentas de grilos, olhos e asas de moscas, cascas de ovos de formiga, escamas de peixe, pelotas microscópicas de terra e restos de minhocas — parecia um rapé de bruxa! Cada peixe, depois de pescado, era colocado em uma linha grossa que atravessava suas guelras e boca, e depois solto na água para não "adormecer". Cada menino tinha o seu cordame de peixes e o pescador mais sortudo e habilidoso exibia-se orgulhosamente depois com a sua guirlanda de peixes. À noite, os meninos sonhavam com o espelho-d'água do poço, os peixes mordendo bem a isca, os flutuadores afundando, e peixes de tamanho incomum...

Quando eles se cansavam de ficar sentados junto da vala, pegavam a peneira e, arregaçando as suas calças o máximo possível, corriam para os lugares rasos e pescavam peixes com a peneira. Ali acontecia de tudo — movimento, risadas, surpresas, pequenas aventuras, trombadas, brigas, êxitos e fracassos ocasionais. Nos bancos de areia eles pescavam gobiões; debaixo das pedras, girinos e espadilhas; perto da margem, entre as algas, onde o fundo era coberto de lodo e o pé afundava na água gelada e escorregava na correnteza, podia-se encontrar nalins* gordos que, com preguiça, nadavam para a frente e para trás na cesta, no meio da sujeira apanhada. Vez por outra, dava-se de cara com um lúcio, e então a cesta tinha que ser jogada imediatamente para a margem, se não, com certeza, o peixe ágil fugiria, abanando o rabo em desafio...

Certa vez, no meio na noite, todos na casa acordaram com badaladas de sinos. Os sinos da igreja batiam com alarde e as rajadas de vento, alterando o som, transformava-o em algo choroso e ameaçador.

— Fogo! Fogo!

Correram todos para as janelas, em suas camisas de dormir. Até a avó, com seus cabelos brancos soltos, de camisola comprida e descalça, pulou da cama e grudou na janela. Além do rio havia o clarão de uma enorme fogueira no meio da escuridão aveludada. Os casebres estavam em chamas, levantando enxames de fagulhas

* Peixe tipo bacalhau. (*N. da T.*)

que pareciam insetos que se dissolviam na imensidão do céu. As chamas, às vezes, diminuíam e acalmavam-se — então o clarão, imediatamente, empalidecia. Mas, de repente, as chamas inflamavam-se freneticamente, vomitanto chafarizes gigantes de fogo e o céu tornava-se vermelho-cobre, sinistro e terrível.

Kolia, junto à janela, tremia arrepiado. Seus dentes batiam. A pele ficou toda pintada, coberta com pequenas bolinhas escuras. Ele afastou-se da janela rapidamente, vestiu-se e saiu em disparada.

— Kolia! Kolia! Aonde vai?

— Que diabinho maluco!

— Até o incêndio! — ouviu-se a voz dele já do lado de fora, e pela janela via-se como Kolia corria desesperadamente em direção ao rio.

Depois de atravessar a ponte do rio, na qual dançavam e retorciam-se freneticamente reflexos do fogo, na noite escura que parecia explodir com a iluminação satânica, Kolia alcançou o lugar do incêndio. Havia uma multidão lá. Todos gritavam, aconselhavam, berravam, xingavam. O ar estava seco e quente, respirava-se fogo. Uma casa já estava quase toda queimada, seus restos carbonizados e negros ardiam lentamente, se apagando; de vez em quando o fogo encontrava um novo alimento que parecia ter passado despercebido inicialmente, então atacava-o raivosamente e devorava-o com sua boca ardente. Uma outra casa fora tomada pelo fogo há pouco tempo e semeava a centelha terrível, que açoitava o ar com sua cauda vermelho-dourada, agitada pelo vento. Empurrando e xingando, os mujiques separavam as toras envoltas em chamas com uma vara com gancho de metal na ponta. Elas caíam com estrondo na terra, espalhando em volta de si montes de faíscas. Alguns, mais corajosos, inclusive o ferreiro da aldeia, entravam no "inferno" com baldes de água e tentavam apagar a fúria em chamas. Eles pulavam de lá chamuscados, de olhos vermelhos, exalando um cheiro de coragem e fumaça, inspirando o respeito geral.

— Vejam só, Stepan foi para lá de novo.

— Oi, Stiopa, vai cair! Cuidado, vai cair uma tora!

— Que ventania! Temos que proteger com cuidado as outras casas. O fogo está se alastrando!

— Quebra! Para que mexer com as varas em vão?

— Não precisa ensinar! Nós sabemos!

— Gente de Deus, tragam água! Por que estão parados, malditos, como um feixe de lenha?! Tragam água! Vanka! Petka!

Foram buscar água. Kolia também pegou um balde e foi com todos até o rio. Naquele momento, ele não pensava nem um pouco na tragédia, na tristeza e na desgraça que trazia consigo o incêndio para as suas vítimas. Não! Ele foi tomado pela tormenta ígnea, pelas nuvens de faíscas, pela gritaria da multidão, pela dança do fogo no céu e na água, pelos reflexos da chama na íris humana, pela movimentação geral, pela energia dos corajosos, pela enorme quantidade de pessoas que saíram de suas casas aquecidas, pela atividade coletiva extraordinária, pela tempestade do fogo, dos gritos, dos gestos, pela luz clara na escuridão da noite.

— Vamos, rápido, gente! Por que desapareceram?

Os rapazes traziam a água e corriam novamente, gemendo e tinindo com os baldes até o rio que ficou agitado e brilhante...

— O que é que você está fazendo aqui, moleque? Como conseguiu fugir sem permissão?

Kolia viu diante de si o tio Micha. Descabelado, de paletó por cima da camisola, sem chapéu, Mikhail Antonitch apertou os olhos míopes através de seu pincenê, como um mocho diante do sol.

— Estou carregando água, tio Micha...

— E eu vou carregar você pelos cabelos... Sua avó está aos prantos, achando que você se perdeu.

Mas tio Micha logo trocou a raiva pela gentileza. Sua vida era tão monótona e cinzenta que o incêndio tornou-se um espetáculo que quebrava esse tédio desgraçado. E ele se metia novamente na multidão e também dava conselhos, tão desnecessários como a maioria deles em casos análogos a esse.

De repente, o telhado caiu com estrondo e as estacas em chamas balançavam de um lado para o outro e dançavam no ar, serpentes de fogo subiram até o céu negro, cheirava a fumaça, queimado e calor, pingos de fogo espalhavam-se e dançavam na tempestade louca. A multidão recuou sob a pressão da onda ardente, que parecia ter sido derramada de um forno incandescente.

— Vamos! Rápido! Espalhem-se! Tragam as varas! Vamos! Forte... um! Juntos... um! Bem no olho! Assim é que se faz! — balançando, cantavam os mujiques no ritmo das varas com ganchos. O vento era muito forte, porém, felizmente, as casas vizinhas eram cercadas por tílias enormes e suas folhas, que trepidando, enrolando-se e morrendo, resistiam ao ataque das línguas de fogo...

— E o senhor, doutor, para que veio? Deveria ter ficado dormindo...

— Vim atrás do meu sobrinho.

— Quem é?

— Aquele que está carregando água com os rapazes...

— Aquele pequenininho? Vejam só, que fedelho. E por que ele fez isso?

— Ouviu os sinos e em seguida fugiu.

— Então foi isso...

— E pegou fogo por quê?

— Quem sabe? Pode ser que alguém tenha deixado cair uma cigarrilha no feno, ou jogado um fósforo e pode ter sido também o fogo da lareira, quem sabe? Ainda bem que foram somente duas casas. Há pouco tempo, em Timokhin, umas quinze casas queimaram, foram devoradas de vez. As vítimas ficaram aos pedaços e pedindo esmola. Que Deus nos ajude! Aquilo sim foi um horror!

— E lá o incêndio foi por quê?

— Foi por outro motivo. Festejavam o padroeiro. Como de costume, todos bêbados. Então a falta de controle é suficiente para uma tragédia acontecer! Agora ficam chorando.

O fogo fez, pelo visto, seu último esforço. Sua agonia estava próxima. A armação já fora desfeita pela metade.

— Vamos, gente. Engancha! Engancharam?

— Enganchamos. Contando!

— Com força: um!... dois!...

A tora negra caiu na terra. Por ela corriam somente serpentes raivosas e douradas e, como grãos de romã, avermelham-se os carvões acesos, irrompendo, às vezes, com rápidas e claras línguas de fogo. O clarão se retraiu e empalideceu. O incêndio estava morrendo.

Aos poucos, o povo se dispersava. Mikhail Antonitch e Kolia foram para casa. O fogo apagou, ardiam somente montes negros e carbonizados, cobertos com a brancura da cinza em alguns lugares. A noite negra ficou ainda mais negra e até mesmo as estrelas pareciam quase imperceptíveis, como erupções não muito nítidas que surgiram no colo ilimitado do céu. Kolia ainda não tinha conseguido se acalmar depois que vira diante dos olhos o fogaréu, nem do barulho, estrondos e gritaria diante dos ouvidos.

— Por que demoraram tanto, meu Deus do céu! — gritou a avó, erguendo os braços. — Eu já queria mandar Fiodor atrás de vocês. Não temem a Deus! Puxa, Micha, você também: foi buscar o menino e desapareceu...

— Não foi nada não, mãe... — balbuciou Mikhail Antonitch, tornando-se de repente cúmplice do crime de Kolia. — Nada demais... um incêndio... olhamos... pronto, agora está tudo bem. Faz um chazinho para nós, mãezinha. De qualquer forma não dá para ir dormir logo.

— Coloquei o samovar agora mesmo para esquentar. A água já deve ter fervido. Vá buscá-lo, vou aprontar o chá.

E todos sentaram-se para tomar o diferente chá noturno que mostrou-se muito especial e muito gostoso. Queimando a língua e soprando o chá no pires — os russos costumam colocar o chá no pires para esfriar e tomar mais rápido —, Kolia chupa o chá com os lábios, infringindo todas as regras de compostura e educação. Mas ali não ligavam para isso e podia-se até comer peixe com a faca que ninguém diria uma palavra... Do outro lado das janelas estava escuro, um breu. Lá, onde há pouco tempo ardia o clarão, havia um vazio denso e negro, onde não era possível enxergar absolutamente nada. A mesa, o abajur, as rosquinhas, a geléia de groselha, o samovar — tudo parecia tão pequeno em comparação com a violência do incêndio e o azáfama da multidão, que era como se tivessem passado para um outro mundo, miúdo, onde mal havia condições de movimentar-se...

No dia seguinte, Kolia foi até o lugar do incêndio. Fazia uma maravilhosa tarde de verão. Dos campos vinha o cheiro de centeio maduro. Nas várzeas ribeirinhas inundadas gritavam os *dergatch*. Tocando de leve o rosto, como numa carícia, soprava a brisa doce, morna e carinhosa. Pelo horizonte espalhava-se uma bruma opalina. Como ouro incandescente brilhava o domo no alto da igreja e a cruz rutilante ardia no céu de cobalto. Kolia subiu pela encosta até o lugar do incêndio. Das toras grossas havia somente restos, roídos pelos dentes de fogo: tições negros num monte de cinza grisalha e leve. Os cacos de potes e de vasos de cerâmica, pregos, pedaços de louça, ossos no amontoado de fuligem — foi tudo que restou da casa. Meu Deus, como ficaram deformadas as maravilhosas e centenárias tílias! Um lado delas foi queimado e mutilado: toda a folhagem tornou-se marrom, os galhos se retorceram, as folhas se enrolaram, o farfalhar seco e morto era triste e desolador... Crianças descalças remexiam as cinzas, em busca de tesouros misteriosos. Mas tudo ali estava morto, nenhuma chama trepidava... E a vida seguia seu rumo. Pelas ruas, os rapazes passeavam com seus bonés e tufos arrojados de cabelo soltos debaixo da pala do boné. Andavam abraçados, entre eles o tocador de sanfona, com uma enorme sanfona presa no cinto. Com rapidez, ele corria os dedos pelo teclado, selecionando os acordes, que derramavam pela rua inteira melodias da moda. Do lado extremo da aldeia, junto aos celeiros onde toras enormes estavam estocadas, as moças cantavam em resposta, com suas vozes finas, quase agudas:

> A lua maravilhosa flutua sobre o rio,
> Tudo foi tomado pelo silêncio noturno.

E, de repente, atingindo um registro muito mais alto:

> Não preciso de nada neste mundo,
> Só ver você, meu querido...

A "Lua maravilhosa" é substituída por uma canção triste sobre uma moça infeliz:

> O passarinho tem seu ninho
> A loba seus filhotes
> Eu, uma órfã,
> Não tenho ninguém neste mundo...

E os rapazes, com suas vozes travessas, devolvem uma canção com letra travessa, porém sem sentimentos travessos sobre uma prostituta:

> Pobrezinha, seu destino foi parar num bordel
> E dormir com os oficiais!

Eram melancólicas essas canções russas; o "mau destino", a opressão, a separação, a desgraça, a orfandade, o amor infeliz, a pobreza, eram cantados nelas da mesma maneira dolorosa que o vento cantava numa noite de outono. Como são tão bem expressos e guardados os traços mais característicos do cotidiano nas canções populares; nelas está sedimentado o registro verdadeiramente forte da vida russa. E até mesmo as imitações tão difundidas das canções de Delvig, Neledinski-Meletski, Rupin, involuntariamente refletem essas linhas, falando do cotidiano triste, das alegrias tão poucas e instáveis que, inevitavelmente, são perseguidas por sombras soturnas de sofrimento e infelicidade. E são cantadas e cantadas em todo o país essas melodias da tristeza e da desesperança: "No sábado, um dia chuvoso", "Perdi o meu anel", "Minha vela querida, queime, queimarei junto com você".

Já corrompida pelo poder do dinheiro, a aldeia fazia eco com a cidade nos seus gritos desesperados: "Separação, triste separação, em terra estranha me encontro", "Mariucia tomou veneno", eram cantadas pelas cidades e por todo o amplo Império Russo. Mas, das profundezas subterrâneas da vida, do fundo da fermentada fossa gigantesca levantavam-se e emergiam, como pequenas correntes, as notas de protesto, a amarga insatisfação com a vida como ela era, as buscas de formas de esquecimento e fuga nas fantasias do romantismo primitivo, nas recordações dos grandes heróis rebeldes populares, nas canções das prisões, nas músicas irreverentes dos operários das fábricas que ali e acolá começavam a levantar suas cabeças... gente sem eira nem beira, prisioneiros, divulgavam por toda parte essas canções e já com uma alegria oculta soavam as estrofes de "Sacha, um anjo virgem":

> Lá, onde o sol não brilha,
> Onde a aurora não clareia,
> É meu destino morrer,
> A mando do rei!

E Kolia, admirado, ouvia a letra das canções, pouco compreensíveis:

> Esta casa, meu senhor, não é minha
> É a prisão central Aleksandrovski!

Anoitecia. No extremo da aldeia, perto dos galpões, as moças brincavam de roda, as velhas estavam sentadas com os velhos nas toras, comendo sementes e conversando calmamente, os rapazes tocavam a sanfona e dançavam com vigor a dança russa. Depois, dispersaram-se em casais pelos cantos escuros, por trás dos galpões, pelos campos de centeio, onde podiam se esconder.

> Dê passagem, plantação alta
> Guarde o segredo sagrado!...

De algum lugar longínquo, soou uma voz firme de rapaz:

> Chegou a meia-noite,
> Eu agarrei a moça bonita

Pelas mãos brancas,
Pelas mãos braaancas!

Finalmente, chegou o dia da festa do padroeiro de Tessovo, ou seja, a festa daquele santo, em homenagem a quem foi construída a igreja local. Na igreja, realizou-se a missa solene, com coral. Mais tarde, no mesmo dia, foi inaugurada a feira. A taberna estava lotada desde de manhã. Fora da aldeia, na várzea, ficavam as barracas com diferentes produtos. A maioria era de doces caseiros: de avelãs e nozes, doces marrons de Moscou, pães de mel redondos de menta, pães de mel de Tula, com desenhos em relevo, balas coloridas, baratas e grudentas, caramelos caseiros, barras de chocolate em forma de sola de sapato, "mon pensier", e doce de gergelim. A criançada da aldeia, vestida com camisas e vestidos claros de cetim, corria entre as barracas, gastando seus preciosos copeques; as crianças com muita arte enfeitavam seus rostinhos com chocolate e a tinta das balas e, com inveja, olhavam para o vendedor de sorvete e para os refrescos de pêra, limonadas e sucos de frutas. Naquele mesmo lugar ficava a atração das atrações — um carrossel, debaixo de um baldaquim, com cavalos de madeira esfolada, e som de guizos; um realejo e outras maravilhas. Multidões de pessoas andavam em densas fileiras — pessoas de outras aldeias vieram para a feira e os festejos do padroeiro de Tessovo. A música tocava, o carrossel rodava com estalos, as moças gritavam estridentemente, mais para aparecer do que por medo, as criancinhas berravam também. Ao lado, Petruchka, um boneco, era jogado de uma cabine alta, levava uma surra de vara e finalmente com gritos estranhos e guturais, morria debaixo de uma saraivada de pauladas; bolas de encher coloridas ficavam penduradas em enormes cachos; as crianças eram atraídas de todos os lados: por "habitantes marítimos", diabinhos de vidro em tubos com água, por doces, por bolas e por brinquedos.

— Comprem, filhos de Deus! Estou vendendo barato! Liquidando! Habitante do mar, reverenciador das mulheres da aldeia! Foi atrás das moças e caiu no frasquinho!

— Vejam, que bolas bonitas! Comprem, criançada!

— Temos *blini*! Panquecas quentes, fresquinhas, somente cinco copeques por duas!

— O sorvete está muito bom! Sorvete de creme!

— Doce de gergelim! Gergelim! Famoso no mundo inteiro! Comprem, mujiques, mostrem suas moedas!

— Gente de Deus, cristãos — gritava o proprietário dos "habitantes do mar" —, peguei um diabinho com um laço, coloquei na garrafa, para que não caçasse moças!

— É só pegar a mãe dele pelo pé e casar com o pai que ele logo enlouquece!

— Bonecas, bonecas! Bonecas grandes, parecem verdadeiras e vivas! Compre, meu senhor, para as crianças — grita desembaraçado o vendedor de bonecas, para o dono de terras locais que se aproximava das barracas com ar de importância, de *poddiovka*,* botas compridas e quepe novinho...

E de longe, as criancinhas descalças e pobres espiavam todas aquelas maravilhas — pães de mel, carrossel, cavalinhos de brinquedo com pintas desenhadas e rabo enrolado, bonecas extravagantes: elas não tinham nem roupas para trocar e não possuíam nem um tostão. Elas não tinham coragem de entrar na densa multidão da feira e, temerosas, observavam de longe, sentindo-se à margem até mesmo daquela vida...

Perto das barracas com Petruchkas, estava sentado um mendigo, com os pés encolhidos. Ele revira os olhos e com uma voz gutural, tentando encobrir os outros sons, entoava:

> Saiba: o que é cinco?
> São cinco feridas no Cristo,
> São quatro Evangelhos,
> Deus tem três pessoas,
> Duas naturezas Deus tem,

 ...nprido, justo na cintura, usado por antigos cavalheiros na Rússia.

Maria tem um filho,
Jesus Cristo,
Que reina sobre os padres,
Tem poderes sobre os reis...

— Uma esmola, pelo amor de Deus, gente cristã, um copeque para o ceguinho, com sua generosidade, vou rezar pelos senhores a Deus, sempre, agora, amanhã e por toda a eternidade.

Uma mulher grávida, chupada, pálida, com braços impressionantemente magros e uma barriga monstruosamente inchada, jogou um copeque para ele no chapéu.

— Que Cristo a salve.

— Sachki, meus queridinhos, troquem as minhas notas — ouviu-se a voz enrolada de alguém do carrossel. Os bêbados saíam das tabernas. Perto do carrossel havia um empurra-empurra. Era só barulho e gritaria, soavam canções e, às vezes, algum palavrão. As moças eram bolinadas e, como de costume, soltavam gritinhos, demonstrando a sua pureza.

— Para que, diabo caolho, está metendo a mão aí?

— Nada de mais. Por que reclama, Marukha?* Vai ficar mais pobre, é? — reclama o "diabo caolho", beliscando os seios de uma mulher gorducha, sem cerimônia... — Você, você, o que tem aqui?

— Tenho... tenho... não é da sua conta — ri a mulher. — Veja lá, se não te darei um safanão...

Naquele instante chegou pela estrada uma carruagem magnífica: dois lindos cavalos, um cocheiro bem apresentável e um monte de babados rosa-claros e brancos, guarda-chuvas e um buquê de flores de estufas. Era a sra. Sotova, dona de terras locais que veio olhar o povo. Com ela, na qualidade de acompanhante, estava o chefe de polícia fardado, duas filhas e duas governantas, uma francesa, a outra alemã.

A balbúrdia na feira diminuiu. Muitos tiraram os chapéus e fizeram reverências para os senhores. A senhora, da carruagem, ob-

* Marukha – apelido de Maria. (*N. da T.*)

servava a cena plebéia. As meninas saíram com as governantas. Elas queriam aproximar-se um pouco mais, porém ouviu-se uma exclamação:

— *Nicht weiter, bitte, Mariechen. Bleiben sie hier.*

— *Ah! Le peuple russe! Il est bon! Cette scène est très pittoresque, madame!*

A *madame*, sorrindo com ar de superioridade, concordou. O superintendente de polícia deu algumas explicações.

— *Schon genug!*

— Só mais um minutinho — gritam as meninas.

— Não, crianças, um pouquinho basta. Há bêbados aqui! Vamos para casa!

E a carruagem desapareceu. A senhora já via o bastante do *peuple russe* e isso tudo para ela era pouco interessante.

— Que traseiro tem a senhora — falou através dos dentes um rapaz meio bêbado —, isso, sim, é que é um carrossel, ha-ha-ha! Com guizos...

— Veja lá, você sabe o que farão com você por tais palavras?

— Eu... Não disse nada...

— Ah, bom. Melhor ficar atento.

Na taberna, estava um verdadeiro tumulto. Ouviam-se canções, gritos, barulho de louça quebrada, uma autêntica algazarra. A fumaça de cigarros baratos saía pelas janelas.

— Eram dias alegres — berrava uma voz endiabrada que sufocava todos os outros sons. Era o ferreiro Stepan, aquele que se comportara como herói no incêndio, um touro de forte, mas cabeça-de-vento, bebendo seu último tostão.

— Stiopa, amigo, basta — tentava convencê-lo Ivan Kolesnikov, seu vizinho e amigo, bastante tocado também.

— Me deixe em paz!

— Stiopa...

— Me deixe, estou avisando. Se não, dou-lhe um soco e não vai nunca mais conseguir juntar os ossos...

Stepan já estava fora de si. Bebera até o último copeque. Ofereceu seu paletó para o dono da taberna e farreava só de camisa, esfarrapado, todo descabelado e com barba toda enrolada feito algodão.

— Stepan, vamos para casa — surge de repente sua mulher, pequenina, magrinha, sem seios e de cabeça descoberta — e o seu paletó, onde está?

— Vá embora daqui!

— Cadê o paletó? Stiopa! Está me ouvindo?

— Vou matar você! Vá embora! Vá para o inferno!

— Bebeu o paletó também? Sanguessugas! — grita ela em direção ao dono da taberna, que acariciava a barriga atrás do balcão. — Carrascos, parasitas! Não há castigo suficiente para vocês, seus crápulas! Corruptores! Ladrões!

Gritava com uma voz diferente que não era a dela. Ela batia em volta histericamente, chorava e soluçava, agarrando em vão ora um ora outro. Stepan girava os olhos para todos os lados. Dentro dele crescia um ódio vago e pesado, que ele não sabia de quem ou de quê. Queria pular sobre sua mulher e despejar todo este ódio nela, mas de repente ele se levantou e saiu correndo da taberna...

No dia seguinte, à noite, Mikhail Antonitch chegou muito cansado, mal sentia os pés. O dia fora muito difícil: teve que costurar uma ferida de faca muito profunda em um dos lados do corpo de Stepan; quase quebraram a cabeça de Kolesnikov com uma estaca, mas, de qualquer maneira, ele não escapou de um traumatismo craniano e teve que ficar internado no hospital; um dos rapazes da aldeia vizinha quebrou uma costela; outro torceu o braço direito; cinco ou mais pessoas tiveram ferimentos leves; Mikhail Antonitch teve que ir até a casa do padre Vasili, pois este bebera tanto que acharam que iria morrer; uma mulher abortou sua criança por ter levado um soco muito forte na barriga; resumindo, estes eram sempre os resultados comuns de uma festa cristã de padroeiro de aldeia.

Depois, soube-se que, tarde da noite, aconteceu uma verdadeira batalha. Um certo rapaz da aldeia vizinha, bêbado também, começou a mexer com uma moça de Tessovo. O namorado da moça socou a cara dele. Então seus amigos o defenderam. Foi quando soltaram um grito: "Estão batendo nos nossos!" — e aí começou um deus-nos-acuda!... Entraram na batalha as velhas estacas e iniciou-se uma verdadeira guerra, cujos resultados estão agora registrados no boletim do hospital.

Kolia ouvia calado, com os olhos fixos, as histórias de Mikhail Antonitch. Em cima da mesa, o samovar chiava idilicamente, porém Kolia imaginava as facadas, as feridas, as costelas e cabeças quebradas...

— Tudo isso é porque estão esquecendo de Deus. Ele então os castiga. São animais, verdadeiros animais... Sem Deus o homem é pior que um cão — raciocinou a avó.

— Não é isso, mamãe. Não temos escolas, mas temos vodca — balbuciou Mikhail Antonitch.

— Suas escolas de nada adiantam sem Deus. Esqueceram-se do Cristo Salvador. Meu, Deus, quanto pecado!

— Vó!

— Que foi, Kolia?

— Mas e o padre, como contou o tio Micha, que bebeu quase até a morte? Foi com Deus ou sem Deus?

— Kolka! Cale a boca! Quem ensinou isso?

— Não fique zangada, vó!

— Foi Ivanuchka quem perverteu você. Vai pelo mesmo caminho, fedelho! — enlouqueceu a avó. — Esse é que foi o castigo de Deus...

— Não existe Deus nenhum — atirou Kolia de repente, depois de uma longa pausa, fazendo um resumo mental desta conversa.

— Eu o amaldiçoarei! Anticristo! Demônio! — disse a velhinha, perdendo totalmente o controle. — Deus irá castigar seu pai também. Meu Deus! A que ponto chegamos! Que tipo de meninos são esses que levantam a mão contra Deus?

— Acalme-se, mamãe! Está muito nervosa! Minha querida!

Mas a avó não conseguia se acalmar. Ela estava fora de si. Andava pelo quarto como uma tigresa enfurecida, separada de seus filhotes queridos. Parecia estar pronta a agarrar o neto pelos cabelos e arrancar sua cabeça para glorificar seu dócil e complacente Deus.

— Mãezinha, chega! — tentou acalmá-la Mikhail Antonitch, fazendo sinais para que Kolia ficasse calado. Mas Kolia também ficara mordido e estava fervendo, seu pequeno coraçãozinho palpitava tão forte que ele ouvia as batidas e sentia como o sangue subia para a cabeça.

— Você, vó, deveria estar sentindo vergonha do padre e seu Deus!

A avó gritou, correu para o seu quarto, onde ficou chorando. Mikhail Antonitch estava zangado com Kolia; ficou confuso, sem saber o que fazer. Além do mais, estava terrivelmente cansado: no decorrer do dia fizera várias operações, além das consultas, exames e curativos corriqueiros. Calado, mostrou o chicote para Kolia e foi até o quarto da mãe para lhe dar um pouco de valeriana. Kolia, magoado até o fundo de sua alma, humilhado com a ameaça da surra de chicote, também chorava com o rosto enfiado em uma almofada. Volodia, que ficara o tempo todo calado, com seus olhos bondosos e ingênuos arregalados, começou, por sua vez, a fungar; ele correu até o irmão, deu-lhe um abraço, beijou-o e suplicou-lhe entre lágrimas:

— Kolia, querido, não!

Mikhail Antonitch ficou ainda mais confuso...

— Kolia! Querido! Filhinho! Era só uma brincadeira...

O menino continuava a chorar baixinho, todo o seu corpo estremecia de emoção... Mikhail Antonitch ficou parado, abrindo os braços num movimento sem sentido. Depois, fez um gesto de desespero, foi para o seu quarto. "Seja o que Deus quiser", pensou, trancou-se e tirou as calças. Parecia dizer: "por hoje chega!" Foi este o balanço da festa do padroeiro na casa do doutor Petrov.

No dia seguinte, pela manhã, a avó anunciou que precisava viajar a Moscou; por mais que tentassem dissuadi-la, a velha teimava. Kolia jogou-se no pescoço dela — ele tinha pena da avó, ela gostava dele, sempre o defendia, tinham uma amizade antiga. Mas tudo foi em vão e Mikhail Antonitch teve que mandar o cocheiro do hospital preparar a carruagem. Assim, a avó foi embora, em parte perdoando e em parte ainda raivosa... Os direitos e as obrigações domésticos foram assumidos pela criada Stepanida, uma mulher roliça e bondosa, com a pele marcada pela varíola, que parecia que em toda sua vida nunca se zangara, nunca se aborrecera com nada e nunca chorara. Ela era saudável, forte, equilibrada, além de muito honesta. Cuidava de Mikhail Antonitch como se ele fosse um ser entre uma criança indefesa e um santo e não tinha vergonha de entrar no quarto dele, mesmo quando ele estava só de camisa, sem as calças: ela não via nele um homem. Para Mikhail Antonitch ela era um verdadeiro tesouro. Do ponto de vista da administração da casa, a viagem de Agnia Ivanovna não lhe trouxe nenhum prejuízo.

9

Kolia começou a visitar o ferreiro internado no hospital. Stepan era um grande amante da natureza, caçador e pescador e o menino ficava horas conversando com ele, ouvindo histórias e contando as suas aventuras na Bessarábia. A mulher de Stepan vinha visitar o marido com um menino que se chamava Vasia, apenas um ano mais novo que Kolia. Assim, Kolia conheceu o menino e logo fizeram amizade, começando a freqüentar a casa dele, na aldeia.

A casa de Stepan ficava ao lado da serralheria, bem longe, nos limites da aldeia. Ela era igual a quase todos os casebres: uma velha armação de madeira, telhado de palha, paredes de pau-a-pique, feitas com ripas e barro, janelas pequenas, de pedaços de vidro miúdos, colados com massa. Dentro da casa havia um quarto, com um enorme forno russo que o ocupava pela metade — nas casas de aldeias russas fazia-se uma construção de tijolos, sobre os fornos, que servia de cama para toda a família. Ao longo das duas paredes, a partir do lado direito, havia ícones e imagens sacras, enegrecidos pelo tempo; encostados nas paredes ficavam dois bancos bambos. As imagens dos santos, estampas populares baratas e velhas, estavam tão sujas e cobertas de moscas que somente era possível imaginar o que estava estampado nelas. Na parede ficava um relógio de pêndulos; nos pesos estavam amarrados um prego, um cadeado enferrujado e até uma garrafa vazia de vodca — de outra maneira o relógio não funcionaria. O ar, dentro da casa, era viciado e azedo, cheirava a mofo e a botas de feltro molhadas que exalavam um vapor ao secar, e era muito quente. As janelas jamais eram abertas, nem mesmo no verão. No meio do cômodo, preso ao teto, estava armado um berço em forma de gamela, onde um bebê de colo berrava incessantemente, se parassem de balançar o berço ou não o dopassem com sementes de papoula. Em cima do forno, em um amontoado de trapos e cobertores sujos, que de vermelhos se transformaram em negros e engordurados, cheirando a sujeira e urina, remexiam-se três crianças, das quais Vasia era o mais velho; as outras duas — um menino e uma menina — preferiram não descer do forno. Vasia já ajudava em casa, levava o gado para o pasto, cuidava do bebê, levava o almoço para o pai na serralheria, arrumava a casa, limpava o estábulo, lavava roupa no rio. Pelo forno e pelas paredes corriam baratas ruivas, mexendo suas antenas; as fêmeas carregavam os ovinhos como em uma mala laqueada. A quantidade de baratas era tal, que quando à noite apagavam a lâmpada de lata pequena e fedorenta, ouvia-se o ruído leve de centenas de insetos que atacavam os farelos de pão ou respingos de mingau. Os percevejos, as pulgas e os piolhos torturavam as crianças à noite e estas coçavam desesperadamente o corpo até sangrar e gemiam dormindo; os arranhões eram tais que o corpo parecia um mapa geográfico ou tatuagens feitas com tinta vermelha... No pátio, coberto até a metade, com o chão forrado de palha, havia em um canto escuro uma égua magra e uma vaca. A lama de estrume não impedia o porco de se sentir feliz da vida. Perto da parede, dava para ver um velho arado e dentes de ancinho. O celeiro estava cheio de feno até o teto.

A família de Stepan mal conseguia sobreviver. Como muitos camponeses, Stepan arrendava uma parte da terra da sra. Sotova ou Sotikha, como a chamavam. Aquela mesma que visitara a feira. A renda daquela dama elegante vinha principalmente do arrendamento de terra a camponeses famintos. Seu administrador, farsante e tratante, sabia muito bem explorar ao máximo seus irmãos em Cristo. Na serralheria, Stepan ganhava pouco. Para arar a terra quase não tinha tempo, não dava para fazer tudo: as crianças eram um peso e a mulher, pelo menos, conseguia arar, semear e carregar adubo junto com o marido. Tinham que se endividar com o mesmo dono da taberna que não recusara o paletó de Stepan. Carne, é claro, na casa nem viam: pão, batata, mingau, repolho — era tudo. A vaca Machka era a salvação, pelo menos havia leite para as crianças.

Kolia já conhecia este cotidiano e aos poucos envolveu-se nas preocupações dos camponeses: seu novo colega, Vasia, às vezes raciocinava como um homem adulto. Nas horas livres, Vasia ensinava Kolia a jogar bolas de ossos e boliche. O jogo tornou-se sua obsessão: ele delirava, sonhando com boas peças e pedaços de chumbo e aprendeu a jogar tão bem que logo começou a ganhar dos rapazes adultos até mesmo no *chtraf* — um tipo de jogo de azar. Mikhail Antonitch ficou surpreso quando, certa vez, descobriu debaixo do sofá um depósito inteiro daqueles ossos — ali Kolia guardava seus novos tesouros.

Quando Vasia vinha ao hospital visitar o pai, Kolia convidava-o para sua casa. O menino, no início, tinha medo e não queria por nada entrar no apartamento do médico. Sua relutância teimosa foi quebrada por Stepanida: aquela mulher bondosa falou com tanto jeito com o menino que ele sentiu uma confiança extraordinária nela e atravessou a soleira encantada.

O apartamento simples de Mikhail Antonitch deixou-o impressionado; pareceu-lhe um verdadeiro palácio; ele nunca vira vários quartos; nunca vira um sofá, uma mesa de escritório, um tapete, estantes com livros; tudo isso lhe parecia uma verdadeira riqueza e ele até semicerrou os olhos, ofuscados por esses objetos completamente novos para ele. Ele não se atrevia a sentar-se na cadeira, porque conhecia somente o banco comum para todos. Nunca segurara em suas mãos um jornal. O violão lhe pareceu um verdadeiro milagre. Olhava arregalado para as folhas, em forma de patas, do filodendro e suas raízes aéreas. Kolia, com paciência, explicou para o seu colega a serventia de todos esses objetos e em seus ouvidos ecoava a recriminação:

— Veja só, que senhor! Deve comer carne todos os dias!

O mundo social se partiu visivelmente na mente de Kolia. Antes, as pessoas para ele dividiam-se somente em duas grandes categorias: adultos e crianças, sendo que os adultos, às vezes, enganavam as crianças. Depois, os próprios adultos dividiam-se em bons e maus, carinhosos e grossos. Mas agora sobressaía uma nova dualidade do mundo, a sua divisão entre o mundo dos ricos e o mundo dos pobres. Quando Kolia lembrava-se do poema de Heine "O navio de escravos" ou dos monólogos de William Ratclyffe na taberna noturna escocesa, percebia tudo isso de uma nova maneira. Ele começou a ter vergonha da carne que "comia todo dia", da roupa limpa, do cotidiano meio senhorial e começou a alimentar algo próximo do ódio e da raiva, em relação aos babados das senhoras das terras, suas sombrinhas, chapéus e lornhões. Quanto mais se aproximava da vida dos pobres, mais se ligava a Vasia, sua família e seus amigos; mais pesados tornavam-se para ele aqueles símbolos externos sociais, da roupa até as chamadas "boas maneiras" que expressavam, apesar de incidentalmente, a sua filiação aos ricos e seus cúmplices. No entanto, foi salvo de alguma forma infantil de ascetismo por sua descrença precoce em Deus e seu bom apetite, graças à vida ao ar livre. Mas surgiu nele um amor pelas pessoas das camadas sociais mais baixas e um certo niilismo em relação a todas as formas de vida das camadas superiores. Ele não fazia mais "rapapé" ("Vamos, Kolia, faça uma gentileza!") e ficava emburrado, calado e sombrio quando encontrava alguma "dama" e debochava dos costumes dela, da mesma forma que debochava do Deus de sua avó. Às vezes, algum detalhe entrava em sua memória para sempre e se tornava um grande símbolo. Certa vez ele viu o seio magro da mãe de Vasia, do qual ela não conseguia extrair nem um pingo de leite para o seu bebê que berrava. E este peito pobre, enrugado, caído, da mulher semi-esfomeada ficou estampado em sua mente com um relevo impressionante. Às vezes ele tinha vontade de beijar os joelhos magros e arranhados do irmão mais novo de Vasia, apesar de não saber, naquela época, que as damas medievais, como penitência e por amor a Cristo, beijavam em lágrimas, com seus lindos lábios, as feridas purulentas de mendigos e aleijados. Mas Kolia não possuía nenhum ciúme do Deus que sofreu por nós. Ele não era condescendente com os "irmãos inferiores", simplesmente via neles pessoas iguais a si próprio, que viviam uma vida que ele não achava nem um pouco pior, ao contrário, achava mais livre e interessante que a dos meninos e meninas bem "educados" do outro mundo, que não conseguiam distinguir uma bétula de uma araucária e que pensavam que o pão crescia em árvores e que o painço podia ser plantado. Ele simplesmente começou a olhar para o mundo de baixo para cima e não de cima para baixo e os interesses, as preocupações, as aflições, as tristezas e amarguras, as esperanças e alegrias das camadas inferiores tornavam-se cada vez mais próximas e queridas para ele, pois se identificava cada vez mais com elas e sua vida se tornou a deles.

Entretanto, aconteceu um fato que quase custou a vida de Kolia. Certo dia, Mikhail Antonitch pegou o trio de meninos e Vasia, que brincava com eles no pátio (seu pai teve alta no hospital, por isso ele estava mais livre) e foram nadar no rio. Era feriado e parecia que a natureza também festejava o domingo. O sol brilhava em toda sua magnitude, derramando na terra, generosamente, suas luminosas bênçãos. O céu, brilhante e claro, parecia ter sido derrubado no rio. Fazia um silêncio absoluto. Somente da aldeia ouvia-se ou uma cantoria, ou um latido de cachorro ou a batida de um machado. Todos se despiram na beira do rio, coberta de capim baixo e denso. Além da grama vinha, diferenciando-se abruptamente, uma faixa de areia grossa de rio que se estendia e se transformava num banco de areia. Perto da beira não era fundo e as crianças podiam brincar na água à vontade, quanto quisessem. Depois de se esquentarem um pouco ao sol, todos foram contentes para a água, começaram a molhar uns aos outros: colocando as mãos em concha, enchiam-nas de água e, com um movimento rápido, jogavam-na para fora, formando um chafariz; depois começaram a brincar de pular carniça e, com gritos, pulavam uns por cima dos outros, caindo, engolindo água e rindo, pegando uns aos outros pelas pernas, afundavam e se divertiam com a golfada cômica da vítima. A bagunça era tão boa que até Mikhail Antonitch, de caráter não muito alegre, gargalhava com sua voz fina e entrecortada. Foi durante esta confusão geral que Kolia percebeu um maravilhoso lírio-d'água branco e dirigiu-se, sem falar com ninguém, até ele. De repente, sentiu que lhe faltava chão e começou a afundar. Teve tempo somente de lembrar como várias vezes magoara a mãe e como a mãe chorava; em seguida perdeu os sentidos... Os outros não perceberam imediatamente o seu sumiço...

— Onde está Kolia? — gritou de repente Mikhail Antonitch, assustado, e todos pararam: Kolia não estava, Kolia se afogara. A água se acalmou. Estava tudo silencioso. Tudo estava terrivelmente silencioso.

Mikhail Antonitch, um bom nadador, mergulhou e no mesmo instante esbarrou no afogado e sem muito esforço levou-o até a beira. Deitaram Kolia e fizeram respiração boca-a-boca. Os meninos olhavam com medo mortal nos olhos para os procedimentos de Mikhail Antonitch. Mas, de repente, dos ouvidos e da boca de Kolia começou a sair água... Ele começou a respirar... Abriu os olhos...

— E então, seu bobalhão, como está? — carinhosamente preocupado e resmungando, Mikhail Antonitch arrulhou para ele.

— Eu... não foi nada... a água... — balbuciou o menino e de repente regurgitou um balde inteiro de água... E fechou novamente os olhos, cansado.

— Não se preocupem... É uma bobagem... Já vai passar... — e Mikhail Antonitch começou a esfregar o corpo do menino com suas calças de feltro grosso.

Algum tempo depois, Kolia já estava junto com todos e dando gargalhadas. Ele já nem acreditava que tinha se afogado. Para ele parecia que nada havia acontecido e se aconteceu não foi de verdade, foi de "mentirinha". Ou, quem sabe, nem era ele. O real e o irreal confundiram-se em sua mente e ele próprio não conseguia distinguir muito bem as coisas. Aqueles estranhos sentimentos e as estranhas exclamações e raciocínios de Kolia eram tão incompreensíveis para os outros que eles começaram a pensar que Kolia tinha perdido a razão com o susto, quando na verdade ele não teve nem tempo para se assustar, de tão rápido que aconteceu toda aquela pequena catástrofe... Depois ele começou a pular, alternando os pés e inclinando a cabeça, e todos se admiravam de que de seus ouvidos saíssem novas e novas porções de água.

— Você agora já bebeu água por uma semana inteira!

— Veja lá, não vá fazer um lago, à noite, na cama!

— Isso vai ensinar você como é querer arrancar lírios...

— Vou aprender a nadar, simplesmente, vão ver só — respondia Kolia às gozações de seus amigos. E realmente, depois ele se tornou um ótimo nadador. Mas isso aconteceu bem mais tarde.

Chegava o outono. As folhas nas árvores amarelavam. A tarde ficava mais fria. Kolia e Volodia continuavam a morar com Mikhail Antonitch. As tentativas de encontrar um emprego, por parte do pai deles, foram infrutíferas. Liubov Ivanovna com Andriucha ainda estavam na casa de Georgi Antonitch. O próprio Ivanuchka viajou várias vezes a Moscou, perambulava de porta em porta, enviava cartas, pedidos, declarações, dirigia-se a diferentes personalidades, de quem aguardava auxílio — porém nada acontecia. Alguns se recusavam abertamente, outros davam desculpas e terceiros prometiam tudo e não faziam nada. O dinheiro já estava no final, sobreviviam à custa dos irmãos. Resolveram, impreterivelmente, mudar-se para Moscou no inverno: para a casa do terceiro irmão de Ivan Antonitch. Kolia tinha que ir para escola, Ivan Antonitch tinha que estar em Moscou para continuar a busca e, além disso, pela ordem, já estava na hora, *volens nolens*, de pedir ajuda ao terceiro irmão.

Ivan Antonitch foi até Tessovo buscar as crianças para levá-las até o irmão mais velho, Georgi, e depois, com toda a família, viajar para Moscou.

— Papai, o papai chegou! — gritou Kolia, ao ver o pai que se aproximava da varanda e correu ao seu encontro. Ivan Antonitch saiu da carruagem e abraçou o menino.

— Como vai, Koliun? Micha está em casa?

— Está. Está tudo bem. E para você? As coisas vão mal?

— Mal. Vim para buscar vocês para passar uma semana na casa de Georgi. Depois vamos para Moscou. Olá, Martigan. — Mikhail Antonitch desceu da varanda. Os irmãos se abraçaram e se beijaram.

— Como se comportaram Kolia e Volodia? Deve estar cansado, não? A avó esteve de passagem e reclamou muito de Kolia para Liubotchka. Você me desculpe, Micha.

— Que é isso, meu querido... Ivanuchka... não é nada. Foi tudo bem... São bons meninos. Com a mãezinha, foi por causa de Deus... Bobagens. Agora Kolia, há uns dias atrás, quase se afogou.

— Quase se afogou? — Ivan Antonitch empalideceu passado um tempo.

— Mas você não deve ter comido nada. Vamos jantar! Stepanida! Ponha a mesa, querida, sirva a janta mais cedo. Vania está, pelo visto, com uma fome de cachorro... É, seu malandrinho quase se afogou.

— Pai! E as bolinhas de osso? Tenho uma atiradeira muito boa. Tenho cada osso enorme! — Kolia vai pegar os seus tesouros.

— Não mude de assunto! Vai ter que jogar fora os ossos... querendo, dê para alguém ainda ter que carregar isso... Depois, meu querido, poderá durante a vida conseguir muitos, ha-ha-ha! Conte-me melhor, como foi que se afogou?

— O tio Micha me tirou do rio! Saiu tanta água de dentro de mim! Foi tão legal... — já se empolgando, Kolia começou a contar.

— Ééé... Foi sorte a sua... Obrigado, Martigan... Ainda bem que Liubotchka não ficou sabendo de nada...

— Venha comer, Vania, o jantar está na mesa. Não tenho vodca.

— Eu não bebo sozinho... Sabe, a mãe ficou muito zangada. Ela disse para Liubotchka que perverti meu filho, que Deus irá me castigar e até, sabe, profetizou que não vou encontrar um emprego por causa da ira de Deus. Mamãezinha ficou uma fera! E você, Volodia, como vai? Não se afogou?

— Não me afoguei. Mas Kolia chorou.

— Quando?

— Quando a vovó zangou com ele.

— E você, chorou?

— Chorei também.

— E chorou por quê?

— Fiquei com pena de Kolia...

— Ah!... Você é muito bom — e o pai puxou Volodia para si e beijou carinhosamente o menino, que parecia sempre ter pena de todos.

Comeram uma omelete de presunto e beberam alguns copos de chá.

— Quando você pretende viajar?

— Dormiremos esta noite e partiremos!

— Fique mais um pouco.

— Não, obrigado, Micha. Prometi à Liuba que chegava amanhã. Bom, comemos, bebemos, e agora? Quer jogar uma partida de xadrez? Faz tempo que não jogo. E a sua fama de enxadrista é grande...

Eles se sentaram. As crianças ficaram entediadas de olhar as figuras imóveis. Cada um levava quase meia hora para fazer uma jogada. Eles esqueceram-se de tudo e, antes de tudo, do tempo. Os meninos já estavam com os olhos fechando e no dia seguinte tinham que pegar a estrada. E os irmãos ficaram sentados, como ídolos de pedra, com os olhos fixos no tabuleiro de xadrez e somente às vezes ouvia-se uma voz baixinha:

— Eu faço assim, ele faz isso; eu assim, ele assim; então... então eu vou assim... ele assim.

— E vocês, o que fazem aqui? — lembrou-se de repente Ivan Antonitch. — Vão dormir!

E tornou a fazer os cálculos.

— De quem é a vez?

— Sua, Ivanuchka.

— Ah-ah. Eu assim, você assim... Eu assim!

— Vai perder a torre em vão e a rainha está ameaçada.

— Ah, me desculpe, não percebi.

Ivan Antonitch jogava xadrez razoavelmente. Mas Martigan possuía capacidades especiais de combinação, uma memória sem igual e conhecimento excelente de todo tipo de partidas e situações. Por isso ele dava xeques-mates elegantes no irmão que, apesar do raciocínio matemático, perdia inevitavelmente...

— Bom, está na hora. Já estamos há muito tempo aqui, eu e você...

— Escute, Vania! — disse Mikhail Antonitch com sua voz tímida. — Não quer levar um pouco de dinheiro? Aqui só sou eu e Fedka...

Chegou a hora de Ivan Antonitch se embaraçar. Ele ficou ruborizado: realmente não tinha um tostão furado, ia ter que vender algumas coisas em Moscou. Um escândalo! Por outro lado, não tinha coragem...

— Eu, Martigan, meu querido, não vou ter como devolvê-lo. Não estou conseguindo nada!

— Estou lhe oferecendo sem juros e sem data para devolução. Pegue, por favor. Já arranjei...

Ele enfiou na camisa do irmão um embrulho. Ivan Antonitch ficou emocionado. Pôs-se sério e calado, somente apertava a mão do irmão, agradecendo sem dizer uma palavra...

De manhã, bem cedo, Kolia levantou-se e saiu silenciosamente. Era uma fresca manhã de outono. No ar havia uma suave pureza outonal, tudo parecia feito de cristal frio e colorido. O capim estava molhado, os sapatos de Kolia logo se cobriram de gotas enormes. No céu azul, com um traço quase imperceptível de tonalidades verdes, via-se perfeitamente o desenho das árvores, as formas negras dos galhos, os telhados das casas. Kolia, como sempre ocorria antes das viagens, estava dividido: queria ir para lugares novos, mas tinha muita pena de deixar os antigos. Em seus pensamentos, revivia tudo o que acontecera em Tessovo e sentia que estava deixando a aldeia para sempre... De repente, parecendo acordar de um sonho, correu como louco até a aldeia: ele não havia se despedido de Stepan e Vasia... Depois, inesperadamente, retornou na ponta dos pés, entrou em casa, juntou todos os ossinhos num saco — vinte! Cada peça possuía a sua individualidade e ele correu novamente até a aldeia.

Stepan estava perto da casa rachando lenha com um machado, emitindo, como todo lenhador, o som "ha!" a cada machadada. Ele cravava o machado no corpo grosso do toco, levantava-o acima da cabeça, dava mais uma pancada bem forte e o toco se partia ao meio em todo seu comprimento, revelando a brilhante brancura amarelada de seu miolo.

— Tio, Stepan, vim me despedir de vocês. Vasia está em casa?

— Está. Vai embora? Por que isso?

— Meu pai veio nos buscar. Vamos todos.

— Vasia vai chorar. E esse saco é para quê?

— Trouxe meus ossinhos de juntas para ele.

— Entre em casa. Acho que ele ainda está em cima do forno, dormindo.

Kolia abriu a porta e logo sentiu o ar fétido, viciado e quente que conhecia tão bem. Vasilissa, a mulher de Stepan, estava amamentando o bebê. Vasia já estava sentado no banco, sujo, com os olhos sonolentos, inchados e levemente purulentos.

— Kolka? O que foi?

— Estou indo embora, Vasionok. Vim para me despedir. Trouxe todas as bolas que ganhei no jogo para você.

— É verdade mesmo, vai embora? — disse Vasilissa, cobrindo o peito com uma blusa de cetim suja.

— É, agora mesmo. Tive tempo só para vir me despedir.

E Kolia já não conseguia falar por causa da dor amarga que tomava conta dele. Os lábios de Vasia tremiam.

— Adeus, Vasia!

Kolia deu um beijo no amigo e esquecendo até mesmo de apertar a mão de Vasilissa, com lágrimas nos olhos, correu para fora: ele não suportava despedidas longas. Ele se aproximou de Stepan e, sem olhar em seu rosto, agarrou sua enorme mão e continuou correndo, só ouvindo o que Stepan gritou para ele:

— Tudo de bom para você, menino querido...

Ele correu sem olhar para trás: adeus, adeus!

Em casa todos já estavam de pé. Sentados à mesa, tomavam chá. Os vidros das janelas estavam embaçados e gotejando. O samovar cantava com uma voz fininha e dolorosa. Stepanida assou pãezinhos e cozinhou ovos para a viagem. Ela estava calada e olhava para os meninos que partiam e seu bondoso rosto expressava tristeza maternal...

Mas chegou o momento do último adeus. Todos se acomodaram na carroça. O cocheiro agitou o chicote:

— Vamos, queridas!

E a carroça, pulando, saiu correndo pela estrada. Na varanda, ficaram acenando os lenços e gritavam algo que não deu para ouvir; notava-se somente as bocas se mexendo.

Pelas estradas vicinais, a distância até a estação de trem mais próxima era de vinte verstas. Não havia bosques no caminho. A estrada passava entre campos e vales, planos e tristes. O dia estava bom, um dia outonal claro e agradável. Os campos já tinham sido ceifados, o trigo colhido e as faixas da ceifa brilhavam douradas cheias de cerdas de palha opaca. As gralhas ainda não haviam migrado para o sul, mas já se reuniam em bandos enormes, suas penas azuis e negras brilhando ao sol. Elas passeavam livre e portentosamente pelos campos vazios... Como um veludo verde, estendiam-se os cereais de inverno. Sobre o rio passava uma caravana de patos. Em algum lugar alto no céu, as cegonhas grunhiam... As aldeiazinhas eram todas tortas. Os jardins avermelhavam-se com os cachos de riabina,* que enchiam de suco suas frutas amar-

* Um arbusto com frutas amargas na cor laranja ou vermelha. (*N. da T.*)

gas. Respirava-se frescor, terra úmida, outono... Longe, longe se viam os retalhos das plantações, o rio como uma fita, os caminhos serpenteando e os domos das igrejas com cruzes brilhantes das aldeias espalhadas entre os campos. Às vezes, encontravam-se ermitães, de sandálias de palha, com alforjes nas costas, mendigos, peregrinos, tanto homens como mulheres. Dava para perceber que nos sacos havia apenas pedaços de pão de centeio. Eles caminhavam vagarosa e comedidamente, mergulhados em seus pensamentos e preocupações. Havia um certo fatalismo nesse movimento monótono, nesse passo comedido. Parecia que eles não estavam caminhando mas sendo conduzidos, da mesma forma que os pássaros, obedecendo a antigos e fortes instintos, atraídos por sinais misteriosos da natureza. Eles voam através de mares e continentes, seguem suas grandes rotas e nada pode segurá-los. Vez por outra encontravam-se, começando na estrada, aléias de bétulas e tílias: eram caminhos até as mansões dos donos de terras. De longe, avistavam-se as casas enormes e grandiosas, com balcões e colunas trabalhadas — verdadeiros palácios, rodeados pelo verde dos parques e espelhos dos lagos artificiais. As tílias centenárias, os carvalhos em forma de pirâmides, os cedros azulados e prateados vindos do estrangeiro escondiam os pórticos e as colunas, os coretos engenhosos, as estátuas de mármore, congeladas em sua grandeza de pedra. Às vezes brilhavam os vidros das estufas, onde, numa temperatura tropical, amadureciam pêssegos, laranjas e abacaxis. Hastes com bandeiras levantavam-se vitoriosamente sobre os campos dos arredores, demonstrando o poder e a força representados por esses feudos da nobreza. Dentro desses maravilhosos e antigos ninhos dos proprietários de terra, o esplendor dos tempos da imperatriz Catarina e do czar Alexandre ainda se refletia e era mantido com o sangue e suor dos mujiques, com o roubo impiedoso. Nas mansões corria uma vida à parte. Das paredes, olhavam antigos retratos dos brilhantes antepassados, com faixas e estrelas. O assoalho cintilava. A prataria e os cristais tiniam. Soava a língua francesa refinada. Brilhavam olhares lânguidos. Toalhas brancas como neve forravam as mesas. À primeira vista era imperceptível como estavam impregnadas de lágrimas e sangue... Lágrimas e sangue...

Mas a carroça chegou à estação. Ivan Antonitch desceu com as crianças, sacudiram a palha que grudara na roupa; os pés estavam dormentes e seria bom exercitá-los com uma caminhada — sentiam câimbra: Petrov pagou o cocheiro. Na plataforma apareceu um gendarme. A vendedora de passagens, com o rosto coberto de espinhas, informou que o trem chegaria dentro de meia hora. Uma boa notícia. Mais um pouco e atrasariam. Na plataforma não havia vivalma além do gendarme. Sentaram-se no banco. Kolia, na falta do que fazer, observava os escritos arranhados ou entalhados, pelo visto com um prego ou canivete, no encosto do banco e no assento. Neles não havia nenhum brilho de inteligência, ou de criatividade: "Manka é boba"; "Varka namora Semion"; "Gosto das bonitinhas"; as outras eram obscenas.

— Pai, olhe o relógio, quanto falta?

— Mais cinco minutos...

Logo ouviu-se o barulho do trem que se aproximava. Ele crescia, ficava cada vez mais nítido, e eis que, balançando-se todo, com o uivo do apito, esbaforido, batendo e arrastando-se pelos trilhos como uma enorme serpente, chegou o comboio misto. Os Petrov entraram no vagão da terceira classe e ocuparam os lugares perto da janela. O vagão estava sujo, enfumaçado, porém era espaçoso. Ao lado estava um velho numa roupa marrom, de linho caseiro, de alpargatas e um chapéu de pano velho; ele tinha uma barba comprida, amarelada e grisalha, seus olhos lacrimejavam; em um deles havia uma mancha branca. Com ele estava uma jovem moça, de uns 25 anos, retraída e calada, vestindo um casaco cinza-escuro rasgado, no qual, em vários lugares, apareciam chumaços de algodão. Nos compartimentos contíguos viajavam comerciantes, mujiques com sacos cheios de cenouras, batatas, maçãs; mulheres que trabalhavam com laticínios, com pedaços de manteiga enrolados em trapos; uma turma de carpinteiros com serrotes, machados e outros instrumentos, guardados em sacos grandes e cinzentos de pano grosso de fibra. Eles fumavam cigarrilhas enroladas em papel de jornal e a cada segundo, depois de uma longa tragada, cuspiam, atirando por entre os dentes, a saliva com tabaco.

Soou o terceiro sinal. O trem emitiu um som rouco, parecido com um barulho entre o gemido e o assobio. Ele fez um esforço convulsivo. O trem inteiro chacoalhou, parecia que suas partes, mecanicamente compostas, chocavam-se umas com as outras e alguns momentos depois, balançando, com esforço, saiu do lugar. A cabine do vigia parecia mexer-se e ficou para trás, assim como o prédio da estação e duas árvores com ninhos de gralhas... Alguns passageiros tiravam os chapéus e faziam o sinal-da-cruz com devoção... O trem chiava, lançava nuvens de vapor e, ao pegar força, venceu a inércia e acelerou a marcha... Os postes telegráficos iam ficando para trás, os arbustos e as árvores também, juntando-se, unindo-se em faixas coloridas. Por trás delas, mas com menos rapidez, planícies longínquas iam passando e parecia que todo este quadro girava em torno de um eixo enorme. A gralha cinzenta, batendo as asas, tentou inutilmente acompanhar o trem, mas ficou para trás e sumiu. As linhas telegráficas subiam e desciam, balançando como ondas. Surgiam e desapareciam os campos ceifados, os vales, os arbustos, as raras árvores e isso tudo parecia devorado pelo trem que corria, com choro e estrondo, pelo espaço.

— Petrukha, você começa, tá bem?

— Espere um pouco.

— Vai! Ficaremos mais alegres...

Um dos carpinteiros tirou uma sanfona de algum lugar e, ao som dos batuques rítmicos do trem e da sanfona, os carpinteiros começaram a cantar cantigas ligeiras, sem parar de fumar, de cuspir e de mastigar sementes.

Tram-tam-tiri-ri-ri-tam-tam
Tram-tam-tiri-ri-ri-tam-tam
Somos da região de Vladimirovskaia
Mas da aldeia Pokrovka

Tram-tam-tiri-ri-ri-tam-tam
Tram-tam-tiri-ri-ri-tam-tam
Minha plaina não aplaina
Minha serra não serra...

Aos poucos, as vozes se exaltavam ainda mais, avivadas pelo copinho de vodca que começou a passar de mão em mão...

— O bilhete. O bilhete, senhores! — O condutor, com dois auxiliares, conferia os passageiros.

Todos procuravam os bilhetes, tirando-os dos bolsos laterais, de grandes porta-níqueis engordurados ou de algum lenço vermelho quadriculado, onde o bilhete fora enrolado, como se fosse um bebê de fraldas.

— São vocês que estão cantando aqui? — O condutor aproximou-se dos carpinteiros.

— Nós, sim.

— É proibido cantar nos vagões.

— É mesmo? E por quê?

— É proibido e pronto. Isso significa que tem de ser assim. Existe uma lei sobre isso.

A explicação não satisfez os carpinteiros. Eles suspiraram com lástima, parecendo submeter-se às regras do destino. Porém, mal os conferidores passaram para o outro vagão, uma nova melodia começou a ser entoada:

Vou para o campo de tanta tristeza
Sentarei debaixo da bétula!...

Finalmente o trem chegou à estação da cidade.

— Chegamos!

Os Petrov desceram. Não tinham quase nenhuma bagagem. As provisões de Stepanida tinham sido comidas. Ivan Antonitch deu uma das mãos a Kolia e a outra a Volodia e assim os três marcharam para a casa do tio Georgi. As casas de um andar, em sua maioria de madeira, com uma ou outra de tijolos, eram cercadas de jardins. Havia muitas árvores frutíferas. As cercas tortas estavam quebradas e com buracos; os postes de luz, com os lampiões virados de lado, onde nem sempre havia uma lanterna inteira; as calçadas de madeira tinham tábuas apodrecidas, uma parte das quais se transformara num pó vermelho e buracos arredondados olhavam para o mundo de Deus como manchas negras; as repartições públicas de tijolos pintados de amarelo-gema. Ao lado delas, estava parado um policial sonolento; a triste praça com a inevitável catedral da cidade e com as marcas das tentativas de calçar aquele espaço, onde, nos restos do esterco de cavalo, passeavam imponentes os pombos cinza, brilhando ao sol com o arco-íris de seus pescoços — foi tudo que viram os nossos aventureiros até chegarem à residência de Georgi Antonitch.

Georgi Antonitch ocupava uma pequena casa de madeira, muito bem construída, que possuía quatro quartos e um pomar. Seu gabinete era bem equipado com prateleiras de livros nas quais se concentrava uma respeitável coleção de literatura médica e revistas especializadas; com os instrumentos médicos necessários e com retratos de astros da medicina: Pasteur, Charcot, Oppenheim, Zakharin, Botkin. Entre eles estava o retrato de um dos fundadores da química russa, Zinin, que era um parente distante de Georgi Antonitch e por isso especialmente reverenciado. No *hall* de entrada, que servia ao mesmo tempo de sala de espera para os clientes, diante de um grande sofá de couro, havia mesas com algumas revistas: *O Pensamento Russo*, *As Riquezas Russas*, *Niva*, *Boletim de Literatura Estrangeira*, *O Mensageiro da Europa*. Lá encontravam-se os últimos números do jornal *Russkie vedomosti*, Noticiário Russo, órgão dos professores liberais de Moscou que se diferenciava pela solidez e seriedade e boa informação sobre os países estrangeiros. As janelas grandes faziam o quarto ficar claro e atraente. Os fícus, as dracenas e os filodendros cresciam quase até o teto, plantados em pesados barris de madeira, circulados por anéis de ferro. No quarto de trás, estava acomodado Ivan Antonitch com a mulher e o bebê.

Liubov Ivanovna correu ao encontro das crianças. Eles se atiraram nela.

— Mamãezinha!

Aconchegaram-se...

O "tio Georgi", bem-arrumado e alegre, saiu do gabinete com um cigarro entre os dentes.

— Ah, chegou o nosso pequeno Voltaire! Venha cá. (Georgi Antonitch tinha ouvido as reclamações da avó sobre a falta de crença em Deus de Kolia, mas aparentemente esquecera a diferença entre o deísmo de Voltaire e o ateísmo real, apesar de nunca ter esquecido das aulas de fisiologia experimental dadas por Kunigunde.)

Começaram então as histórias, os "ahs" e "ohs", exclamações, suspiros. Liubov Ivanovna ouviu apavorada, como quase morrera afogado seu primogênito e sentiu uma grande culpa por ter concordado em se separar dos meninos (até parecia que isso mudaria as coisas!).

— O que aconteceu já passou, acabou, Liubov Ivanovna! É bom aquilo que termina bem — sorriu Georgi Antonitch. — Kolia, que ir passear comigo? Ou quer comer?

— Não, obrigado, mastigamos o caminho todo, tio Georgi. Stepanida nos preparou...

— Que Stepanida?

— A empregada de tio Micha. Ela nos deu um monte de comida.

— Então, vamos? Liubov Ivanovna, você deixa? Garanto que não vai se afogar nem no mar de água, nem no mar de gente!

— Vai demorar, Georgi Antonitch?

— Não, uma hora e meia, mais ou menos.

— Está bem. Só não o largue, por favor.

— Não vou largar, Liubov Ivanovna. *Ma parole.*

Georgi Antonitch dava diariamente duas caminhadas para manter a saúde: passeava pela manhã, bem cedinho, antes de começar a trabalhar e à noite, antes do jantar. Ele tomou Kolia pela mão, saiu à rua e dirigiu-se ao caminho largo que levava até o rio. Os transeuntes o reconheciam e o cumprimentavam. Ele respondia com uma animação especial.

— Georgi Antonitch, aonde vai? — soou de repente uma voz feminina de contralto agradável. Ao encontro deles, veio um certa dama e Georgi Antonitch ficou ainda mais animado, ficou em estado de graça.

— Ah, maravilhosa Antonina Nikititchna, pelo visto uma força misteriosa me empurrou ao seu encontro...

— Claro, claro. E que aumento da família é esse?

— É meu sobrinho, Kolia. Permita-me apresentar: um jovem voltairiano, salvo há pouco da morte.

— Sobrinho? Mas eu ouvi dizer que o seu sobrinho era um bebê! — respondeu ela ironicamente, estendendo a mão para Kolia.

Kolia estava impressionado e calado, ouvindo atentamente o diálogo. A dama era elegante, esbelta, trajava um maravilhoso vestido de seda preto que aparecia por baixo do sobretudo e usava uma rosa negra de seda no peito. Mas os cabelos, cuidadosamente arrumados em cachos, eram completamente brancos, brancos como a neve. Eles contrastavam da maneira mais original com os seus olhos brilhantes, negros e inteligentes, onde brincavam faíscas de humor. No entanto, apesar de alguma beleza em seu rosto, havia nele algo desagradável que lembrava, estranhamente, o retrato do insensato e extravagante Paulo I: ou era o nariz, levemente empinado que dava ao rosto um ar de vulgaridade, ou era a boca, desenhada desdenhosa e caprichosamente, ou eram as maçãs do rosto, irregulares e proeminentes, porém essa impressão desagradável não se desfazia.

Enquanto Georgi Antonitch lhe respondia, ela olhava ora para ele, ora para o menino, parecendo considerar ou calcular algo.

— Sabem de uma coisa? Vamos agora à minha casa jantar!

— Agradeço, mas não podemos...

— Não aceito nenhum "não podemos"! Georgi Antonitch, me perdoe, mas o que está havendo com o senhor? Uma dama o convida e o senhor, o senhor se recusa? É esse realmente o senhor mesmo?

— Então me entrego, me resigno.

E Georgi Antonitch, depois de beijar galantemente a mão de sua interlocutora, falou com Kolia:

— Vou mostrar a você algo do mundo. Tem alguma coisa contra?

Kolia ficou calado.

Antonina Nikititchna Viaziguina era uma proprietária de terras locais, considerada uma liberal. Sua propriedade era exemplar, com máquinas, estufas e um administrador formado em agronomia. Ela ajudava as escolas da *zemstvo*, enfrentava as autoridades locais, referia-se a elas com as palavras mais picantes; gostava de alardear seu liberalismo, sem abrir mão de sua pose. Isso não a impedia de obter bons lucros com suas queijarias, cobrar dos mujiques por algum estrago em suas máquinas em nome de Deus e da ordem; ela enriqueceu nas costas dos seus lavradores e dos trabalhadores temporários. Mas atribuía os lucros e as rendas não a seus empregados e sim à força progressista de seu capital, aproveitado de maneira racional e brilhante. Caso revelassem para ela a verdadeira mecânica e as verdadeiras fontes de seus lucros, ela consideraria isso uma besteira. Caso seus empregados, os bóias-frias e os mujiques das redondezas, atentassem contra sua propriedade e queijarias, ela veria isso como uma grande injustiça e, em nome da civilização e da cultura, não pensaria duas vezes e chamaria, através do governador, a força militar para subjugar aquela gente inculta. Mas como naquela época a "gentalha" ainda não tinha começado a se mover, ela se permitia a Fronda e o luxo das frases liberais e as preocupações com a educação. Resumindo, ela era uma senhora típica da corrente progressista burguesa. Diferenciava-se pelo caráter independente e autoritário, lia o bastante, assinava revistas progressistas, admirava os artigos de Londres que Dioneo enviava para a revista *Russkie Vedomosti* e era admiradora das éguas e da constituição inglesas. Sua relação com os senhores de terras obscurantistas, que arruinavam suas propriedades permanecendo nas capitais e nos cassinos estrangeiros e arrendavam as terras para os mujiques a preços exorbitantes, administravam suas propriedades à maneira antiga e mendigavam subsídios do governo e eram o principal apoio da monarquia absolutista, era de ódio. Ela os tratava como inimigos políticos e idiotas incuráveis, destinados à ruína junto com o absolutismo, que era considerado por ela uma força anticultural. Ela olhava o socialismo com os olhos da revista *Russkie Vedomosti*, ou seja, como um palavreado utópico, caso se falasse sobre o socialismo verdadeiro e não sobre o reformismo barato e superficial, com a fraseologia socialista, contra o qual ela não fazia objeções especiais. Mas, como entre a distinta nobreza russa, quem dava o tom eram os patriotas empedernidos, ela era considerada então, neste meio, uma ovelha negra. Era acusada até mesmo pelo tratamento que dispensava ao cocheiro, tratando-o por "você" em vez de "senhor"; de fato ela não usava o tratamento condescendente nem com seus criados ou os dos outros. Os patriotas empedernidos tinham um ódio cego por tudo o que era novo, pois este novo explodia "os princípios sagrados": eles temiam as máquinas de semear, temiam as escolas, temiam os hospitais, temiam a cultura em geral, temiam os jornais e em tudo viam "corrupção": até mesmo se um pedaço de açúcar fosse parar na boca de um mujique, por acaso, isto era considerado por eles como o declínio dos princípios morais e a expressão da perversão do povo. Eles ainda eram, esse Catões encharcados de álcool da aristocracia russa, o poder dominante, embora seu poder estivesse sendo corroído por todos os lados. Eles caçoavam de Viaziguina, chamavam-na de *femme émancipée*, mas, ao mesmo tempo, a temiam um pouco, principalmente porque ela encontrava pessoas que a imitavam.

E foi para a casa desta dama que dirigiram seus passos Georgi Antonitch e Kolia.

Antonina Nikititchna possuía sua própria casa na cidade — uma mansão de um andar, construída de pedra, com janelas grandes espelhadas, mas sem pretensões a algum estilo arquitetônico particular. A porta foi aberta por uma criada bonitinha que mais parecia uma ginasial das últimas séries, ou uma jovem refinada realizando um trabalho voluntário se não fosse sua toquinha que servia de sinal social de sua profissão. Antonina Nikititchna levou o tio e o sobrinho até a sala de visitas, depois de dar as ordens para o jantar. Mal Kolia conseguira olhar em volta, eles já haviam sido convidados para a sala de jantar e acomodados à mesa. A sala estava claramente iluminada pela lâmpada pendurada no teto. Contra a parede, oposta às janelas, estava um maravilhoso e enorme aparador de nogueira, elegantemente talhado, obviamente, por um mestre habilidoso. Em volta da mesa estavam as cadeiras pesadas, feitas também de nogueira e no mesmo estilo do aparador. As paredes eram revestidas de madeira. Na toalha, branca como a neve e passada sem uma única ruga, estava um prato com perdizes frias, saladas, pequenos saleiros de prata ao lado de cada talher, guardanapos em forma de cone, uma fruteira de cristal com peras macias e aromáticas, com grandes pêssegos cor de oliva e carmim, maçãs imensas e tangerinas. (Kolia, sem saber por que, fixou sua atenção no sal: até o sal *deles* é especial — não é cinzento e granulado, mas branco como a espuma e parecia ter sido moído até virar pó.) Um grupo de vinhos tintos e brancos esperava a sua vez.

— Por favor, sirvam-se, senhores! Não façam cerimônia!

As visitas puseram-se a comer.

— Georgi Antonitch, as suas atitudes não são mesmo *comme il faut.*

— O que fiz para não ter sua aprovação, Antonina Nikititchna?

— Não é bonito esquecer seus velhos amigos...

— Ou seja...

— Faz tanto tempo que o senhor não me faz uma visita! Não é mesmo? Eu poderia até pensar que o senhor tinha findado a sua existência na Terra, caso não soubesse através de outras pessoas que continua a prosperar...

Georgi Antonitch balançou as mãos, como se fosse rebater os ataques:

— Se a senhora não fosse representante do belo sexo, eu diria que isso cheira não só a difamação mas também a acusação de um inocente.

— Como, o senhor ainda tenta se justificar?! Ah, mas isso, meu amigo, não é muito nobre de sua parte!

Antonina Nikititchna apertou o botão da campainha para chamar a criada: terminaram com as perdizes e tinham que seguir com o jantar.

A criada entrou com um prato de truta no vapor, coberto com uma tampa de prata. Georgi Antonitch olhou de esguelha através do pincenê, jogou um olhar avaliador e, no mesmo instante, topou com os alfinetes ciumentos dos olhos afiados da dona da casa. Este interrogatório mudo e cruzado durou um instante e se apagou.

— Então, o que tem a dizer para justificar-se, excelentíssimo senhor?

Georgi Antonitch começou a enumerar muitos argumentos: numa certa data estava ocupado, em outra estava adoentado; finalmente, no último domingo, ele esteve em sua casa, será que ela não se lembrava?

— "Os elefantes correram da paciência e os burros da razão. Oh!, não mande embora a prudência da coruja nesta noite!"

— De onde é isso?

— Apenas assim. Uma paródia de Soloviov. Vamos mudar de assunto que será melhor...

— Será que minhas explicações não a satisfizeram?

— Nem um pouco. Então, o senhor diz que o seu pequeno sobrinho é voltairiano?... Aliás, por que estamos sentados aqui?... Vamos passar para sala de visitas. Macha! — ela chamou a criada. — Por gentileza, sirva na sala de visitas café e *Benedictine.*

Eles foram para a sala de visitas. A garrafa barrigudinha e preta de *liquoris monastorum benedictinorum* surgiu junto com as elegantes e fininhas tacinhas de licor e xícaras de café preto.

— Posso tocar algo para os senhores? — disse a dona da casa, virando-se para Georgi Antonitch, esquecendo no mesmo instante do "voltairiano" que se sentia um peixe fora d'água o tempo todo, apesar de ter comido com prazer o perdiz, o peixe e os pêssegos... Na sala de visita havia um maravilhoso piano de cauda Beckstein para concertos.

Georgi Antonitch não entendia nada de música. Porém respondeu que iria ouvir a dona da casa com entusiasmo. A senhora sentou-se ao piano e com maestria executou um dos Noturnos de Chopin. Percebia-se que ela tocava para si própria: conhecia muito bem a falta de ouvido musical do doutor, mas ela mesma queria de alguma maneira "reagir", liquidar os sentimentos acumulados, derramá-los, lançá-los, objetivá-los e, pelo menos durante algum tempo, se desfazer da preocupação e inquietação interiores.

— Magnífico!

— É mesmo? Fico feliz.

A conversa passou para assuntos locais, a cidade, a *zemstvo* e a medicina, falando mal, *en passant*, de alguns bons amigos ausentes.

Finalmente Georgi Antonitch se lembrou de repente:

— Desculpe-nos, Antonina Nikititchna, mas está na nossa hora. Prometi a Liubov Ivanovna...

— E quem é ela? — perguntou a senhora com animação.

— É a mãe dele — disse Georgi Antonitch, mostrando Kolia. — Prometi voltar no máximo em uma hora e meia e já estamos aqui faz duas horas e meia...

— E foi um sacrifício?

— Não diga maldades, Antonina Nikititchna. A senhora bem sabe...

— Sei... Sei... Sei muito bem... Até domingo. Vou esperar. Até logo, voltairiano...

Já estava bem escuro na rua quando os Petrov deixaram a casa de Viaziguinskaia. No céu, as estrelas brilhavam e a lua com dois chifres vagava pelo oceano azul-escuro, como um barquinho de prata. Tropeçando na terra úmida eles caminhavam ao longo dos muros, olhando cuidadosamente o que estava na frente deles...

— E você, Kolia, o que aconteceu? Ficou o tempo todo calado como um mudo!

— É.

— Você não gostou da dama?

— Não, não é isso.

— Dizem que você é atirado! E nem um pouco calado! O que houve?

— Nada.

O tio não conseguia arrancar de Kolia nada mais significativo do que este "nada".

Em casa, os pais já estavam preocupados.

— Por onde se perderam?

— Na casa de uma maravilhosa dama. Kolia tem que se acostumar com a sociedade!

Kolia permaneceu calado.

Estava na hora de dormir. Andriucha, cercado de travesseiros, fazia barulho com os lábios, parecia sugar uma chupeta. Volodia estava deitado na duquesa e respirava tranqüilamente. Kolia devia se acomodar a seu lado, na cama feita de duas cadeiras, nas quais foi estendido um colchonete. Ele tirou a roupa e deitou-se; na sua cabeça surgiram e giraram borboletas, Stepan, tio Micha, Vasia, a casa, pêssegos, Antonina Nikititchna com cabelos grisalhos... Quase entrando no sono, ele ouviu uma conversa:

— O que fazer? O relógio e a pulseira eu vendi.

— E os cem rublos de Micha?

— Temos que devolvê-los mesmo assim, Vania. E depois para a mudança, se calcular todas as despesas, teremos muitos gastos. Vamos ter que vender coisas. Mas temos que viajar o quanto antes.

— Você acha?

— Como não? Ninguém vai interceder por você, acredite. Você já percebeu o quanto foi ingênuo. Se não fossem as crianças... Você nem pode imaginar este lado da coisa.

— De alguma maneira sobreviveremos, Liuba.

— Assim espero. Mas que vai ser apertado, não tenho nenhuma dúvida. Logo não haverá mais nada para vender. Teremos, sim, muitos aborrecimentos e brigas. A essência das pessoas são as pessoas! Será muito pesado viver à custa dos outros, Vanietchka.

— Tudo bem, a manhã é mais sábia que a noite...

— Isso é um consolo muito fraco... E depois?

— E depois o quê?

— Vania, estou grávida de novo...

Kolia adormeceu.

O estudante Nikolai (Kolia) Bukharin. (COLEÇÃO ANNA LARINA)

Bukharin (*em pé, à direita*) com o irmão Vladimir (Volodia), seu pai, Ivan Antonovitch (*à esquerda*), e um parente. (COLEÇÃO ANNA LARINA)

Liubov Ivanovna, a mãe de Bukharin, no começo do século XX. (COLEÇÃO ANNA LARINA)

Mania Iablotchkina, prima e primeira esposa de Bukharin. (COLEÇÃO ANNA LARINA)

Nikolai Bukharin, em 1925, no auge de sua influência política.

(COLEÇÃO ANNA LARINA)

Ivan Antonovitch Bukharin com os dois filhos, Vladimir (*ao centro*) e Nikolai, nos anos 1920. (COLEÇÃO ANNA LARINA)

Bukharin, em 1929, ano em que foi expulso do comando.

(Coleção Anna Larina)

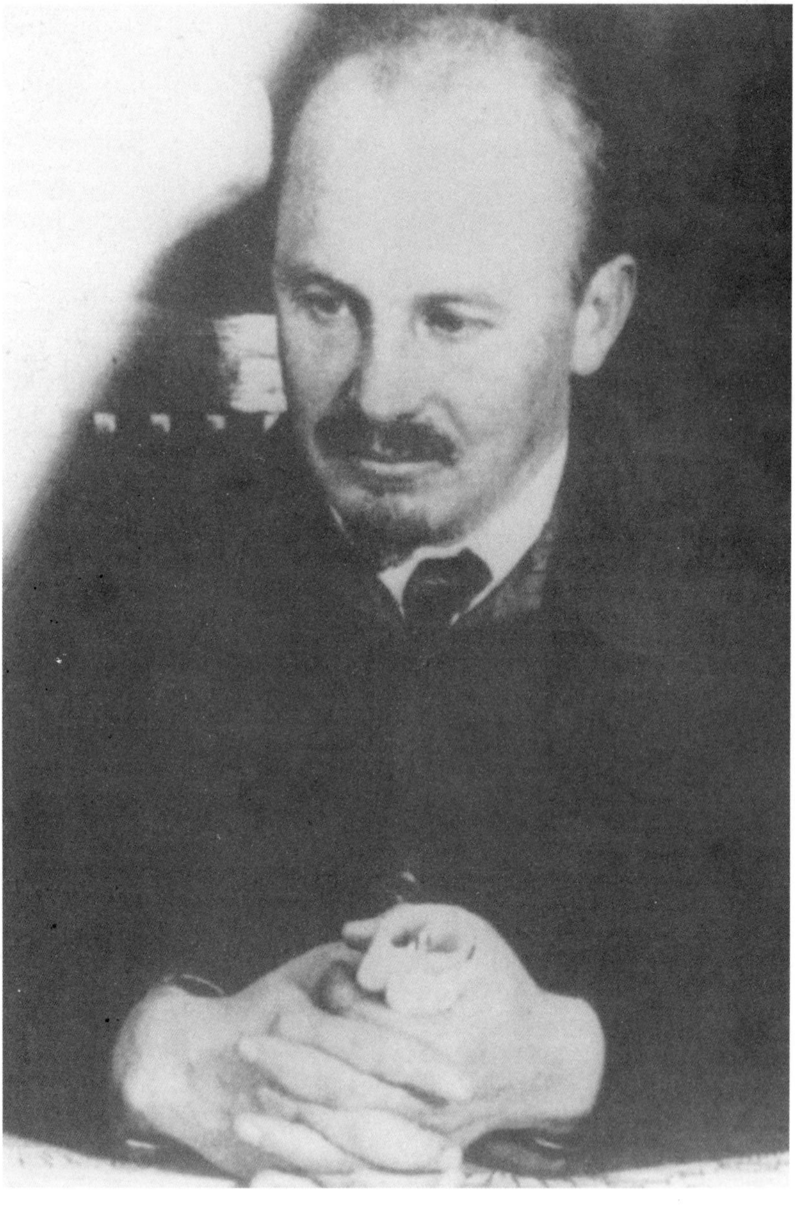

Bukharin derrotado, começo dos anos 1930. (CORTESIA DE STEPHEN F. COHEN)

Bukharin, o "macaquinho", subindo em árvores. (COLEÇÃO ANNA LARINA)

10

Após longas provações, toda a família Petrov reuniu-se no apartamento do irmão caçula de Ivan Antonitch, Evgueni, localizado no segundo andar de um prédio velho em Babii Gorodok, no lugar mais baixo, perto da igreja de São João, o Guerreiro. A casa era úmida, cheirava a mofo, cheia de rachaduras como depois de um terremoto. O reboco caía em pedaços inteiros, desnudando totalmente o revestimento de madeira em forma de cruz e pedaços de estopa sujos. As manchas úmidas, cobertas de mofo, transmitiam uma aparência ainda maior de desmazelo e insalubridade. O forro, que não era pintado há anos, estava corroído pela ferrugem, com a pintura descascada cobrindo-o de uma cor desagradável e indefinida. As escadas do interior estavam podres e faltavam alguns degraus inteiros. As portas, com as maçanetas de cobre quebradas, parecendo ter sido mordidas, rangiam dolorosamente. O teto estava vazado e era decorado com desenhos esverdeados, acumulando tanta umidade podre nos cantos que até mesmo as aranhas chamadas "Vanka, Ceife o Feno" (se arrancassem a pata comprida desse tipo de aranha ela começava a fazer um movimento parecido com a foice do ceifeiro) corriam de lá. Porém, ali faziam seus ninhos os nojentos e gordos tatuzinhos cinzentos; frios e escorregadios ao toque, eles caíam nas mesas, nas camas e nas cabeças. Até os vidros das janelas pareciam formar bolhas, de tanta umidade, falta de luz e tristeza daquela casa.

No primeiro andar, ficava uma lavanderia e uma pequena fábrica de caixas de papelão. A lavanderia ficava eternamente úmida, os vapores da água quente elevavam-se em nuvens no ar opaco, onde eram quase imperceptíveis as figuras humanas, curvadas e com as mãos desprotegidas; montanhas de roupa colorida — camisas, calças, guardanapos, meias e lençóis — empilhavam-se torcidas, enroladas e molhadas ou ficavam jogadas desordenadamente pelos cantos. Das gamelas com espuma de sabão, subia o vapor. No chão, havia poças de água suja e pequenas correntes de anil serpenteavam por todo lado. A porta para o pátio ficava aberta no verão e no inverno. Da lavanderia, empregados saíam a cada minuto com bacias de água suja e, balançando-as, jogavam a água ali mesmo, pintando a terra ou a neve de tons cinzentos e azuis. Em todos os sentidos, de ponta a ponta do pequeno pátio, estavam estendidos varais, nos quais penduravam a roupa lavada para secar. No verão, às vezes, esses trapos enfunavam como velas de navio com a força do vento que arrancava da corda uma camisa ou lençol mal pregado. No inverno, eles se transformavam numa crosta fria e crocante.

Os cidadãos da lavanderia moravam e trabalhavam no mesmo apartamento, úmido e podre, ou seja, nos três quartinhos, densamente lotados de pessoas, roupas, gamelas, sabão, doenças, tosse e flagelos. As mulheres lavadeiras, precocemente envelhecidas, eram todas desnutridas, com peitos caídos, rostos e mãos enrugados e magros feito paus nodosos, com os dedos corroídos por sabão e ácido, desgrenhadas e esfarrapadas. Por causa da vida sem esperanças e do trabalho pesado, triste e amaldiçoado, todas, quase sem exceções, bebiam vodca, discutiam e brigavam muito e por isso estavam sempre cobertas de hematomas e arranhões. Seus maridos ou amantes batiam nelas sem piedade. Tudo isso se movia num espaço pequenino, de alguns metros quadrados, onde as pessoas e os objetos se misturavam como no caldeirão da bruxa da "Colina Careca", do conto de Gogol.

Na fábrica de caixas de papelão, desde de manhã até tarde da noite, trabalhavam colando caixas. Ali cheirava a cola, cola de farinha, suor humano e fumo barato. As pessoas ficavam sentadas, quase sem se levantar, de sol a sol. O dono da fábrica trabalhava ali mesmo, junto com os empregados. Antes do almoço, ele lhes oferecia chá para que as barrigas inchadas exigissem menos sopa e mingau e com isso economizava na comida. Os operários eram rapazes jovens, loiros e espinhentos, de rostos pálidos e chupados, marcados pelo trabalho pesado, desnutrição e vodca. Sentados às suas mesas, eles cantavam canções tristes e aos domingos bebiam muito, faziam algazarra ou ficavam deitados, cansados, em suas camas, levantando-se no dia seguinte com os rostos inchados e amarelados, dores de cabeça terríveis e com uma vontade irresistível de tomar uma dose de vodca para se sentirem melhor.

Bem ao lado do pátio, havia um jardim pequenino, onde cresciam vários arbustos de acácia desfolhados e pelados; neles parecia sempre haver umas linhas, trapos velhos e pedaços de roupa pendurados. A terra era coberta de vidro quebrado, gargalos de garrafas, rolhas, restos de sapatos rasgados e fezes de cachorro. Raramente aparecia um pedaço de capim verde, porém ele logo morria naquele chão. O jardim se transformara no lugar preferido dos cachorros e gatos. Mas estes satélites da vida humana eram cobertos de feridas, magros, com as patas machucadas, olhos lacrimejantes, sem casa e vadios, tão famintos que roíam cuidadosamente, debaixo dos arbustos, um velho osso que há muito tempo não tinha nada para ser comido, nem por dentro e nem por fora. Durante seus exercícios de acasalamento, eles maltratavam impiedosamente uns aos outros, arrancando chumaços de pêlo. Uma das distrações dos habitantes do prédio era acuar ou instigar os pobres e esfomeados cachorros com pedras, gritando "u-lu-lu" e assobiando.

Ao redor das travessas sinuosas e tortas, aglomeravam-se prédios iguais ou de madeira de um andar, com paredes irregulares e com o puxador de campainha de arame perto dos portões. Uma calçada estreita de madeira emoldurava a rua de pedras; nos lugares menos movimentados, crescia entre as pedras o capim. As casas estavam lotadas de gente meio miserável e de montanhas de tralhas, que permaneciam ali durante anos, como num monturo. Não era à toa que apareciam, freqüentemente, os trapeiros e os catadores de cachorros. Estes últimos pegavam os cachorros abandonados ou os compravam por copeques. Os trapeiros-tártaros andavam por todos os cantos, observavam tudo com seus olhos estreitos e gritavam com uma voz fina sua ladainha: "Churum-burum. É bom o produto. Trocar ou vender..." Os russos, ponderados, olhando pelas janelas, perguntavam com sua profunda voz de baixo, como se estivessem cantando: "Trapos velhos ou botas velhas, há algo para vender?" Os catadores de garrafas, com sacos de pano grosso, vagavam pelos pátios e também repetiam, cantando de maneira monótona: "Garrafas, garrafas!" Os tártaros carregavam nas costas trouxas enormes com roupas dos mais diferentes gêneros, desde peles de raposa até lenços de nariz e babados, novos ou completamente desgastados. Tudo isso vendia-se, trocava-se e depois fazia-se um balanço. A mesma roupa ou objeto freqüentemente passava por vários ciclos em sua vida útil e cada ciclo correspondia a um certo segmento social de consumidores: quando novos eram usados pelas chamadas pessoas respeitáveis; usados eram vendidos a pessoas empobrecidas, mas que ainda conservavam uma certa posição na sociedade; desgastados e rotos, eles passavam para os mais pobres: os mendigos, os "espertinhos" e os lúmpenes. A diversidade vital dessas metamoforses era tão grande que havia ali quantas combinações se quisesse, e aqueles trapos seguiam as leis de rotatividade do produto; seus intermediários e agentes eram os trapeiros, estes comerciantes da pobreza.

Evgueni Antonitch se mudara para Babii Gorodok fazia pouco tempo, levando já em conta a vinda do irmão. Todos seus cálculos o levavam a concluir que o dinheiro até poderia dar para o aluguel de um apartamento de quatro quartos e ainda sustentar, quando necessário, a família de Ivanuchka. Mas isso poderia ocorrer somente se não fosse necessário pagar mais caro pelo apartamento e por isso era impossível pensar em suas qualidades. A avó também veio para sua casa e ainda chamou Fedia; Evgueni era solteiro, mas era responsável ainda por uma decrépita velhinha, prima da avó, Ufotchka, que mal arrastava os pés. A muito custo, todos conseguiram se acomodar nos quatro quartos. Um cômodo era a sala de jantar. A família de Ivan enfiou-se no outro, a avó com Ufotchka e Fedia ocuparam o terceiro e o próprio Evgueni Antonitch ficou com o pequeno quarto que lhe coube. Isso era de sua parte, devemos reconhecer, um verdadeiro sacrifício. Mas ele possuía um maravilhoso caráter e uma bondade ímpar. Ele foi o único, entre os irmãos, que não terminou o curso superior, pois teve que servir o exército logo ao término do ginásio. Durante muito tempo ele trabalhou na redação de *O Pensamento Russo* e era contador numa firma de comerciantes de tecidos, os Andreev e dava duro o dia inteiro no "galpão", que ficava em Srednie Torgovie Riadi,* o Distrito Comercial, perto de Varvarka. Era mais alto que os irmãos, careca, com olhos bondosos num rosto redondo e bonachão e um nariz de batata no qual repousava um pincenê grosso. Estava sempre murmurando algo, cantava e declamava sempre com entusiasmo, elevando a voz melodramaticamente no final de cada estrofe.

Às oito horas da manhã todos se reuniam na sala de jantar para o chá. Evgueni Antonitch se apressava para o serviço. De rosto lavado e a careca borrifada com água de vegetais, ele se sentava, declamando e levantando a voz:

O pintor, bárbaro, com o pincel dormente...

A decrépita velhinha Ufotchka pela centésima vez, mastigando com os lábios, repetia a sua única história sobre como, apesar dos conselhos de Georgi Antonitch, ela deixou escapar a oportunidade de fazer sua dentadura:

— E Georgi Antonitch me dizia: Ufotchka! Faça seus dentes!

E ao dizer isso seu rosto centenário e enrugado iluminava-se com um sorriso carinhoso. Na mesa estavam os pãezinhos, rosquinhas, manteiga; no açucareiro — pedaços de açúcar. Mas isso tudo agora não era simplesmente objeto de consumo — pegar e comer! Não, cada um com antecedência media o quanto poderia comer, se não iria comer mais que os outros: uns tinham mais vergonha que

* Local de comércio na Moscou antiga, onde hoje fica o GUM. (*N. da T.*)

os outros; ou outros, menos — porém cada um tinha sua mira e seu alvo — a necessidade lembra de si a cada passo e cada pedaço de açúcar era pesado em escalas invisíveis. Por causa disso, criava-se uma certa tensão interior que se tornava perceptível num rápido olhar, num gesto abrupto ou num comentário.

Durante o chá, a situação era suavizada com a bondade e doçura de Evgueni Antonitch. Ele brincava, jogava para as crianças ou um pãozinho, ou um pedaço de açúcar, ou um pouco de manteiga, fazendo isso com habilidade e tato. No almoço, quando ele não estava, as coisas eram bem mais complicadas: qualquer bobagem virava um problema — quem iria ficar com o tutano do grande osso da sopa? Como dividir? Como dividir os pedacinhos da carne cozida? Quanto de manteiga cada um podia colocar no prato de trigo-sarraceno? Estas obrigações administrativas, pelas tradições patriarcais, eram atribuídas à avó. Mas era exatamente aí que surgia um antagonismo. A avó, como muitas sogras, não gostava muito de sua nora, Liubov Ivanovna, que "arrancara" dela o Ivanuchka. Ela a considerava a fonte do pensamento livre, da corrupção moral, da educação errada das crianças e do ateísmo de Kolia. Ela chegava a afirmar que Ivanuchka se submetia a esta influência nociva. Quando moravam cada um em seu canto, isso era imperceptível. Agora isso começara a transparecer. A avó protegia abertamente Fedia para aborrecer Liubov Ivanovna: Fedia recebia o prêmio por suas virtudes, na forma de vários pedaços de carne, manteiga e açúcar. Liubov Ivanovna tinha vergonha de entrar em atrito por este motivo, pois ela gostava de todas as crianças. Quando a ofensa era clara, ela se segurava e guardava forças. Depois chamava um trapeiro, vendia mais um vestido, lenço ou uma capa qualquer para comprar, às escondidas, rosquinhas e, num momento oportuno, dar para seus meninos.

E Ivan Antonitch continuava sem trabalho. Logo, tudo que poderia ser vendido já havia sido negociado: as fardas de Ivan Antonitch, seus paletós, os vestidos de festa de Liubov Ivanovna, feitos em Beltsi, os sobretudos... Tudo isso se evaporava de uma maneira mágica e rápida: quando se lembravam, já não existia mais. Ivan Antonitch via tudo, entendia e ficava sem saber o que dizer. As ofensas e mágoas que ele recebia ao procurar um lugar, ele tomava inicialmente com indignação, mas depois se acostumou. Os conflitos caseiros, pequenos e insignificantes, deixavam-no profundamente deprimido. A coisa mais infame da vida é quando ela se torna mesquinha.

Vez por outra, mandavam Kolia vender jornais e livros velhos, a quilo. Ele, por conta própria e às escondidas, procurava e juntava pelos pátios ossos e garrafas para vender. Descobriu que se remexesse bem a terra do jardim poderia encontrar um monte de ossos velhos e muitos trapos. Ele começou a mexer com isso e suas mãos ficaram grossas e se cobriram com uma casca. Os copeques que conseguia, ele gastava com caramelos — ele gostava muito de doce e havia pouco açúcar em casa — e oferecia-os a Volodia. Kolia mantinha depósitos secretos de bugigangas e bastava ouvir os gritos "ossos-garrafas" que ele entregava os bens que havia coletado e corria para comprar caramelos ou um pão doce.

Com muito atraso, já no meio do ano, Kolia foi matriculado na escola, na mesma escola onde ele passara sua primeira infância. Fizeram isso por intermédio de Iablotchkin, que continuou como diretor o tempo todo. Kolia foi para a segunda série. Assim ele voltou para os antigos lugares. Ele foi recebido pelos Iablotchkin muito bem. Mania, durante o recreio escolar, quando Kolia vinha até sua casa para merendar, servia cuidadosamente para ele as almôndegas mais suculentas e caprichava no molho. Como lhe pareciam especialmente deliciosas aquelas almôndegas! Mania percebeu como empobreceram os Petrov e entendia que os meninos estavam se alimentando mal. E era difícil não perceber isso: as camisas estavam desbotadas, as meias furadas e com remendos, a roupa amassada e os olhares, dirigidos sorrateiramente ao açúcar, ao copo de chá com limão e ao ovo, transmitiam o desejo faminto. Ela tinha pena dos meninos, sentia dor por Kolia, de quem fora tão amiga. Porém esta amizade, como era antes, não se restabelecera — seus mundos tornaram-se muito distantes e, para sua surpresa, Kolia não contava para Mania as maravilhas da Bessarábia. Somente uma vez lembrou e repetiu algo do passado: Kolia trouxe a "cabeça morta" seca — seu orgulho. Mania, séria, com muita atenção, observou a borboleta e neste inseto misterioso, trazido de lugares distantes, ela percebia uma outra vida... As crianças, com cuidado, disputavam esta preciosidade em cima do samovar, onde dos buracos da tampa saía vapor. Então os ligamentos secos umedeceram, as patinhas já podiam ser dobradas e Kolia, espetando um alfinete, dissecava a borboleta numa cortiça.

Bem cedo, pela manhã, depois de tomar rapidamente alguns goles de chá, Kolia pegava a mochila e corria para a escola. Subia até a Iakimanka do Babii Gorodok, depois a Polianka até a velha conhecida Bolchaia Ordinka. Ali ficava a casa onde nascera. Os estudantes — meninos e meninas — já estavam sentados nas escadas, esperando o porteiro abrir as portas. Quando as portas se abriam, eles, em tropas barulhentas, empurrando uns aos outros, batendo nas mochilas penduradas nas costas, apressando o vizinho, batendo em seu traseiro, adentravam no prédio e corriam até os cabides: cada um tinha o seu número. Ficavam feito andorinhas sentados na escada "social", embaixo da qual havia um ambulatório e em uma fila, que se estendia como uma serpente comprida, passavam pelo exame médico ligeiro: a enfermeira Elizaveta Alekseevna, filha do padre Voskresenski, abaixava a língua de cada um com um pauzinho chato, para ver a garganta e descobrir se não havia amigdalite, difteria e outras doenças. Os pauzinhos, depois de cada exame, eram jogados em um cesto e posteriormente fervidos, para no dia seguinte desempenharem novamente seu papel.

Depois do exame, ao som do sinal, todos se enfileiravam no auditório para a reza: o professor de canto, que era o mesmo professor de caligrafia, Ivan Alekseitch Zolotov, um homem fraco, tísico, com um enorme pomo-de-adão que saltava doentiamente do pescoço comprido e fino, pegava o diapasão e, afinando, dava o sinal com as mãos:

“Para o Deus do céu, o consolador, para a alma verdadeira”, começava o canto...

“Que está acima de todos e de tudo”, subiam para o alto os sopranos finos e afinados...

“Venha e instale-se em nós”, suplicavam os contraltos com vozes convincentes e agudas...

“Purifique-nos de todas as maldades e salve-nos, sagrado, nossa aaalma”, o coro terminava a reza, as vozes cessavam, extinguindo-se aos poucos.

A criançada corria para as salas e as aulas começavam. Kolia logo se destacou em todas as matérias e sua caligrafia era tão perfeita que superava a do professor de caligrafia que reconhecia isso abertamente e com satisfação lhe dava cinco com o sinal + — o sistema de pontuação nas escolas russas sempre foi até cinco, que é a nota máxima; quando o professor coloca o sinal + quer mostrar a satisfação com o aluno. A palma da vitória era disputada com ele por mais dois meninos: o asseado Nartsissov, filho de um pequeno burocrata, com os cabelos negros alisados e repartidos ao meio e com uma voz de soprano cristalina e pura que sempre se destacava e soava no coro escolar, e com Iakovlev, filho de uma lavadeira, em quem a camisa mal fechava. Este menino superdotado sofria de uma terrível doença congênita: suas narinas eram reviradas e do nariz exalava um cheiro tão insuportável que ele ficava sozinho na carteira — ninguém conseguia suportar uma aproximação; ele possuía uma maravilhosa mente matemática e era o mais rápido da turma em resolver qualquer questão oral. Kolia fez amizade com dois colegas: com Khruslovski, que tinha a mesma paixão pelo desenho, e com o filho da faxineira Mozgaliov. Khruslovski era magro e delgado como um caniço, com um rosto fino, comprido e achatado dos lados, e mãos finas. Mozgaliov, ao contrário, tinha a aparência inchada e desajeitada de gordo mesmo. Na escola, chamavam-no de “Tarântula”. Ele sofria constantemente de abscessos enormes no sovaco que eram denominados “teta de cadela”. Ele morava no porão da escola e Kolia sempre visitava o

"Tarântula", quando este ficava doente e não aparecia na classe. E pela primeira vez Kolia conheceu os corredores de pedra, iluminados pela luz opaca, onde ouviam-se os passos surdos que caminhavam pelo asfalto e onde reinava a umidade viciada e mofada devido à qual empalideciam os rostos e gemiam os ossos dos habitantes do local.

Em Moscou, Kolia atirou-se nos livros e continuou lendo de maneira tão desordenada como antes: em suas mão estiveram os romances espanhóis, Molière, a *História da literatura antiga* de Korch, o *Apocalipse* — tudo era devorado num gole e com uma avidez extraordinária. *Apocalipse* teve um papel especial nesta leitura. Na escola, na aula de religião, Kolia mencionou que conhecia o livro. O padre ficou surpreso e começou a perguntar para conferir. Kolia respondia, mas reclamava da incompreensão provocada pelo livro. Então o padre gordo, sem nenhuma inclinação para a filosofia, declarou pura e simplesmente que para os simples mortais a leitura do *Apocalipse* estava proibida pela Igreja através de um decreto especial e exigiu do menino o cumprimento deste decreto. Mas como o fruto proibido é ainda mais doce, o nobre serviçal de Deus praticamente obrigou Kolia a ler o livro atentamente, de cabo a rabo. A ênfase solene e incompreensível do livro, os cataclismos cosmológicos, as trombetas dos anjos, a ressurreição dos mortos, a Besta, os últimos tempos, a filha pródiga da Babilônia, as taças mágicas — toda a entusiasmada e solene escatologia desse documento místico e sua metafórica simbologia deixaram as suas impressões em Kolia, apesar de seu ateísmo precoce. Ele começou a ter a impressão de que era o próprio Anticristo. Por puro acaso, naquela mesma época, caíram em suas mãos "As palestras sobre o Anticristo", de Vladimir Soloviov. Quando ele chegou na parte onde se descrevia que o Anticristo queria pular no abismo e algo como uma corrente elétrica segurou-o no ar, Kolia ficou arrepiado. Ele fazia insinuações e interrogava a mãe com cuidado, procurando saber se ela não era a filha *pródiga*, pois o Anticristo teria que nascer dela. Esta palavra ele não compreendia muito bem, sua mãe ficava completamente confusa e não entendia o que significava tudo aquilo. Mas Kolia possuía os seus pensamentos secretos e ele nem pensou em explicar o motivo de sua indagação.

Aquela foi uma crise espiritual bem original, ou melhor, passava por sua última fase, após o pontapé inicial dado pelas maldições da avó. O menino logo superou também este ataque final por parte das antigas idéias e concepções que fervilhavam no fundo de sua alma. Os sonhos o pertubavam. Ele sonhou que foi até o porão da escola visitar Mozgaliov. Caminhava por um chão de asfalto. Seu passos ecoavam surdamente pelo corredor. Mas ele não conseguia de jeito nenhum encontrar a porta do cômodo de Mozgaliov. Ele caminhava, caminhava e a porta não aparecia. E, de repente, ele sentiu que se perdera num labirinto como o de Creta. Ele corria para conseguir voltar ao mundo de Deus — mas em vão! Os corredores se estendiam e não tinham fim. Corria esbaforido. O chão ficava cada vez mais quente, mais quente. Até que se tornava tão quente que Kolia não conseguia suportar. Ele estava no inferno. Ali estavam os caldeirões enormes, enfileirados, parecidos com aqueles dentro dos quais esquentavam o asfalto, e os diabos cabeludos e muito grandes, com tridentes nas mãos, ferviam os pecadores dentro deles. O calor ficava insuportável e Kolia acordava sufocado...

Ou então sonhava que estava deitado no campo na noite escura. A noite estava quente, o céu semeado de miríades de estrelas. Elas piscavam com seus raios verdes, azuis, vermelhos e dourados. De repente as estrelas saíam do lugar e começavam uma dança estelar. Elas se multiplicavam em quantidade, giravam num turbilhão prateado, cresciam, tornavam-se cada vez maiores, brilhavam com um fogo avermelhado. Seus desenhos eram de beleza indescritível. A plêiade dos astros dançantes se aproximava. E, de repente, entre eles explodia o ofuscante sol vermelho-vivo... "O cometa! O cometa está voando para a Terra!", pensava Kolia e acordava, encharcado de suor.

Ou sonhava que estava sentado à janela. Fazia um tempo maravilhoso, o sol brilhava alegre e contente. O verde estava por toda parte, as árvores cobertas de flores. Kolia percebeu que os raios do sol pareciam passar por um prisma triangular: havia arco-íris por toda parte. Não havia flores comuns, nem reflexos comuns do sol — as sete cores do arco-íris tomavam conta de tudo. De repente, do céu caiu um bloco de gelo enorme. Depois mais um, o terceiro! "Por isso está cheio de arco-íris: os vapores congelaram no ar — a morte é inevitável." Os blocos de gelo caíam um atrás do outro, cada vez com mais freqüência. Eles varriam as árvores, destruíam as casas, cobriam a terra com montanhas de gelo, que brilhavam com sete cores. E, de repente, um estrondo ensurdecedor enterrava tudo...

Esses pesadelos, nos quais as catástrofes apocalípticas se misturavam e se alternavam de maneira extravagante com as imagens naturais e científicas, logo passaram e Kolia adquiriu uma plena tranqüilidade espiritual, desfazendo-se para sempre das fantasias religiosas. Mas, em sua cabeça, chocavam-se idéias completamente contraditórias. O inesquecível Kozma Prutkov exclamava: "Muitas pessoas são como salame: levam dentro de si aquilo com que foram recheadas." As crianças se destacavam por terem uma confiança especial nos livros, em tudo que era impresso. Elas ainda não haviam provado a vida; elas achavam que tudo que estava escrito ou impresso era verdade. Os aforismos de Talleyrand sobre a língua, elas também não conheciam. É óbvio que em Kolia tiveram uma influência decisiva. Quando os lia, ele partia de corpo e alma para o mundo para o qual eles o transferiam, esquecendo-se completamente de tudo. Depois de ler um monte de romances espanhóis, Kolia se encheu de respeito pela dignidade dos cavaleiros, que conquistaram de tal maneira a sua simpatia, que, durante a guerra hispano-americana, ele ficou do lado dos espanhóis e lastimava profundamente quando o predatório país do outro lado do Atlântico, sem grandes esforços, aniquilou a frota da monarquia católica decadente. Depois dos grossos infólios de Korch, Kolia viveu no mundo da mitologia e do heroísmo gregos e latinos, entre os cachos dourados dos jovens nascidos da espuma, no Ágora, nos átrios, sob os pórticos, entre as estátuas, penates, cofres, urnas, na multidão dos heróis de Plutarco, para onde ele corria com satisfação do mundo das "garrafas", do "churum-barum" e das pequenas preocupações e brigas do dia-a-dia. Por outro lado, ele devorou muitos volumes de Molière e demonstrava para os adultos o seu conhecimento do mundo dos cornos, amantes homens e amantes mulheres, criados espertos, dos Mascarilios, Sganarelos, Tartufos, as criaturas ridiculamente afetadas, os indivíduos sentenciosos e os virtuosos pequeno-burgueses do mundo de Molière. "É um velho", dizia a avó, "olhem só para ele! É um velho perfeito, sabe de tudo que não deveria saber." A avó nem desconfiava que tais ataques davam a Kolia verdadeira satisfação.

Aos domingos, Kolia gostava de ir à Galeria Tretiakov. Ali ele andava durante horas, passando de uma sala para outra e parando durante longo tempo diante dos quadros preferidos. Ele não conseguia tirar os olhos de *Ivan, o Terrível*, de Repin, com o olhar desesperado e enlouquecido de Ivan, e dos olhos submissos do filho moribundo e da terrível poça de sangue no chão. O quadro *A execução dos atiradores*, de Surikov, fazia com que ele estremecesse. *A boiarda Morozova*, com seus olhos em chamas pela grandeza do feito, as correntes, os mendigos, o padre com seu rosto raspado e irônico, o menino correndo, as jovens boiardas — eram tão vivos para ele que, ao sair da galeria, Kolia sentia ter visto tudo na vida real. A arte bizantino-russa, de Victor Vasnetsov, também o impressionava. Os olhos ameaçadores e ardentes dos anjos, os grandes olhos submissos das virgens de sobrancelhas negras, Sirin e Alconost,* a tróica dos fortes *bogatir*, heróis épicos russos e o campo de batalha, onde, sob a opaca lua noturna e sobre os cadáveres, brigavam os abutres do deserto. Ele ficava fascinado diante da tela de Gue, *O que é a Verdade?*, na qual o cético oficial romano Pôncio Pilatos, bem-nutrido, num corredor com o chão iluminado, inter-

* Alconost e Sirin – dois pássaros com rostos humanos, de contos infantis, que representam a manhã e a noite, a alegria e a tristeza, a vida e a morte. (Nota do original russo.)

roga um Cristo tão humano, acuado e torturado. Ele se encantava com os brilhantes retratos de Serov e sentia, de maneira confusa, uma elegante dignidade no estilo de Serov e a profunda sinceridade deste grande mestre. Amante da natureza, Kolia se apaixonou pelo lírico Levitan, um judeu com olhos pensativos que, como ninguém, transmitia a paisagem russa. Seus quadros *O outono dourado*, *No redemoinho*, *Sobre a paz eterna*, suas paisagens da primavera com sombras azuis na neve envolviam o menino com aquela tristeza carinhosa, na qual se dissolve, sem deixar resíduos, todo o ego humano. Dos pintores mais novos ele gostava mais de Kuindzhi do que do frio Chichkin e diante do ensolarado *Arvoredo de bétulas* ele podia ficar sonhando infinitamente... Assim, andava de sala em sala e retornava novamente até os quadros preferidos e os olhava como se para velhos conhecidos...

Na escola, Kolia se apaixonou pelas aulas de desenho com lápis e carvão. Ele desenhava pirâmides e cubos; desenhava, de modelos de gesso, máscaras e figuras, mãos, torsos e outras partes do corpo separadamente. Em casa, ele às vezes se acomodava na sala de jantar, quando estava livre (o quarto dos Petrov estava tão cheio que não havia lugar nem para se mexer), estendia enormes folhas de papel, depositava na mesa os lápis muito bem apontados, o carvão, a borracha, o carbono, o enfumo e com zelo desenhava retratos, cópias de quadros que vira em revistas antigas e gostara, ou algo "de memória". Certa vez ele encontrou nas coisas da mãe uma velha, mas ótima reprodução de *A última ceia*, de Da Vinci, e ficou várias noites seguidas debruçado sobre ela; o que mais o impressionou foram os movimentos das mãos, os dedos dos apóstolos e a animada conversa deles — estas mãos falavam pelas bocas fechadas. Kolia "conseguiu" reproduzir — pelo menos era o que diziam as pessoas...

Entretanto, a vida semifamélica da família prosseguia como antes: como antes, Ivan Antonitch, com afinco, batalhava um lugar; como antes ele nada conseguia; como antes dividiam migalhas e pedacinhos; como antes explodiam brigas pequenas e desagradáveis, e Liubov Ivanovna, sofrendo com toda esta situação, derramava lágrimas secretas; como antes tinham que vender para os trapeiros novas coisas, a única diferença era que agora vendia-se o mais necessário; como antes, entre suas fraldas molhadas, gritava o bebê Andriucha e o pai carregava-o nos braços, ninava e cantava os versos de Fet com melodias improvisadas, nos quais não havia melodia alguma. No pátio xingavam e brigavam da mesma forma. Do mesmo jeito triste, dia após dia, trabalhavam na lavanderia e na fábrica de caixas e com as mesmas vozes gritavam os trapeiros de diferentes tipos e especialidades.

O inverno passou e o sol brilhou mais forte e alegre. Os fluxos de água suja corriam pelo pátio, desciam a rua e, espumosos, murmuravam rapidamente ao longo das calçadas. Os pobres arbustos das acácias intumesciam. Na fábrica de caixas abriram as janelas e, à noite, Kolia sentava-se no batente da janela e ouvia como os empregados cantavam durante o trabalho. As canções eram incrivelmente sem sentido:

Gira, revira-se a bola azul,
Gira, revira-se sob a cabeça,
Gira, revira-se e quer cair,
O cavalheiro quer roubar a moça.

De repente, passavam para um ritmo fanfarrão:

Com a vossa permissão
Vamos cantar sobre Malania
Malania, minha olhuda!
Foi descalça para casa,
Cabeça-de-vento!

Mas eles se cansavam deste gênero e então ouvia-se a canção bem popular sobre os bôeres: "Transvaal, Transvaal, meu país, estás queimando no fogo." E depois com uma sede angustiada de justiça e de esperança, soavam as últimas estrofes:

Chegou, chegou a hora sombria
Para a minha pátria.
Rezem, mulheres, por nós,
Por nossos filhos!

Os bôeres eram extremamente populares. Os nomes do presidente Kruger, de Botha, Delarey e outros generais dos bôeres gozavam de muita fama. Os políticos czaristas, que em seu país arrancavam a pele de todas as pequenas nações do Império Russo, eram organizadores de *pogroms* contra os judeus, ideólogos do obscurantismo, prelados da igreja ortodoxa para aborrecer a Inglaterra, a "pérfida Albion", com quem tinham velhas contas a acertar, não só não se opunham ao elogio do heroísmo dos bôeres, que eram na verdade magníficos, como também, de maneira repentina, caíram de amores pela liberdade. É claro! Até mesmo o portador de bigodes da mais alta patente, conhecido mundialmente, o prolixo imperador alemão *kaiser* Guilherme, enviara um telegrama de congratulações para o presidente Paul Kruger, quando os bôeres repeliram um ataque traiçoeiro de um destacamento britânico, guiado pela braço forte do rei não coroado dos proprietários de terra ingleses, dos ricaços, dos conquistadores de terras, e do pirata da África, Cecil Rhodes. Mas o povo russo incluía nos louvores da heróica luta dos bôeres seu próprio conteúdo, bem distante dos interesses da diplomacia do czar, sutil e adestrada, ou dos motivos do *kaiser* alemão que, mais tarde, ao preparar a guerra, escreveu para seu chanceler: "Inicialmente, fuzilar os socialistas, decapitá-los e torná-los inofensivos — caso seja necessário, mesmo através de um banho de sangue e somente depois a guerra externa. Não antes." A voz do povo avaliava os bôeres, como de sua própria espécie: seus mujiques e gente pobre que, com sucesso, vencem os soldados poderosamente armados dos poderosos ricaços. Quando os trabalhadores, operários das fábricas e os camponeses observavam as figuras da guerra bôer-inglesa, eles viam os generais bôeres, vestidos em jaquetas simples, com chapéus de abas largas nas cabeças, de botas altas e comuns e armas no cinto. Esta aparência civil dos defensores de Transvaal por si só induzia a tais pensamentos. E as sementes das obscuras esperanças e dos anseios da massa popular, que ainda dormiam ocultas no subconsciente, começaram a germinar em brotos de ardente simpatia pelos heróicos feitos dos destacamentos dos bôeres,

> Tenho ao todo nove filhos
> Três já não estão mais vivos.
> Lutam pela liberdade
> Os seis restantes...

Nestas palavras sobre a liberdade, pela qual lutavam os jovens filhos de um velho bôer, soavam insinuações sobre a possibilidade de uma nova vida... Mas a hora ainda não era chegada...

Às vezes, nos feriados, quando os empregados estavam dispostos, Kolia jogava com eles. Jogavam a dinheiro, enfiando as moedas de cobre na terra na mesma fileira que os ossos — um copeque três "ninhos". Os copeques ganhos, entortados e danificados, brilhando com as bordas talhadas e arranhadas pelas batidas dos tacos, eram verdadeiras preciosidades, como medalhas de um velho soldado.

Certa vez, quando Kolia estava no batente da janela da fábrica de caixas, um dos empregados, futucando o nariz, virou-se para ele e perguntou:

— Sabe, Kolka, vamos fazer uma pipa bem grande?

— De quê?

— Será que você não conseguia nas coisas de sua mãe um lençol rasgado? Podíamos costurá-lo num instante, colamos um remendo e pronto. Faremos uma pipa que deixará todos de queixo caído.

— E vamos soltá-la com quê? Vai arrebentar...

— Vamos conseguir barbante inglês. Consiga o lençol, o resto deixe comigo. Está bem?

— Está.

No baú de roupa suja, Kolia encontrou um pequeno lençol rasgado. "De qualquer maneira vai servir somente para trapo", se conformava Kolia, realizando o roubo, "e também poderei devolvê-lo. Mas em compensação faremos uma ótima pipa!", pensou antevendo como um brinquedo de tamanho jamais visto levantaria vôo sobre Babii Gorodok.

Toda a manhã de domingo foi dedicada a essa pipa. O lençol foi costurado, remendado, colaram seis ripas muito bem polidas, fortes e grossas, duas em forma de cruz na diagonal e quatro nas laterais, costuraram com linhas resistentes e a base da pipa estava pronta. Agora tinham que confeccionar a cauda. O peso da cauda deveria equilibrar a pipa durante o vôo. Conseguiram bucha, fizeram no final da enorme cauda um "contrapeso", amarraram barbante que Petrukha conseguiu em algum lugar e carregaram solenemente a pipa para a rua. "Soltar" esta coisa não foi tão fácil. Tiveram que subir com ela quase até a Iakimanka. Lá, a pipa alçou nos braços de Mitka como um padre com o ícone milagroso, enquanto Petrukha embaixo segurava o lado oposto da corda.

— Solta!

Mitka soltou e Petrukha pôs-se a correr. A pipa levantou vôo suavemente...

— Petrukha, solta mais, desenrola!

O novelo de barbante começou a desenrolar com uma rapidez incrível. A pipa subia para os céus...

— Eh... diabo, como puxa! Cortou toda a minha mão. Kolka! Quer experimentar?

— Quero!

Kolia quase não conseguia segurar o barbante: a pipa queria subir mais e mais e puxava com tanta força que realmente cortava os dedos com o barbante. Porém o efeito entre a meninada de Babii Gorodok foi espetacular: olhavam a pipa de todos os pátios. Os criadores de pombos olhavam pelas janelas dos sótãos, balançando as cabeças surpresos. Os mais exaltados suplicavam para segurar pelo menos por um segundo o barbante, para experimentar como "puxar". A pipa pairava vitoriosamente nas alturas e as outras pipas comuns pareciam tão pobres, que flutuavam no ar, insignificantes e impotentes...

A vitória foi completa; Kolia e os empregados comemoravam. Mas, de repente, o contrapeso soltou-se completamente da cauda. A pipa puxou, balançou, virou de cabeça para baixo, desenhando no ar impetuosamente um círculo, depois mais um e, girando em torno da cabeça, com sua cauda enorme, começou a cair e sumiu dos olhos atrás dos telhados das casas. O barbante ficou dependurado sem forças...

— Eh-eh, filha da puta! Está perdida, diabo que a carregue! Vamos procurá-la pelo barbante...

Mas as buscas não levaram a nada. Alguém, não se sabe quem e não se sabe onde, apressou-se em cortar o barbante, do qual os meninos conseguiram salvar somente uma parte. O resto não encontraram. E assim com tristeza terminou a festa deles.

11

Na primavera, Kolia fez boas provas e passou com louvor para a última série da escola. O verão, no entanto foi muito triste. Não era possível sonhar com as férias na aldeia, pois mal conseguiam sobreviver. O tempo estava quente e abafado. Os paralelepípedos das ruas estavam queimando. Os pavimentos de asfalto amoleceram e podiam ser vistas as marcas das botas e até mesmo dos dedos e calcanhares das criancinhas descalças e dos mendigos. A lama do pátio se transformava em poeira que por sua vez se transformava novamente em lama, quando da lavanderia jogavam a água azul de sabão. A terra rachava. No quarto dos Petrov reinava um cheiro de fraldas úmidas de crianças, de leite azedo, de urina, de golfadas, de babadores, de roupas suadas. As crianças se refugiavam no pátio da igreja: lá havia pedaços de terra cobertos de grama verde, em alguns lugares crescia o dente-de-leão. Em três bétulas grandes as gralhas fizeram ninhos e crocitavam sem parar, batendo as asas. Às vezes, antes das vésperas ou ofício noturno, as crianças subiam pela escada íngreme de pedra em forma de caracol e tentavam convencer o sineiro a deixá-las tocar os sinos. Os sinos ficavam numa ordem rigorosa; havia sinos pequenos, que tocavam com limpas vozes prateadas, alegres, claras e afinadas; os sinos maiores, cuja voz soava firme e forte; e um sino grande, que tocava com um baixo metálico e sua língua batia nas suas paredes como um aríete; era até temerário ficar debaixo dele. O sineiro era considerado um grande conhecedor de sua arte. Em suas mãos e pés estavam amarradas cordas de todos os sinos de uma só vez e, operando com suas quatro extremidades, dançando e marcando o passo e mexendo as mãos rapidamente, ele tocava sinfonias inteiras. Os sons tocavam, vibravam, surgiam separadamente ou numa rigorosa harmonia, e a conversa metálica era abafada, de repente, pelo ruído surdo e estrondoso do sino grande, que enviava para o espaço ondas densas e vigorosas... Do campanário dava para observar bem Moscou inteira, larga e multicolorida como um tapete persa. A Catedral de Cristo Salvador ardia com suas enormes cúpulas douradas, onde caíam os raios do sol que refletiam com um brilho resplandecente. O rio Moscou parecia uma fita. As antigas catedrais do Kremlin formavam um amontoado denso, brilhando com suas cúpulas e cruzes. O enorme palácio real aparecia no alto, assim como as torres angulares da parede ameada do Kremlin, com a águia de duas cabeças na cúpula. Entre as casas, casinhas e casebres serpenteavam as ruas e as travessas tortas e estreitas, nas quais cresciam inúmeras igrejas com seus campanários. Ao longe, distinguia-se a Torre Sukhareva. E do outro lado azulavam as colinas Vorobiovi, ornadas pelo rio e o verde opaco das hortas suburbanas... Os pombos e os gaviões faziam seus ninhos nos campanários, o chão estava coberto de excrementos dos pássaros. Os gaviões, com ganido estridente, cortavam o céu claro com suas asas negras e pontiagudas caindo no ninho feito bala e voando novamente em bandos inteiros... Altitude, amplidão, vastidão... Mas tudo isso durava somente meia horinha...

Além do campanário e do pátio da igreja, do jogo de ossinhos e de soltar pipa, as crianças não tinham mais nenhum prazer. Somente uma vez Ivan Antonitch conseguiu levá-las até as colinas Vorobiovi. Eles passaram pela praça Kaluzhskaia, onde ficava a branca e arredondada Catedral da Nossa Senhora de Kazan, entre a Academia Mechanskoe e o jardim Neskutchni. O caminho era longo, as carruagens não passavam por ali, tinham que andar muitas verstas no calor. Ivan Antonitch, olhando as casas, exclamava a cada minuto:

— Aquela casa ali é de Sidorov. Aqui viveu Ivan Petrovitch.

— Que Ivan Petrovitch?

— O Krutikov!

— Que Krutikov?

— Como, você não sabe quem é Krutikov? Eu dei aulas a ele... espere... bom, foi em oitenta e sete.

— Pai, eu ainda não tinha nascido...

— Eh, diabo, me esqueci completamente... Aqui morou Ivanov... Lá, à direita... está vendo?... Aqui moramos com a mamãe.

Ivan Antonitch era um velho moscovita, conhecia não somente todas as ruas e travessas, mas também uma incontável quantidade de casas às quais ligavam-se umas ou outras recordações. Porém os anos e as datas ele confundia da maneira mais contumaz...

As crianças se esqueceram do cansaço quando chegaram no verde, no bosque, na grama. As íngremes colinas Vorobiovi eram recortadas por barrancos e valas profundas, cheias de bétulas, amieiras e aveleiras. O lado barrento, vermelho-ruivo, descia até o rio Moscou, que dava uma volta grande naquele lugar. A água corria calmamente e refletia o bosque, como em uma tranqüila enseada. Lá, onde termina a descida das valas cobertas de mato, bem no pé das colinas, estavam encravados na terra velhos álamos negros com enormes troncos retorcidos e folhinhas finas, que tremiam e brilhavam como prata no sol; quando o vento as acariciava elas pareciam arrepiar-se sob seus carinhos inoportunos. Entre os troncos, banhando as raízes, gotejavam as nascentes do bosque, que, às vezes, irrompiam para fora, borbulhando pelas pedras cinzentas. A água delas era fria, de mina. Dali se estendia uma lisa clareira verde até o rio Moscou, onde ficavam os barcos e um barqueiro juntava seus ganhos, em moedas de cobre.

Um panorama amplo e infinito se abria a partir das colinas. Paralisada na fumaça azulada, avistava-se, ao longe, a capital de muros brancos. Ela, toda em tons suaves de aquarela, parecia ter sido feita de ar, como uma miragem, com uma neblina tênue. Mais perto, do outro lado do rio e das hortas de repolhos, ficava, como um sentinela, o Mosteiro de Novodevitch, com suas torres e campanários, tudo envolto numa neblina nacarina, num véu perolado de correntes aéreas.

O sol se punha. O frio tomava conta do bosque. A sombra caía no rio e arrastava-se devagar para a frente. Moscou tornou-se vermelha, com tons rosas e opalinos, através dos quais ardiam com fogos ofuscantes as cúpulas douradas das "quarenta vezes quarenta", número de igrejas que dizem existir em Moscou.

Os Petrov retornaram para casa, cansados, bem tarde da noite, para seu Babii Gorodok. Os pés doíam de tanta andança. Estavam com sono. As crianças respiraram muito ar fresco, andaram muito, os olhos delas já não viam nada, as cabeças tombavam no peito. Chegava o sono, no qual se afogavam todas as impressões...

A partir do outono começou novamente a vida escolar. Ela não representava para Kolia nada pesado, pelo contrário, na escola ele recebia gostosos pãezinhos doces que não tinha em casa; tomava o café da manhã na casa dos Iablotchkin, salivando de fome ao imaginar antecipadamente como espetaria o garfo na casquinha avermelhada da almôndega suculenta. Tinha facilidade em aprender. Na escola, podia desenhar "do natural". Kolia aprendeu a olhar para certas baboseiras da escola, como o estudo da Bíblia (aulas de religião), como uma formalidade necessária — respondia às perguntas de forma correta e não criava problemas. A língua eslovaca da velha igreja ele aprendia sem muito esforço; tudo transcorria naturalmente, como num jogo. Ele cantava, durante as missas, no coral da capela da escola, lia, às vezes, o *Livro das Horas*, mas não experimentava com isso o mínimo sentimento religioso; ele se sentia, nestes momentos, mais um recitador que se apresentava diante do público.

Num belo dia, foi anunciado na escola que os alunos seriam levados a uma excursão no Jardim Zoológico para ver negros recém-chegados de Daomé. As crianças foram colocadas em pares e os pequenos foram caminhando pelas calçadas. No lugar onde ficavam os mamíferos, próximo das enormes jaulas com macacos e babuínos que trepavam em troncos e mostravam os seus traseiros, estavam também, num círculo cercado por guardas, os infelizes negros de Daomé — homens e mulheres com crianças pequenas. Ainda estava quente e os negros, de pé ou sentados, estavam semivestidos. A pele negra deles tinha um brilho engordurado, com reflexos quase azuis em alguns lugares. Os dentes brancos e fortes brilhavam através dos lábios grossos e sensuais. Os olhos grandes, sobressaltados, com o branco vivo — olhavam admirados e tristes. Uma multidão os observava, como animais: apontavam-nos com os dedos, diziam piadinhas grosseiras e riam.

— Veja só, esses diabos pagãos — dizia alguém, vestido num cafetã longo e velho. — Parece que se sujaram com graxa. Pagãos malditos!

— Todo mundo sabe: se a cara é negra, a alma também é.

— Será que eles têm alma?

— Quem sabe?

— Eles não são canibais? Dizem que existem canibais, que comem carne humana.

— E daí?

— Por Deus, é verdade.

— Devem ser canibais. Não é à toa que estão atrás de grades.

— Eles não são canibais e vocês são um bando de idiotas! — intrometeu-se Kolia na conversa e fugiu, até os "idiotas" raciocinarem como reagir àquela intromissão. Kolia não conseguiu se conter. Ele também, pela primeira, vez via negros vivos, e a aparência deles o impressionou. Mas ele lera *A cabana do Pai Tomás* e seu querido Huck Finn tinha como amigo um negro, Jim; ele se lembrou do *Navio de escravos*, de Heine, então todo o sangue subiu-lhe à cabeça quando ele ouviu a troca de opiniões dos comerciantes e donos de armazéns, fazendo piadinhas sobre as pessoas de pele negra.

— Petrov, aonde vai? — admirou-se o professor Nikolai Palitch que acompanhava as crianças: ele viu como Kolia correra para fora do círculo onde se aglomeravam as pessoas que vieram ver os negros de Daomé.

— Não quero mais ver os negros. Não são animais. Permita-me, Nikolai Palitch, ver outra coisa.

O professor alçou os olhos. Pelo visto, pensando em algo.

— Está bem. Só não se perca. Depois vamos todos dar uma volta no jardim.

Kolia foi passear pelo jardim. Quis ver o elefante. Um elefante grande da Índia estava parado, quase imóvel, num ponto. Quando ele levantava sua pata em forma de pilar, fazia barulho com a corrente de ferro como um velho prisioneiro. Sua pele estava enrugada e pendia em dobras, como cortiça velha. Às vezes, com preguiça, ele apalpava o ar com a tromba e no mesmo instante mergulhava em devaneios. Caso lhe jogassem um pão francês ou uma rosquinha, ele, com habilidade, pegava a comida e a levava à boca, dobrando a tromba. O vigia então dizia a ele:

— Agradeça, Zemba, faça uma reverência.

E aquele gigante filho das selvas caía de joelhos, balançando as correntes...

Ao lado, numa piscina pequena, de água negra e suja, onde mal cabia seu corpo, bufava um hipopótamo desengonçado. No pavilhão contíguo, atrás de grades de ferro grossas, eram mantidos os grandes animais selvagens. Um belo tigre andava furioso de um lado para o outro, dentro da jaula, abanando o rabo. O leão estava deitado, com as duas patas debaixo da cabeça e cochilava com os olhos fechados. Os elegantes leopardos e pumas, magros e esbeltos, com os corpos flexíveis, abriam suas goelas. Pareciam rir raivosamente ou colocar suas mandíbulas no lugar. Os ursos andavam desajeitados perto das grades, rosnando e lambendo as patas. Os olhos cor de esmeralda dos animais olhavam misteriosa e enigmaticamente...

Kolia foi até o pavilhão dos pássaros, onde fazia um barulho ensurdecedor: todos os tipos de pássaros cantavam, assobiavam, cricrilavam, estrepitavam, chilreavam, gorjeavam, em diferentes tons e vozes. Os gritos agudos e rangentes dos papagaios eram ouvidos claramente através daquela zoeira excepcional. As araras-vermelhas e azuis, com seus rabos compridos, os cágados rosados e brancos, com topetes ágeis na cabeça; os inteligentes papagaios cinza; todas as espécies de pássaros pequenos — verdes, amarelos, azuis, parecendo de porcelana — inseparáveis, grudando na grade com as patas e o bico, passavam de um lugar para outro e emitiam gritos selvagens, roucos e rangentes, como centenas de carroças sem graxa. Em grandes aviários voavam tentilhões australianos, estorninhos brilhantes, melros de todos os tipos; dos ocos das árvores apareciam os enormes bicos dos tucanos; a gaivota risonha se desmanchava numa gargalhada raivosa. Os maçaricos e pequenas tarambolas andavam com imponência — havia o suficiente lá, Kolia podia respirar tranqüilamente: tinha muito o que ver.

Depois, ele foi visitar os pássaros selvagens. Os maiores e mais fortes. Ali estava a jaula com os grifos, os reis das imensidões geladas; esses eram os abutres com os pescoços pelados, pássaros enormes que desciam de alturas imensuráveis até a carniça. Eles estavam tristes, de cabeça baixa, sujos, com as asas fechadas, olhos opacos e de suas asas outrora fortes caíam no chão penas gastas e esburacadas. De rabos levantados, eles defecavam uns nos outros. O condor-americano encostou-se na parede, como um mendigo, enrolado e tristonho. As águias de rabos brancos, águias-reais, águias-das-montanhas, os fortes habitantes das imensidões ásperas, ali murchavam, tornavam-se infelizes e doentes. Somente as corujas, pelo visto, se sentiam bem ali e olhavam tudo com seus olhos laranja-claros e místicos...

Atrás das grades, no calabouço úmido,
A jovem águia é criada na prisão...

Kolia lembrou-se de repente dos versos de Puchkin... Ele passou por quase todas as jaulas e pavilhões e voltou para os macacos. Macacos de diferentes espécies — micos, babuínos, hamádrias — estavam sentados ou deitados em diversas poses, pulavam e trepavam pelos galhos da árvore seca e pelos trapézios pendurados no teto. Um macaquinho pequeno, como um velhinho pequenino de rostinho rosa e enrugado, comia com agilidade nozes chinesas, mexendo as mãozinhas e lançando um olhar triste para o público. Ele analisava com atenção a noz antes de colocá-la na boca, quase como um ser humano, quebrava-a, mexendo as mandíbulas e coçando atrás da orelha. Um outro macaco, movimentando silenciosamente as quatro patas e entortando o rabo na forma de ponto de interrogação, desceu pela tela de arame e pulou para o lado até o macaquinho para tomar-lhe as nozes. Os dois gritaram, rolaram no chão abraçados e depois, separaram-se de forma inesperada e começaram a passear pelos galhos com os rabos em riste. O menino podia ficar diante dos macacos horas sem fim. Ele sabia que o "homem surgiu do macaco" e olhava atentamente para esses parentes de quatro patas, tentando penetrar no mistério da sua existência. O que eles pensavam? O que sentiam? Que seres estranhos...

— Petrov! Você está aqui! Estamos procurando-o pelo jardim inteiro. — Nikolai Palitch se aproximou com todas as crianças que pulavam, riam e seguiam seu guia em bando.

— Organizem-se em fila, pessoal, em pares. Assim. Vamos.

E o pelotão de crianças marchou em direção à escola...

A escola preparava naquele ano uma festa extraordinária. Deveriam acontecer os festejos em homenagem ao centenário de Puchkin. A auréola do poeta morto era tão forte, que até mesmo o governo czarista, do qual um dos representantes mais significativos foi Nicolau I, o mesmo Nicolau que atacou diversas vezes e enviou o poeta para o exílio, mandando os gendarmes esconderem seu cadáver numa esteira, até esse governo czarista, batia nos grandes tímbalos de bronze em homenagem ao poeta. A propaganda era forte por toda parte, inclusive nas escolas. Era divulgada uma versão vil e enganosa de Puchkin, inspirada pelo poeta Zhukovski, que era um cortesão bajulador dos czares, autor de baladas sentimentais e bardo do poder armado da monarquia. Essa versão alegava que Puchkin se reconciliara com o czar e a Igreja em seu leito de morte ensangüentado. Para as crianças foram editados livrinhos. O gênio rebelde, irreverente e pândego, inteligente e cheio de humor, crítico venenoso e zombeteiro das autoridades, amigo dos dezembristas, que escrevera esses memoráveis versos:

O povo russo vamos alegrar
Pendurando no mais alto pilar
As tripas do último padre
E o último czar vamos esmagar...

Bem, esse homem, nos livrinhos, era descrito como um menino bonzinho, virtuoso e fiel servidor dos poderes governamentais, ou seja, um Derzhavin do regime de Nicolau. Esse bálsamo foi oficialmente distribuído em doses cavalares por todo o país. Perseguido em vida, silenciado após a morte (não foi à toa que até o liberal Ivan Sergueevitch Turguenev foi preso por causa do simples necrológio que escreveu do grande poeta), ele tornara-se agora objeto de cuidados hipócritas, como *notre célèbre poète russe*. A monarquia queria agora passear, pelo menos de braços dados com a sombra do poeta que cresceu como um gigante — graças principalmente a Belinski — na consciência dos mais amplos e numerosos círculos populares. Eram fundidos bustos, monumentos, preparadas cantatas, discursos e louvores. É bem verdade que esta homenagem a um Puchkin inventado e falso não foi o mesmo tipo de festejo, como o foi a apoteose negra de Puchkin, realizada, com maestria, pelo genial e reacionário Dostoievski, que clamou em tons histéricos, submeta-se, para toda a Rússia: "Submeta-se, homem orgulhoso!" Turguenev também já morrera. Tudo se tornara mais fácil nos meios oficiais e semi-oficiais. Resolveram, então, ampliar as comemorações e até as escolas públicas receberam circulares sobre como comemorar os festejos em homenagem ao poeta.

Começaram os preparativos para os festejos na Academia Aleksandro-Mariinski. Coube a Khruslovski e Kolia Petrov também um trabalho: foram indicados para desenhar dois enormes retratos de Puchkin, que deveriam ficar expostos no auditório durante as solenidades.

Kolia iniciou esta tarefa com temor sagrado. Ele, mesmo antes disso, para si próprio, passara dias debruçado sobre um desenho, "O duelo de Puchkin", onde na neve apareciam figuras escuras, árvores cobertas de geada e Puchkin, ferido, estava deitado de lado, apontando a arma para seu oponente, d'Anthès. Mas aquele desenho era "para si próprio", "sem nenhuma intenção". Agora tinha que produzir um trabalho para os outros.

Este trabalho era orientado pelo professor de desenho, Zaikin, um homem bondoso, incrivelmente gentil, de olhos dóceis. Ele era casado com a filha do rico comerciante Krasavin, vivia com certa abundância, possuía um apartamento bem mobiliado no prédio de seu sogro. Então Zaikin resolveu que os alunos iriam fazer o trabalho em sua casa.

Kolia amava Puchkin ardorosamente, da mesma forma que Lermontov e Heine. Ele sabia de cor trechos enormes de *Eugênio Oneguin*, quase todos os contos inteiros e uma grande quantidade de poemas. Ele chorava escondido ao ler *Dubrovski*. Tinha arrepios quando lia *As canções dos eslavos do oeste*, estas brilhantes traduções das maravilhosas criações de Prosper Mérimée. Ele ficava triste diante das extraordinárias elegias de Puchkin. A complexa modéstia desse gênio, o verso preciso, a adequação das imagens, a grande simplicidade, na qual não havia nada de supérfluo, onde tudo estava em seu devido lugar, onde a expressividade atingia sua forma perfeita, tudo isso fazia Kolia se sentir tão próximo e íntimo de Puchkin que ele o sentia como uma parte viva de sua vida. Assim é a força da verdadeira cultura. E Kolia, com afinco, pensava em como sair-se bem, já que designaram um trabalho desses para ele. Ele estava preocupado e não encontrava paz. Suas mãos gelavam. Às vezes pensava que deveria recusar tudo aquilo, que não tinha capacidade, que com certeza passaria vergonha. E logo com quem? Com Puchkin! Mas depois ele novamente se apaixonava pela perspectiva de fazer "um belo desenho" e, na verdade, era vergonhoso recusar.

Finalmente, os dois meninos se viram no apartamento de Zaikin. Khruslovski era filho de uma mulher pobre que sobrevivia de trabalhos ocasionais: lavagem de roupa e faxina, morava numa casa onde a miséria e a pobreza transbordavam. Kolia já tinha visto alguma coisa na vida, mas agora levava também uma existência precária. E quando eles chegaram, antes de tudo foram servidos de um delicioso chocolate quente com creme, então tiveram a impressão de que haviam caído no paraíso — tão distante era a existência material deles dessas alegrias elementares da vida.

Zaikin preparara para eles boas pranchetas de desenho, nas quais, com percevejos, estavam pregadas folhas de papel de primeira qualidade. Havia, também, ótimos esfuminhos de camurça, borrachas, papel-carbono e outros acessórios, como retratos, dos quais eles deveriam fazer o desenho "ampliado". O quarto era espaçoso, o sol brilhava através da janela grande e o próprio Zaikin com seu trabalho (ele desenhava com aquarela, por encomenda, vinhetas de propaganda) se instalou ali mesmo, à mesa, para estar mais perto de seus alunos. O trabalho começou.

Os meninos freqüentavam a casa de Zaikin de dois em dois dias e estas visitas eram para eles uma verdadeira festa: lá se podia trabalhar bem, com calma, alegria e aconchego, e toda vez serviam-lhes chocolate com biscoitos — isso já valia por si. Na escola, ao mesmo tempo, caminhavam os outros preparativos para os festejos: decoravam poemas, ensaiavam quadros vivos, organizavam leituras. Kolia deveria ler o conto sobre o pescador e o peixinho dourado e o poema "Aos mentirosos da Rússia" (o último pertencia aos acertos de contas políticas e deveria expressar quão patriota o poeta fora, de acordo com o espírito patriótico da ocasião). O conto, Kolia o conhecia maravilhosamente bem e sabia de cor. Mas "Aos mentirosos" ele não entendia bem. De qualquer maneira isso parecia para ele muito mais interessante do que ler durante as aulas "Onde encontrar Seu Espírito e em Sua imagem buscar a Salvação?" que ele tinha lido na escola diversas vezes. Finalmente os retratos ficaram prontos. Claro que eram trabalhos de alunos, mas à primeira observação os professores elogiaram. Eles foram postos em ótimos *passe partouts*: a moldura de Kolia era oval e a de Khruslovski, quadrada.

No dia da solenidade, as crianças foram levadas para o festejo no qual foi inaugurado um monumento. Havia compactas multidões de pessoas e muitos policiais. Mas os escolares, espremidos entre a multidão, nada viram e nada ouviram. Eles viram somente as costas e cabeças das pessoas próximas deles, ouviram o ruído confuso dos discursos e aplausos, ouviram como tocava a música e como cantavam algo e, cansados de tanto ficar de pé, retornaram para a escola exaustos e alquebrados.

À noite, aconteceram os festejos na escola. O auditório, maravilhosamente iluminado, estava decorado com guirlandas de galhos de pinheiros; perto das paredes, em caixas de madeira pesada, estavam plantadas palmeiras e loureiros. Os retratos de Puchkin estavam cercados por flores, alugadas nas estufas. Todos estavam reunidos — os professores, alunos e pais. Compareceu até o curador da escola, um importante senhor de pincenê e sobrecasaca negra com condecorações. Kolia olhava de esguelha para o retrato: "Então, parece bom? É, parece bom. E de quem é o melhor, o meu ou de Khruslovski? As mãos saíram melhor no de Khruslovski, as minhas parecem de madeira. E os olhos, acho que os meus estão melhores. Mas em compensação o fundo dele é melhor", analisava Kolia...

E no auditório o coral já havia executado a cantata e discursavam, uns depois dos outros, os professores, e os alunos apresentavam-se com os poemas. Eis que chegou a vez de Kolia: na primeira aparição ele deveria ler o conto e depois "Aos mentirosos da Rússia", que era a última apresentação da parte literária do programa. Ele se aproximou da mesa e de repente ficou com medo. Em um segundo, lhe pareceu que ele esquecera tudo. Diante de seus olhos passaram os rostos dos ouvintes, o brilho das lâmpadas nos lustres, a sala inteira cheia de gente. E depois um abismo — um vazio completo. Mas isso aconteceu por um momento, um instante, da mesma forma que sumiu, tudo surgiu novamente. E quando Kolia declamou as primeiras estrofes, sentiu-se totalmente seguro novamente, entrou no papel e já se sentia ora como um velhinho, ora uma velhinha caprichosa, e já ouvia o barulho do mar azul, e via o sábio peixinho dourado passar por ele...

Kolia via como seu professor, Nikolai Palitch, sorria; como a tia Mania, sorrindo, dizia algo no ouvido do curador que ouvia e balançava a cabeça em sinal positivo; como brilhavam os rostos dos pais — das mulheres de lenços, dos homens de rostos comuns, de paletós e camisas; como os meninos olhavam para ele de boca aberta e com medo de pronunciar sequer uma palavra.

Kolia terminou. O auditório todo aplaudiu. Ele ficou paralisado — nunca sentiu algo parecido. A tia Mania fez sinal com o dedo para que ele se aproximasse. Mas ele, tomado pela timidez e pelo susto, correu até os amigos e se enfiou, com a respiração pesada, no canto da parede. Ele não entendia nada e acordou somente quando soou: o aluno da terceira série "B", Petrov, irá ler "Aos mentirosos da Rússia".

Desta vez, Kolia não tremeu. Começou logo em bom tom e com exaltação a ler o poema. No entanto, seu sucesso com o público foi bem menor: os "floreios" e "anátemas" não chegavam nas mães e nos pais, para quem este tema e esta fraseologia eram bastante estranhos. Porém, o curador da escola se aproximou dele quando terminou a leitura, passou a mão na sua cabeça com condescendência e disse:

— Maravilhoso, muito bem...

— Ele também pinta, senhor curador — gabou-se depois dos "Mentirosos" Nikolai Palitch.

— É mesmo?

— Veja, por favor. Este retrato é um trabalho dele.

— Nada mau. Nada mau mesmo. Você, menino, vai ser algo na vida. Esforce-se! Esforce-se!

Kolia não sabia o que responder e balbuciou algo incompreensível. O curador balançou o ombro do menino. O diretor da escola, Aleksandr Nikitich, com uma crina de cabelos grisalhos, rosto barbeado e um enorme nariz com uma verruga na ponta, sorrindo, bateu nele com sua bengala, demonstrando um ar de protetor — este era um sinal supremo de sua atenção especial. O paizinho, padre Voskresenski, aproximou-se, arrastando pesadamente o corpo gordo dentro da batina de seda e, segurando com uma mão um enorme crucifixo numa corrente grossa de prata, rangeu:

— Ótimo, meu querido, sua declamação foi maravilhosa, principalmente "Aos mentirosos". Realmente excelente.

E ele segurou Kolia durante alguns minutos pelo queixo.

Depois da parte literária era a vez dos números musicais, vocais e dos quadros vivos. A decoração dos últimos foi feita pelo outro professor de desenho, Aliabiev. Apesar dele exigir álcool, durante o trabalho, dizendo que era necessário para desenhar, e com isso ficar bêbado, a decoração era muito boa e Kolia ficou verdadeiramente admirado — seria bom desenhar assim! Mas agora, quando eles já estavam fora de ação, Kolia de tanto cansaço, por causa do medo que experimentara, não conseguia sentir mais nada. Sua cabeça começou a doer, ele estava pálido e com os olhos semicerrados.

— Kolietchka, o que há com você? — perguntou Maria Ivanovna, ao ver o rosto pálido do sobrinho.

— Estou com dor de cabeça...

Maria Ivanovna ficou preocupada.

— Mania, venha cá! — chamou ela a filha. — Leve Kolia lá para casa e dê-lhe phenacetin. Está na minha mesa, na gaveta direita. Sabe? Deixe ele deitar um pouco para descansar e depois mande-o para casa...

Assim terminaram para Kolia os festejos em homenagem a Puchkin.

Alguns dias depois, Kolia ainda vivia das recordações de seu momento de glória. O retrato de Puchkin, ele levou para casa. Posteriormente, as recordações se apagaram e sumiram. O retrato de Puchkin passou da sala de jantar para a cômoda. Novas, habituais e pequenas preocupações submergiram do futuro para o presente...

Em casa nada havia mudado e Ivan Antonitch continuava as suas buscas sem obter sucesso. Liubov Ivanovna estava se preparando para dar à luz novamente e com pavor pensava no futuro. Na escola estavam ensinando fração decimal, no recreio brincavam de pega-pega e polícia-ladrão. Era o período da Quaresma. Tinham que "jejuar".

Na família dos Petrov não jejuavam. Mas agora, como a avó segurava em suas mãos as rédeas do poder na casa, ela seguia os costumes e rituais e administrava-os com coerência e firmeza. Na verdade, na "grande família" do apartamento de Evgueni Antonitch, já acontecia, e havia muito tempo, a "quaresma" — a alimentação não era lá essas coisas. Mas às vezes tinham um osso para roer, a chance de passar um pouco de manteiga num pedacinho de pão ou tomar um golezinho de leite. Agora, no entanto, havia somente batata com azeite quaresmal, "açúcar quaresmal" no lugar do verdadeiro e nenhum pedacinho de carne. A avó rezava ostensivamente antes do almoço, cochichando e suspirando alto e atirando para os lados olhares ameaçadores. Com ela rezava Fedia, copiando suas mímicas e gestos. Os outros tentavam não cair em seu campo visual e esperavam que ela terminasse as suas conversas com o Senhor Deus.

— Vania, você vai se confessar? — perguntou ela a Ivan Antonitch, olhando interrogativamente para ele com seus olhos grandes e ameaçadores.

— Que é isso, mãezinha?

— Que é isso, o quê? Você é um pecador! Quantos anos faz que não jejua?

— Acho que desde o ginásio — respondeu Ivan Antonitch, quase sorrindo.

— Ah, meu Santo Deus! Não irrite Deus! Vá se confessar enquanto é tempo — falou a avó, quase gritando, com uma voz zangada.

— Deixe disso, mãezinha. Sabe muito bem que não vou me confessar coisa nenhuma!

— Esses anticristos! Por isso o Senhor está castigando você. Vai morrer de fome! Tenha, ao menos, pena das crianças... Liubov Ivanovna, a senhora, pelo menos, poderia dizer para ele me obedecer somente uma vez...

— Não posso forçá-lo, Agnia Ivanovna — respondeu a nora para a sogra, calmamente.

— Vão pagar caro. Deus irá castigá-los com sua ira justa. Depois não reclamem. Serão os culpados. Vocês nunca se salvarão... E você, Zhenia? — voltou-se para o filho mais novo.

— Eu, mãezinha? Mas para quê? — pronunciou ele, olhando para ela com seus olhos carinhosos.

— Como para quê? Você é ou não é ortodoxo? — começou a inflamar-se Agnia Ivanovna.

— Deixe disso, mãezinha. Quero ao menos comer tranqüilamente. Para que tudo isso? A senhora crê, então creia, ninguém a incomoda. Então a senhora também não incomode — irritado, ele falou entre dentes.

— Meu Deus justo! O que fiz para me castigar com filhos assim! Pecadores, Deus os perdoe! — A avó não conseguiu se acalmar durante um longo tempo, continuando a resmungar, gritar, suspirar. Mas como tinham que comer, a técnica e a lógica do ato de comer, ao final das contas, abafaram as suas reclamações e tudo ocorreu sem grande escândalo, o que, às vezes, acontecia no velho prédio de Babii Gorodok.

No entanto, Kolia não conseguiu se livrar da confissão, ao se preparar para a primeira-comunhão, pois tinha que apresentar na escola um certificado da igreja, de que em determinado dia o servo de Deus "confessou-se e comungou de acordo com o Sagrado Sacramento". A mãe forneceu-lhe para isso vinte copeques e Kolia resolveu entregar ao padre apenas cinco.

A igreja era solene e silenciosa. As pessoas ficavam em fila até o local cercado onde o padre ouvia as confissões dos paroquianos, e os submetia à penitência. Eles andavam como sombras, calados, com rostos sérios e pálidos, preparando-se para a penitência. Alguns ficavam de joelhos e faziam reverências no chão, quase batendo com as testas nas pedras frias e cinzas do piso da igreja. Outros faziam o sinal-da-cruz, suspiravam profundamente, pareciam estar prestes a entrar no cadafalso. A igreja cheirava a óleo de rosas, incenso e cera. Na penumbra, diante dos ícones, estavam acesas as pequenas e coloridas lamparinas e velas fininhas. Seus reflexos brincavam com os reflexos trêmulos dos adornos prateados e dourados dos ícones, com seus halos, com os castiçais metálicos, brilhavam e agitavam-se nas pedras coloridas e no vidro facetado das lamparinas. As faces negras dos santos, descascados por milhões e milhões de beijos reverentes dos suplicantes, olhavam severas com seus olhos bizantinos. Naquele silêncio, penumbra e frio, havia algo mortificador, como um túmulo.

Atrás dos confessionários onde se escondiam os pecadores, ouvia-se um cochicho misterioso. Os que saíam de lá faziam o sinal-da-cruz rapidamente e deixavam a igreja. Chegou a vez de Kolia. Não era sem medo que ele foi para atrás do biombo. "O que vou responder para ele sobre Deus, fé e Igreja? Mentir descaradamente? E se não mentir me expulsarão da escola. Nem a tia Mania irá me salvar!" E sem resolver este problema (seja o que for), ele entrou.

Mas o padre não fez perguntas sobre essas questões filosóficas. Cobriu-o com a manta e, exalando cheiro de cigarro da boca, pronunciou num cochicho cansado e indiferente:

— Como se chama?

— Nikolai, paizinho.

— Fala palavrão?

— Sim, paizinho, sou culpado.

— Desobedece aos pais?

— Sim, sou culpado.

— Estuda bem?

— Bem.

— Não rouba açúcar da mãe?

— Não.

— Absolvo o filho de Deus Nikolai... — começou a balbuciar o padre e empurrou com tanta força a cruz para ser beijada que quase arrebentou o nariz de Kolia. Este, por sua vez, colocou cinco copeques no pires e saiu correndo, como de dentro de uma sepultura. Na rua, estava quente e havia no ar um cheiro de primavera, o céu azulava com cachos felpudos e macios de nuvens primaveris.

No pátio, Kolia contou que não teve nada de temeroso na confissão, que o padre perguntou bobagens, que quase lhe arrebentou o nariz com a cruz e que deu, em lugar de vinte, somente cinco copeques. O relato era acompanhado de várias blasfêmias, diante das quais a avó, se as ouvisse, morreria com certeza. Mas os empregados estavam crescidos, usavam bigodes e apesar de a religião ainda estar em suas cabeças na forma de certos medos diante de Deus e do Diabo conseguiram absorver bem o relato. Kolia ficou tão entusiasmado — ao mesmo tempo se gabando um pouco — que os meninos, os empregados da fábrica de caixas e a criançada dos pátios vizinhos começaram a cercá-lo:

— Kolia, não se gabe muito, viu! Houve um que, de tanto se gabar, ficou com a mão paralisada na hora da confissão.

— Conte isso para a sua avó...

— Não, não, Kolka. Com os padres é outra coisa. Agora, na confissão, Deus está presente.

— E nós todos então comemos o corpo de Deus, a carne de Cristo e bebemos sangue? A carne verdadeira de Deus é humana? Então somos pior que os canibais. Urubus, "teófagos"... Se eu acreditasse nestas histórias, vomitaria.

— Kolka! Cale-se! Cale-se!

— É verdade — Kolia não se continha —, há pão eucarístico e o vinho da igreja, o *kagor*,* sobre o qual se fala na canção:

> As beatas da catedral
> Depois de tanto *kagor*,
> Estavam perto do muro
> Inclinadas...

* Qualidade de vinho tinto. (*N. da T.*)

E a meninada, esquecendo da discussão, de repente inspirada, cantou em coro unido:

Estavam perto do muro
Inclinadas!...

— E sabem do que mais? — continuou Kolia. — Vamos apostar. Vou trazer da comunhão, para vocês, o corpo de Cristo. Vamos examiná-lo aqui de todos os lados.

— Que é isso, Kolia, deixe para lá!

— Não, não vou deixar nada. Por quê! Ficaram com medo?

— Como é que vai trazer?

— Muito simples. Debaixo da língua. Quando o padre enfiar na minha boca, colocarei debaixo da língua e segurarei. Depois, tiro para vocês, direto para aquele banco, se quiserem.

E Kolia apontou para o banco sujo do pátio.

— Está bem? Alguém discorda?

Todos estavam calados, trocando os pés.

— Mesmo assim, Kolia, tome cuidado. Pode ser que seja verdade que a mão do rapaz tenha ficado paralisada!...

— Não se preocupem, mão alguma ficará paralisada. Trarei o corpo para vocês.

No dia da comunhão, Kolia foi até a igreja para a missa. Era uma missa solene. A igreja brilhava com ouro e prata. Através das janelas altas, bem debaixo da cúpula, penetravam os raios claros do sol que ficavam parados feito postes azul-claros repletos de incenso dos turíbulos. O coral cantava com vozes agudas e alegres. Os sinos soavam triunfantes. Multidões de religiosos aguardavam o mistério supremo do cristianismo, quando o pão e o vinho se transformam em corpo e sangue de Cristo. Eles já haviam aliviado suas almas do peso do pecado, livraram-se do mal e esperavam com alegria o contato com Jesus, o Salvador da humanidade que ressuscitara. As moças de vestidos brancos e rosa, com flores nos cabelos, estavam comovidas e exaltadas; as participantes da primeira comunhão, com laços, tinham os rostos sorridentes; as velhinhas comovidas, de testas enrugadas e corações enrugados, esperavam o paraíso; os homens, elegantes, em camisas claras de seda, sobrecasacas e fardas — dependendo da patente e condecorações —, preparavam-se todos para o mistério supremo. O mistério da liturgia alcançava seu ponto máximo.

— Elevemos nossos corações! — conclamava aos fiéis o sacerdote, vestido numa batina clara e dourada...

— Elevemos nossos corações a Deus — respondia o coral de muitas vozes; os sons agudos dos sopranos soavam, subiam para o alto até a cúpula da catedral; os baixos paravam em algum lugar mais abaixo, sustentando sonoramente um tom bem baixo.

— Vinde todos e comei, este é meu Corpo... — pronunciou solenemente o padre, dirigindo-se aos presentes, em nome de Cristo, do Cordeiro de Deus, sofredor, crucificado e ressuscitado...

"...E se minha mão paralisar de verdade?... Mas que tolice!... E se de repente?...", pensava Kolia, entregando-se um pouquinho à embriaguez coletiva e solene...

— Tomai e bebei, este é meu Sangue que será derramado por vós para a remissão dos pecados...

"...Tolice! Só não posso engolir nem me distrair... E se tirar com o dedo, será que vão perceber?"

— Comunga o servo de Deus, Fiodor...

"...Diabo! Tenho que pegar com a boca o corpo e o sangue da colher... depois limpam sua boca com o pano, depois dão a 'bebida quente' para beber... beijam ainda a cruz... tem que tomar cuidado para não engasgar..."

— Comunga a serva de Deus, Maria...

"O mais importante é manter a língua firme e não movimentá-la mais até terminar tudo que tiver de ser feito..."

— Comunga o servo de Deus, Dmitri... Comunga a serva de Deus, Varvara...

"Logo será a minha vez", pensa Kolia, "faltam duas pessoas..."

— Como se chama? — ele ouve o cochicho do padre.

— Nikolai...

— Comunga o servo de Deus, Nikolai...

Kolia segura bem com a língua o "Corpo de Cristo"... Não vai fugir, meu querido!... O vinho quase o carregou, mas ele conseguiu segurar!

Então, Kolia correu da igreja para casa, segurando com força debaixo da língua um pedaço da hóstia. "Eles vão ver só! Braço paralisado! É cada uma! São uns bobos!", pensou rapidamente Kolia.

Ele aproximou-se como um turbilhão das janelas da fábrica, mugindo e apontando com o dedo para boca: pronto, estava debaixo da língua o troféu...

Os empregados saíam correndo no pátio, chamavam o pessoal dos pátios vizinhos. Kolia, com os olhos brilhantes de alegria, aguardou até que todos se reunissem — não iria mostrar a cada um em separado!

Finalmente, todos se juntaram. Kolia cuspiu na palma da mão um pedacinho da hóstia e depositou-a no banco. Todos se afastaram como se fosse uma bomba prestes a explodir...

— Deixem de besteira... Estão vendo só? Eu disse que traria e trouxe. Não tenham medo! Estão vendo, minhas mãos estão ótimas! É apenas um pedacinho de hóstia, está meio vermelho por causa do vinho. Podem cheirar... cheira a vinho, não a sangue. Viram só?

— Como conseguiu?...

— Como falei: debaixo da língua. Sabem do que mais? Vamos lá no pátio da igreja fazer o peru comungar!

— Que invenção é esta?

— Juro por Deus, será engraçado!

Os meninos então correram para apreciar um espetáculo jamais visto.

Assim, no verão de 1900 d.C., na capital do primeiro reinado do Império Russo, no lugar do servo de Deus, Nikolai, comungou do corpo de Cristo um desconhecido peru no pátio da Igreja de São João, o Guerreiro, localizada em Babii Gorodok...

12

A Rússia, na virada para o século XX, era um imenso caldeirão histórico em fermentação, onde fermentavam todos os grandes sucos da vida social, que com muita rapidez mudava o velho estilo de vida, a relação de forças da sociedade, os hábitos, as normas, as idéias, assim como a visão de mundo. Não fora há muito tempo atrás, que o ideólogo da barbárie russa, o soberano déspota absoluto da Rússia e da Ásia, Konstantin Leontiev, manifestara sua esperança de poder "congelar a Rússia", protegendo-a assim do caminho pelo qual ia todo o podre leste europeu, que, sem volta, rumava para uma grande catástrofe social. Este fidalgo aristocrata, que amava os grandes banquetes em casa, os charutos mais finos, cavalos velozes e maravilhosas mulheres orientais, que servira por um longo tempo como diplomata em Constantinopla e morrera de sífilis, como um monge, no famoso Mosteiro de Optina, no meio de ascéticos tradicionalistas, via na esperta e covarde Bizâncio e na religião ortodoxa o pilar e a afirmação da verdade. Não muito tempo atrás, os senhores de terra eslavófilos, que se vestiam como os verdadeiros russos, com *poddiovkas*, cortavam seus cabelos sempre arredondados e travavam amargas batalhas com os ocidentalistas, partidários da civilização européia, e amedrontavam a chamada sociedade "com a úlcera do proletariado" e de todas as maneiras provavam as vantagens da tutela fidalga, senhorial e patriarcal sobre "o nosso bom povo russo". Não muito tempo atrás, os *narodniki* de variados tipos defendiam com ardor que o desenvolvimento do capitalismo na Rússia era impossível e que, através das cooperativas e das comunas rurais, o país passaria à "produção pelo povo". Não muito tempo atrás, Fiodor Mikhailovitch Dostoievski, o epiléptico genial, que estava por ser fuzilado, por ter participado de um círculo socialista mas que depois passou para o lado da "ortodoxia, da autocracia, e do nacionalismo", pregava a idéia de um povo escolhido de Deus, que sob o comando supremo do czar ortodoxo, ao tomar a sagrada Constantinopla, berço da verdadeira religião, realizaria o sonho do Reino de Deus na Terra.

Foi então que o apito e a fumaça das torres das fábricas colocaram um fim a este sonho utópico. A "úlcera do proletariado" crescia com uma força brutal, junto com o poder do dinheiro, junto com o emergente burguês russo. A velha aristocracia de ascendência ilustre e titulada ainda lembrava os tempos da imperatriz Catarina. Bailes brilhantes, banquetes homéricos, o luxo da vida no campo, pratos de ouro e prata, as carruagens enfeitadas. Eles tinham em suas mãos toda a enormidade da máquina administrativa. Eram eles que supriam o corpo de oficiais, desde a guarda real até a guarda dos presídios de uniformes azuis. Eles formavam os agentes do corpo diplomático adestrado, sutil e hábil do czar. Eram eles que se sentavam nos gabinetes dos ministros, preenchiam as fileiras da mais alta burocracia oficial, que ocupavam cargos no Senado governista e no Sínodo sagrado. Como metropolitas e bispos, lideravam o clero russo, os monastérios, com as suas inúmeras igrejas e conventos riquíssimos. Eles eram proprietários da grande maioria da terra daquele imenso país, que havia estendido suas mãos sangrentas não apenas "desde os rochedos gelados finlandeses até a Kolguida ardente", mas também nos espaços colossais da Ásia.

Mas esses aristocratas bordados a ouro, com fitas e estrelas, com dragonas ou sem dragonas, com espadas ou sem espadas, já haviam começado a se afligir. Eles, como antes, bebiam, comiam, divertiam-se e roubavam. Eles, como antes, faziam farras, esbanjavam seus lucros das fazendas com ostras e champanhe, com caras cortesãs francesas e italianas, cavalos ingleses, jogos de roleta e baralho, viagens animadas e dispendiosas para o estrangeiro. Eles, como sempre, assombravam os estrangeiros com o luxo desenfreado e o desmedido esbanjamento. Como antes, o "*prince russe*" nessa categoria não tinha concorrentes, e sua fama entre atrizes estrangeiras e proprietários de cassinos e bordéis era imorredoura.

Por outro lado, o resultado dessa ciranda, já intitulada como "a grande natureza russa", refletia-se em toda a sociedade. De todas as partes, ouviam-se gritos sobre o empobrecimento da nobreza. A aristocracia heráldica arruinara-se. Viam-se obrigados a penhorar e repenhorar as propriedades ou até mesmo vendê-las em leilão. Viam-se obrigados a derrubar velhos jardins de cerejeiras, pagando pelos pecados de gerações inteiras de nobres — o machado da história era impiedoso e ignorava as tradições orgulhosas. As propriedades passavam para outras mãos, assim como as casas de Petersburgo e Moscou, onde os "leões das portas e os bandos de gralhas nas cruzes" cada vez mais se tornavam propriedades dos comerciantes russos e donos de fábricas. Essa gente nova agia metodicamente e com muito pouco barulho. Eles já haviam se transformado em uma grande força social, com a qual era preciso contar: eles tinham uma bolsa pesada, e, ante o crescente poderio do capital, a nobreza já se curvava diante deles, não só por uma cortesia mundana. E atrás dos donos do capital, como uma sombra taciturna, estavam as massas negras de operários, onde já nasciam idéias, que induziam a pensar até os mais desenfreados e mais despreocupados representantes do poder autocrático dos senhores de terra: a conspiração podia tomar formas, bem mais perigosas para a formação supostamente eterna do que as formas até então existentes de motins e revoltas, pois aqui a força potencial da revolução se concentrava no próprio coração da vida do Estado — não eram apenas uns certos cossacos.

A burguesia já lançava seus representantes, grandes capitães da indústria, que buscavam recuperar os prazos históricos perdidos e queriam chegar ao poder usando também os operários, para que estes retirassem para eles as batatas do fogo. Parte da burguesia saíra das classes mais baixas, e Savva Morozov era um dos mais brilhantes representantes desse tipo. Obstinado, voluntarioso, inteligente, homem de grande entusiasmo e grandes perspectivas, ele odiava o poder imperial e o considerava condenado, apesar de toda a sua prosperidade exterior. Em sua fábrica os operários cantavam uma canção, na qual passavam indiretas para ele:

> O nosso Savuchka-skotinuchka
> Um animalzinho corpulento
> Almoça três vezes ao dia,
> Não sabe o que é a desgraça.
> Rodeou-se de governantas
> Italianas de pele morena
> Com os trocados do nosso trabalho
> Fez para elas vestidos de seda.
> Elas andam feito pavão —
> Que prazer é para Savuchka.

Porém, isto não impedia o enérgico Morozov de dar dinheiro para a revolução e de também manter relações com representantes das mais extremadas correntes políticas: elas eram aos seus olhos simplesmente a melhor vassoura histórica, verdadeiramente de ferro, que, semelhante aos *montagnards* franceses, iam dar cabo, à sua maneira plebéia e intrépida, da nobreza palaciana; degolar as cabeças arrogantes e tolas dos aristocratas, e depois de cumprida sua missão, pela vontade das leis históricas indiscutíveis, cederiam o lugar para eles, os burgueses instruídos, que transformariam a Rússia em uma grande civilização, um culto país burguês. Alto, corpulento, o grande e gordo Mamontov, negociante, organizador, corretor, grande empresário, participante de numerosas sociedades acionárias, que passaram a crescer como cogumelo em esterco, era reconhecido como um protetor das Musas e Graças: o teatro, a literatura, a pintura — tudo fazia parte dos seus interesses, e os astros mais notáveis desse mundo eram seus amigos. Franzino, o grisalho e metódico Serguei Ivanitch Shukin organizou em seu sobrado cinzento de dois andares, com janelas claras, espelhadas na viela Znamenski, um notável museu da novíssima pintura estrangeira — com uma coleção de Gauguins dourados, Claude Monets azuis suaves como não havia outra em parte alguma da Europa. Quase todos os impressionistas franceses da moda, e além deles Cézanne, Van Gogh e Degas destacavam-se ali em suas criações mais luxuriantes: Shukin queria, com a arte estrangeira, imitar a glória de Pavel Tretiakov. Constantin Sergueevitch Alekseev, um rebento dos donos da fábrica de fios de ouro Alekseev e Shamchin, tornou-se, sob o nome de Stanislavski, o organizador e a alma do teatro Khudozhestveni, que repercutiu em todo o mundo. Sitin, que como Morozov, veio da classe mais pobre, transformou-se no maior editor de livros da Rússia e proprietário das melhores tipografias no país, que se tornaram grandiosas fábricas impressoras, com maquinaria inglesa e milhares de operários. Os burgueses russos de vanguarda compreendiam perfeitamente toda a necessidade de tomar para si as posições ideológicas mais importantes.

Porém, quanto mais esses burgueses de vanguarda abandonavam os horizontes russos provincianos e quanto mais eles tinham contato com a cultura mundial, que já começava a exalar o cheiro de lírio podre, tanto mais claro ficava que eles apodreceram mesmo antes de amadurecerem. Eles procuravam arrancar o mais rapidamente as flores mais preciosas da cultura européia, enquanto esta, embebida de todos os venenos das contradições sociais, já exalava os aromas da adocicada decomposição do necrotério.

Contudo, também na própria Rússia, os conflitos sociais eram cada vez mais freqüentes e o pressentimento de uma tempestade, devastadora para os burgueses, estremecia as profundezas de sua consciência social: o dilúvio se aproximava, ele era inevitável. A Rússia, arrastada para a órbita da cultura mundial, já dançava na direção do tom traiçoeiro de seu destino histórico e com a rapidez não da tróica de Gogol, mas de uma faísca elétrica, voava para os grandes cataclismos históricos.

A sofrida geração mais jovem dessa elite burguesa e sua intelectualidade evaporaram-se num reinado etéreo de símbolos. A realidade para eles era assaz rude, sórdida e vulgar. Eles ansiavam por um outro mundo, não terreno, imaterial, um mundo de devaneios dos mais sutis, um mundo de uma música misteriosa, um mundo de alusões. Tudo o que era natural lhes parecia a mais inferior das formas de existência. Eles já cantavam terríveis vícios, indo mais à frente nas posições de Baudelaire em *As flores do mal*. Eles romperam radicalmente com as tradições da arte russa: falar de um certo Nekrasov ou Repin se tornou para eles uma marca de barbárie, de um insuportável mau gosto. "*De la musique avant toute chose*" — a música antes de tudo! — eles tomaram para si este lema poético do delicadíssimo Paul Verlaine. Arthur Rimbaud, poeta talentoso, jovem bonito, aventureiro e amigo homossexual de Verlaine, astro do simbolismo francês, tornou-se seu ídolo. O talento fabuloso de Edgar Poe servia de modelo para eles. Eles fugiam da vida para uma nuvem de ilusões.

Na literatura, Valeri Briusov, filho de um comerciante de rolhas, segurava o bastão do simbolismo com mãos firmes. Alto, magro, de face angulosa e saliente, cabelos negros, sobrancelhas grossas e olhar ardente, poderoso, frio e apaixonado ao mesmo tempo, excepcionalmente trabalhador e talentoso, Briusov determinava a direção e dirigia o movimento. Junto dele, criava-se toda uma plêiade de novos poetas. Andrei Beli, filho do excêntrico professor catedrático de matemática Bugaev, que transformara o mundo real em abstração das mais abstratas disciplinas matemáticas, era um dos mais típicos representantes da escola. Magro como um palito, com um rosto suave como de uma menina, olhos de um azul-claro de porcelana, cabeça pequena com cabelos dourados, finos e esvoaçantes, parecia um sonâmbulo, um imaterial corpo astral, que caíra casualmente em um mundo estranho, de pessoas vivas e coisas materiais. Ele movia-se como um lunático, como um eterno enfeitiçado — parecia mesmo que não via nada e que poderia cair a qualquer momento sobre alguma coisa. Junto dele estava sempre seu amigo e companheiro, também filho de um catedrático, Aleksandr Blok, alto, elegante, bonito, com cabelos cacheados e cabeça de Apolo, não fora o nariz tão grande. Sua figura aristocrática e maneiras graciosas saltavam à vista. Ele era muito ligado aos filósofos admiradores de Vladimir Soloviov, este estranho sonhador religioso com olhos de anjo e lábios de um diabo pervertido. Lopatin e os príncipes Trubetzki — Serguei e Evgueni — eram os representantes dessa filosofia idealista-religiosa, da qual exalava cheiro de bálsamo, culto erótico da Madona e misticismo platônico. Na música, esta psicologia era expressa pela notável arte de Scriabin; na pintura, antes de tudo, pelo gênio doentio do insano Mikhail Vrubel.

Esta ideologia da nova aristocracia burguesa era, no entanto, uma ideologia de elite. Para os mais amplos círculos sociais ela era demasiado volátil, refinada e sem vida. O burguês de instrução mediana e o intelectual viviam de Tchekhov, Repin, Mikhailovski. Mas já havia entrado em cena Máximo Gorki, calçando os sapatos esfarrapados do lumpemproletariado, para mais tarde trocá-los pelas altas botas do proletariado e marchar pelo caminho de sua futura glória. E em sua propriedade, Iasnaia Poliana, ficava Leão Tolstoi, como um elefante recluso, um colosso universal, cujo grandioso gênio artístico era minado pela moral religiosa e pelos conflitos trágicos com a limitada mãe de seus numerosos filhos.

Na política, literatura, ciência e filosofia demarcavam-se os caminhos, as idéias, as pessoas. A indústria gerou, junto com o proletariado, o marxismo russo. Surgiram novas pessoas, que, usando tudo o que era necessário da herança de Belinski, Tchernishevski e Dobroliubov, olhavam friamente para as utopias sentimentais dos *narodniki* e em combates brilhantes — por ora literários — alcançavam sucessivas vitórias. A intelectualidade *raznotchinaia** radical fragmentava-se. As velhas autoridades caíam. Ao mesmo tempo que a aristocracia espiritual dos burgueses inspirava os aromas das exóticas orquídeas e crisântemos das estufas da decadência da Europa ocidental, os novos ideólogos do proletariado dominavam a arma reluzente do marxismo, o maior produto do lado revolucionário do

* *Raznotchinaia*, *raznotchinets* ou *raznotchintsi*: designações dadas ao intelectual que não pertencia à nobreza russa nos séculos XVIII-XIX. (*N. da T.*)

desenvolvimento europeu ocidental. Tudo estava em movimento, em luta, tudo era vital, real. Os fetiches e ídolos do feudalismo, os novos ídolos da burguesia eram esmagados em poeira e cinzas. Os respeitáveis *narodniks*, barbudos conservadores — Lavrov, Mikhailovski, Vorontsov —, eram hostilizados. Os velhos olhavam com espanto os jovens barulhentos, implicantes, enérgicos, que não aspiravam a nenhuma originalidade ou peculiaridade; consideravam-se abertamente discípulos do alemão Marx e por toda parte introduziam uma certa desavença e discórdia. Onde todos falavam sobre o povo, eles falavam sobre as classes; onde outros pregavam a tolerância, eles com ríspida inclemência e obstinação desvendavam as contradições; eles viam tudo com olhos alegres, irônicos e zombavam de pessoas respeitáveis: mérito por mérito, com o passado não se vai longe — de fato para eles nada era sagrado. Ocupavam-se de Smith, Ricardo, Kant, Hegel, Feuerbach e os materialistas franceses. Seu Marx eles conheciam de cor. Vasculhavam os números da estatística da terra, os relatórios dos inspetores das fábricas, e as pilhas de dados difíceis de engolir. Sua energia e obstinação eram impressionantes. É verdade que entre eles havia os mais complacentes: Petr Struve, de barbicha ruiva; Tugan-Baranovski, o gordinho amigável com olhos míopes; Berdiaev, de cabelos negros, parecido com um monge espanhol, que amava viver e tinha um tique que o fazia sempre mostrar a língua; o silencioso Serguei Bulgakov... Estes eram os marxistas "legais", que ficavam do lado de fora do incêndio, da fumaça e das chamas da luta.

Mas entre os marxistas havia também pessoas de outro quilate. Especialmente Ulianov. Os amigos chamavam-no de o Velho pela sabedoria, embora ele fosse ainda jovem. Ele tinha um crânio calvo, cuja enorme abóbada revelava uma inteligência espetacular. Seus olhos eram penetrantes, pareciam trespassar seu interlocutor. O caráter era de ferro, a energia, colossal. Pessoa de incomparável erudição, ele acompanhava todos os fatos, mesmo os mais insignificantes. Em suas mãos, um mero detalhe estatístico transformava-se em terreno fértil para sua ira e ódio contra todo o sistema social, uma sentença de condenação e uma espada. Sua mente era como uma guilhotina revolucionária afiada. Seu braço era autoritário, curto, forte. Ele próprio era de estatura baixa, franzino, com uma barbicha ruiva, um russo nativo da província de Simbirski. Sabia idiomas com perfeição, acompanhava a literatura internacional. Mas não era a uma cadeira na universidade que ele aspirava. Ele dirigia círculos de operários. Ele era um ativista clandestino. Ele escrevia proclamações inflamadas, panfletos ilegais. Ele formou batalhões de gente confiável, das quais emergeria depois um exército invencível. Seu irmão foi enforcado, ele seguiu seu próprio caminho. Seus artigos sábios, assinados com o pseudônimo "V. Ilin", eram uma falange coesa de argumentos que reduzia o inimigo a pó. Mas ele era também um estrategista, tático, organizador e militante brilhante. Ele buscava fazer de cada faísca uma chama. *Ecce homo!*

Os populistas não tinham ainda se deparado com tal inimigo. Exceto, talvez, Plekhanov, cujo livro sobre o monismo na história infligiu graves feridas a toda a sociologia subjetivista em voga. Porém, nem Plekhanov tinha semelhante garra de ferro, mortal. Os liberais analisavam: é uma fera perigosa, um verdadeiro tigre revolucionário. Com ele será preciso acertar contas! E Ilich apenas sorria com seu sorriso esperto... Ele gostava de atiçar o inimigo, sua natureza era a luta. Mas ele não suportava brincar de lutar. Ele levava tudo profundamente a sério: a luta era o trabalho de sua vida, o trabalho de uma classe que conduziria as massas, que derrubaria a autocracia e que iria ainda mais adiante, até a revolução comunista vitoriosa... Isto era um sonho? Sim, era um sonho, mas do tipo que contava com o conhecimento, a força, um sonho que precisava se tornar realidade e que se tornaria realidade.

Sob os golpes dos marxistas, desarticulava-se o velho movimento populista. Alguns se transformavam em liberais comuns de matiz "trabalhista", respeitáveis *kulturträger* (promotores de cultura), criavam barriga, acomodavam-se apoiando-se na administração local. Eles desprezavam o marxismo, continuavam a usar as palavras "proletariado" e "capitalismo" entre irônicas aspas e teimavam em negar a luta de classes. Outros assimilavam alguns conceitos da doutrina de Marx, já não temiam falar sobre o proletariado, porém cozinhavam um caldo ideológico dos mais contraditórios produtos, que de longe cheirava a um nauseante ecletismo. Ao contrário, os ortodoxos marxistas, com muita consistência, defendiam a coerente e grandiosa integridade de seu ponto de vista, e na mesma hora em que detectavam algum desvio faziam soar o alarme e manifestavam sua furiosa intolerância, que era considerada pelas pessoas mais frágeis como uma atitude doutrinária e dogmática. Eles avançavam cerradamente como uma falange coesa e atacavam a todos os dissidentes, pois por detrás deste "dissidente" se escondiam classes, grupos e tendências ativas. Nas discussões sobre as questões mais abstratas e teóricas, sobre mercados, crises, a diferenciação dos camponeses, anteviam-se futuras discussões com armas em punho. As grandes questões da vida se resolviam preliminarmente como problemas de teoria. E esta vida viva palpitava em cada fórmula e em cada estatística.

O marxismo conquistava posições uma depois da outra. Na clandestinidade revolucionária ele recrutava fortes aliados no meio operário. Na imprensa legal ele conquistava claramente vitórias e mais vitórias. O governo fechava alguns jornais, imediatamente surgiam outros. O governo prendia militantes, nas prisões se estudava. O governo deportava, no exílio liam livros alemães, estudavam línguas estrangeiras, escreviam trabalhos científicos. O governo soltava pessoas, elas voltavam para seus postos e incansavelmente, sistematicamente, com uma convicção férrea continuavam a lutar por sua causa. O departamento de polícia e a Okhrana, a polícia secreta, descobriram mais de uma vez que, nas greves operárias desencadeadas, "as raízes e os fios" levavam aos desordeiros social-democratas. Estas "raízes e fios" tornavam-se cada vez mais numerosos. A classe operária revelava sua natureza e, aqui e ali, mexia e testava os músculos do seu ombro.

Na aldeia, entre os representantes liberais das *zemstvo*, daqueles latifundiários que se reestruturavam para o capitalismo, e dos representantes do terceiro setor — médicos, professores e contadores —, crescia a oposição frondista. A tradicional Rússia rural deserdada se dissolvia e se desmantelava. Os culaques, os negociantes de gado, os agiotas, os donos de vendas e os intermediários faziam a sua parte na grandiosa falência das aldeias rurais, ajudando os fazendeiros e o estado latifundiário. Nesta vida dura nasciam os amantes da verdade e cresciam novas seitas — o Stunde, Dukhobors, Malacans e Tolstoianos —, que fugiam do serviço militar, e resistiam a pagar os impostos e tributos. Mas já apareciam, de vez em quando, pessoas que se viravam sem textos religiosos e pensavam apenas em expulsar o fazendeiro de suas terras. Os grevistas das cidades e dos estabelecimentos industriais, mandados de volta para suas casas, plantavam sementes de rebelião, e às vezes estas sementes davam bons frutos. Na Polônia, na Geórgia, na regiões bálticas, nas possessões asiáticas, no norte do Cáucaso, na Ucrânia, na Finlândia, gemiam os povos oprimidos, e a pólvora do descontentamento e do protesto contra as pesadas amarras do poder autocrático ia se acumulando. Nicolau Romanov, o Imperador de Todas as Rússias, o rei da Polônia, o príncipe da Finlândia etc., ruivo, baixo, com o cabelo repartido de lado, era um dos mais limitados reis da casa dos Romanov: não tinha inteligência, nem vontade própria, nem uma personalidade brilhante; no geral, era um medíocre completo. O diplomata russo, conde Osten-Saken, falava sem cerimônia sobre ele ao príncipe germânico Bülow: "*L'empereur Nicolas a une indifférence qui frise l'héroïsme*" ("O imperador Nicolau é de uma indiferença que beira o heroísmo").

Ele tinha muito medo da revolução, e também de sua mulher — uma alemã voluntariosa que se impunha como a todo-poderosa imperatriz daquele imenso país. Por outro lado, amava sinceramente a esposa, não somente pelo medo, como também pela vergonha. A imperatriz não era avessa a comandar e colocava, acima de tudo, a questão do prestígio da monarquia. Medroso e, além disso, covarde, Nicolau, como qualquer pessoa desse tipo, estava pronto para qualquer aventura, cujo sentido, ele, devido à sua limitação, não conseguia assimilar. Passando-se, às vezes, por um pacifista (não foi em vão que organizou a Conferência de Haia), ao mesmo tempo, num piscar de olhos, assinava sentenças de fuzilamento, e na política exterior sonhava com Constantinopla e os estreitos, com novas conquistas no Extremo Oriente, com a glorificação do seu reinado pelas vitórias do exército cristão, do império russo.

Bismarck, avaliando a situação internacional, por volta de 1880, fez uma observação característica: "No barril de pólvora russo", disse ele, "está acontecendo uma fermentação e já se ouve um ruído alarmante. Um dia isso pode levar a uma explosão. Para o mundo, será melhor que esta explosão aconteça na Ásia e não na Europa. Assim, seria suficiente para nós ficar diretamente em frente da tomada e desligá-la para que não nos atinja na barriga."

O velho lobo do imperialismo alemão tinha, porém, um outro motivo para pensar assim: para seus objetivos seria bom enfraquecer a Rússia com um grande derramamento de sangue no Oriente, tirando assim suas forças da fronteira oeste. Depois da experiência da Comuna de Paris, ele tinha resolvido não desencadear uma guerra na Europa naquele momento, pois para esta guerra três dinastias teriam que pagar com sua existência. Mas nos círculos da corte, os grandes príncipes preguiçosos, que se ocupavam apenas com operações suspeitas de dinheiro, os homens de negócio que circulavam no palácio, todos eles cantavam com vozes douradas a tradição de Pedro o Grande, sobre um pé forte no oceano Pacífico, sobre a mundialmente histórica missão da Rússia, certos de que "os japoneses não se atreveriam" diante da todo-poderosa glória do armamento russo. Nicolau sonhava com todas essas façanhas de guerra, fechando seus olhos às maquinações dos aventureiros, nobres ou não, civis e militares, na fronteira leste de seu reinado. Ele acalentava um sonho, que a ele, Nicolau Romanov, a história presentearia com a coroa de louros de líder supremo dos vitoriosos exércitos ortodoxos. A fraca cabeça do czar não percebia que ele mais parecia um rato caindo numa ratoeira muito bem colocada.

13

Em se tratando de política, Kolia era tão inocente como uma folha de papel em branco. Problemas políticos, devido à sua pouca idade, não era algo sobre o que ele pudesse pensar. Quando tinha oportunidade de ler no *Russkie Vedomosti* reportagens sobre debates nos parlamentos estrangeiros, com grifos em algumas linhas — "Barulho nas fileiras da extrema esquerda" (esta referência a "barulho" era encontrada repetidas vezes) —, ele se indignava: Por que essas pessoas estavam sempre interferindo? Quando, nesse mesmo respeitado jornal, ele encontrava referências sobre os partidários de *O capital*, com sinceridade pensava, no fundo de sua alma, que se tratava de capitalistas.

A vida social ativa daquele tempo e suas tendências chegavam à sua consciência na maioria das vezes através das chamadas belas-letras. Com os Iablotchkin, ele pegava livros dos poetas simbolistas — os Petrov acompanhavam de perto a poesia, esta era uma tradição antiga de Ivan Antonitch, que transmitiu-a de herança para o filho. Só que no momento não tinham como comprar livros. No entanto, pegavam emprestado com os conhecidos, e um velho amigo presenteou Ivan Antonitch, registrando-o gratuitamente na biblioteca de Bessonov.

Entre os livros que Kolia conseguiu estava *A degeneração*, de Max Nordau, que ele devorou com sua usual voracidade. O livro não era dos mais refinados. Entretanto deixou-o muito impressionado, principalmente por causa da agudeza de seu tom, da sua rispidez e escárnio para com os "decadentes", dos exemplos sobre o sentido do que não tem sentido, que apareciam com muita clareza na tradução russa, onde, em prosa, desaparecia a música do discurso poético original. A memória de Kolia era fantástica, ele repetia de cor os trechos que mais o impressionaram como estes: "Ó flores, como é difícil a carga dos velhos impostos. A ampulheta, para a qual late o cachorro em maio. E o impressionante envelope de um negro que há muito tempo não dormia. A avó, que gostaria de comer laranjas e que não conseguia dormir. Olhe o jacaré lá na ponte, o policial de bochecha inchada faz sinal com os braços silenciosamente. Dois soldados no estábulo e a navalha com dentes. Mas o prêmio principal eles não ganharam. E há manchas de tinta na lâmpada." Este abracadabra lembrava as canções infantis que ele ouvia em Tessovo, cantadas pelas crianças da aldeia. Em vez de cantar "um, dois, três, quatro, saiu o coelho para passear" elas cantavam:

Enta, penta likadei,
Fuksi kendra gramotei,
Achimbrot achimbrot,
Grali srali druguich tot.

Ainda o impressionava "Uma carniça" (*Une charogne*), de Baudelaire, apresentado na tradução de P. Ia. (Iakubovitch-Melchin), onde um cadáver em decomposição como uma "mulher perdida", abria suas pernas, dele "escorriam como um mingau grosso milhões de vermes". Na verdade, Kolia não entendia tudo no livro de Nordau, mas o sentido principal — a decadência — ele assimilou, e este conceito enraizou-se solidamente em sua consciência; sob sua influência ele começou a se aproximar dos modernistas com uma atitude negativa, infantilmente caçoando deles de uma maneira provocadora, perversa e exagerada.

A escola, ele a concluiu com louvor, e nos exames finais foi o primeiro a resolver todas as questões; é verdade que no ditado ele escreveu "*uztsi*", quando alguns professores consideravam que era necessário escrever "*uzdtsi*", mas na prova oral de língua russa ele entrou em discussão com os professores, provando que aquele "d" podia ser retirado dessa palavra, da mesma forma como foi tirado da palavra "*uzi*" ou "*uznik*", sem falar em "*viazat*", "*venzel*" e outros derivados. Os professores se entreolhavam, a questão ficou em aberto; e o argumento de que ele cometera um erro foi retirado. Kolia até ouviu, quando na hora da discussão sobre os "*uztsi*", um dos professores cochichou no ouvido do outro: "Mas que menino!", e o outro sorrindo balançou a cabeça... O menino ganhou o certificado de honra ao mérito e alguns volumes de Puchkin, em uma encadernação azul com desenhos dourados.

Os pais resolveram matriculá-lo no ginásio, direto no segundo ano. Mas para isso era necessário prepará-lo para a prova de latim. Liubov Ivanovna tinha uma conhecida, uma velha professora. Seu filho tinha acabado de terminar o ginásio como primeiro aluno e ela aceitou preparar Kolia rapidamente, por alguns trocados. Natalia Andreevna (assim chamava-se a professora) já estava aposentada e vivia da pensão. Ela era velha, sofria de hidropisia, mal podia movimentar o seu triste e relaxado corpo e ficava a maior parte do tempo sentada em uma poltrona com as pernas cobertas por uma manta e lia através de óculos com armação de alumínio. Bondosa e amável, ela recebeu Kolia como a um filho mais novo e de imediato lhe ofereceu um chá com açúcar e limão. Ela ocupava, junto com seu filho Gorenka, rapaz alto e magro, de nariz comprido, com uma mancha esbranquiçada no olho, um pequeno quarto no bulevar Zubovski. O acanhado, tímido e delicado Gorenka tirou de um baú seus livros, bastante gastos — uma gramática de latim de autoria do Nikiforov e uma seleção de textos de Semionovitch —, e as aulas começaram. Para Kolia, o latim não era uma disciplina chata e morta, como para muitos ou quase todos os jovens de sua idade. Apesar de não parecer nem um pouco com o menino de Heine, que reclamava, dizendo que não iria brincar com um certo menino porque este não sabia como era o genitivo de *mensa*, Kolia depois de muita leitura de Korch, vivia os personagens da vida greco-romana, e a língua dos romanos, dos gloriosos romanos, interessava-o muito. Com a memória que possuía, ele, sem muito esforço, absorveu as regras gramaticais e as palavras do latim: nunca foi de decorar, mas mesmo assim guardava tudo o que precisava saber, até mesmo o que não precisava. Ele adquiriu tão rapidamente esses conhecimentos, que qualquer *ut finale, ut consecutivum, accusativus cum infinitivo* etc., que Gorenka resolveu adiantar-se e logo começou a ler com ele as obras de César sobre a guerra da Gália: *C. J. Caesaris commentarii De bello gallico.* Kolia ficou deslumbrado quando começou a ouvir as palavras originais dos legítimos escritos do famoso líder militar das legiões romanas: *Gallia est omnis divisa in partes tres, quarum unam incolunt belgi, aliam — aquitani, tertium — qui iprosum língua celti, nostra galli apellantur* (Toda a Gália estava dividida em três partes, das quais uma era habitada pelos belgas, a outra, pelos aquitânios, a terceira, por aqueles, que em seu idioma chamam-se de celtas, e no nosso, gauleses) — assim começavam os "Escritos". E o espírito histórico de uma época, que já terminara há muito tempo, soprou em Kolia. Mas ele ficou num verdadeiro frenesi, quando o tímido Gorenka, com o nariz fungando, ofegante, transpirando e ruborizado, lhe contou sobre um outro tipo de aventura de César e leu os versos que os soldados de César cantavam sobre o líder, quando tomavam cidades inimigas:

Urbani, servate uxores,
Moechum calvum addicimus.
(Cidadãos, protejam suas mulheres,
Trouxemos o careca libertino.)

No outono, Kolia prestou os exames com facilidade e foi aceito no segundo ano do ginásio. Com isso ele conseguiu, por ser filho de professor, receber uma bolsa de estudos.

O primeiro ginásio de Moscou situava-se em frente à Catedral de Cristo Salvador. Aquele imenso e cinzento prédio estatal não dava para a rua: na sua frente havia um pequeno jardim por onde era necessário passar, para alcançar a entrada principal. Os ginasianos passavam por uma entrada nos fundos, em uma travessa. Ali eles entravam em um cômodo com piso de pedra, que era abafado e poeirento, onde ficavam as galochas e os casacos do uniforme, com os bonés pendurados. Nesse mesmo prédio de quatro andares, localizava-se a capela do ginásio e o imenso salão de festas, de "dois mundos" ou seja, de dois andares em um: tinha a altura de dois andares. Nas paredes estavam pendurados retratos dos czares e de personalidades famosas que se formaram naquele ginásio e imensas placas de mármore com o nome dos alunos que receberam medalhas de ouro. No andar inferior ficava o sombrio refeitório, que de maneira impressionante lembrava um refeitório de algum velho convento: pelas pequenas janelas mal penetrava a luz do sol; o teto baixo e arqueado pesava com gravidade; as mesas compridas, com bancos, ficavam enfileiradas, como em uma prisão — era um quadro triste! Os outros recintos eram ocupados pelas salas de aula, pelos quartos dos residentes que se diferenciavam dos que vinham todos os dias; a quadra de ginástica muito ruim e antiga, miseravelmente aparelhada com velhos cacarecos, em vez de aparelhos de educação física; a cozinha, os alojamentos dos professores e funcionários.

Os tempos eram difíceis, o sistema rigoroso de educação clássica inspirava pavor e horror. O que havia era a decoreba estúpida dos idiomas antigos, sem nenhuma ligação com a história e a cultura do mundo greco-romano, o total desprezo pelas ciências naturais, a ausência de estudos sobre a técnica moderna e a economia política. Ou seja, o ensino estava desabando. As necessidades de desenvolvimento social exigiam, naquele momento, outros tipos de pessoas. Começaram a surgir escolas diferentes, com um programa totalmente novo. Os bisões do "classicismo", geralmente muito reacionários, já não conseguiam manter suas posições, e nos próprios ginásios os helenistas e os latinistas ficaram desorientados — perderam o chão e lembravam com tristeza dos velhos tempos; ensinavam a sua matéria sem muito entusiasmo e a ameaçadora grandeza anterior evaporou-se totalmente. Eles pareciam velhas senhoras rabugentas, repetindo uma infinidade de vezes que o século de ouro reinou quando eram jovens: tudo era mais barato então, as pessoas eram mais altas e mais saudáveis, verdadeiros heróis e não os frouxos de hoje; o clima era melhor; os homens, mais bonitos; todos eram virtuosos; os produtos melhores e tudo, em geral, infinitamente melhor. O tempo deles realmente estava se acabando.

O próprio diretor do colégio era um latinista, um homem de origem tcheca, Iosif Osvaldovitch Hobza. Era alto, corpulento, com olhos esbugalhados como os de quem sofre de tireóide, o rosto vermelho, coberto de manchas e veiazinhas azuladas, um nariz carnudo e lábios de um vermelho impressionante. Ele lembrava um peru, exibindo toda sua glória. Falava com um sotaque cômico e ainda por cima girava o globo ocular de tal forma, que os ginasianos mal continham o riso.

— Vocês... ficarão... retidos... por duas horas! — gritava ele, ameaçando alguém. Esse alguém tapava a boca com a mão para não gargalhar na sua cara. Pensando bem, ele não tinha muita vontade de parecer rigoroso e na verdade não utilizava os direitos e prerrogativas de seu poder.

O inspetor, Fiodor Semenovitch Korobkin, destacava-se por sua estatura pequena e sua careca imensa; o corte de seus cabelos se enrolava feito uma franja, em volta das orelhas e atrás, no próprio pescoço. Ele tinha grande instrução e entendia bem não apenas de sua especialidade, que era a matemática, mas também de várias outras áreas, até de filosofia. Era um excelente professor, e tinha a capacidade de apresentar até a mais árida proposição matemática de uma maneira tão viva e animada que até as cabeças mais preguiçosas ouviam com atenção. Porém isso não impediu que fosse inventada sobre ele uma música irônica que os ginasianos cantavam com a popular melodia de "Nós, rapazes da fábrica"; freqüentemente, quando aquele matemático bastante rigoroso, mas respeitado pelos alunos, passava pelo corredor, ele ouvia vozes altas cantando:

Fedia, nosso me-nino de cabelos encaracolados,
Fedia, nosso meeenino de cabelos enca-racolados,
Fedia, nosso menino de cabelos encaracolados
Uma farda cheia de buracos
Ele tem!

Porém, ele conseguia ter tanto tato que passava perto e não prestava atenção na canção, apesar de ela se referir diretamente a ele.

Quem queria parecer original era o professor de língua russa e de literatura, Vladimir Aleksandrovitch Sokolov, uma pessoa muito esperta, que conhecia bem a sua matéria, mas era um grande cínico, que se permitia ter com os ginasianos conversas frívolas. O que o caracterizava era o nariz enorme, que se dividia na ponta, parecendo esconder em suas profundezas outros dois narizes inteiros, que apontavam para lugares opostos.

—- Senhores, o meu nariz é do estilo bizantino — dizia, referindo-se à sua fisionomia.

— Que botão é este, vermelho e esparramado, que apareceu no seu rosto, dirigia-se ele a qualquer menino coberto de espinhas. — Muito cedo, é muito cedo para vocês... nna-nna! nna-nna-nna! — ele cantarolava, ao mesmo tempo que sua perna pulava embaixo da cadeira.

Ou poderia perguntar:

— Por que você, meu anjo cheio de gás do pântano, se agita tanto em seu lugar? Ou uma agulha o acertou na...? Não será uma veia na... que estourou? Ha-ha-ha! Nna-nna-nna...

Ele usava com freqüência palavras sem sentido como "*racalia*", "*canalstvo*" e "*sicambri*" e gostava muito de anedotas. Os estudantes gostavam muito de "enrolá-lo": quando não sabiam a matéria e tinham medo de que ele interrogasse alguém, contavam-lhe uma piada nova; toda a classe ria, como potros desembestados, e o Sokolov, de tanto rir, chorava até as lágrimas correrem por seu nariz bizantino e pingarem em seu terno surrado; ele, a todo minuto, limpava o pincenê com o lenço. E assim passava uma hora inteira, para satisfação de todos.

O professor de história era Vitaly Ocipovitch Einhorn, uma pessoa pequenina, gordinha, com pernas curtas e arqueadas como um círculo, com as quais ele andava balançando passo a passo para os dois lados, bamboleando; ele foi premiado com um imenso nariz, que poderia ser tanto de um armênio como de um judeu, tinha escassos cabelos negros, cuidadosamente penteados de lado. Chamavam-no de "Vitachka" ou "Karatitsa". Era um professor rigoroso, estudioso e tinha alguns artigos publicados (na verdade, sobre temas do Estado), acompanhava a ciência da história, pesquisava em arquivos. Ele, com freqüência e sem propósito, usava a palavra "*kajetsa*" (parece, em russo), acrescentando-a a todas as frases; além disso pronunciava "*kaetsa*" (assumir seus pecados). A maldade dos estudantes, quando eles queriam zombar de Vitachka, resumia-se a assumir uma aparência séria e falar no mesmo estilo dele:

— Vitaly Ocipovitch, *kaetsa*, nós vamos, *kaetsa*, estudar neste ano, *kaetsa*, sobre os merovíngios?

E o Karatitsa tinha que fazer de conta que não percebia a zombaria. Einhorn apenas olhava ressabiado para os alunos que, às vezes, não agüentavam, bufavam e riam.

O professor de latim, assim como o diretor, era tcheco. Ivan Fiedorovich Zbraslavski sabia maravilhosamente bem o latim, mas muito mal o russo. A forma gramatical latina, conhecida como o "acusativo grego" (*accusativus graecus*), que expressa relação, ele traduzia para o russo sempre incluindo a palavra "relação": "As bacantes eram cabeludas em relação ao peito." Exatamente sobre ele, corria no ginásio a anedota de que o ditado: "*Ars longa, vita brevis est*" (A arte é longa, a vida é breve), o pobre traduzira com palavras russas que significavam: "A barriga é curta, mas a coisa é comprida."

O capelão dos estudantes do ginásio era o padre Stefan, que foi homenageado com o apelido "Sikerdon, o garanhão ruivo". Ele realmente tinha a barba ruiva. Mas a palavra "garanhão" lhe foi atribuída não pela semelhança e sim pelo contraste: ele se destacava pela meiguice e devoção, não lia apenas livros religiosos, mas também livros filosóficos leigos e gostava de comentar, elevando os olhos para os céus, que a beleza e a sabedoria eram manifestações divinas. Assim como Einhorn, o Karatitsa, que tinha sempre na ponta da língua a palavra "*kaetsa*", o padre Stefan também, a cada três palavras, repetia "*nu-s*" (não é?). Durante sua aula os alunos apostavam quem adivinharia quantas vezes o capelão Sikerdon pronunciaria "*nu-s*". Esta contagem era feita em voz alta, dos cantos da sala, de algum lugar da "*kamtchatka*" (assim chamavam as carteiras que ficavam no fundo), claramente se ouvia "vinte e três", "vinte e quatro" — e o respeitado santo padre ficava impaciente na cadeira.

Dos idiomas modernos estudavam o alemão e o francês. O enérgico professor de alemão, Arthur Liudvihovitch Plesterer, apelidado de "Klistir" por causa da sonoridade do seu sobrenome — já que com um *klistir* (clister) ele não parecia nem um pouco, ensinava com perfeição: nas aulas ele falava somente o alemão, obrigava os alunos a responderem também tudo em alemão. Seus resultados eram excelentes. Já o francês, *monsieur* Korde, gentil, bondoso, de olhos grandes, cabelos negros, miúdo e suave era tão condescendente em relação aos seus alunos que perdeu completamente o controle sobre eles.

Um lugar muito especial entre os professores ocupava um pedagogo famoso de Moscou, Dmitri Dmitrievitch Galinin, simplesmente "Tchitch-Mitch", ou "Tchitch", ou "Isso é que é fenômeno". Ensinava física. Com freqüência, escrevia para revistas pedagógicas e revistas especializadas em física e matemática, era autor de muitos livros e considerado o educador mais avançado e instruído. Porém, na área da filosofia ele se caracterizava por um idealismo extremo; era simpatizante dos seguidores de Soloviov, que pregavam um amálgama de cristianismo, liberalismo e socialismo. Os ginasianos gostavam dele. Ele era muito humano, nele não se destacava absolutamente nada de formal ou burocrático. Mas, infelizmente, com ele ninguém aprendia física; os alunos relaxavam e ele, por sua natureza, era incapaz de fazê-los se reerguer e ao contrário de todas as expectativas, era incapaz de puni-los. Não era raro algum aparelho quebrar em suas próprias mãos durante uma experiência. Naqueles momentos seu rosto refletia uma extrema surpresa, e ele, apontando para o próprio nariz com o dedo indicativo e rindo, falava:

— Ih! Isso é que é fenômeno!

Ele era muito alto, tinha a barba cerrada e usava óculos. Seu filho, que também estudava no ginásio, era ainda mais alto. Sua mulher possuía a mesma dimensão enorme. Sobre eles, corria no ginásio uma adivinhação: "Dois Tchitcha, e dois Mitcha, um buraco no meio." Isso deveria significar a família dos Galanin.

Os ginasianos organizaram sua própria associação que passava, de geração para geração, suas tradições. Entre eles e os estudantes realistas havia sempre um eterno estado de guerra: os ginasianos provocavam os realistas chamando-os de "omelete com cebola" e estes os xingavam de "carne de vaca azul", por causa da cor azul da aplicação e friso de seus uniformes. Nas salas dos alunos mais velhos, as tradições seguiam uma linha mais séria — os melhores e mais aplicados se ocupavam de política e ciência, e os menos estudiosos se ocupavam de variadas aventuras e escândalos. Isso acontecia na esfera dos riquinhos e janotas que abasteciam depois a universidade com o grupo dos chamados *bielopodkladotchniki*.* Nas turmas dos menores, floresciam escritos folclóricos e apócrifos cada vez mais abundantes que podiam ser tudo, menos decentes. Havia poemas frívolos de Barkov, havia versões reescritas de *Eugênio Oneguin* de Puchkin e de *Demon* de Sermontov; um poema chamado "Ferdinand e Isabella" e outras obras semelhantes. Mas, sobretudo havia o famoso "Alfabeto Dourado", onde a pri-

* Estudantes universitários, com aparência aristocrática e pontos de vista reacionários, que usavam roupas brancas sob os casacos. (*N. da T.*)

meira linha era bastante decente, mas a segunda era absolutamente impublicável. A própria vida no ginásio fornecia alimento para um único tipo de criatividade. Havia traduções supercômicas de variadas cançõezinhas, em grego e latim: os alunos da terceira série cantavam em grego sobre "três moças", que "foram passear" ("*treis parthenoi*"); os alunos da segunda série batucavam a ucraniana "*E chume, e gude, driben dizhdik ide*" na linguagem de Ovídio e Virgílio completamente deturpada:

Et tonat
Et bromat,
Coelum pluvium dat.
Quis me, quis me, iuvenalam,
Usque domum reducat?

E inventavam versos indecentes. A geometria gerou a famosíssima "Calças de Pitágoras", que era cantada com fervor, durante o recreio, por um coro inteiro de meninos:

As calças de Pitágoras
De todos os lados são iguais.
A quantidade de botões é conhecida,
Por que para o X é apertado?
Por ser o X grande demais.

A língua alemã reanimava não apenas antiquíssimas besteiras do tipo: "*Nemets-perets-kolbasa cupil lochad bez khvosta*" ("O alemão-pimenta-salame comprou um cavalo sem rabo"), como também as canções especificamente escolares, que parodiavam as regras das declinações e conjugações. Era comum eles aprenderem as regras decorando-as em forma de versos: a gramática do latim e a gramática dos idiomas modernos com freqüência abundavam desta "poesia" incomum, e os ginasianos sentados nas carteiras, balançando e com os ouvidos tampados, decoravam esses versos gramaticais. Em compensação eles faziam a revanche, popularizando suas paródias:

Ich bin (eu sou)
Dubina (cabeça-dura)
Poleno (toro de árvore)
Brevno (estúpido)
Ich war (eu era)
Varvar (bárbaro)
Sobatchio (cachorro)
...

Estavam na moda as traduções incomuns e sem sentido e aí a imaginação dos meninos era de uma riqueza sem par: ao traduzir literalmente os provérbios verdadeiramente russos, palavra por palavra, para o francês ou alemão, como por exemplo "A casa não é bonita por causa dos cantos, mas é bonita por causa dos bolos", o resultado ficava uma bobagem homérica. Extremamente populares eram as frases, como por exemplo: "*J'aime de baiser les éponges de ma cousine*" ("Eu gosto de beijar os **lábios** da minha prima", sendo que em francês "*les éponges*", estes lábios — não são a parte de uma maravilhosa boca, e sim uma bucha para se esfregar e lavar no banho); ou então traduziam "o meio a comeu" para o francês: "*Mercredi l'a mangée*", onde a primeira palavra significa **quarta-feira**, o dia de semana, pois a palavra russa para "meio ambiente" e "quarta-feira" é a mesma. Qualquer alemão morreria de rir se lhe falassem: "*Ach, du, meine Seele, rote Mamselle*", que deveria significar: "Ah, meu amor, que moça linda" e não "moça vermelha". Atreviam-se a passar para o alemão: "Me dê a faca, me dê o garfo, vou cortar a minha amada" ("*Gib mir Gabel, gib mir Messer, ich werde meine Liebste fressen*"): a palavra russa era a mesma para "refeição" e "amada". Perguntavam uns aos outros adivinhações inteligentes: O que é "*trinum et unum, sed non Deus; initium mundi et finis saeculorum*" ("o que tem três partes sendo um, mas não é Deus, é o começo do mundo e o fim dos séculos")? A resposta era a letra latina "m" (começo da palavra "mundo", *mundus*, e o fim da palavra "séculos", *saeculorum*); propunham traduzir do latim um conjunto de palavras sem sentido: *secundum servi vos bibere* ("segundo", "escravos", "vocês", "beber"), que deveria significar: "Já é hora de beber." Mudavam famosas músicas e canções românticas. "Na tarde sombria do outono" soava da seguinte forma na boca dos ginasianos:

> Na tarde sombria do outono
> Estava a moça sentada numa salsicharia
> E um pedaço horrível de salame
> Com suas mãos trêmulas segurava.

Em suma, aprontavam de todas as maneiras. Tais brincadeiras, adivinhações, versos, contos, músicas, poemas inteiros, em russo, alemão, latim, grego, numa mistura bárbara de gírias, onde todos as línguas eram mescladas pelos alunos, de propósito, num único bolo, era de um volume tão grande, que qualquer novato ficava espantado com toda essa sabedoria que desabava sobre ele logo nos primeiros dias, quando todos tentavam dividir com ele sua experiência na área deste conhecimento específico e parecer mais esperto que seus companheiros, com tal erudição.

Kolia Petrov se viu de repente num novo ambiente: em seu primeiro colégio seus companheiros eram filhos de pequenos comerciantes, malvestidos e sujos, que carregavam para a escola as coisas do cotidiano e as manias do círculo familiar. Agora, ali, havia filhos de fazendeiros, de grandes comerciantes, de funcionários públicos e de nobres — todos limpos, bem-penteados, com roupas bem passadas, bochechas cor-de-rosa e terninhos bem-cortados. Kolia diferenciava-se de todos com sua jaquetinha surrada, comprada de segunda mão, de um trapeiro; seu sobretudo precariamente costurado por sua mãe, que aproveitou velhos casacos de oficiais que foram comprado, por centavos, da mesma maneira. Por causa de sua estatura baixa, logo recebeu dois apelidos "Liliput" e "Pequenino". Porém ele não foi iniciado na nova sociedade com beliscões e socos, como era comum se fazer com os novatos. Ou ficaram impressionados com a forma brilhante como prestou as provas e com a língua ferina de Kolia, ou talvez com sua agilidade física, ou porque sabia contar histórias interessantes. Portanto, ninguém se metia com ele por ser um novato e ele foi rapidamente aceito como "um dos meninos". Alguns dos estudantes mais esforçados, porém malsucedidos, ardiam de inveja e espalhavam o boato de que Kolia era um tremendo decorador, que passava o tempo todo estudando. Mas Kolia nunca teve sequer um dicionário e antes da aula copiava rapidamente de alguém "o vocabulário" e o decorava instantaneamente. Ele ouvia os professores com atenção e, como quase todos os professores informavam com antecedência sobre as tarefas seguintes, ele sempre sabia tudo de antemão. Certa vez o professor de latim o chamou ao quadro exatamente quando ele tinha acabado de copiar o vocabulário do dia do caderno de seu vizinho. A tinta ainda não havia secado e ele já estava a caminho do quadro.

— Hoje o Petrov se deu mal... — ouviu o cochicho das carteiras onde estavam sentados os verdadeiros decorebas.

— Então, Kolia! Vamos ouvir o que tem para nos dizer — começou Zbraslavski com os óculos brilhando e esfregando com os dedos a barba ruiva e as costeletas. — Primeiro as palavras. Como é "sapo"?

— *Rana.*

— Cegonha?

— *Ciconia.*

— Devorar?

— *Devorare.*

— Na terceira pessoa do plural?

— *Devorant.*

Kolia, sem hesitar, respondia e com alegria via como os invejosos, com admiração, ficavam boquiabertos. Se "deu mal" quando tirou um cinco!? Com ar vitorioso passou ao lado das carteiras de seus inimigos. Viram só?

O exigente professor de alemão, depois que Kolia contou uma pequena e fácil história nessa língua, fechou satisfeito o livro de chamada e, com orgulho de seu aluno, falou para a sala:

— *Was fehlt ihm doch*? (O que lhe falta?)

E o próprio Kolia respondeu de forma imponente:

— *Gar nichts*! (Absolutamente nada!)

— Escute aqui, Liliput! Com que alimentam você, para que tenha tão bom aproveitamento? — importunava-o Fritz, filho do professor de alemão e sobre quem corria na escola a canção:

Fritz, Fritz, Fritz, Fritz,
Willst du grütz? (Quer mingau?)
Nein, Mama, (Não, mamãe,)
Ich will kaka. (Quero cocô.)

— Com nada especial. Certamente, com aquele mingau que você se recusa a comer.

E todos começaram a zombar amigavelmente de Fritz.

Na sala de Kolia havia dois alunos que disputavam o primeiro lugar com ele: eram eles, Matveev e Sokolovski.

Matveev era filho de camponês, que vivia de favor com os ricos Fedotov, donos de imóveis e comerciantes de Moscou, cujo filho estudava na mesma sala que Kolia. Matveev, ajuizado, obediente e manipulado pelos proprietários de imóveis e comerciantes, vivia sob a permanente ameaça de que seus "benfeitores" interromperiam sua ajuda beneficente: em casa ele limpava a neve do pátio e era o menino de recados para todas as lojas; no ginásio ele se esforçava ao máximo para aprender as matérias e para que seu boletim tivesse somente boas notas, pois assim o velho Fedotov não poderia implicar com ele. Matveev tinha cabelos negros, era muito moreno, fisicamente muito forte e resistente. Ia para o ginásio junto com o filho do comerciante; este era fofo e rosado, de cabelos claros, com um rosto de cor suave; usava um uniforme cinza-claro reluzente, feito do melhor tecido, o mesmo de que eram feitas as fardas dos oficiais e estava sempre com o colarinho branco como a neve; tudo nele era de boa e primeira qualidade e toda essa aparência externa contrastava com a roupa grosseira e a fivela de cobre de Matveev.

Sokolovski era descendente de uma família nobre polonesa; sua mãe possuía, em Moscou, na viela Nijni Les, que ficava perto da Catedral de Cristo Salvador, sua própria casa de pedra, de dois andares; sua irmã era casada com um velho professor da universidade de Moscou e era uma das mais famosas ativistas do movimento liberal feminino. O pai de Sokolovski não vivia em Moscou, trabalhava como administrador em alguma grande propriedade nos arredores de Varsóvia, tinha conhecidos nos círculos radicais poloneses e conhecia o marxista legal polonês Ludvig Krzhivitski.

A família Sokolovski era uma família típica da burguesia liberal, com tradições nobres. Nela reinava um espírito de cultura e liberalismo "*comme il faut*" que não aceitava excessos e olhava a ralé de cima a baixo e, ao mesmo tempo, criticava a barbárie grosseira e o despotismo asiático da monarquia. O parlamentarismo, a ciência, as reformas liberais, toalhas e guardanapos limpos, cabelos lavados, o jornal *Russkie Vedomosti*, as águas de Carlsbad e uma perfeita pronúncia francesa misturavam-se neles num complexo único. Metchik falava muito bem o francês e o alemão, lia muito, tinha mais de uma dúzia de aptidões, aprendia as lições facilmente e com fluência, e não demonstrava mágoas nem amargura quando Liliput ficava à sua frente, enquanto Matveev ficava todo enciumado com isso, como se o novo aluno tivesse tirado alguma coisa dele. Isto era compreensível já que Matveev tinha medo de perder o que tinha: o comerciante Fedotov poderia realmente parar de sustentá-lo caso ele perdesse o mérito de "primeiro aluno". E, de fato, ele perdeu sua posição, mas não resultou nenhuma catástrofe disso.

Entre os três pretendentes ao primeiro lugar, Kolia era o mais esperto e sociável e rapidamente estabeleceu boas relações com todos da sala. Na verdade, em parte isso se dava por motivos não muito puros ou altruístas: gostavam de Kolia porque ele ajudava e porque na hora de questões escritas passava as respostas, sabia soprar as soluções muito bem, deixava copiarem dele e dispunha para todos estes atos de uma virtuosidade brilhante. Por isso, surgiram logo protetores, alunos crescidos, fortes feito touros, que lhe prestavam excepcional proteção e que estavam sempre prontos para transformar em pó qualquer um que tentasse ameaçar Liliput.

Durante um tempo, todos na sala colecionavam selos, e Kolia também se entregou a esta diversão por algum tempo, mas logo, naquele mesmo ano, ele se cansou: era uma atividade sem vida e seca. Ele decidiu que fazia mais sentido colecionar botões de calças velhas. Quantos seriam eles! Russos e importados, europeus e americanos — todos diferentes! Tendo encontrado assim uma fórmula tão maravilhosa para justificar sua atitude negativa em relação aos selos, ele não podia abandoná-la, mas usá-la de todas as formas para irritar e implicar com os ávidos filatelistas que com orgulho exibiam seus álbuns com selos bolivianos e chilenos; eles estavam tão apaixonados por seus selos que pareciam imaginar os países de onde eles vieram, na forma de um imenso selo postal carimbado.

E enquanto isso, o boletim de Kolia brilhava, somente com notas cinco.

14

Após prolongado tormento, Ivan Antonitch finalmente conseguiu um emprego. Ele assumiu o cargo de inspetor na Escola Técnica de Comissários, conhecida como a "Komissarovka". Para lá também foi Volodia, que ingressou na primeira série. Durante esse tempo, Liubov Ivanovna deu à luz mais um filho, a quem deram o nome de Piotr. A casa se transformou em uma verdadeira Torre de Babel e o aperto no quarto tornou-se tal que as pessoas quase não conseguiam entrar e se sufocavam com os lençóis sujos, as fraldas e o berreiro do recém-nascido. Na hora do parto, Kolia e Volodia tiveram que ser separados e levados para a casa de conhecidos temporariamente — de outra forma não seria possível garantir à parturiente as mínimas condições que tem até mesmo um animal. Ivan Antonitch corria pelo apartamento, segurando a cabeça, ouvia os gemidos de Liubotchka e saía correndo outra vez. Mas tudo terminou bem... Para sua felicidade, logo após o parto da mulher ele conseguiu seu lugar — e até isto era bom depois de pesados anos de desemprego e da vida de favores, de meia fome, de mágoas, ofensas e brigas por causa de um pedaço de pão. Os Petrov resolveram se separar da "grande família", liberando assim Evgueni Antonitch do pesado fardo; alugaram um pequenino apartamento na casa dos Mokhov, na rua Valov, perto dos Portões de Serpukhov. Ali não havia pátio nem jardim. Na verdade, o pátio existia, mas era uma pequena área pavimentada que não despertava nenhum interesse nas crianças. No mesmo prédio localizava-se uma tipografia, de onde vinham o cheiro de tinta e de gases sufocantes. Ao lado, ficava uma pequena fábrica de produtos químicos, de onde vinha o cheiro de cloro. Mas pelo menos dentro do apartamento podia-se andar, sentar e, principalmente, não se sentir eternamente em estado de sítio. Na sala podia-se ler. A porta do quarto, onde se encontrava o bebê chorando, podia ser fechada. Ou seja, aqui era muito mais confortável do que no apartamento da Babii Gorodok.

A primeira coisa que resolveram fazer foi vestir as crianças. Ivan Antonitch comprou do intendente da "Komissarovka", dois ternos usados pelos alunos do pensionato, que seriam vendidos aos trapeiros, para Kolia e Volodia. Durante a noite, os meninos ficaram limpando, com benzina, as listras gordurosas de sujeira e de suor no colarinho e nas costuras das calças: ficar com nojo, nem pensar! Mas finalmente os ternos ficaram prontos, e os meninos podiam se vestir com a roupa "nova"...

Depois da primavera, quando para os alunos e professores chegam as longas férias de verão, Ivan Antonitch combinou com o professor de arte da "Komissarovka", Mikhail Samoilitch Kellaton, que ele levasse as crianças para o campo, onde este alugava uma casa simples de camponês e passava o tempo todo caminhado pelos bosques, campos e vales com seu álbum e tintas de pintura. Os meninos se sentiam no sétimo céu de tanto encantamento, principalmente Kolia para quem agora se abria um mundo muito querido, porém desconhecido, o mundo da verdadeira pintura, o mundo de tintas e cores. Paletas, pincéis, telas, cartolinas, esmaltes — tudo isso ele conhecia só de ter ouvido falar. Mas agora ele ia ver tudo isso, e, quem sabe, poderia ele próprio pegar em suas mãos os pincéis...

Mikhail Samoilitch era uma figura estranha e bizarra no mais alto grau. Sua aparência exterior, por si só, já chocava. A cabeça comprida com um sulco no meio do crânio, parecia ser formada por duas cabeças unidas, ambas calvas; atrás da nuca, pendiam madeixas desgrenhadas de cabelos escuros, bem ao jeito de pintor; seu rosto pálido parecia salpicado de farinha com bolsinhas inchadas e amareladas debaixo dos olhos. Ele usava um imenso chapéu de abas largas, uma capa e nas mãos sempre a bengala nodosa, feita rusticamente por ele mesmo, da qual quase nunca se separava. Diziam que em seu passado acontecera algo trágico, após o que ele se transformara em um religioso doentio, como Gogol no fim de sua vida. Ele, com regularidade, se confessava, rezava com freqüência e eternamente murmurava alguma coisa secreta e misteriosa movimentando seus lábios secos e pálidos sob o bigode. Ele falava com uma voz baixa que vinha do peito, usava somente frases curtas e parecia não ser deste mundo. Era um excêntrico, um escolhido de Deus, um santo quase tolo, mas de uma bondade espantosa, meigo e gentil. Fumava o tempo todo, enrolando ele mesmo seus cigarros com um fumo barato e repulsivo. Caminhando pelo bosque, cantava a meia voz salmos e canções desconhecidas. Ele tinha medo de mulheres e se escondia delas, parecia que as considerava emanações do inferno, vasos de pecado e tentação. No seu tempo, Mikhail Samoilitch concluíra a famosa Escola de Pintura, Escultura e Arquitetura de Moscou e até recebera uma medalha de ouro pelo seu trabalho final. Mas depois, ele retirou-se do mundo, e, embora trabalhasse para ter um ganha-pão, não mantinha amizade com ninguém e vivia como um verdadeiro monge ermitão. Nos últimos tempos, vivia com ele seu sobrinho, Sacha, que estudava na Escola Industrial na praça Miusskaia, um menino vivo e inteligente, com lábio leporino e que não era avesso a zombar às vezes do seu tio. Mikhail Samoilitch também gostava muito de pescar e podia passar tardes e tardes perto de uma água tranqüila, olhando o seu flutuador imóvel e ouvindo os sons incessantes da natureza.

Finalmente, chegou o tão esperado momento e as crianças se viram em uma casa de uma aldeia no campo. No chão, eles estenderam dois colchões de palha. Dormiam os três juntos, cobertos por um largo cobertor vermelho, herdado por Mikhail Samoilitch, e que cheirava a cobre e naftalina. As pontas da palha espetavam o corpo — mas isso não era nada comparado ao bosque, ao sol e... às tintas. No pequeno estábulo, onde se instalou o próprio Mikhail Samoilitch, por trás de uma cortina de pano (ele nunca se despia na frente dos outros, como se tivesse vergonha do próprio corpo), ficavam o cavalete móvel, o álbum grande para estudos e o bauzinho com as tintas. Era a primeira vez que Kolia via aqueles tubinhos de tinta. Novos e cheios, eles se destacavam por um brilho alegre e metálico. Os tubos velhos estavam em desordem, espremidos pela metade, tortos, sujos e freqüentemente sem as tampas, amassados de lado, por onde saía uma massa já bastante seca. No mesmo lugar, encontravam-se os pincéis, redondos e achatados, de pele de marta e de cerdas; alguns deles foram cortados de forma especial, ao gosto de Mikhail Samoilitch. A paleta revelava o desleixo de seu dono: ela, certamente, há muitos anos não era lavada, apesar de Mikhail Samoilitch gostar de pintar com "querosene".

E quantas eram as cores dessas tintas! Kolia, com a permissão do pintor, analisava-as cuidadosamente e até seus nomes lhe pareciam a expressão de alguma coisa muito interessante e fascinante: carmim, ouro rosado, cobalto, azul-persa, índigo, azul-celeste, ultramarino, cromo, amarelo-limão, cádmio-claro, ocre, terra-de-siena, asfalto, Paolo Veronese, verde-esmeralda, verde-terra e mais, e mais — o que não havia ali! E, finalmente, grandes tubos de tinta branca... Tudo isso enchia Kolia de uma satisfação extraordinária. Que complexidade, que riqueza! Não eram aquelas aquarelas infantis — uma chapinha com quatro cores, com as quais podia-se borrar miseráveis quadros infantis; estas eram "verdadeiras" e ele, Kolia, já entrara em contato com este "verdadeiro" não em sonho, mas na vida real e tocava com as mãos toda aquela variedade!

Então, num dia maravilhoso, Mikhail Samoilitch pegou os meninos, algumas telas (preparadas por ele mesmo) e todos foram para o bosque desenhar alguns estudos sobre a natureza. Lá, escolheram um lugarzinho maravilhoso junto ao rio. Em volta, desciam galhos de pinheiros com seus troncos enormes cobertos de musgo, e com barbas prateadas e acinzentadas em seus galhos. Mais abaixo, entre as samambaias, estendia-se uma corrente de água, por trás de uma ravina meio rasa, mostrando seu fundo de areia e pedras, sobre o qual as águas ondeavam e espalhavam pequenas gotas brilhantes. A luz do sol brincava entre a espessa folhagem verde dos pinheiros e amieiros. Os tentilhões andavam imponentes de um galho para outro e, de vez em quando, emitiam seu lindo e breve canto. Sentiam-se os aromas das flores e das ervas. A densa mata era invadida, em alguns lugares, por galhos de lúpulo, que soltavam suas folhas e subiam até as alturas pelos galhos das árvores tentando alcançar a luz. Um frescor reinava ali que permitia relaxar e pensar, se deliciar e trabalhar.

Mikhail Samoilitch distribuiu as telas e os pincéis.

— Tentem pintar alguma coisa.

Kolia quase desmaiou de tanta surpresa. Mas Mikhail Samoilitch já estava transmitindo as instruções mais simples e mais necessárias. E todos, até Volodia, já estavam começando o trabalho.

Inicialmente nada dava certo para Kolia: ele fez um esboço com o carvão, mas quando começou a aplicar as cores, tudo saía muito opaco e pardacento, sem nenhuma perspectiva, tudo se afundava na monotonia de um verde sem vida e uniforme. Ele estava atrapalhado e não sabia o que fazer. Mikhail Samoilitch aproximou-se, sorriu, pegou o pincel e, com o que pareceu a Kolia uma extraordinária audácia, começou a misturar cores que pareciam não ter nada a ver umas com as outras. Algumas pinceladas — e a pintura criou vida.

— Coragem, Koliucha. Não tenha medo. Faça as sombras mais profundas, azul-escuro. Está vendo lá, ao natural, como são escuras manchas?

E Kolia se encheu de coragem. Começou a se sair melhor.

— E você, Sacha?

Sacha tinha muita coragem. Ele dava grossas pinceladas, mas a tonalidade uniforme estava em seu desenho também. Mikhail Samoilitch fez as necessárias correções.

— Volodiuchka, e você?

Volodia se perdera totalmente nas cores.

Mikhail Samoilitch se aproximou novamente de Kolia. Corrigiu o tronco do pinheiro, adicionou a cor lilás, e com uma, duas ou três pinceladas fez a sombra dos galhos — então o tronco logo se destacou.

— Observe a variedade e diversidade das cores. Está vendo como as folhas daquele arbusto são arredondados? Mas você as pintou planas. Lá, à esquerda, o verde é bem claro, à direita — olhe bem — há duas manchas escuras. No seu desenho é quase tudo igual. Por mais galhos que faça, no mesmo desenho, sem variar as cores, não irá longe. Compreende?

— Compreendo, Mikhail Samoilitch, porém nada sai direito.

— Hoje não sai nada, amanhã vai sair. Olhe apenas com bastante atenção. Não fique nervoso, não tenha pressa. Fique sentado. Pense. Afaste-se um pouco e compare o desenho com a natureza. E assim você irá em frente.

Durante muito tempo os meninos ainda trabalharam, sujaramse de tinta, mas estavam todos extremamente felizes.

— Para a primeira vez está bom. Vamos almoçar. Peguem o querosene e o pano, lavem as paletas e os pincéis... e para casa!... "Por causa da minha juventude plena, muitas paixões me movimentam" — murmurou Mikhail Samoilitch, caminhando na frente com seu chapéu, balançando a bengala.

Assim transcorreu a primeira aula de pintura, ao ar livre, igualzinha à dos alunos de Barbizon.

Mikhail Samoilitch era notável por não ter nenhuma praticidade, no dia-a-dia da vida, apesar de se considerar uma pessoa prática. Uma vez por semana ele viajava a Moscou para comprar as provisões. Normalmente se alimentavam mal: o básico era o trigo-sarraceno com leite e batata assada com casca e manteiga. Mas tudo isso parecia uma delícia depois do passeio ao ar livre. Agafia (a dona da casa) trazia do paiol dois potes suados, com gotinhas de água na parte externa, e derramava no prato o leite grosso e frio; o mingau eles salpicavam com sal grosso. A batata era uma gostosura. Viviam bem os meninos com o Mikhail Samoilitch!

Certa vez ele trouxe da cidade um saco de estopa cheio.

— Comprei esturjão. Um maravilhoso esturjão... E presunto...

O esturjão parecia completamente podre, exalava um cheiro nauseabundo. Mas Mikhail Samoilitch achou que o peixe estava maravilhoso. Então ele foi cozinhado, prepararam também repolho refogado e comeram, engasgando de tanto rir quando Mikhail Samoilitch falava: "Comam, o esturjão está maravilhoso..." De comida Mikhail Samoilovitch não entendia nada. No domingo retirou do saco o presunto, trazido de Moscou, ainda com a pele.

— Koliucha, não quer um pedacinho do couro?

"A casquinha" estava tomada de fungos, e Kolia, que previamente a havia escaldado debaixo do samovar, com muito esforço, roeu um pedacinho para não magoar o professor.

Mas quando os meninos ficaram sozinhos, eles amaldiçoaram o ocorrido durante uma hora e desde aquele tempo zombavam freqüentemente uns dos outros :

— Koliucha, não quer um pedacinho do couro?

Quando Mikhail Samoilitch viajava por um ou mais dias para Moscou, eles ficavam totalmente sozinhos. A primeira coisa que faziam era escapulir para passar a noite, junto com os meninos da aldeia, no vale que ficava perto do rio. Carregavam o seu famoso cobertor, a dona da casa arrumava um casaco, e eles passavam o tempo maravilhosamente no vale, próximo do rio. As estrelas brilhavam no céu escuro. Em algum lugar, os cavalos presos relinchavam. Às vezes, ouvia-se quando eles pulavam com suas patas manquejando. Depois, tudo ficava silencioso novamente. Os meninos acendiam uma fogueira e permaneciam em volta dela, fazendo caretas, com o reflexo vermelho do fogo brincando nos seus rostos.

— Vamos catar zimbro! Se não a fogueira vai se apagar...

Corriam alegres para o arvoredo vizinho a catar zimbro. O pequeno pastor tinha uma faca grande, para se defender dos lobos. Com esta faca eles cortavam os galhos espinhentos, com frutinhas azul-escuras dos arbustos de coníferas, e levavam tudo para queimar na fogueira. Os galhos começavam logo a explodir, soltavam uma fumaça densa, resinada e cheirosa, tudo estalava, crepitava e cantava quando o fogo lambia com suas labaredas ardentes os arbustos verdes e frescos dos zimbros nativos.

— É bom que o pernilongo não gosta desta fumaça — comentou um menino sardento, de cabelos claros.

— Nós sempre queimamos ramos de zimbro em casa, para espantar os pernilongos — respondeu outro.

— O faisão gosta de comer as frutinhas do zimbro — falou o pastor, convicto, afiando um galho do forte zimbro e talhando nele diferentes ornamentos e monogramas.

— Ele serve muito bem, também, para se fazer vara de pescar para lugares fundos — continuou o primeiro. De um lado ele é mais grosso, do outro, fino como um fio de cabelo, mas não quebra com nada, somente enverga. É a vara perfeita.

— E o que há para pescar nos lugares fundos aqui? — perguntou Kolia, muito interessado na nova informação.

— O que quiser. Aqui pescamos bacalhau de noite, e no laguinho... sabe, aquele atrás do bosque... tem boas carpas, que pegam bem o anzol com minhoca. São imensas as carpas, larguíssimas, douradas...

No arvoredo, uma coruja pôs-se a chamar, num lamento.

— Outro dia Filka pegou uma corujinha...

— Onde? Com quem está agora? — agitou-se logo Kolia.

— Lá no arvoredo. Tiraram do buraco da árvore. Coberta de penugem. Esquisita. Abria e fechava os olhos enormes. Parecia mais um animal do que um pássaro. Não pode voar, mas vive escalando, escalando. É engraçadíssima!

— Onde vocês a colocaram?

— Petrukha apanhou-a, mas com a minha corda, então não teve jeito.

— Para que fizeram isso? Seus bobos!

— E para que ela nos serve? Elas, as corujas, devoram os coelhinhos pequenos...

— Vocês têm coelhinhos?

— Agora não, mas no ano passado, o coelhinho do tio Filipp cresceu e tornou-se uma lebre... Batucava agilmente com as patinhas da frente.

— E depois o que aconteceu?

— É sabido o que aconteceu depois. Mataram e comeram. Era gordo o coelhão.

A lua parecia uma bacia de cobre pendurada no céu.

— Kolia, é verdade o que dizem... que Caim está sentado na lua?

— É besteira...

— E o que são aquelas manchas lá?

— Montanhas.

— Montanhas na lua? Mentira! É bobagem...

Kolia parte para as explicações. Sacha o apóia. Os meninos da aldeia escutam de olhos arregalados... A fogueira estava se apagando.

— Kolia, vamos dormir. Ou amanhã vai parecer que fizemos uma lavagem intestinal com vidro quebrado e vinagre — falou Sacha.

— Está bem. Forre o chão com o casaco...

E os meninos adormeceram com os rostos voltados para o céu. Volodia se enrolou feito um *kalatchik** numa bolinha. Os outros também adormeceram. Apenas o pastor ficou sentado perto da fogueira, que se apagou lentamente, e trançou para si um novo par de alpercatas: as velhas estavam muito usadas, era hora de jogá-las fora.

Na ausência de Mikhail Samoilitch as crianças gostavam de dar banho nos cavalos. Certa vez, eles fugiram e foram até o rio. O dia estava quente. E tanto as pessoas como os animais estavam cansados com o insuportável calor, que parecia queimar a pele com raios espinhentos. Os cavalos sofriam com os moscardos que, co-

---

* *Kalatch* ou *kalatchik* – pão de trigo em forma de tranças, sendo o de Moscou o mais famoso. (*N. da T.*)

mo nuvens, voavam em volta deles e os picavam sem dó. Os meninos caçavam os moscardos maiores, arrancavam suas cabeças e observavam como cada moscardo subia sem a cabeça e depois caía, agarrando-se com suas patinhas e ajudava com o par de patinhas traseiras a esticar as asinhas, acariciando-as por cima. Ou então enfiavam em seu traseiro um talo e, estes torturadores de cavalos, sumiam na imensidão azul. O rio brilhava como um metal ofuscante. A água seduzia...

Os meninos se despiram, montaram nos cavalos e, com gritos, assobios e canções, correram para a água. Risos. Respingos. Agitação...

— Saiam! Volodka, Sacha! Para a beira!

E Kolia, esporeando a égua com os calcanhares descalços, levou-a para a beira. Mas enquanto ela subia rapidamente, Kolia percebeu de repente que começou a deslizar pela pele molhada do cavalo e um segundo depois desmaiou: algo bateu na sua cabeça, um raio surgiu em seus olhos e uma total e absoluta escuridão apagou tudo...

Quando acordou, viu que estava deitado no chão. A seu lado estava Volodia, se derramando em lágrimas e implorando:

— Kolietchka! Kolietchka! Você está vivo? Você não está morto?

A cabeça de Kolia estava coberta de sangue, um sangue grosso, que em coágulos grudava nos cabelos. Acontece que, quando ele deslizou da garupa, o cavalo, que tentava se livrar da tutela do cavaleiro, deu-lhe um coice na cabeça com sua pata com ferradura, o que fez a cabeça de Kolia sangrar muito: apareceu um grande galo com um corte no meio. O sangue esquentou sob o sol, junto com os cabelos, e então surgiu uma grande bolota de cabelo, como numa doença do couro cabeludo.

Após os primeiros minutos de desespero, eles começaram a discutir como esconder de Mikhail Samoilitch, que deveria retornar à noite de Moscou, o ferimento de Kolia. Todos tinham certeza de que era necessário esconder; do contrário perderiam toda a liberdade, com a qual estavam se deliciando. Resolveram que Kolia deveria se esforçar e andar o tempo todo de boné e se sentaria à mesa de tal maneira, que Mikhail Samoilitch não visse o ferimento. E juraram uns para os outros que iriam ficar calados sobre o ocorrido. Sacha expressou a opinião sobre a necessidade de Kolia mostrar a ferida ao médico, mas ele protestou com tanto estardalhaço, que esta questão saiu da ordem do dia e todos concordaram em ficar com a língua atrás dos dentes. Esta combinação mútua foi cumprida e Mikhail Samoilitch só não conseguia entender por que Kolia se recusava categoricamente a cortar os cabelos... Porém, no final das contas, este último problema pouco o preocupava.

Mikhail Samoilitch, a seu modo, gostava muito da natureza e a entendia. Ele andava pelo bosque, chegando até a lugares mais densos, caminhava pelos pântanos, procurando musgos bonitos e coloridos, cepas engraçadas, fungos imensos, cortava das bétulas raízes defeituosas e naturalmente talhadas, com saliências sedimentadas, arrancava dos pinheiros guirlandas avermelhadas de pinhas, colhia flores, samambaias, folhas púrpuras mortas do álamo alpino, cachos de riabina e viburno — todo este tesouro carregava para casa, fazendo com ele uma maravilhosa decoração. Os meninos calorosamente o apoiavam: neste ponto reinava um total entendimento. Mas para todos faltava alguma coisa viva, que se movimentasse, que não ficasse parada ou deitada no mesmo lugar. Assim aos poucos eles concluíram que precisavam arranjar alguns animais. Resolveram pegar esquilos. Mikhail Samoilitch trouxe de Moscou uma tela fininha de metal, daquelas com as quais fazem tampa para proteger das moscas os alimentos, desenhou e encomendou para o marceneiro da aldeia duas gaiolas enormes de madeira. As gaiolas logo ficaram prontas. E como as montaram! A parte inteiriça da caixa e todas as partes de madeira, os meninos, junto com Mikhail Samoilitch, tamparam com madeira de bétula. Dentro prenderam os fungos mais bonitos, raízes esburacadas e galhos nodosos de carvalho. Na madeira de bétula, em alguns lugares, colaram musgos, folhas claras — ou seja, decoraram as gaiolas com tanta arte que qualquer especialista em decoração de viveiros de jardim zoológico morreria de inveja. Pegar mesmo os esquilos eles não conseguiram. Kolia encontrou várias casas de esquilos, mas estavam todas vazias. Certa vez, ele subiu em um imenso pinheiro, onde no próprio tronco, lá em cima, viu a casa arredondada do esquilo. Com muito esforço ele conseguiu passar por entre os galhos; pequenos pedaços da casca, carcoma, agulhas secas caíam na sua cabeça e sujavam seus olhos. Ele enfiou a mão direita nos orifícios laterais do ninho e com pavor a retirou: a casa vazia do esquilo estava habitada por zangões!

Aconteceu certa vez de enxotarem um esquilo da árvore e Kolia correu atrás dele, que, de rabo levantado, correu pelo chão até alcançar um pinheiro alto. Kolia agarrou o esquilo pelas costas, mas este cravou seus dentes momentaneamente no dedo de Kolia, que o soltou... Que vergonha passou Kolia... O esquilo fugiu e olhava lá de cima zombeteiro, fazendo ruídos e balançando seu rabo felpudo... Olhou, olhou e depois, como um vitorioso, correu e sumiu de vista. Não havia o que fazer, a oportunidade fora perdida.

Mikhail Samoilitch teve de comprar um esquilo na praça Trubnaia. Ele comprou logo um casal, macho e fêmea. Quando os soltaram dentro da gaiola — grande e além do mais tão bem decorada —, depois do longo tempo que passaram dentro de uma gaiolinha pequena do vendedor, eles enlouqueceram de alegria, batiam, balançavam o rabo, corriam pelos galhos e logo com muito apetite comeram as nozes e as sementes de girassol, uma parte das quais eles escondiam nos musgos, guardando-os com cuidado com suas ágeis patinhas dianteiras. Às vezes, eles eram soltos de suas gaiolas e corriam pelas paredes de madeira, soltavam-se, caíam e subiam novamente com uma rapidez espantosa, agarravam-se na menor saliência ou irregularidade. Logo, logo, eles tornaram-se mansos, andavam pela mesa dando pulos ondulados, e pegando as migalhas, experimentando e espalhando os restos de comida; subiam nos ombros das crianças; entravam nos seus bolsos, deixavam-se acariciar, apertavam e fechavam os olhos, rosnavam e soltavam gemidos...

Depois, os meninos da aldeia trouxeram um coelhinho e foi assim que a segunda gaiola tornou-se habitada. No início, o coelho sentiu-se acuado, mas depois se acostumou. É claro que o ar do quarto, com tudo isso, piorou, mas a tragédia não era tão grande assim já que as janelas ficavam sempre abertas: só as fechavam quando soltavam os esquilos.

Várias vezes Kolia saiu com Mikhail Samoilitch para pintar, e este afirmava que ele estava se saindo bem. Só que Kolia só gostava de pintar certos motivos especiais: o pôr-do-sol púrpura e as nuvens com os contornos avermelhados; um incêndio noturno; a aldeia iluminada pela lua. Ele ainda não sabia trabalhar coisas elementares e se apressava em pegar as mais difíceis; corria atrás dos efeitos da luz e da sombra e, obviamente, era derrotado sempre.

O outono se aproximava. As folhas das bétulas amarelavam e entre este ouro ardiam os álamos em chamas púrpuras avermelhadas. Mikhail Samoilitch preparou-se para ir até o lago Senezhskoe e resolveu levar Kolia. Pegaram as tintas e levaram também as varas de pescar: Mikhail Samoilitch contou que lá, no outono, dava muito peixe. Certa vez ele morou numa casa não muito longe do lago e conhecia muito bem todos os seus arredores. Foi para lá que se dirigiram.

Kolia, pela primeira vez, viu tamanha quantidade de água. O lago azulava em sua vasta extensão e tinha ondas verdadeiras na sua superfície. Ele não parecia nem um pouco com os riachos pequenos e tranqüilos, ou as valas e enseadas, nas quais, como em um espelho, se refletiam as árvores e os arbustos. Ele se estendia para bem longe e do outro lado o bosque azulava na neblina. Arbustos inteiros de altos juncos estendiam-se pela beirada e secamente balançavam suas folhas e seu cochicho incompreensível passava como uma onda. Os aventureiros deveriam chegar à aldeiazinha, em que havia morado anteriormente Mikhail Samoilitch, para garantir a dormida. O caminho passava primeiro por um atalho na margem do lago e pelo junco derrubado, por debaixo do qual surgia a água, com um som de queda; depois por um vale de terra firme, após o qual começava uma floresta de carvalhos. Os carvalhos não eram muito antigos, mas também não eram muito novos, tinham meio século de vida e, com firmeza, aprofundavam suas raízes na terra preta e úmida, levantavam para o céu suas copas frondosas entalhadas mas não inteiramente verdes.

— Ah, Pai do Céu, de onde você veio, meu querido? — disse a velhinha camponesa para Mikhail Samoilitch. — Por esta não esperava e nem adivinhava, parece que caiu céu!

— Vim com o Kolia, Fedocia Stepanovna, para ver o lago. Queremos pernoitar aqui.

— Sejam bem-vindos. E o menino, é seu parente?

— Não, conhecido.

— Ah, então é isso. Vão ficar muito tempo?

— Uns dois dias.

— Por que tão pouco tempo? Passem uma temporada! Que besteira minha, fico só falando e não faço nada. Vou correndo colocar o samovar para aquecer e cozinhar alguns ovos para vocês...

E a velha foi mancando para o outro lado da casa.

Ela rapidamente estendeu na mesa a toalha pintada com franjas nas pontas, o samovar começou a cantar, apareceram as panquecas de centeio, a jarra com o leite fervido e ovos vermelhos cozidos.

— Comam, por favor! Há muito tempo o senhor não aparecia aqui, Mikhail Samoilitch, meu Deus. Vai ver, nunca tem tempo! Eu, com freqüência, me lembro do senhor... E o verão, está passando em Moscou?

— Não, na aldeia...

— Por que não passou aqui? Esqueceu a gente? Não foi bom aqui?

— Ando sempre à procura de lugares novos, Fedocia Stepanovna.

— Anda pintando? É verdade, este é seu negócio. Mas, por favor, comam. Deixe servir chá para o senhor. Só que o açúcar está escasso, não me levem a mal.

— Muito obrigado. Não é necessário, tudo isso é mais que o suficiente. Koliucha, coma as panquecas. A vovó as prepara muito bem...

— Somos felizes com a riqueza que possuímos.

Depois de refazerem as forças com a hospitalidade de Fedocia Stepanovna, Mikhail Samoilitch e Kolia foram de novo até o lago. O poente queimava com mantos púrpura. Torres de nuvens rosadas amontoavam-se em gigantescos cumes, com desenhos delicados, sombreados com as tonalidades lilás e azul. Kolia já pensava nas tintas: aqui manchas rosa e o amarelo indiano; ali, carmim e cobalto; nas clareiras, Paolo Veronese e um pouquinho de azul-celeste...

Kolia pegou os velhos tubinhos de tintas que Mikhail Samoilovitch carregava em sua caixa.

Eles tinham que se apressar para capturar a beleza do momento.

— Mikhail Samoilitch, vamos parar. Veja que paisagem!

— Está bem, só que temos que desenhar rápido. Vai escurecer e nem irá perceber: tudo muda em questão de segundos.

Sentaram. O lago brincava com o reflexo do entardecer nas margens escuras. Kolia se apressava, mal conseguia espremer as tintas. Mikhail Samoilitch trabalhava com segurança, não se agitava e por isso conseguia. Enquanto Kolia se torturava, procurando as cores, o pintor, sem erro, encontrava a tonalidade certa; ele não precisava experimentar várias vezes cores variadas — tudo saía naturalmente. A experiência do passado se transformou num instinto fiel, tanto a mão como os olhos percebiam aquilo que era preciso, quase automaticamente. Kolia, não sem inveja, olhava o professor: como tudo saía leve e livremente! Ele parecia brincar com as tintas e os pincéis. Às vezes, Kolia achava que Mikhail Samoilitch pintava manchas de tintas de maneira errada. Mas em seguida elas eram rodeadas por outras cores e adquiriam um matiz diferente, como a parte de um todo, e o esplendor do banquete luxuoso e púrpura do céu então se refletia na tela do pintor...

— "Oh, claridade tranqüila, sagrada glória de nosso Pai celestial, abençoada e santa" — cantava para si mesmo Mikhail Samoilitch. Ele olhava o céu. Em seus olhos brilhavam as luzes do entardecer...

Kolia não queria nem olhar para sua pintura. Ele estava totalmente desesperado — ela parecia uma doença verde, uma pálida fraqueza... Todo aquele encantamento que o absorveu no começo, evaporara-se. As asas do espírito, sem forças, se abaixaram: não saía nada direito, não conseguia, não sabia!, pensava ele. E ele já não queria mais trabalhar. Porém, por outro lado, aquela pintura idiota estava diante de seus olhos, aquela pobre comprovação de sua incapacidade... É necessário que ela desapareça — passava vagamente na cabeça do Kolia. E... de uma só vez! Ele com um movimento apagou com o pano todo seu trabalho...

— Koliucha, o que você está fazendo?

— Mikhail Samoilovitch, isto é uma porcaria, tenho até nojo de olhar... — respondeu Kolia, quase chorando.

— Não faz mal! É muito bom que você leve o trabalho tão a sério. Vai aprender mais rápido. Só tem que recomeçar e recomeçar. Não desistir. Não cair em desespero. O que você queria? Que tudo saísse logo certo, sem experiência nenhuma? Você não pode falar grego de imediato! Aqui é assim também — Mikhail Samoilitch consolava Kolia, afastando-se de seu quadro mas continuando a olhar ora para ele, ora para a paisagem. — Basta errar apenas um pouquinho e pronto, já não é a mesma coisa; corrigimos um pouquinho — e tudo fica vivo de novo. Karl Briulov dizia que a arte começa exatamente neste "pouquinho". Briulov era...

— Sim, eu sei, Mikhail Samoilitch: *O último dia de Pompéia.*

— Ele mesmo. Só que era um beberrão inveterado e um depravado, que Deus o perdoe...

— Embebedava-se com Kukolnik e Glinka...

— Como sabe de tudo isso? — espantou-se Mikhail Samoilitch.

— Eu li.

quer forma não se vê mais nada.

— Está certo! Que esperto! Já está na hora de terminar: de qualquer forma não se vê mais nada.

Mikhail Samoilitch limpou os pincéis e fechou o álbum. Já estava completamente escuro, quando eles entraram na casa.

— O que estavam fazendo nesta escuridão do Egito? — perguntou Fedocia Stepanovna balançando as mãos. — Vamos andando: já preparei a janta, limpei um arenque e cozinhei batatas; tem mingau com leite. Mas vão ter de dormir no feno... outros confortos eu não possuo.

— Não se preocupe, pelo amor de Deus.

— Não é preocupação alguma. Fico feliz com visitas. Se não, fico sempre sozinha, sozinha como uma coruja no oco da árvore. A palavra certa é esta, uma coruja... Uma coruja de verdade...

Na manhã do dia seguinte, Mikhail Samoilitch acordou Kolia, que dormia profundamente, como uma marmota.

— Koliucha, está na hora de levantar!

Lavaram o rosto rapidamente no pátio em uma pia de cerâmica e depois de um rápido chá quente, Kolia se dirigiu outra vez com o pintor para o lago, mas agora para outro lado. Quando chegaram e começaram a procurar na margem um lugar mais cômodo, uma neblina matinal espalhou-se sobre o lago. A pálida massa branca da neblina, ora se retorcendo, ora fazendo redemoinhos, se juntava formando uma imensa parede ou se partia em pequenos flocos, por entre os quais via-se a superfície espelhada do lago. A água estava calma e nenhuma onda balançava sua ampla superfície. O sol já estava alto e através da neblina parecia uma bola vermelha pendurada no céu. Sua luz faiscava em milhões de gotas de diamante na grama fria, coberta de orvalho.

— Faz frio — falou Mikhail Samoilitch, arrumando as tintas e o álbum.

— É, está bem friozinho.

— Mas o dia será bom. E você, Kolia, não sente direto na grama, pode se resfriar ou pegar dor ciática... Traga para cá aquele carrinho de mão... está vendo, alguém deixou lá aquele carrinho velho. Não, você está olhando para o lugar errado... À direita, perto do arbusto...

Kolia trouxe o carrinho pesado, com o qual, certamente, transportavam paralelepípedos para consertar o dique do lago.

— Agora está tudo certo. Arrume as varas. Vou catar as minhocas. Aqui tem muitas, eu trouxe uma latinha comigo.

Mikhail Samoilitch encheu a lata de minhocas, que se enrolavam e se retorciam, erguendo, ao longo da parede da latinha, suas extremidades aneladas e avermelhadas. Instalaram-se com as tintas, retiraram os pincéis, jogaram os anzóis e começaram a pintar... Mal fez Mikhail Samoilitch duas pinceladas e seu flutuador afundou bruscamente, como se alguém tivesse batido em sua cabeça...

— Ah-ah, meu querido, te peguei!... Olha só... — falou Mikhail Samoilitch comovido, ao retirar do anzol uma grande perca que se debatia, espetava, esbugalhava os olhos e abria as guelras, vermelhas por dentro.

— Kolia, acorde! Atenção!

A vara de pescar de Kolia entortou. Ele puxou o anzol. Na isca estava pendurado um lúcio verde que pesava meia libra.

— Quer dizer que a pescaria está boa... A perca engoliu o meu anzol... não consigo tirá-lo. Vai ser preciso cortar com a faca... — Mikhail Samoilitch já estava com as mãos sangrando.

— Bom dia, Mikhail Samoilitch! — soou de repente a voz de alguém. — Eu o reconheci pelo chapéu.

Por trás dos arbustos, aproximou-se o velho vigia com um puçá.

— Faz tempo que chegaram?

— Chegamos ontem.

— Que sorte.

— Por quê?

— É que agora a pescaria está muita rica. Há uns dez anos que isto não acontecia. Estão usando minhocas? Tentem com alevino. Aqui tem uma infinidade deles. Vou apanhar agora para vocês com o puçá e coloco no carrinho. É fácil de pegar, até no raso. Até meio-dia com duas varas vão pegar uns vinte quilos.

— Será?

— É verdade, dou a minha palavra.

O velho, gemendo, entrou na água e apenas com alguns movimentos encheu o carrinho com centenas de peixinhos brilhantes. Eles pulavam e caíam na grama, moviam-se e depois morriam.

— Não tem problema que sequem. A perca e o lúcio engolem de tudo direto. E onde estão os sacos?

— Que sacos?

— Para os peixes.

— Levamos na linha.

— Assim não vai dar. Estou falando... irão pescar muito. Pesquem com alevinos, que depois trago dois sacos. Até logo!

Mal lançaram os anzóis, como foram fisgadas, ao mesmo tempo, as duas varas — dois lúcios velhos e enormes tremeram e caíram no chão. A pescaria estava especial. Nem parecia mais uma pescaria e sim um verdadeiro matadouro, a toda hora era preciso puxar, arrancar e cortar o anzol. As mãos cobriram-se de sangue, muco e escamas pegajosas de peixe. Não era necessário esperar: o peixe fisgava de primeira, na mesma hora, era só jogar a isca na água. Logo apareceu o vigia com os sacos nos ombros.

— Então? Era verdade o que o velho lhes disse, ou não?

— Era verdade, vovô.

— Isto mesmo, vocês passaram a noite na casa da Fedocia?

— Sim, por quê?

— É sobre os sacos...

— Vou pagar pelos sacos e pelos conselhos, está bem?

— Agradeço muito. Os sacos não têm importância, tenho muitos! E também sempre consigo lá no moinho.

— Então está bem... Kolia, não se distraia!

A vara de pescar de Kolia se entortou três vezes... Ele puxou... estava difícil, devia ser um lúcio grande.

Kolia soltava, depois puxava de novo o fio de náilon, "torturava" o peixe até ele se cansar e se entregar. Trazendo-o para a beira, tirou-o com o puçá. Era um lúcio imenso preto típico de lago, não muito comprido, mas gordo como um tronco; ele engolira não um alevino e sim uma perca que havia engolido um alevino e a perca ainda dava sinais de vida!

— Olha só! — gritou o vigia. — Que lúcio guloso. E por que não conseguiu cuspir a perca? Deve ser porque ficou presa pelos dentes. Isto não é uma libra de passas... Eh! abutre, como arreganha os dentes... Segura! Segura firme! Se não, foge!

O lúcio pulava na grama, rolando cada vez mais para perto do lago.

— Coloque-o rápido no saco e termine com isso. Assim.

Kolia empacotou o peixe com a ajuda do vigia e Mikhail Samoilitch começou a juntar todos os peixes pescados. Já havia meio saco.

— Que horas são agora, vovô?

— Já passa das nove.

— Só?

— Não falei para vocês que até o meio-dia ia dar dois sacos! Agora tenho de ir para o moinho. Então os sacos...

Mikhail Samoilitch tirou apressadamente umas moedas e acertou as contas com seu velho conhecido.

— Muito obrigado. Venha com mais freqüência. A pescaria está muito boa. No domingo vem muita gente. À noite e durante a semana vêm muitos moscovitas... Deus os ajude!

— Muito obrigado, vovô.

As fisgadas não cessavam. As tintas foram esquecidas, sobre elas não se disse sequer uma palavra. Tinham somente que colocar alevino como isca, jogar, tirar da água, retirar do anzol e novamente lançar. Parecia até anormal quando passavam alguns momentos sem pegar nada...

Por volta do meio-dia, Mikhail Samoilitch deixou Kolia no lago e foi até a casa de Fedocia Stepanovna buscar um cavalo para carregar os peixes.

No mesmo dia, os pescadores voltaram para casa com a pesca, sendo que a metade deixaram para a boa velhinha.

— Trouxemos peixes... — pronunciou Mikhail Samoilitch, aparecendo na porta de sua moradia.

— Esturjão? — perguntou Sacha sarcasticamente ao vovô.

— Não, lúcios e percas.

— E não trouxe couro de porco?

Mas Mikhail Samoilitch não entendeu a brincadeira do sobrinho...

15

A vida dos Iablotchkin seguia seu curso. Kolia, o filho mais velho, já havia completado quinze anos e passou para a sexta série do ginásio. Nasceu mais um filho, Vacia, um menino maravilhoso, de grandes olhos azuis, sombreados apenas pelos cílios escuros e compridos. Ele se tornou o preferido de todos, e até o sempre mal-humorado e nervoso Mikhail Vasilievitch, às vezes, o pegava nos braços e sorria, o que era raro. Kolia crescia como um selvagem e numa eterna guerra com o pai, era fechado, reservado e raivoso. Não podia se gabar da saúde: era seco e magro. Sofria de escrófula, e estava sempre às voltas com ventosas e vidros, pomadas, pílulas e xaropes; passava os dias dentro de casa, passeava muito pouco, não tinha quase nenhum contato com a natureza e se concentrou na defesa de sua independência e nos livros. Estudava exemplarmente, era aplicado ao extremo, gostava de ordem absoluta nos livros e nos cadernos: tudo dele era muito limpo, sem uma manchinha sequer e feito com capricho — os pedagogos do ginásio o consideravam um aluno exemplar. Sua assiduidade causava espanto, e Maria Ivanovna, preocupada, perguntava ao filho diversas vezes:

— Kolia, por que não sai um pouco? Você nunca vê o sol...

— Não quero.

— Terá tempo para preparar a lição.

— É mais interessante ficar aqui.

— Dê pelo menos uma volta pelo jardim!

— Já conheço tudo o que há lá.

Então a mãe recuava. Kolia continuava estudando com afinco, lendo todo encurvado sobre a mesa como um velho. Ele era o primeiro aluno da turma e de comportamento excelente: as brigas dos meninos, a agitação, as bagunças não lhe interessavam nem um pouco; ele se mantinha afastado e, no fundo de sua alma, não possuía nenhuma aptidão para estas atividades por causa da sua estrutura física e de seu temperamento mal-humorado. Ele não suportava as obscenidades dos ginasianos, as anedotas, os versos escabrosos, e olhava para tudo isso com desprezo e asco. Ele espichou; de rosto ficou parecido com um jovem judeu da província: um nariz comprido, olhos negros com as pálpebras um pouco avermelhadas; com omoplatas salientes e as costas encurvadas; tinha cabelos levemente cacheados e negros como carvão; as mãos magras e os dedos compridos, como de um violinista. Ele adorava música, mas falava pouco sobre ela, preferia se deliciar sozinho, dentro de si mesmo. As constantes brigas com o pai, as ofensas e humilhações criaram precocemente nele sua famosa frieza e dureza de caráter: muitos colegas o chamavam de "Torrada", e este apelido retratava parte de sua verdadeira essência.

Kolia não suportava o pai; e o ambiente escolar, com suas pequenas brigas, molecagens, servilismo e um círculo estreito de interesses, não conseguia considerar ideal. Acostumou-se, desde cedo, a reparar e enfiar, como miçangas numa linha, todos os fatos e acontecimentos de caráter negativo e aquela espécie de vida se tornava a cada dia mais parecida com o caos. Sua leitura intensiva reforçava muito sua crítica visão de mundo, que começava com a família e se aprofundava e se alargava cada vez mais.

Entre os companheiros de Kolia havia colegas mais velhos, que já se preocupavam seriamente com problemas da vida social, liam livros volumosos e, às vezes, traziam literatura ilegal que era imprimida em papel de seda. Estas folhas, de tão lidas, chegavam ao ponto de se transformarem em farrapos de papel sujos e ensebados. No meio dos ginasianos das séries mais avançadas e dos estudantes universitários, já aconteciam calorosas discussões entre os marxistas e os *narodniki*, incendiavam-se as paixões; moças e rapazes, com rostos ardentes, discutiam as últimas controvérsias, e uma parte deles já vivia uma vida que muitos apenas podiam suspeitar de sua existência. No próprio ginásio, na sala onde Kolia estudava, surgiram círculos de estudantes independentes, embora bastante inocentes: liam Pisarev, Dobroliubov, Tchernichevski, escreviam ensaios sobre o "sentido da vida", sobre a educação clássica, sobre a questão feminina, sobre o materialismo. Espalhavam-se mais e mais as ramificações da crítica ao czarismo, e toda literatura russa adquiria de uma hora para outra um sentido específico e um significado novo.

Kolia Iablotchkin se debruçara sobre as obras de Buckle e Draper, com entusiasmo lia Pisarev: gostava terrivelmente do conceito de "o egoísmo racional"; da sua esmagadora condenação de Puchkin pela sua excessiva camaradagem; da defesa de Bazarov; da irada defesa do materialismo de Büchner; e daquele brilhante e cruel ódio, daquele orgulho jovem e arrogante com que Pisarev atacava todos os defensores dos poderosos, vagabundos, filisteus, senhores e mestres. Este era um mundo totalmente diferente e Iablotchkin mergulhava nele com a mesma obstinação cáustica com a qual superava Tito Lívio, Salustiano ou Homero. Tudo isso ele fazia com extrema solidez, passo a passo, seguia sempre em frente, cada vez mais longe, abrindo seu caminho através da leitura página a página, de novos volumes. De mão em mão, passava também a literatura leve da oposição. Certa vez, Kolia levou para casa *A história desde Gostomisl até os nossos dias*. Decorou-a, junto com Mania, e Kolia compreendia muito bem seus versos finais:

> Andar, às vezes, é escorregadio
> Por pedras diferentes.
> Mas sobre aquilo, que é muito próximo,
> É melhor nos calarmos.

Leram Chedrin, *A história de uma cidade*, e *História*, de Aleksei Tolstoi. Eles representavam para Kolia Iablotchkin o fundamento principal de todo o "Império Russo", um retrato completamente diferente da exaltação de Karamazin, da sóbria e sensata apologia de Serguei Soloviov, e da história semi-oficial de Zabelin ou de Kostomarov. Kolia era fascinado por história e já entendia claramente o quanto estava distante a história real da oficial, daquela que era pregada pelos cientistas oficiais, incluindo a obra do talentoso professor Vasili Osipovitch Kliutchevsk, parecido, de rosto e corpo, com um esperto representante de uma antiga repartição pública. Numa ocasião, Kolia trouxe para casa cópias manuscritas do *Evangelho*, de Leão Tolstoi. Encurvados sobre o abajur de vidro verde, Kolia e Mania liam em voz alta:

"...E ficou Maria barriguda... José era uma boa pessoa..."

— Kolia, o que é barriguda?

— Grávida.

— Mas por quê? — Mania, apesar de seus quatorze anos, ainda não tinha recebido a informação necessária.

— Depois você mesma vai descobrir.

— E por que não pode me contar?

— Ainda é cedo para você saber...

— Vou ficar de mal...

— Não fique brava, irmãzinha... Vamos continuar lendo...

E a leitura prosseguia. Kolia, certamente, há muito tempo não ligava para a religião e Mania, sob sua influência, também. Porém, a impressionante simplicidade do trabalho de Tolstoi e sua linguagem natural, ao relatar toda a lenda do Evangelho em formas do dia-a-dia comum, tornavam, por contraste com a interpretação oficial da Igreja, tudo muito mais interessante desde o princípio até o fim, e as crianças com entusiasmo leram todos os cadernos que haviam sido copiados a mão caprichosamente por alguém.

Recomendaram a Kolia ler o livro *O que fazer?*, de Tchernichevski. Porém, com o famoso romance "do grande cientista e crítico russo", Kolia Iablotchkin se deliciou sozinho, considerando que Mania era ainda muito pequena para aquela leitura. Ele se trancava no quarto a chave, acendia o abajur e, em duas ou três vezes, leu o livro inteiro, que abriu, para ele, um verdadeiro mundo novo. E assim prosseguiu: quanto mais adiante no bosque, mais lenha se encontra. Kolia Iablotchkin já tinha alguma idéia do socialismo, conhecia, por ter ouvido falar, os nomes de Plekhanov e de Lenin; embaçados, como através de uma camada de água, surgiam misturados em sua frente os marxistas, os *narodniki*, os vários partidos e a literatura clandestina, a militância ilegal. Tudo isso, com sua agudeza, decisiva crítica revolucionária, seriedade, mistérios e riscos, o seduzia. Kolia trazia para casa histórias contadas pelos estudantes sobre reuniões, sobre círculos de trabalhadores; trazia também canções estudantis que eram muito populares entre os estudantes: Kolia e Mania, sentados no sofá, cantavam a meia voz:

> Como o nosso ge-ne-ral Kleihels
> Reuniu todos os gen-dar-mes:
> Ei, vocês de far-das azuis,
> Vas-cu-lhem todos os a-par-ta-men-tos!
> Todos os a-par-ta-men-tos foram vas-cu-lha-dos,
> Não en-con-tra-ram so-ci-a-lis-ta algum...

Cantavam "Existe em Moscou um quarteirão barulhento" e "Aristóteles, o sábio filósofo da Grécia" e a idolatrada "De um país, país longínquo" e dezenas de outras músicas alegres, sarcásticas e animadas, tristes e melancólicas que eram cantadas pela juventude estudantil nas festas, quando os corações ardiam com impetuosa alegria e gana de luta e nada temiam...

Assim, no apartamento de Mikhail Vasilievitch, um servidor fiel do czar e da pátria, admirador da igreja e de seus santos, entrou rastejando a subversão, cuja aniquilação tornou-se a maior preocupação do governo imperial. Esta subversão tinha seu ninho no quarto de "Kolia", onde reinava um mundo especial. As meninas — Mania e Sacha — dormiam no quarto das "crianças"; Kolia tinha "seu" próprio quarto, com um sofá amplo no lugar da cama; um armário, onde atrás do vidro ficavam os livros, com as lombadas das encadernações à mostra; uma mesa-de-cabeceira, onde ficavam guardados os frascos e vidros de remédios; entre as duas janelas grandes, com cortinas feitas de um tecido grosseiro, ficava uma velha mesa, que passara por dias melhores. Nela ficava a luminária, o tinteiro e pilhas bem organizadas de livros. Kolia mantinha seu quarto fechado a chave — a chave era grande, comprida e desconfortável de carregar no bolso. Ninguém, além de Mania, se atrevia a entrar lá e até mesmo Mikhail Vasilievitch ao passar pelo corredor, olhava de soslaio e zangado para o quarto trancado de Kolia.

Parecia que até mesmo o ar lá dentro era diferente: o quarto de Maria Ivanovna cheirava a perfume; o gabinete do pai, a valeriana; o quarto das crianças, a colchas de tecido, limpas e alvas; o corredor, a naftalina, que vinha do imenso baú onde eram guardados os sobretudos e as roupas velhas; o banheiro, sempre muito aquecido, a querosene e baratas, que corriam pelas paredes, balançando suas antenas. Eram imensas e pretas — a empregada dizia que isto significava "sorte" ou "incêndio". Já no quarto de Kolia, o cheiro era confuso, misturando o de botas com o dos livros, encadernados com couro, com o de papéis velhos e empoeirados, como nos almoxarifados dos arquivos. Kolia estava sempre trancado ali dentro, como em uma fortaleza, aparecia apenas para as refeições, quando rapidamente e calado, comia sombrio. Por causa desta constante tensão entre o pai e o filho, este muro de ódio mútuo, todos à mesa se calavam. Depois ele rapidamente desaparecia e voltava para seus livros. Uma vez ou outra ele saía do quarto, quando o pai não estava em casa, e ia até a sala de jantar brincar de boliche com as irmãs, arrumado debaixo da cômoda emoldurada com espelho, ou jogar *blochki*, uns ossinhos redondos, pequenos e coloridos: tinha que impulsionar os pequenos com um outro osso grande, de tal maneira que os menores caíssem dentro das xicarazinhas de madeira sobre a mesa.

Quando "na entrada" soava o som do sino de cobre, as crianças corriam até a escada a fim de ver, debruçando-se no corrimão, quem estava chegando lá embaixo. Duas visitas mereciam atenção especial. Caso a visita fosse tia Lipa, uma parente distante, pequenina, morena, que falava pelos cotovelos e gostava de fofocar, eles corriam de volta gritando: "Lipa, Lipa... a anã! Lipa, Lipa... a anã!" Assim eles expressavam a sua antipatia por ela. Quando a irmã mais nova Sania, que se diferenciava por sua religiosidade sonhadora, recebia a visita do padre, da igreja local, que gostava muito desse prodígio espiritual, embora ela fosse ainda uma criança, Kolia e Mania gritavam tão alto "É o padre, o padre" que o respeitado portador de batina, ao ouvir esta saudação, elevava os olhos para os céus e, farfalhando com sua roupa de seda, passava pelo quarto das crianças com uma expressão de pêsames em seu rosto imenso e meio caolho. Eles odiavam de verdade o padre e faziam de tudo para impedir sua visita. Mas ele vinha e vinha sempre, tentando somente passar o mais rápido possível pela zona de perigo...

De vez em quando, apareciam na casa dos Iablotchkin dois companheiros de Kolia do ginásio, os irmãos Kunitsa, Vladimir e Lev, dois rapazes branquelos, da Bielo-Rússia. Durante algum tempo, faziam refeições na casa dos Iablotchkin, quando eles realmente não tinham o que comer. O pai deles, que administrava uma fazenda, foi morto certa noite na estrada, não se sabe se por mujiques ou bandidos, a mãe enlouqueceu e afogou-se em um lago, então parentes trouxeram as crianças para Moscou e conseguiram uma bolsa de estudos no ginásio. Os meninos já haviam enfrentado o fogo, a água e tudo que se pode imaginar, conheciam toda a sujeira da vida, mas assim mesmo eram notáveis por seu cinismo alegre e zombeteiro; não acreditavam nem em Deus, nem no Diabo e gostavam de falar mal de tudo de que não gostavam e que caía em suas línguas ferinas. Eles eram feios, de cabelos claros, sem sobrancelhas, até os seus cílios eram amarelos; o mais velho, Vladimir, era alto e tinha uma boa constituição física, e o rosto todo coberto de sardas, igualzinho a um ovo de pardal; o mais novo, Lev, era baixinho, um pouco corcunda, olhava com seus olhos puxados, como de um chinês, e esticava o lábio inferior principalmente quando não gostava de algo. De línguas sempre afiadas, os irmãos não estavam acostumados a ser modestos em suas expressões e bradavam alto suas palavras alegres. Mais tarde, depois de crescidos, eles resolviam todos os problemas direta e radicalmente e, ao mesmo tempo, simplificando tudo extremamente: esta simplificação eles viam como um sinal de superconsistência. Para a família dos Iablotchkin, eles traziam o ambiente intenso da rua e da vida lá fora. Maria Ivanovna tinha um pouco de medo deles. Mania ficava admirada com eles e muita coisa que comentavam, principalmente quando faziam troça e gargalhavam, ela não compreendia. Kolia fez amizade com eles, mas às vezes os olhava com cautela — será que dirão algo indiscreto na presença da irmã? Mas, em geral, eram rapazes animados e suas gargalhadas soavam de maneira estranha dentro do apartamento dos Iablotchkin, onde tudo cheirava a tristeza, silêncio, remédios, doenças e a uma família desajustada.

— E aí, Nikolai? Como sempre, está esfregando a cadeira com o traseiro? Ha-ha-ha! — ria Volodia Kunitsa. — Vamos passear! Vamos, ao menos, andar de canoa...

— Eu ainda tenho que ler umas vinte páginas hoje.

— "Tenho", "tenho" — provocou Volodia. — Será que foi Deus que determinou esse "tenho" para você? Está cumprindo as ordens de Deus?

— Eu mesmo decidi isso...

— Você mesmo decidiu, você mesmo revoga... Você é uma máquina ou um ser humano? — Volodia começava a sacudir Kolia pelos ombros magros. — Não passas de uma Torrada! Sabe, Nikolai, você não deveria pensar sobre o socialismo, vá direto para o mosteiro e fique lá lendo *Tcheti-Minei*.* Mortificaria o corpo nas correntes dos monges... — você daria um ótimo ancião, eremita, magrinho, sequinho, sem carne. Você ia adquirir superpoderes... e daí, se ia apodrecer e feder! Ah! Você por um acaso não se enganou, meu amigo querido, sua barata assada! Pode ser que realmente esteja batendo na porta errada!...

---

* Leituras mensais, organizadas em 12 volumes, um para cada mês, de histórias da Bíblia e vida de santos. (*N. da T.*)

— Pare, Vladimir, de falar besteira...

— Não é besteira. Estou vendo que come bem — só que não tem peito. Sempre limpo. Livros — quantos entrarem. Para que aspira ao socialismo dos trabalhadores? O que você tem a ver com isso? Você não conhece a vida, meu jovem velhinho, cupim de livro. Será que os trabalhadores precisam de um descarnado como você?

— Sabe, deixe de dizer asneiras, Vladimir. Conversar seriamente sobre isso você não é capaz, mas não gosto de perder tempo com troças, não sei: prefiro me ocupar com algo mais produtivo.

— Está bem, estou indo... estou indo... Assustou-me... Cansou-me... Como ele é "sério", "inteligente". Deixa para lá, Kolia! Vamos até as Colinas Vorobiov ou não? Estou te perguntando: sim ou não? E, por favor, largue toda bobagem dialética. Se não, eu e Liovka* vamos procurar outra companhia: no mundo há muita gente boa. E você pode ficar aí trabalhando com o traseiro, só tome cuidado para não arrumar hemorróidas.

O mais velho dos irmãos Kunitsa já havia pegado seu boné e ajeitou-o na nuca, isso logo lhe deu uma aparência leviana e imprudente.

— Está bem, que assim seja... — sem vontade, levantou-se da cadeira.

— Por favor, não pense que está fazendo um favor e nem se faça de vítima... Não quer, não vá. Se for, não vai depois ficar reclamando, não precisamos disto. Eu e Liovka não cantamos em coral de enterro e não gostamos de velórios... "O cordeiro mo-o-o-orto..." — cantarolou Vladimir o canto dos enterros para provocar.

— Chame a Mania. Por que ela tem que ficar mofando em casa?... — falou Liova, calado até aquele momento.

— Está bem.

Batendo as botas, os três saíram do quarto de Kolia.

* Liovka ou Liova – carinhoso do nome Leão. (*N. da T.*)

— Mania, não quer ir com a gente andar de barco nas colinas Vorobiov?

— Sim, quero. Deixe-me somente encontrar uma capa.

Ao ouvir o barulho e a conversa, apareceu Maria Ivanovna. Quando ficou sabendo do programa, perguntou para o Kunitsa mais velho:

— Vladimir Sergueevitch, você não vai afogar meus filhos! Eu tenho medo...

— Ha-ha-ha! Maria Ivanovna! Eu e Liovka, na Bielo-Rússia, desde pequenos roubávamos as balsas e para roubar lenha nos rios andávamos nos troncos. Devolveremos para a senhora os seus filhinhos sem nenhum arranhão.

— Não façam bagunça na água, por favor... — continuava Maria Ivanovna.

— Não fique choramingando, mãe, nós vamos apenas passear, não estamos indo para uma batalha sangrenta — falou entre dentes Kolia: ele não gostava de parecer para os colegas como um protegido, como um objeto de preocupações e cuidados, como um coitadinho mimado...

Os quatro saíram pela rua Polianka, depois pela Iakimanka e pela marginal, até a ponte Krimski. Por uma escada íngreme, chegaram nos barcos. Kolia e Mania estavam incomodados, pois realmente não se sentiam seguros na água e a cada balanço do barco eles achavam que mais um pouco ele viraria. No entanto, os irmãos Kunitsa andavam pelo barco como se estivessem em casa, equilibrando com os pés os movimentos bruscos, passavam um pelo outro, instalando os toletes e experimentando os remos, jogavam água e brincavam desde que soltaram as amarras.

— À direita!

— Sim, senhor já estamos à direita...

E com os fortes impulsos dos remos o barco foi subindo o rio... À esquerda passava a fábrica de Bromlei; à direita, a fábrica de Butikov, descampados e hortas; o coreto do jardim Neskutchni surgia com suas colunas brancas entre o verde-escuro, as colinas Vorobiov azulavam cobertas pelo bosque. As pequenas ondulações brilhantes dançavam na água. Cheirava a peixe e a lodo. A água batia surdamente na borda do barco, ao separar-se na proa. Na popa, ela se separava com um corte brilhante, helicoidal e metálico, brincando e rutilando, e o caminho agitado, feito pelo barco, serpenteava longamente atrás dele, deixando seu rastro nos espaços espelhados e impassíveis do rio Moscou ao anoitecer.

— Por que estão calados, como surdos-mudos?! — gritou Vladimir, fazendo grandes passadas com os remos e inclinando-se para trás com o corpo todo. — Liovka, cante comigo!

Pelo ri-o Vooo-lga,
De Nijni Noo-vgo-ro-d,
E-qui-pa-dooo com um barco,
Voo-aa co-o-mo uma flecha...

E como um saca-rolha, tinindo com uma trepidação alta, subia aos céus a repetição da canção:

Voo-aa co-o-mo uma flecha...

Estava agradável. Fazia silêncio. Era um pouquinho triste. E por isso era ruim para os Kunitsa, ou melhor, não era ruim, era bom também, mas eles tinham que deixar transparecer que este não era o seu gênero. E cortando repentinamente a antiga música do rio Volga, Volodka, sapateando no fundo do barco, cantou:

O príncipe Oranski viajava
Através do rio Pó,
O, o-o, o-o,
Através do rio Pó.
Para a mulher de Astracã
Ele disse *bon mot*,
O, o-o, o-o,
Ele disse, *bon mot*.

E depois de cantar todas as estrofes sobre Aristóteles, papa de Roma, César, Ilia Prorok e outros, ele atroou com os últimos versos das recém-compostas estrofes:

O governo russo
Promulgou um decreto,
Eto-eto-eto,
Promulgou um decreto,
Que nos expulsa
Da nossa moradia.
Ia, ia-ia, ia-ia,
Da nossa moradia.
Com este decreto não nos surpreendem,
En-dem, en-dem, en-dem,
E para o governo russo
Uma figa mostraremos,
E-mos, e-mos, e-mos,
Uma figa mostraremos!

Os sons cessaram. O barco ia em frente e a água murmurava e balbuciava silenciosamente por baixo dele...

— O que você acha, Nikolai, a nossa revolução vai acontecer logo?

— Não sei. Mas sei que irá acontecer.

— Quem a fará, na sua opinião? Os estudantes?

— Os trabalhadores e os mujiques, mas também os estudantes *raznotchintsi*.

— Você não conhece o mujique. Pelo czar, ele é capaz de polir a sua cabeça. Receitará um tal socialismo que você não reconhecerá, seu cagador... desculpe, Mania, por favor, eu me esqueci. Quero dizer, a parte final de suas costas. Isto ocorre porque vocês julgam pelos livros babosos dos senhores ricos, que dizem ais e ois: oh que povinho amado! Ah, grande sofredor! Ah, grande mártir! No entanto, o mujique é egoísta, ele é proprietário, animal, beberrão e honra a Deus e ao czar, como o cão que lambe o chicote. No nosso país ele é a maioria. Fico quebrando a cabeça pensando nisso. De que adianta? Os *narodniki* são uns bobos sentimentais, isto está claro, como dois mais dois são quatro. Os nobres arrependidos, acendendo suas lamparinas diante dos sofredores. Não se pode ir muito longe com isso. E os operários, estes sim são feitos de outra matéria. Mas eles são poucos... esta é a questão.

— É injusto você colocar todos os camponeses do lado do czar. E a Revolução Francesa? Quer dizer que todos os camponeses apoiaram a Vendéia? Você diz que eles são fiéis ao czar? E Razin? E Pugatchev? E as revoltas camponesas antes de 1861? Os mujiques estão se rebelando. Mas eles têm que ser guiados. E eles serão guiados pela classe operária... é assim, acho, que imaginam os marxistas. Eu li alguma coisa; porém, para ser sincero, não entendo tudo... Em seus materiais, há tantas alusões sobre as publicações ilegais, sobre as tendências no Leste Europeu, que não compreendo tudo.

— Você vai participar da revolução?

— Vou, quando aprender mais sobre ela.

— E será logo?

— Assim que eu me definir. Por enquanto, as coisas estão meio nebulosas. Às vezes, quando leio, tudo me parece um emaranhado de palavras; tenho de esclarecer tudo até o fim.

— O que mais o atrai?

— Não vou para o lado dos liberais, é obvio. Nekrasov escreveu bem sobre eles:

> Ei, veja, nosso Mirabeau
> Pegou o bêbado Gavrila
> Pelo colarinho amassado
> E o açoita pelo bigode e pelo focinho...

— Não suporto estes senhores. Os *narodniki* me parecem conservadores. Eles têm mais emoção do que razão. Em parte você está certo quando diz: bobos sentimentais. E além do mais, são adeptos de uma eslavofilia camuflada, e este cheiro eu não suporto.

Os marxistas são muito coerentes, estudiosos e revolucionários. Apesar de já terem algumas desavenças. Mas nisso eu ainda não percebi nadinha até... Na-da... E o que não sei, apenas não sei...

— Eu ouvi de Margo, na casa dos Molodtsov, que ele conseguiu um panfleto do Iliin: *Quem são os amigos do povo?* Dizem que é uma brochura rara. Você não ouviu falar nela?

— Não, estou ouvindo pela primeira vez. E o que há nela?

— Margo nos transmitiu, repetindo as palavras dos irmãos, que é uma brilhante destruição dos *narodniki*. Parece que foram colocados todos os pingos nos is, não é a mesma coisa que se vê nas publicações oficiais.

— Você poderia conseguir uma?

— Agora é tarde. Eles próprios conseguiram apenas por um dia e tiveram que prometer que devolveriam no prazo.

— É uma pena. Não há mais tempo.

— Pode ser.

— Quem viver verá. *Qui vivra... verra.*

— Veja, Liovka! Nikolai afrancesou. Você quer o quê? Nos impressionar?

— Não, simplesmente me veio à cabeça.

— Veja lá! Pois existem certos farsantes que em qualquer frase metem logo um *"ceteris paribus"*, *"mutatis mutandis"*, *"sit venia verbo"*, *"feci quod potui"*, *"errare humanum est"* e outros. Estes eu tenho vontade de esbofetear...

— Por quê?

— Por isso mesmo! Fale como gente! E ainda dizem que são democratas...

— Kolia — disse Mania —, sabe, eu fiquei ouvindo vocês e não entendi quase nada. Igual àquela "barriguda" do Tolstoi.

— O que está dizendo? — espantaram-se os dois Kunitsa, que não tiravam os olhos de Mania...

— Foi que Kolia se recusou a me explicar por que acontece a gravidez.

Os Kunitsa se entreolharam, admirados, e começaram a gargalhar, sem mais nem menos...

— Então você ainda não sabe como nascem as crianças? Ha-haha! Liovka! A nossa Maruska já sabia aos cinco anos. E você tem quatorze ou quinze? Não faz mal! Se quiser, podemos explicar...

— Vladimir, mude de assunto! — falou Kolia sério, olhando com raiva para os Kunitsa. — E peço que desistam, de uma vez por todas, da idéia de esclarecer para Mania esta questão. Estou avisando e desta vez é sério. É mais que sério.

Durante algum tempo reinou um silêncio desagradável. Mania olhava com seus olhinhos tímidos, sem entender nada, ora para o irmão ora para seus colegas, e via claramente que existia algum segredo que deveria ser desvendado sem eles.

— Bom, já está escurecendo — disse Volodia. — Temos que voltar. O que é bom dura pouco.

Santo Deus navega pelo rio,
Assobiando aleluia

Inclinando-se com toda força sobre os remos, Vladimir cantava e o barco saiu em disparada feito uma flecha pela correnteza: a batida da água no barco tornou-se mais freqüente, as margens pareciam se deslocar e navegar, desaparecendo atrás do barco...

— Estou com fome, para falar a verdade...

— Vamos lá para casa.

— Sim, somos obrigados a passar por lá: prometi devolvê-los a Maria Ivanovna praticamente com recibo.

— Não estou falando...

— Mas estou falando exatamente disso. E você não precisa inchar como um peru. Estou brincando e você leva tudo a sério.

Chegaram cansados e famintos à casa dos Iablotchkin. O passeio primaveril os embriagou e abriu o apetite. Aliás, os Kunitsa gostavam sempre de comer, e seus estômagos famintos pareciam não ter limites.

— Correu tudo bem? — recepcionou-os Maria Ivanovna.

— Todos sãos e salvos. Nada foi perdido, nada foi quebrado e todas as mãozinhas e perninhas estão inteiras — declarou Vladimir, batendo continência.

— Então vamos jantar.

— Vamos com muito prazer, Maria Ivanovna. Sem hipocrisia e vulgarmente falando: estamos com uma fome de animal, de lobo; acho que comeríamos uma vaca inteira, com o rabo e os chifres.

— Ora, chega de mentiras. Venham comer. Lavem as mãos! É só mais um minutinho!

E logo começaram a funcionar os dentes e queixos dos jovens. "Alimentar os animais" — disse Maria Ivanovna de brincadeira, contente de ver Kolia e Mania comendo e não de cabeças baixas.

— Muito obrigado, Maria Ivanovna, estamos satisfeitos com estes prazeres mundanos que nos proporcionaram...

— Não digam blasfêmias!

— Nem em palavra, nem em pensamento. Agora pediria um chazinho. Com limão.

— Por favor. Você quer mais forte?

— A senhora adivinhou.

— Peguem biscoitos. Tem geléia de cereja. Não se acanhem.

— Disso, Maria Ivanovna, ninguém ainda nos acusou... ha-ha-ha! — gargalhou Vladimir, esvaziando um copo depois do outro.

— Mania, você toca comigo alguma coisa? — disse Liova a Mania. — Vou em casa apanhar o violino. Ou está muito cansada?

— Com prazer, Liova. Enquanto vai, vou me deitar um pouco para descansar.

Liova correu com pressa até sua casa para pegar o violino. Mania deitou-se para descansar.

— Ficou cansada, filhinha? — disse Maria Ivanovna se aproximando. — Você não pode se exaurir. Parece que mal consegue andar, como eu...

A própria Maria Ivanovna já sofria de angina do peito e de síndrome do medo: tinha medo das ruas, praças, ambientes amplos e escadas altas; sofria tonturas e podia cair no meio da multidão. Quando era necessário caminhar alguns passos a pé, ela caminhava segurando-se pelas paredes, como os cegos. Passava seus próprios traumas para as crianças: parecia-lhe que para eles era tão penoso atravessar a praça como para ela. Por isso, estava sempre preocupada com eles: sempre imaginava acidentes, não conhecia sequer um minuto de descanso durante a ausência das crianças. Na verdade, as crianças também temiam pela mãe: certa vez, por recomendações dos médicos, ela foi passar o verão na Criméia e eles, temerosos, aguardavam notícias dela todo santo dia e ficaram fora de si de tanta alegria quando ela retornou viva, saudável, bronzeada e rejuvenescida pelo sol do sul. As meninas guardaram as conchinhas do mar que ela trouxe, consideradas fetiches quase sagrados — tão grande era o amor que sentiam por sua "mãezinha"...

Liova voltou rapidamente. Trouxe o violino debaixo do braço e um tubo preto de papelão com as partituras. Ficou um longo tempo na entrada tirando o violino da caixa, afinando, se olhando de viés no espelho; depois apareceu na sala de jantar, que era também a sala de visitas, enxugando o suor da testa com um lenço. E da testa pendia uma mecha de cabelos ruivos e lisos.

— Bom, Mania, estou pronto. O que vamos tocar? Quer Brahms?

— Exatamente o quê? Conheço pouca coisa dele.

— Danças húngaras?

— Está bem.

Liova parou do lado do piano como um anão. Mas bastou soarem os primeiros sons e seu rosto se transformou: as bochechas queimavam, os olhos adquiriram uma expressão espiritual, na testa surgiram, parecendo miçangas, pequenas gotículas de suor. Ele se transformou numa pessoa especial que sabe algo que os outros não sabem; que sente algo que os outros não sentem; que vê e ouve coisas, que os outros não vêem e não ouvem. Seus dedos e mão se movimentavam com uma rapidez diabólica. Ele se encolheu todo, parecia dominado por uma força desconhecida, com um poder desenfreado na qual ele estava por inteiro e que o amassava com seus dedos, comovia-o e brincava com ele. Liovka ora empalidecia mortalmente, ora ruborizava. Seu rosto cobriu-se de manchas avermelhadas. Neste mesmo instante sua mão movia-se com uma força incessante e o tufão dos sons ardentes e dançantes explodia debaixo do arco rápido como um raio.

Mania olhava para ele com espanto. Ela também foi seduzida e contagiada pela música e o próprio nervosismo de Liova tomou conta dela. Seus olhos ficaram ainda mais arregalados e muito mais pretos. Ela sofria. Parecia-lhe que um vampiro estava sugando todo o seu sangue, porém não sentia dor e sim prazer, e ela estava disposta a morrer agora mesmo, neste instante, dissolver-se e fluir no oceano dos sons. Ela queria beijar esta franja ruiva na testa feia de Liova — de tão claro que sentia sua elevação espiritual...

Os sons interromperam-se.

— Não agüento mais, Liova. Estou morta de cansada. Obrigada, Liovotchka.

Ela apertou-lhe a mão com força.

Nikolai Iablotchkin foi dar aulas particulares de verão na região de Voronezhskaia, Vladimir Kunitsa foi também. Liova ficou em Moscou, mas se mudou, por questão de economia, para um outro quartinho ainda mais miserável na região de casas densamente habitadas por gente pobre. A família Iablotchkin foi passar as férias, como de costume, na casa do avô. Como sempre, a entrada da sala de banho cheirava a menta e folhas de bétula. Como sempre, a framboesa densa e espinhenta estava vistosa e seus frutos aromáticos — vermelhos e amarelo-âmbar — eram facilmente tirados dos cabos macios e brancos e desmanchavam-se na boca... Certa vez, Mania entrou no framboesal e começou a arrancar, com suas mãozinhas delicadas, os frutos maduros e perfumados das framboesas, escolhendo as maiores. De repente, ouviu:

— Senhorita, chegou uma carta para você.

A carta, com o endereço escrito com uma letra caprichada e legível, continha uma descrição matemática e precisa do novo quarto, para onde havia se mudado Liova, a quantidade de páginas lidas por ele e os planos para o futuro. Daquele dia em diante, Mania passou a receber semanalmente cartas da mesma forma: cuidadosas, precisas, limpinhas e, aparentemente, secas.

Perto do outono, recebeu a notícia de Liovka de que Vladimir havia sido preso em algum lugar da região de Poltava.

16

Quando Kolia Petrov, junto com seu irmão, voltou das férias com Mikhail Samoilovitch e se despediu das tintas, de Sacha, dos esquilos, do coelho, das gaiolas e de toda aquela vida na aldeia, ele se viu na terceira série do ginásio e, em casa, entre o aperto e o barulho das crianças. No ginásio, naquele ano, o sistema clássico de ensino já estava visivelmente desgastado, e esta fratura se transformou num verdadeiro abismo: o ensino obrigatório do idioma grego foi abolido. Mas Kolia se inscreveu na relação dos interessados, como se inscreveu também para as aulas de desenho. O primeiro ano de ensino facultativo da língua grega foi confiado ao professor de literatura, Vladimir Aleksandrovitch Sokolov. Para atrair os alunos para o "divino discursos dos helenos", Sokolov, unindo o útil ao agradável, logo depois das necessárias noções gramaticais elementares, começou a ler com eles *Diálogo dos mortos* e *Assembléia dos deuses*, de Luciano, que contêm uma quantidade enorme de passagens com duplo sentido e obscenidades, apesar de bastante originais e inteligentes. Este era na verdade o método favorito de Vladimir Aleksandrovitch: quando fazia uma excursão pela área da literatura européia ocidental, ele citava, obrigatoriamente, as *Elegias romanas*, de Goethe, e, especialmente, a elegia do priapismo; quando dava aula de filologia russa ele declamava, ao lado do quadro negro, o poema "Duchetcka", de Bogdanovitch, e fazia os comentários apropriados, com os quais a sala toda rolava de rir. Mas é necessário reconhecer que, junto com este molho picante, Sokolov conduzia o ensino sistematicamente e o fazia muito bem. Na verdade as seleções literárias estavam repletas de exortações enfadonhas *quase helênicas* sobre a "educação dos cidadãos", sobre a "virtude", sobre o "amor à sabedoria" e assuntos semelhantes mas isso tinha de ser levado em conta como um fato indiscutível da vida escolar. As aulas eram bastante agradáveis. Kolia, com isso, tirou do arquivo de sua memória a *Eneida*, de Kotliarevski (certa vez, na Bessarábia, ele encontrou no sótão alguns volumes desse escritor ucraniano) e com a ajuda de Sokolov, declamou de cor:

Enéias, o *magnus panus*
E glorioso rei *Trojanorum*,
Navegando pelo mar, como um cigano,
A você, valoroso tcheco, ele nos enviou
Rogamus, Domine latine:
Não permita sucumbir nosso *caput*!
Dimitte de sua terra:
Por *pecuniae* ou grátis...

Mas os versos que os ginasianos mais gostavam eram os seguintes:

Mas Juno, uma verdadeira filha da puta,
Começou a cacarejar como uma galinha.

A turma toda ficava encantada com o "rebaixamento" da ilustre figura mitológica.

Uma boa qualidade de Sokolov era que ele, de passagem, transmitia uma grande quantidade de informação sobre a história do mundo greco-romano, e seus comentários, freqüentemente, ajudavam muito mais a compreender este mundo, do que a parte oficial da aula. Em geral, Sokolov, com as suas frivolidades, desencaminhava até certo ponto seus pupilos do ginásio, mas, ao mesmo tempo, arranhava com elas o uniforme da burocracia oficial e minava, inconscientemente, o regime da decência pública, embora provocar isso nem de longe passasse por seus cálculos.

Kolia apaixonou-se também pelas aulas de desenho, que eram ministradas no ginásio pelo pintor Kravkov, irmão da esposa do conhecido escritor "marxista legal" V. M. Chuliatnikov, que mais tarde obteve triste fama com seu trabalho *As justificativas do capitalismo na filosofia do leste europeu.* Kolia sonhava com as tintas e elas logo apareceram: Evgueni Antonitch lhe deu cinco rublos e ele resolveu, no mesmo instante, adquirir o material básico, necessário a um pintor. Em Moscou, na rua Tverskaia, ao lado do famoso Clube Inglês, cantado em verso e prosa por tantos poetas, com suas colunas maciças e majestosos pilares de leões nos portões, localizava-se a loja de material de arte A.Mo. Embaixo havia uma campainha adaptada e, quando a porta se abria, ela soava com um som triste e desgastado. Era necessário subir por uma escada estreita de madeira, entre paredes cobertas de quadros pendurados com molduras maciças e pesadas: havia paisagens, retratos e cenas de gênero variado — tudo isso estava pendurado há muitos anos, aguardando em vão os compradores. Em suma, sobre a loja pairava um certo mistério triste e sombrio, que parecia ter saído dos contos de fadas de Hoffmann: tudo parado e morto como se tivesse encantado. Atrás do balcão, sentado em um banquinho baixo, encontrava-se o dono, parcialmente inválido. Ele aparentava ser italiano, tinha os cabelos compridos, olhos grandes e esbugalhados, um nariz imponente e grosso; era de estatura baixa, emitia grunhindos e sons mal articulados; seu corpo todo, até mesmo quando estava sentado ereto no banquinho se movimentava sempre; seus dedos longos e magros da mão parecida com uma aranha, tremiam; o rosto se repuxava, em suma, ele ficava o tempo todo dançando como um doente de coréia. Quem vendia os produtos era um outro italiano alto, careca, de barba grisalha, olhos transparentes e voz baixinha; seus modos se caracterizavam por um requinte mórbido, como se ele fosse um visitante de um outro mundo que com educação cumpria aqui funções que eram completamente alheias a ele: não havia possibilidade nem de pechinchar, nem de gritar — ele se movia mecanicamente, retirando as tintas, os pincéis, as caixas e os expunha no balcão e fazia tudo isso como uma sombra triste, com uma voz melancólica, baixinha e sepulcral. A loja havia sido indicada a Kolia por Mikhail Samoilitch, e logo lhe pareceu e ficou claro, instintivamente, que entre o pintor tranqüilo que cantava para si "Svete tikhii" e a tranqüila loja do Sr. Mo existia uma ligação delicada e quase imperceptível — ligação extremamente distante do barulho e da agitação do dia-a-dia comum. Kolia, por toda sua formação, estava muito distante desta espécie de lividez mortal. Mas lhe agradava a atmosfera de delicadeza e a ausência total de comercialismo: era com tanta gentileza que lhe mostravam as tintas, recomendavam o que seria melhor escolher, definiam com precisão a qualidade, levavam em conta o quanto tinha para pagar que ele se tornou, durante anos, um freqüentador daquela estranha loja. Em Moscou havia outras lojas de arte: na rua Arbat havia a "Gorod Nizza: Prodazha ramok e kartin" ("Cidade Nizza. Venda de quadros e molduras"), assim anunciava a placa. Kolia tinha a mania de ler as placas de trás para a frente e ficou muito contente quando as letras grandes da placa "*Gorod*" e "*ramok*", lidas ao contrário, formavam a frase "*komar dorog*" — "mosquito das estradas". Mas lá nem sempre dava para encontrar tudo que era necessário; na ponte Kuznetski havia a famosa loja Avanzo e Daziaro, com vitrines luxuosas, diante das quais o público elegante que passeava pelo local parava constantemente para olhar; ela era tão rica que Kolia não se atrevia a atravessar a soleira. Assim, ele permaneceu fiel à pequena lojinha na rua Tverskaia.

Chegou o inverno. O mísero salário do inspetor Petrov não era suficiente: a família era muito grande e também era necessário pagar as dívidas, nas quais Ivan Antonitch estava mergulhado até as orelhas. Então os pais de Kolia resolveram, a exemplo de outros, preparar meninos para prestar as provas para o ginásio e a Komissarovka e, para isso, precisavam trazer para dentro de casa seus futuros clientes. Isso foi aconselhado a Ivan Antonitch em seu trabalho: ele era um excelente professor, sua esposa uma experiente professora. Além disso, no seu trabalho ele apensa tomava conta do comportamento dos meninos, era o monitor-chefe da manutenção da ordem na escola. O diretor da Komissarovka recomendou, ele mesmo, alguns alunos. E assim foi feito. Com dinheiro emprestado, alugaram um grande apartamento na travessa Prototchni, perto do mercado Smolenski. O apartamento estava com a pintura descascada, era frio e tristonho; mudaram-se para lá com todos os trastes e alojaram mais três meninos, incluindo Vania Vasenko, que era maior de idade e ex-seminarista, a quem Ivan Antonitch encarregou-se de preparar em matemática, para ingressar na quinta série da Komissarovka.

Vasenko já havia cheirado todas as flores da cultura seminarista, fundamentalmente no espírito do livro de Pomialovski *Os seminaristas* (*Bursi*). Fumava já há algum tempo, seus dentes corroídos estavam amarelados pela nicotina e às vezes gostava de beber vodca; comprava pequenas garrafinhas (*chkaliki*), chamadas de "canalhazinhas"; aliás, sabia retirar a rolha delas com muita habilidade, batendo com força a palma da mão no fundo na garrafa; fazia isso geralmente depois de ir à casa de banho e, quando chegava em casa e ficava penteando cuidadosamente seus cabelos ainda molhados na frente do espelho, seu corpo exalava um cheiro de álcool. Ele introduziu rapidamente Kolia na universidade da vida, contando que foi Pedro, o Grande, quem estabeleceu oficialmente na Rússia as casas de prostituição ou bordéis (*bardak*); como os seminaristas freqüentavam esses estabelecimentos; sobre os óleos e ungüentos "escuros" e "ecumênicos"; sobre a famosa canção dos seminaristas sobre a filha do padre, onde a única estrofe publicável era:

> Estava eu sentado com a filha do padre embaixo da escada,
> Alimentava eu a filha do padre com omelete...

No começo Kolia ouvia com os olhos arregalados, mas depois organizou tudo no seu esquema de decepções com a vida, das quais se ocupam os adultos do mundo todo...

Nos feriados, ele corria à biblioteca do abrigo Rukovichnikov para crianças delinqüentes. Na praça Sennaia, próximo do mercado Smolenski, localizava-se o prédio sombrio de tijolos, onde ficavam esses "criminosos" que, às vezes, eram levados para passear, organizados em pares. Com as cabeças raspadas, de casacos do tipo capote, feitos de feltro grosseiro azul-escuro, com quepes enormes enfiados até as orelhas, pálidos, com rostos esverdeados e olhos ágeis e inchados, eles observavam, andavam pelas calçadas — rastejando devagar como uma serpente azul — parecendo esperar de todos os lados socos e beliscões. Neste orfanato havia uma biblioteca aberta ao público e, como se encontrava a cinco minutos de caminhada do apartamento dos Petrov, tornou-se então a preferida de Kolia, que devorava com calma as páginas rasgadas e ensebadas de Gustave Aimard e James Fenimore Cooper. Ele descobriu a biblioteca e que podia freqüentá-la através de um cartaz pendurado na porta, diante da qual ele passava algumas vezes.

Os Petrov moraram pouco tempo na travessa Prototchnaia. O apartamento revelou-se tão úmido e frio, que a água escorria pelas paredes e tudo se cobria com um repugnante mofo esverdeado; tanto eles como os outros poderiam adoecer. Depois de procurar por uma outra moradia, após visitas e avaliações, mudaram-se na primavera para a casa de Blokhin, na rua Bolchaia Gruzinskaia, na praça Georguievskaia. A propriedade de Blokhin era um prédio com um revestimento bastante velho, com rachaduras, com saída para a rua e com três casas de madeira localizadas no fundo do pátio. Para uma dessas casas se mudaram os Petrov com seus alunos. O pátio era íngreme e a casinha, pintada de cor ocre, possuía, de frente para o pátio, um andar e nos fundos, quase dois: abaixo do primeiro havia um meio porão. No pátio dos fundos, ficavam o estábulo e o celeiro, que há muito tempo não passavam por uma reforma.

Os habitantes da propriedade dos Blokhin eram bem diferentes. No prédio principal morava a numerosa família do engenheiro Nemtsov, que tinha tantas crianças que parecia ser mantenedor de um pensionato. A maior casa de madeira era habitada por alguns funcionários públicos, que saíam cedo para o serviço e nunca eram vistos no pátio. Na casinha menor, com apenas um quarto e cozinha, colada ao muro, vivia um velho escrivão da prefeitura, Ivan Flegontitch, que cuidava eternamente de seu jardim minúsculo, onde durante quase duas dezenas de anos cultivava imensos galhos de uva selvagem, arrumados, muito bem amarrados e podados com muita arte; canteiros com rosas, cardos e muitas outras flores que enchiam seu jardim microscópico e ocupavam o mundo de Ivan Flegontitch, além do escritório. O velho usava óculos com armação de ferro e tinha uma esposa de olhos arregalados e cabelos grisalhos; ela usava óculos iguais aos do marido, era gorda, corria pelo pátio pendurando as roupas molhadas no varal e se destacava por ter uma voz muito fina e estridente. Naquele ano, quando os Petrov mudaram-se para o pátio de Blokhin, ela havia surpreendido os moradores, dando à luz inesperadamente uma criança, apesar de já ser bastante velha, e durante muito tempo isso foi motivo de conversas, mexericos, suposições, adivinhações e até conclusões definitivas das velhinhas do tipo: "Em tudo está a vontade de Deus."

O porão era alugado pelo leiteiro, um velhinho pequeno e encurvado, com um nariz do qual restava apenas um botão afundado, imensos olhos cinzas sobre os quais pendiam arbustos inteiros de sobrancelhas e uma barba esfarrapada; ele era todo alquebrado, curvo e torto: um ombro mais alto do que o outro, uma perna mais curta que a outra, um olho olhando para gente e o outro, para o lado oposto. Sua voz era fanhosa e anasalada, e falava mexendo devagar com as mãozinhas enrugadas e maltratadas pelo trabalho. A expressão de seu rosto era de bondade e tristeza: parecia carregar a pesada cruz de sua vida e ter consciência de sua condenação eterna. Ele era todo semelhante a uma velha raiz de árvore comida por vermes ou a um gnomo, retirado do fundo da terra, sem que tivessem sacudido o barro e a poeira. Ele passava os dias mexendo com palha, esterco e feno; o ancinho parecia nunca sair de suas mãos. Ele mantinha uma vaca no estábulo e esta vaca era o ganha-pão de toda sua família: sobrevivia com a venda do leite, do esterco, para fertilizante e ainda alugava uma parte do porão para um sapateiro. Era viúvo e tinha duas filhas: uma ainda era menina, já a outra, de nariz arrebitado e de olhos e peitos grandes, Arichka, tinha fama de "namoradeira" e "ter fraqueza por uma carruagem". A zeladora do pátio, a criadagem, as esposas dos funcionários vigiavam avidamente Arichka; eles estavam constantemente preocupados somente com uma questão: se ela estava ou não "andando" com alguém.

— Olhem só, a peituda nos enrolou novamente...

— Que vergonha!

— Por que seu pai não dá uns puxões em suas tranças?

— Ele? Ele mal está vivo. E ela... Olhem como não cabe em si de tanta alegria...

— Arichka! Guarde os peitos, sua sem-vergonha!

— O que você tem a ver com isso? Fique aí sentado, coçando seus piolhos!

— Sem-vergonha!

— Olhem de quem estou ouvindo isso... Mintam, continuem... O cão ladra e o vento carrega.

Arichka, então, passava no meio da fileira de olhos espinhentos, raivosos e invejosos e saía portão afora...

Vasili, o sapateiro que alugava do leiteiro uma parte do porão, ficava sentado com a sovela, a fôrma e o linhol diante da janela que permanecia aberta no verão; com sua afiada faca de sapateiro, ele cortava couro para o salto e cantava, inclinando para o lado sua cabeça de cabelos loiros e cacheados. Seu peito fundo, magro e tísico expelia uma tosse rouca e interminável que o fazia escarrar e cuspir desesperadamente e se segurar pelos lados, parecendo tentar manter no lugar seus pulmões doentes que pareciam prestes a explodir. Com ele trabalhavam um ajudante e um menino "aprendiz". O ensino consistia em premiar o menino com socos, pontapés e maltratá-lo: mandavam-no comprar vodca e, por qualquer motivo, xingavam-no com os piores palavrões e, às vezes, quando estavam bêbados, surravam-no com tanta força, que durante muito tempo não era possível apagar as manchas roxas de seu rosto.

— Por que o machucaram assim? — perguntou a ele Marfucha, a comadre do leiteiro, uma velha bexiguenta, lavadora de chão, que ciciava tanto que parecia estar falando a língua dos passarinhos ou dos mexicanos; todas as palavras soavam como as mexicanas: Popocatepetl, Quetzlcoat — e os filhos dos Petrov logo a apelidaram de "Tlevo-tle-tlia".

— Foi por nada não. Assim, sem mais nem menos — respondeu triste o orelhudo Vanka, que era sempre o culpado em todas as ocasiões da vida.

— É verdade?

— O que acha? Para que vou mentir?

— Que monstros, como desfiguraram o menino — reclamava o leiteiro, mas não tinha coragem de protestar em voz alta, pois o sapateiro era seu inquilino.

No entanto, o próprio Vasili se espantava e ficava arrasado ao ver como ele conseguia encher o menino de hematomas. Quando estava sóbrio era bondoso, um homem honesto, mas quando bebia ficava fora de si e se entregava a desatinos, como um louco. "Nosso Vasenka quando bebe só faz besteira", diziam sobre ele os companheiros, provocando-o, mas não o impediam de gastar seu último tostão em bebida.

Ao lado da casa de Blokhin ficava a casa do coronel Makhov com um imenso e antigo parque de tílias. As tílias centenárias farfalhavam com suas folhagens e, junto às raízes, crescia um denso arbusto espinhento; dos ex-canteiros restaram os montes tomados por bardanas e urtigas. Todas as cercas estavam cobertos de buracos, em poucos lugares restaram algumas tábuas inteiras, cobertas de pregos velhos e enferrujados. A própria casa tinha saída para a rua e apresentava um espetáculo estranho. A casa estava desgastada, semidestruída, sombria, com o telhado de ferro muito escurecido e suas janelas, que não eram lavadas fazia mais de dez anos, refletiam as cores do arco-íris. E por trás de uma dessas janelas ficava sentada uma velha toda vestida, com as bochechas pintadas de ruge, nariz azul e lábios vermelhos brilhantes. Ela usava um chapeuzinho de croché, era bastante enrugada e repugnante, como uma caricatura de um manequim, como a *Princesse Moustache*, de Puchkin, que se levantou toda coberta de sujeira da sepultura... Esta era Makhova, a viúva do coronel. Ela nunca saía de casa e o que acontecia lá dentro ninguém sabia. Ali morava também um velhinho zelador e um cachorro preto e bravo, um cão imenso e meio faminto que avançava com fortes latidos nos meninos que pulavam a cerca para o parque das tílias.

Do outro lado das casas de Blokhin ficava uma pequena igreja armênia, atrás da qual havia um jardim enorme com um barranco onde cresciam velhos e frondosos salgueiros e um arvoredo inteiro de álamos novos, que tremulavam com suas folhinhas. Ao longo do parque armênio, do lado oposto da rua, foi construído um muro de tijolos, atrás do qual estendia-se um imenso terreno baldio, conhecido como a "Medinka", propriedade dos ricos comerciantes Medintsevi. Por um dos lados, ele começou a ser ocupado por casebres onde viviam mendigos e ladrões: batedores de carteira, assaltantes de casas e outros representantes de especialidades semelhantes... O outro lado da Medinka era contíguo a pequenas travessas e bequinhos da rua Vladimir Dolgorukovsk, chamada vulgarmente de Zhivoderka. Com a Zhivoderka, em Moscou, poderia concorrer somente a famosa Dratchevka, habitada apenas por prostitutas. Na Zhivoderka, havia muitas lojas; seus proprietários, em sua maioria, eram experientes compradores de produtos roubados, trapeiros, vendedores de roupas usadas, prostitutas e assaltantes. Lá ficavam suspeitas "casas de banho familiares, com quartos separados", lojas de roupas velhas, comerciantes de sabão; tabernas para os mujiques que traziam feno para a cidade; casas de chá noturnas, onde nos bules serviam vodca — tudo isso no meio de uma multidão espalhafatosa e colorida. Ali podiam, principalmente à noite, tirar a pele não somente de um cachorro ainda vivo, como até de uma pessoa viva. Não era à toa que a rua chamava-se Zhivoderka (esfolador). À noite, saíam de seus cubículos e buracos fedorentos as prostitutas mais infelizes, desgastadas, doentes e velhas, bêbadas, cobertas de hematomas, com os cabelos desgrenhados, que em vez de uma voz humana, emitiam sons roufenhos, um amontoado de carne feminina doente e meio apodrecida, que encontrava compradores para si entre os carroceiros embebedados, entre os mendigos que bebiam seus ganhos, ou os mujiques inconscientes, depois de explorados nos antros e covis mais sujos da parte decadente e baixa de Moscou. Ali reinava o impropério, alguém era empurrado para fora de uma taverna, alguém gritava com voz bêbada, cantavam canções com voz gutural, o lampião iluminava com uma luz embaçada, o cheiro era de cerveja azeda, vômito e sabonete de morango.

Este era a hinterlândia da Bolchaia Gruzinskaia. Na praça Georguievskaia havia uma igreja enorme e em sua frente florescia um jardim, onde ficavam sentadas as amas-de-leite, com os recém-nascidos, e onde as babás observavam os pequerruchos de vermelho, azul e amarelo que cavoucavam a areia, faziam bolinhos com ela, construíam jardins, colocando galhos verdes e não se preocupavam com os problemas do dia-a-dia.

Quando Kolia e Volodia fizeram o reconhecimento do novo lugar, eles se regozijaram: todas as condições para pegar passarinhos estavam evidentes. No parque de Makhovka ou no jardim armênio pulavam melros de diferentes espécies, nas bardanas arrepiavam suas cabeças espinhentas os pintassilgos e os pintassilgos-verdes, papagaios vermelhos ficavam pendurados nas espigas velhas das bétulas, em suma, a vantagem era inegável. Ainda havia o sótão onde se podia criar pombos, dos quais Ivan Antonitch, ainda na juventude, era um grande caçador. Eles convenceram o pai. Trouxeram da praça Truba a armadilha, algumas gaiolas com passarinhos e uma cesta cheia de pombos: pombos cinzas, puros, brancos, uma gralha, um pombo imperial. O trabalho começou no sótão: construíram um pombal, arrumaram uma armadilha com rede para pegar os "estranhos" e ninhos. Kolia rapidamente dominou o telhado e já caminhava até perto da calha, levando Liubov Ivanovna às lágrimas: parecia-lhe que a qualquer momento ele iria cair e se machucar.

— Então, Koliun, está satisfeito? — perguntava Ivan Antonitch, olhando de baixo para o pombal pronto.

— Estou satisfeito sim, você sabe!

— E sobre o Kholodkovski e *A vida no mar* já se esqueceu?

— Não esqueci nada. Mas aqui é bem melhor do que no Prototchni. Não dá nem para comparar...

— É óbvio. Mas não temos uma vara para caçar os pombos.

— Isso eu consigo.

— Onde?

— Com o zelador armênio. Vi jogada lá no seu depósito uma vara bem grande. Me dê uma moeda de dois copeques e pronto.

Kolia recebeu a moeda e logo voltou correndo e esbaforido com uma imensa vara. Agora o pombal estava equipado com todos os acessórios...

— Koliasti! — gritou Volodia, enfiando sua cabeça pela janela do sótão. — Venha aqui!

Kolia subiu ao sótão. O sótão estava empoeirado e seco. Era necessário se inclinar para não bater com a cabeça na viga que em alguns lugares tinha os pregos para fora. Os pombos passeavam pelo pombal saltitando com as patinhas. Ainda não haviam se acostumado com o novo lugar, mas com afinco enchiam o papo com a ração, voavam de uma viga para outra e avidamente bebiam a água limpa no batente da janela.

— Veja Kolia, este é de raça pura...

Volodia agarrou um pombo como um verdadeiro columbófilo, de maneira que suas patinhas passassem por entre os dedos; assim girava-o para todos os lados:

— Está vendo o narizinho? O pescoço? A pena?

— É, parece ser um bom pombinho, nada especial.

— Vamos fazer logo os pombos voar? Veja aquele bando... Lá, à esquerda...

No céu, brilhando como estrelinhas, ora separando-se, ora juntando-se em um monte, sobrevoava um bando de pombos estranhos.

— Não podemos ter pressa... voltarão para os lugares antigos. Melhor esperarmos um pouco e depois começaremos. Está certo?

— Está bem.

As pessoas e os pombos começaram a se habituar ao novo lugar...

17

A família Petrov não era adepta do neomalthusianismo e no verão nasceu mais uma criança — desta vez uma menina, batizada no cristianismo como Ecatarina, Katia. E assim, com toda esta turma de crianças e alguns alunos — um verdadeiro comboio! — os Petrov foram passar as férias de verão na aldeia de Legtchichevo. Não eram propriamente férias para os Petrov mais velhos: tanto Ivan Antonitch como sua esposa, Liubov Ivanovna, que estava amamentando, trabalhavam o tempo todo, não tinham férias e, tampouco, feriados. Era exatamente nas férias de verão e nos feriados que tinham que apertar a preparação de seus pupilos e então ficavam o tempo todo ocupados com ditados, resolução de problemas, o idioma alemão e outras matérias. A aldeia de Legtchichevo, localizada perto da estação de trem Lopasnia, havia sido recomendada por um dos professores da Escola Aleksandro-Mariinski. Esse professor era um grande beberrão, um fósforo queimado, um indivíduo medíocre do mesmo nível de um sacristão de aldeia. Todo seu arsenal de sabedoria se esgotava quando, por exemplo, durante a aula, em vez de dizer "O nosso coronel espertalhão é um leal servidor do czar e pai dos soldados" — ele pronunciava no final "penico dos soldados" e ria com um riso trêmulo e fanhoso, piscando seus olhinhos úmidos e turvos (nisso ele via o ápice de sua coragem e agia assim para aborrecer o outro professor, que até no conto de Nikitin, "O cocheiro", na frase "ele não teme o diabo e, quando passa voando em sua carruagem, surpreende até a nuvem", por decência, mudava a palavra "diabo" pela palavra "ninguém"). O professor que recomendara o lugar, possuía um parente em Legtchichevo, que era o padre da aldeia; foi com ele que os Petrov alugaram as casas, uma para a família e na outra alojaram os alunos. O verão foi para os Petrov ruim e infeliz. Não por causa do mau tempo. O sol brilhava forte e queimava por toda parte. O verde seduzia, como sempre. O rio brincava com os reflexos do sol. Os pássaros cantavam. As frutas silvestres cresciam em abundância. Havia muitos cogumelos. Mas, logo no início, as crianças dos Petrov adoeceram com coqueluche. Foi necessário isolar os alunos. E as pobres crianças sofriam com uma tosse uivante "de cachorro": às vezes, Kolia ou Andriucha, com Volodia, iam passear no bosque e se enchiam de moranguinhos. Depois ouvia-se alguém começar a tossir, uivar e esbugalhar os olhos cheios de lágrimas, para logo em seguida vomitar e mal conseguir respirar por causa do cruel ataque. Todas as crianças pegaram a doença. Katia era a que mais sofria. Esta bonequinha pequenina e vermelhinha, que se enrugava, gritava e se retorcia toda, num dia, longe de ser maravilhoso, calou-se para sempre. Foi enterrada no cemitério da aldeia, embaixo da riabina, perto da cerquinha cinza de madeira. Liubov Ivanovna chorava com tristeza durante as noites, mas reagia e estudava estoicamente com os alunos; os irmãos, perplexos, se entreolhavam e não sabiam o que era aquilo, e seguiam tossindo, se sufocando, pondo as mãos no peito... Tudo, às vezes, lhes parecia indiferente: se brilhava o sol ou se caía a chuva fria ou se o vento forte estraçalhava as nuvens pesadas e cinzentas — isso tanto faz quando estamos de mal com o mundo e parecemos estar sendo virados pelo avesso e todas as vísceras saem pela boca e pelos olhos... O mundo parecia ter ficado embaçado e torto, tornou-se doloroso e sem sentido; as crianças o captavam através das lágrimas e fluxos de vômitos, constantes e insuportáveis. Kolia lembrou como na Bessarábia, certa vez, retiraram o couro de um coelho morto: amarraram-no junto à porta, depois puxaram o couro, feito uma meia de um pé, deixando pendurado na corda o corpinho todo ensangüentado e vermelho-azulado, com olhos terríveis e esbugalhados... A Kolia parecia, quando vomitava, que ele era aquele coelho... E o pior é que era só pensar na crise e ela já estava ali pronta para recomeçar. Quando tudo aquilo chegaria ao fim? Ou será que nunca?, indagava ele...

No começo do outono, o irmão mais velho de um dos alunos chegou de visita inesperadamente. Era um alcoólatra devasso, de rosto parecido com o do poeta Aleksei Konstantinovitch Tolstoi, só que desleixado e atrevido. Ele logo se entendeu com o professor e o padre, bebia até cair, provocava desordens, conseguiu, não se sabe onde, rolos de fios de telégrafo e os desenrolou pela aldeia; atirava com uma espingarda nos tordos, mexia com as moças e não sossegava com nada... Isso tudo apenas aumentava a sensação de todo o absurdo da vida. A Kolia, parecia que o mundo todo adoecera com ele quando se retorcia de dor e convulsões...

O verão passou como um pesadelo. Aconteceu e se foi. A morte de Katia foi esquecida: não tiveram tempo de conhecê-la, como ela mesma não se conhecera... A coqueluche passou. Encontravam-se todos novamente na Bolchaia Gruzinskaia e a vida normal foi retomada: o ginásio, os pombos, os passarinhos, o latim, a matemática, as carteiras, a pasta — tudo voltou a girar nas órbitas tradicionais. O acontecimento extraordinário foi que deram a Kolia duas marmotas que ele "provisoriamente" colocou no gabinete do pai, apesar de seus protestos. Por um acaso, no dia seguinte, Mikhail Samoilitch dormiu no sofá e pela manhã notou que suas meias haviam desaparecido. Foram procurar embaixo do sofá — as marmotas as tinham levado para lá. As meias boiavam em um monte não muito cheiroso, preto-esverdeado. Foi uma correria. Uma das marmotas saiu e Kolia correu atrás. Ela atravessou o pátio e foi parar na casa dos Medinka. Kolia pulou a cerca. Ele a alcançou, conseguiu pegá-la pelas costas gordas e a carregou para casa. Mas no último momento a marmota virou-se e arrancou um bom pedaço de carne do seu dedo que ficou pendurado... Kolia urrava de dor, correu para o pai. O pai ficou sem saber o que fazer — ele não suportava ver sangue — e, dando-lhe um rublo de prata, disse-lhe que corresse até o médico. Kolia correu para a casa vizinha, deixando atrás de si manchas de sangue, mas não encontrou o médico. Então, enrolou o dedo em um lenço e correu até o Jardim Zoológico, perto do qual, ao lado da delegacia policial, havia um posto médico. Entrou lá correndo. O médico fez o curativo e anotou no livro de registros: profissão: aluno do Primeiro Ginásio. Tipo de doença: mordida de marmota...

E, subitamente, já reinava o inverno. Na rua, os meninos subiam nos trenós-carruagem que passavam para o Zoológico ou para Kudrin, enquanto os cocheiros não os expulsavam. Amarrando um patim com uma corda em um pé, eles pulavam e pegavam impulso com o outro, escorregavam pela neve congelada ou então corriam e deslizavam pelos caminhos de gelo das calçadas, livres da camada de neve pelas pisadas das botas de feltro. Na praça faziam um enorme boneco, enrolando bolas de neve fofa que era fácil amassar com as mãos quase congeladas, aquecendo-as depois na manga ou nas luvas furadas, nas quais apareciam os dedos vermelhos. No lugar dos olhos, colocavam pedaços de carvão e, às vezes, colocavam o nariz de cenoura. As crianças pequeninas, enroladas em roupa e acompanhadas por suas babás, mexiam-se pesadas em volta dele, com as bocas abertas de surpresa e levantando as mãos para o boneco.

— Babá, hem, Babá! O que é isto?

— São os olhos.

— São de veldade?

— De carvõezinhos.

— E por quê?

— Para que fiquem parecidos.

— E você consegue fazer um assim?

— Consigo.

— Então por que não fez para nós?

— Não tenho tempo.

— Mas eu quero.

— E daí que você quer? E leite de passarinho, você não quer?

— De passarinho?

— Sim, de passarinho.

— Quero... Quero de passarinho...

— Pois não existe. Já viu as galinhas darem leite?

— Não.

— Pois é. E você quer. Não tem... e essa é toda a história.

— Por quê?

— Porque, porque... Quem muito sabe, cedo envelhece. É melhor irmos passear. Deve ter congelado de tanto ficar parado aí no mesmo lugar...

— Babá! — gritaram os meninos que fizeram o boneco de neve. — E por que ficam falando que as galinhas dão leite e as vacas botam ovos?!

— Seus bagunceiros! Vamos, vamos, Fedenka... Não quer fazer pipi?

— Ei, turma! Vamos andar de trenó!...

E o bando de peraltas saía correndo em direção aos trenós-carruagem que passavam, pulando neles de peito como no feno...

— Vaai!...

No pátio da frente, os meninos Petrov fizeram uma montanha de neve, jogaram água para que congelasse e, à noite, escorregavam nela de trenó e deslizavam de patins pelo pátio inteiro. Ao deslizar até o pátio dos fundos, bem próximo do descampado Medintsevski, tinham que fazer a curva, em alta velocidade, com muita habilidade para não arrebentarem a cabeça no muro ou na quina da casa. Todas as tardes, todos juntos — Kolia, Volodia, Andriucha — saíam para o pátio com os alunos, patinavam, caíam, gritavam, riam até tarde e depois, todos, vermelhos, suados, esfarrapados e sujos de neve entravam em casa, tiravam os casacos e iam tomar chá, estudar e dormir. Todo feriado era o grande dia de pegar passarinhos. Em uma das esquinas do parque armênio crescia uma bardana e exatamente neste lugar, no muro de pedras, havia uma cancela de madeira fechada: se alguém pulasse o muro e se agachasse perto desta cancela, a bardana do outro lado ficaria a dois passos. Era possível observar todos os pássaros: pintassilgos, pintassilgos-verdes, ararinha-vermelha, pisco-chilreiro, chapim e mejendras que não desconfiavam de nada e continuavam a ciscar as sementes ou a subir e pular pelos galhos do arbusto. Ali eles colocaram armadilhas e laços e quase sem respirar, com medo de soltar o ar quente da respiração para o outro lado do portão, com o coração disparado, empurrando uns aos outros com cautela, olhavam através dos buraquinhos. Eis que a mejengra senta-se na armadilha. Ela olhava com esperteza para o cânhamo. Agora caiu! Não! Que esperta: enfiou a cabeçinha preta-azulada debaixo do pauzinho, tirou de lá uma semente e levantou vôo — sentou-se num galho e, segurando a semente com as patinhas, tentou quebrá-la com o bico... Voou outra vez. Ouviu-se um estalo! Ploc! Não escapou! Não saiu mais: ficou se debatendo na armadilha, espalhando o cânhamo e piando rouca para a companheira que foi colocada para atraí-la... Os meninos não soltavam sequer um pio, teriam tempo para pegá-la: do lado do laço estava andando e pulando um pisco-chilreiro de peito vermelho, gordo e bonitão, que de vez em quando gorjeava chamando os companheiros e estalando as sementes. Saltou para o alto. Voará?... Que pena, sairá levando todo o bando... Pousou novamente na neve. Juntava alguma coisa... Era tão fresco, limpo, com todas as peninhas lindas e não como aqueles maltratados da praça Truba.

— Olhe, Kolia, está cada vez mais perto... — cochichava Volodia.

— Cale a boca, diabo! Vai assustá-lo!... — respondeu Kolia com raiva, fazendo sinais e se expressando com as mãos: se ficar gritando, arranco sua cabeça.

O pisco-chilreiro já estava em cima do laço. Bicava e descascava o cânhamo — dava para ver como caíam as casquinhas. Depois, certamente, sentiu alguma coisa desagradável, puxou a patinha. De repente, se assustou e tentou levantar vôo... Mas não conseguiu!

Abrindo as asas, ele se debatia inutilmente com todas as forças: o laço segurava a sua patinha...

— Rápido! Rápido! Para não machucar!

Então, os meninos enlouquecidos pularam a cerca e saíram correndo ao longo dela, pelo caminho aberto pelos cachorros e por eles mesmos. Depois, em triunfo, levaram sua presa para casa... Certo dia, Ivan Antonitch chegou do serviço e chamou Kolia ao seu gabinete.

— Os Slavianski chegaram. Eles me telefonaram lá para a Komissarovka.

— Verdade, papai? Você não está mentindo?

— Para que iria mentir, seu bobalhão? Aqui está o endereço.

Ivan Antonitch tirou do bolso lateral um papelzinho amassado, no qual estava escrito a lápis o endereço: rua Arbat, casa número tal, apartamento 7.

— E Tocia, veio?

— Tocia também.

— Que bom! Isso é maravilhoso! Escute, meu querido paizinho, vamos até lá agora? Para que deixar para depois, hã? Querido! Papai! O que você acha?

E Kolia começou a importunar o pai.

— Mas eles, afinal de contas, não nos convidaram...

— E deram o endereço para que informasse a Puchkin, foi? Como você ficou cheio de cerimônias, papai... Isto é porque trabalha como inspetor? É besteira, besteira... — você sabe... "Só besteira" como dizem os Sakolovski... E então, pai?

> Levante, sele o cavalo,
> Através dos vales e campos
> Corra logo para o palácio
> Do Rei Duncan.

Kolia declamou o verso de Heine, um dos preferidos de Ivan Antonitch.

— Deixe-me pensar...

— Para que pensar? Você é o tio Micha, por um acaso? "Deixe-me beijar... Não, melhor amanhã... Não, hoje... Não, acho melhor amanhã...".

— O que é isso? De onde tirou isso?

— Você não sabe? Assim o tio Georgi imita o seu Martigan, fazendo uma declaração de amor... Mas isso tudo é bobagem... *Ein Moment...* — e Kolia saiu correndo.

— Agora isso... não é bobagem! — Kolia trouxe o sobretudo e o chapéu de Ivan Antonitch e enfiou o seu chapéu na cabeça.

— Papai Vania, vista-se rapidamente, pelo amor de Deus!

— Ei, que diabo! Grudou feito carrapicho...

— Se sou carrapicho, você é o quê? Na Bíblia está escrito: De Abraão nasceu Isaac, de Isaac nasceu Jacó. Mas onde esta escrito: assim nasceu um carrapicho? Você, papai, confundiu toda a genealogia e não sabe como colocar o casaco. A ordem é para eu vestir o senhor, papai?

— Não há o que fazer. Vamos... Liubotchka! Eu e Kolia vamos à casa dos Slavianski!

Liubov Ivanovna estava dando aulas para seus alunos. Saiu por um minuto:

— Não vão ficar lá até a meia-noite, por favor. Não esqueçam de transmitir minhas saudações. Vejam se eles vêm nos ver!

Saíram pelo portão.

— Cocheiro!

— Para onde vamos?

— Rua Arbat.

— São cinqüenta copeques, senhor.

— Pago vinte.

— É muito longe, senhor. Quarenta copeques, combinado?

— Trinta e nem um a mais.

— Podem sentar. — O cocheiro abriu a portinhola.

E lá iam eles deslizando no trenó ao encontro dos Slavianski. Coisas do arco da velha!

Na sua alegria, Kolia começou a cantar a canção do ginásio:

Toureador,
Se na barriga tens dor,
Use a última porta do corredor,
Tourea-dor!

— Pare de besteira, Nikolai! Você não tem vergonha?

— E você? Não canta essas coisas? Quem cantava...

— Cale a boca, por favor. Se não, por Deus, volto agora mesmo.

— Está bem, papai, estou brincando. Não se pode mais brincar, senhor inspetor. Se continuar a implicar assim, vou escolher outro pai para mim, ha-ha-ha! — implicava Kolia com seu amado "paizinho". Sua alma estava contente: veria Tocia, seu velho amigo... "Quantas coisas deve ter lido durante este tempo todo? Interessante! Diabolicamente interessante! Agora a vida vai melhorar...", pensava Kolia, ansioso em chegar logo. Passaram por Kudrino, pelo bulevar Smolenski, pelo Mercado Coberto... E logo chegaram na Arbat, com a padaria de Sevastianov na esquina. Kolia já tinha vindo várias vezes ali comer pasteizinhos: "Você quer com quê: com arroz ou ovos, com carne ou com geléia?", corriam por sua mente pedacinhos de recordações... E agora o Tocia...

— Pare! Chegamos. No primeiro portão à direita.

Quem atendeu à campainha foi Natalia Dmitrievna.

— Ah, Ivan Antonitch! Kolia! Que bom que vocês vieram...

— Foi Kolka; insistiu tanto que não tive como recusar...

— Fez muito bem. Tirem os casacos. Os cabides estão aqui. O senhor sabe, estamos hospedados na casa de meu irmão. Meu Deus, Kolia, como você cresceu... Mas vamos, entrem...

Natalia Dmitrievna levou as visitas para o quarto, onde se encontrava sentado no sofá um menino magrinho, fininho, com olhos de porcelana e de óculos...

— Tocia! — atirou-se Kolia para cima dele...

— Eu não sou Tocia, você, Kolia, se enganou... — falou ele, estendendo a mão fraquinha.

— Não diga besteira, por favor...

— Juro para você: sou o irmão de Tocia.

— Irmão?... Mas Tocia não tinha nenhum irmão!... — falou Kolia meio desconfiado. — Ele nunca me contou sobre ele...

— Daí não se pode tirar a conclusão de que ele não tinha um irmão. Sempre vivi com meu tio em Moscou, aqui neste apartamento, e nunca conheci essa sua Bessarábia. Agora Tocia vai ficar muito sentido por não te encontrar. Ele teve tempo de me contar alguma coisa sobre você...

— Mas você... mas você... está me fazendo de bobo, Tocia! Pare com esta brincadeira...

— Mãe! — O menino voltou-se para Natalia Dmitrievna, rindo, os olhos brilhando. — Diga a Kolia que eu e Tocia somos dois seres diferentes, apesar de muito parecidos, o que aliás não é estranho, levando em conta a nossa incontestável descendência comum...

Natalia Dmitrievna sorriu e não respondeu nada: ela somente olhou com carinho, primeiro para o filho, e depois, para Kolia.

Kolia foi tomado de dúvidas: realmente quem era aquele? Parecia Tocia, era esperto... Mas a altura não era a mesma e os olhos não pareciam com os de Tocia... Que alucinação diabólica... Parecia mesmo não ser Tocia...

— Tocia vai chegar logo? — perguntou Kolia, inseguro...

— O que foi? Ficou bobo em Moscou? Ha-ha-ha! Ha-ha-ha! — gargalhava Tocia.

"Meu Deus, como sou bobo, realmente... Que vergonha! Que vexame." Isto passou como um raio pela cabeça de Kolia e o suor escorria dos seus cabelos. "Como conseguiu me enganar, que bandido..."

E naquele momento Kolia achou que tinha que ser mesmo muito estúpido para continuar duvidando... Que dúvidas poderiam existir?...

— Que esperto é você, hein, Kolia? Com tanta habilidade fez que não me conhecia... Bela apresentação, isso é que é representar... — Tocia elogiava seu amigo.

— Chega de brincadeira... Ivan Antonitch, me ajude a preparar um chá; as crianças, por enquanto, ficam por aqui... Aliás, esperar ajuda de vocês nestes casos...

— Mas eu ajudo com prazer, Natalia Dmitrievna...

— Por que me fez de bobo? O que foi que lhe deu na cabeça? Hein?... — indagou Kolia ao amigo, corado de tanta emoção.

— E você tentou me confundir por quê?

— Eu? Você?... Você enlouqueceu!

— Agora fica fingindo! Você me reconheceu logo de cara. Mas fez uma careta... Você ficaria bem interpretando em cena...

— Chega, Tocia... Eu realmente pensei... Mas me diga por que e para que...

— Li muito Stendhal ultimamente. Ele gostava de mistificações. Você leu *A cartuxa de Parma*?

— Não.

— É uma obra divertida... Você agora está na quarta série?

— Sim. E você, o que pretende fazer, vai entrar para o ginásio?

— Não, estudo em casa. Já resolvi com minha mãe que vou prestar os exames externamente para receber o certificado. Pelo programa, já estou na quinta série...

— Parabéns.

— E você o que tem feito, o que leu? Largou os passarinhos?

— O que há de novo? Tenho passarinhos, venha nos visitar e irá conhecê-los. Comecei a pintar com tintas. Vou ao ginásio...

— E os livros?

— Li *Degeneração*. Conhece? De Nordau.

— Ouvi falar, mas nunca li.

— Li Tolstoi, Gorki, Tchekhov, Andreev. A polêmica entre Timiriazev e Danilevski... dois cientistas. Mas antes disso tudo li muito da literatura antiga... mas isso já passou... Molière... De Skabitchevski a *História da literatura russa*... Gosto muito de Tolstoi: *A sonata Kreutzer*, *Ressurreição*... Não vou lembrar de tudo agora, Toska.

— Mas nas obras de Tolstoi é só Deus e Deus, apesar de ser a sua própria interpretação...

— Com os deuses, como você sabe, faz muito tempo que não trato mais disso. Certa vez, já aqui em Moscou, eu trouxe para os meninos embaixo da língua o corpo de Cristo... Eles saíram correndo para todos os lados!...

Kolia contou em detalhes suas aventuras. Os dois riram muito, e se entreolhavam com aprovação.

— Assim mesmo, em Tolstoi há muita bobagem do cristianismo... Escute o que vou lhe dizer...

Tocia levantou-se do sofá e com rapidez começou a mexer num monte de cadernos grossos de oleado; ao abrir um deles, leu baixinho:

— "Os princípios sociais do cristianismo pregam a covardia, o ódio para consigo, a humilhação, a submissão, a resignação, ou seja, todas as qualidades de um canalha; já o proletariado"... quer dizer os trabalhadores, entende? "...o proletariado, que não se permite ser tratado como um canalha, precisa de coragem, de consciência do próprio mérito, de orgulho e de independência, muito mais do que de pão. Os princípios sociais do cristianismo se caracterizam por sua dissimulação e hipocrisia e os do proletariado... por seu caráter revolucionário."

— De onde saiu isso?

— É muito bom, não acha? É como uma lança afiada bem no coração do cristianismo. Churrasco de padres.

— Maravilhoso. Mas de onde?

— É Marx. Não aquele do *Niva*, é claro.

— É aquele que escreveu *O capital*? Eu antes, sabe, pensava que eram os partidários dos capitalistas... A-ha!... que idiota!... Onde você leu isso? Em *O capital*?

— Não. Vou contar, mas é segredo... Sabe, lá em Kichiniov um conhecido trouxe para meu pai um jornal clandestino revolucionário impresso num papel fino: *Iskra*. Eu o afanei e li. Foi lá que eu li... Mas, por favor, não badale isso por aí como um sino, não diga nada principalmente para minha mãe; sem isso já não me dão sossego: “Você lê muito, é desenvolvido demais para sua idade, é um velho, vai adoecer, morrer, vai enlouquecer”, é o que ficam martelando em meus ouvidos. Aí, minha mãe fica chateada e me olha com os olhos tristes, como se para um condenado... Sabe, Kolia, o que quero te dizer? — E Tocia colocou sua mãozinha quente e fininha sobre a mão de Kolia. — Às vezes, me parece que realmente sou um condenado, um aleijado qualquer...

— Deixe disso, Tocia, não fale asneiras, ouviu?

Tocia olhava com os olhos tão sérios e tristes, suas mãos fininhas eram tão comoventes com sua magreza doentia, ele todo era tão delicado e etéreo que o coração de Kolia doeu de tristeza.

— Por que me diz “asneiras”? Sou um produto da minha herança genética. Meu pai é doente. Mal consigo arrastar os pés... Vocês todos brincam, correm, vivem... E eu? Eu, Kolka, sou um aleijado de óculos... E às vezes sinto que não vou muito longe... Posso compreender alguma coisa... Para você eu posso contar... Sim, me ouça! — De repente, Tocia estremeceu todo. — E o álbum, está inteiro?

— Que álbum?

— Da Bessarábia. Lembra, que uma moça te deu lá em Beltsi... Você mesmo me contou... Klebonskaia... Kle...

— Elena Vladimirovna? Klevanskaia? É, está inteiro. Quase intocado... Por que se lembrou dele de repente?

— Olhei para os cadernos e me lembrei: a encadernação é de couro, marrom e com a marca em relevo.

— Completamente certo. Ele está inteiro. Só foram acrescentados dois poemas. Meu tio os anotou de lembrança.

— Muito interessante. Em seu álbum fazem anotações? Parece as alunas dos institutos... É tão comovente: parentes...

— Eu sei de cor.

— Então?

— É tudo bobagem. É verdade, não vale a pena. Brincadeiras. Então só um:

Meu amado e querido Kolia,
Com uma vara vou te bater.
E para se bater com uma vara,
As calças tens que abaixar.

— Isso é para criancinhas pequenas. E outro?

— Outro? Está bom, já que está pedindo:

Kolia, querido! Estes anos
Logo sumirão na eternidade.
Trocando-os, outros dias
Chegarão para você.
Que seja sempre seu farol
A sua vida passada,
E o porto seguro...
Acredite, é o amor sagrado.

— Diga a seu tio que ele não é Byron. Não é Byron, viu? É principalmente ridículo o farol da vida passada, de um aos nove anos. Ou dez? O farol está por trás! Não é Byron. Sempre me espanto com as pessoas que escrevem versos, mas não sentem o quanto estes versos são fracos...

— Tocia! — ouviu-se uma voz da sala de jantar.

Tocia saiu e voltou com dois copos de chá, uma vasilha com biscoitos e dois doces.

— Eu trouxe para cá. Vamos deixar que os nossos pais conversem entre eles, e as crianças entre elas. Você não tem nada contra, meu caro amigo Arcadi?

— Nada. A não ser você me chamar de Arcadi.

— Foi só de brincadeira, me veio à cabeça...

Enquanto os meninos conversavam, na sala de jantar a conversa era outra.

— Chamei o senhor aqui, Ivan Antonitch, de propósito. Quero perguntar sobre várias coisas. O que está acontecendo aqui na capital? O que estão dizendo os oradores do povo?

— Mas eu, Natacha... Ah, me desculpe...

— Desculpar por quê, "apaixonado Jeannot"? Lembra, como Sonia chamava você...

— Sim... Era uma moça maravilhosa...

— Mas agora o senhor me desculpe, por favor, Ivan Antonitch, pois trouxe recordações... Vamos voltar para o momento atual, como dizem os políticos. O que estão comentando por aqui?

— Tenho vergonha de dizer, mas não estou a par dos acontecimentos. O trabalho me toma o tempo todo e antes disso eu estava desempregado, então ficávamos pulando de um lugar para outro, como nômades. Agora estou ocupado dia e noite. "Com o suor do seu rosto vais comer seu pão" — e é assim que comemos, com o suor no rosto. Até mesmo os jornais nem sempre leio. Meu círculo de amizades não inclui essas pessoas... Não é como era na juventude... Me parece que Kolka brevemente estará me ensinando.

— Que pena. Um homem do meio teatral contou a meu marido que neste verão esteve com Tchekhov na casa da Komissarzhevskaia. Ela se apresentou em alguns espetáculos aqui em Moscou. Bem, ele falou que Tchekhov envelheceu, está doente, cansado, está ficando de cabelos brancos. Perguntaram a ele se estava escrevendo algo para o teatro. E ele respondeu que estava escrevendo, mas que não era o que procurava, que estávamos em outro tempo que demandava algo diferente, que estávamos sobrevivendo da velha maneira e que o país mudara radicalmente. Logo depois se pôs a contar que em Moscou, isso não se percebia muito, mas que no sul uma onda quebrava forte, a inquietação do povo era geral... Contou que esteve com Tolstoi e que ele via da mesma forma. E que ele era um velho muito sagaz... "A Rússia está zumbindo como uma colméia. O senhor vai ver o que acontecerá dentro de dois ou três anos... Não reconhecerá a Rússia..."

— Palavras suas ou de Tchekhov?

— Tchekhov... Por que o senhor não pega limão? E os doces?

— *Merci.*

— *Merci* "sim" ou *merci* "não"?

— Lógico que sim.

— Então, por favor, sirva-se...

— Não se preocupe, Natalia Dmitrievna. Ainda sou capaz de me servir sozinho. Então a senhora estava falando que Tchekhov contou que no sul a onda bate bem mais forte? E a senhora acaba de chegar de lá, a conclusão é clara.

— Veja só como mudou de conversa.

— Não tenho por que mudar nada. É assim mesmo. *Continuez, madame.*

— No sul realmente tudo está em ebulição. Depois da greve em Rostov a agitação entre os trabalhadores é inédita. Tenho a impressão de que cheira à revolução, sabe, de verdade. Está tudo muito intranqüilo. E os mujiques já não são os mesmos, de todos os lados correm notícias sobre conflitos. A profecia de Tchernichevki, pelo visto, está se realizando...

— Lembra-se de como cantávamos "Vamos beber por aquele que escreveu *O que fazer?*"?

— Aquilo, Ivan Antonitch, eram sonhos. Mas agora não "bebemos por aquele", pois me parece que o negócio já começou. E não é brincadeira. Eu julgo ainda pela ampla divulgação da literatura revolucionária. O senhor já viu?

— Mas onde vou conseguir que venha cair em minhas mãos?

— Nós conseguimos, em Kichiniov. Os jornais *Iskra* e *Rússia Revolucionária.*

— O que é isso? Sou um analfabeto neste sentido.

— Agora os partidos são organizados. Os marxistas são adeptos da social-democracia, já os *narodniki* são socialistas-revolucionários...

— Você quer dizer Struve? E os *narodniki*, quem eles têm?

— Deus, como está desatualizado! Struve já se afastou. Ele agora edita seu próprio jornal em Stuttgart, órgão da União pela Libertação. Agora é o líder dos liberais, afastou-se totalmente do marxismo. Tem uma grande quantidade de agentes mantidos pelos proprietários de terra. Ele é um deles. E os marxistas legais já deixaram de ser marxistas. E os líderes dos social-democratas são outras pessoas: Plekhanov e Lenin. Plekhanov é Beltov. Lenin, Vladimir Iliin.

— O economista?

— Ah, sim. E os SR...

— O quê? O que é isso?

— Os socialistas revolucionários são chamados de SR, e os social-democratas de "esdekami" ou "brancos" e "grisalhos" — respondeu Natalia Dmitrievna, rindo. — Tchernov, deve conhecer, escrevia com o pseudônimo de Gardenin.

— Acho que já ouvi falar neste sobrenome... Na coletânea em homenagem a Mikhailovski, *No glorioso posto...*

— Ele mesmo... Assim... O sul está inundado de literatura partidária. O êxito dos partidos radicais entre os estudantes é colossal. E o solo onde as sementes agora caem não é mais de pedras. É uma pena que Sonia e Raspopin não estejam mais vivos...

— Sim. Eles mergulhariam de cabeça...

— Os SR continuam as tradições de luta dos *narodovoltsi.** Mas, por outro lado, estão mais abertos. Agora,os marxistas são terrivelmente intransigentes, em particular os leninistas. Fanáticos e dogmáticos. Para eles, o proletariado é tudo. Às vezes, me parece que por trás deles existe uma espécie de nova verdade, algo mais fresco e não da antiga Suzdal. Eles não tem nada de ir caminhando sem pressa. É uma gente enérgica e zangada. E, neste caso, é necessária a raiva, sem ela não se consegue nada. Questionam e debatem tudo com fervor. E marcham em falanges de ferro. É um novo tipo de gente: não gostam de frases fantasiosas, não gostam de ficar sentados tomando chá, nem de festas, como nós à nossa moda antiga. Não respeitam muito os antigos intelectuais, freqüentemente zombam deles. E entre os trabalhadores têm tido um êxito incontestá-

---

* Membros da organização Narodnaia Volia dos populistas. (*N. da T.*)

vel, como se tivessem sido feitos para eles sob medida; os trabalhadores aderem a eles assim... Aceita mais chá?

— Mais um copinho. Sem açúcar, por favor... Obrigado.

— Veja como estou falando sem parar...

— Agradeço também por isso. Para mim é tudo novidade.

— Em Kichiniov a atmosfera está muito tensa. Os burocratas e a polícia estão maltratando muito os judeus e os revolucionários. De repente, pode irromper um *pogrom* contra os judeus... O senhor conhece muito bem a situação geral na Bessarábia... Só que agora a situação se agravou tanto que o senhor, imagino, não conseguiria fazer idéia. Nos últimos tempos, me parecia que estávamos sentados em brasas. Não se pode ficar fazendo pressão o tempo todo, ou uma hora qualquer as coisas vão explodir. Eles trapaceiam, não se intimidam com nada e não desprezam nada. Comentam abertamente sobre os *pogrom* e dizem que os judeus, seguindo seus rituais, usam o sangue dos cristãos, mutilam e matam os cristãos às escondidas, tirando assim o sangue deles; que eles são contra o czar, porque ele é ortodoxo e defende o povo ortodoxo... É um deus-nos-acuda... O lema "Bata nos judeus" tornou-se em Kichiniov quase um lema oficial. Este é o grito dos "patriotas". Tudo é orquestrado pelo comandante da Okhrana, pelo barão Levendal, e pelo milionário russo Pronin, uma figura detestável. E o Kruchevan... lembra-se? Da patriótica revista *Znamia*?

— Lembro. Como não lembrar?

— Então, é ele. E ao redor fica aquele bando de burocratas, inspetores de polícia, investigadores e policiais. Dinheiro não lhes falta, eles com certeza gozam do consentimento de seus superiores. Farejam pelas estalagens e antros de jogatina. Estão preparando, pelo visto, uma terrível noite de São Bartolomeu... Não sei, pode ser que eu esteja enganada, mas se parece muito com isso e estou horrorizada... É um banditismo policial oficial e organizado...

— Sabia que Hertsen, escrevendo sobre a Rússia, disse que ela é um "inferno congelado"? E Tiutchev a chamou de "um eterno pólo Ártico"? Muito bom este pólo! Então, tudo está descongelando?

— Pelo jeito, descongelou... Aqui em Moscou é muito mais tranqüilo... Ou nós ainda não conseguimos perceber nada aqui ou realmente as ondas do sul ainda não chegaram... Mas vão chegar...

Natalia Dmitrievna ficou em silêncio. Tudo estava silencioso. A luz da lâmpada suavemente se espalhava pela toalha da mesa. O samovar cantava com uma voz fininha.

— E a senhora, Natalia Dmitrievna, participa do movimento?

— Como? Tenho um marido doente. Um filho doente. Sabe, eu temo por Tocia o tempo todo... E já estou velha...

— Que velha! A senhora está me pedindo um elogio?

— E o mais importante é que não tenho uma fé sólida. Não posso pronunciar o mandamento: "Eu sou O Senhor teu Deus, e não haverá outros deuses além de mim". E não sei muito bem para que direção caminhar. Além, é claro, do caminho geral, de negação, contra este despotismo animalesco... O senhor sabe que sou descendente de judeus, minha família tem sangue judeu. Mas analisemos a questão do ponto de vista puramente russo. Às vezes me parece, inclusive, que na sociedade subestimam todo o caráter anticultural da monarquia dos Romanov... Palavra de honra... Veja bem, todas as melhores cabeças, a nata da nação, são cortadas, como por uma ceifadeira. Basta demonstrar um pouco de talento ou genialidade e vai para a cortadeira... Todos conhecem estes fatos, e se pararmos e contarmos todos? Puchkin: exílio, proibições, morte. Lermontov: exílio. Tchaadaev, que o próprio Schelling considerava uma das pessoas mais inteligentes que ele conhecia, foi para um hospício por decisão do czar. Polezhaev foi torturado na cadeia. Lembra a sua "Canção do iroquês capturado"?

— "Eu morrerei. E para desonrar os carrascos entregarei meu corpo indefeso!..."

— É... Era um imenso talento. Tchernichevski: trabalhos forçados. Pisarev: cinco anos preso na fortaleza de Pedro e Paulo. Dostoievski: no poste de fuzilamento. Turguenev... até Turguenev: prisão. Hertsen: prisão e exílio. Rileev: enforcado. Radichev: depois do exílio, foi envenenado... E que cientista não seria o executado Kibaltchitch?... Agora, Tolstoi: submetido a revista e busca... Na casa de um gênio mundial! E esse recente incidente revoltante com Gorki? Está na cadeia, com certeza... Ele já esteve preso várias vezes.

— Você está falando sobre a Academia de Ciências?

— É... Veja que bons acadêmicos! Até Tchekhov, a mais suave das pessoas, ficou de cabelos em pé! O senhor leu a carta dele ao presidente da Academia, a essa coquete liberal imperial?

— Li...

— Então... Assim os homens russos geniais são sistematicamente aniquilados pelos gendarmes dos barões com nomes alemães: Benkendorf, Dubelt, Lebenthal, esses bastardos da casa dos Romanov... Me diga, pode sobreviver uma nação que é o tempo todo degolada?... E eu nem estou falando das massas, dos mujiques e operários... Não, o caldeirão vai explodir... E em breve...

Natalia Dmitrievna levantou-se e excitada começou a andar pelo quarto. Ivan Antonitch estava calado.

— Entretanto, Natalia Dmitrievna, a senhora não leva tudo muito a sério?

— Sim, mas ainda não sou um defunto. Mas, na verdade, estou de fora, Ivan Antonitch... Algo vai acontecer com meu Tocia... Se sobreviver, irá para revolução, disso não tenho nenhum pingo de dúvida... Pode ser que assim pague todos os meus pecados, por minha mentalidade pequeno-burguesa... Ao mesmo tempo, eu mesma temo isso... o destino aqui também já está selado. Poucos sobreviverão, até mesmo em caso de vitória...

Ivan Antonitch ficou pensativo. Ele era uma pessoa que se impressionava facilmente, e os pensamentos passavam por sua cabeça com rapidez. A velha amiga fez com que ele mergulhasse num mar de questões, das quais estava distante, não porque não tinha noção ou não entendia sua importância, mas porque vivia sempre das coisas imediatas e próximas que estavam embaixo de seu nariz, que o rodeavam, e as preocupações dessa agenda cotidiana consumiam-no por inteiro — o resto saía da sua mente e, às vezes, ele espantava outros pensamentos como se espanta moscas impertinentes. E agora, de repente, tudo estava na sua frente e bem perto, tudo saiu do nevoeiro, adquiriu traços claros, formas exatas... E neste momento, o habitual, o corriqueiro, o pequeno, tudo com o que estava ocupada a vida real de Ivan Antonitch escureceu, se distanciou e foi para algum lugar bem longe, tornando-se irreal. O balanço das perspectivas em seu consciente foi alterado, vários planos e círculos da vida trocaram de lugar... Foi por isso que Ivan Antonitch ficou pensativo...

— Ei, mas que horas são?

— Faltam quinze para a meia-noite.

— Diabo! Tenho que ir para casa... Liubotchka me espera... Ainda bem que me lembrei: ela pediu para transmitir suas saudações e o convite para nos visitar... Sabe nosso endereço? Bolchaia Gruzinskaia, praça Georguievskaia, casa do Blokhin. Do Jardim Zoológico, deve descer a rua Gruzinskaia. Quando entrar no portão, vá sempre em frente, vai chegar na casa dos fundos com um jardinzinho. Esta é a nossa moradia... Preciso chamar Kolia...

— Num instante. Kolia! Tocia!

As crianças vieram.

— Então, Koliun, está na hora. Pode se despedir.

— Tocia, venha mesmo. Está ouvindo? Vou te esperar todos os dias... Natalia Dmitrievna, por favor, faça de tudo para que Tocia logo apareça lá em casa...

— Kolia, Natalia Dmitrievna prometeu ir lá em casa. Mas que falta de educação!

— Mas eu, paizinho...

— Deixe, Ivan Antonitch. É natural que Kolia queira ver Tocia e não a mim...

— A senhora também, a senhora também...

— Mas principalmente por causa de Tocia... Não há do que se envergonhar!

Kolia calou-se e ficou sem graça.

— Sobre o *Iskra* não vá dar com a língua nos dentes — cochichou Tocia no ouvido do amigo. E em voz alta falou: — Vou visitar você um dia desses. Pode ser depois de amanhã...

Mas Tocia não veio.

Dois dias depois, Ivan Antonitch chegou do serviço de carruagem e falou para o filho:

— Tocia morreu repentinamente.

— Como? O que está dizendo?!

— É. Teve meningite, inflamação das membranas do cérebro... Eu telefonei da escola para saber por que eles não tinham vindo nos visitar... Natalia Dmitrievna disse apenas: Tocia morreu de meningite. Não conseguiu falar mais nada...

— Vou correndo agora até lá...

— Não deve. Você só vai aumentar os sofrimentos da mãe. Eu mesmo não sei como ela está suportando isso...

Kolia estava estarrecido. Queria chorar, romper em prantos, bater com a cabeça na parede... Com estupor, olhava para os lados. Tinha acabado de conversar com Tocia, viu sua testa frágil e carinhosa, os olhos claros, as mãos fininhas. Ouviu sua voz baixa... Tocia, será verdade que você não existe mais?

Tocia, morto, descansava no caixão e seu rostinho gentil congelara numa pálida máscara mortal... Natalia Dmitrievna, apertando os lábios, cuidava do marido, que estava deitado, quase inconsciente...

1[illegible]

A monarquia dos Romanov caminhava também em direção a uma catástrofe externa além da interna. No dia 4 de agosto de 1902, foi realizado no porto de Revel (Tallin) um encontro entre os dois imperadores Guilherme Hohenzollern e Nicolau Romanov que deu um forte empurrão nos fatos em desenvolvimento.

O polvo imperial já havia estendido do seus tentáculos até o Extremo Oriente. A Rússia já havia tomado da China grandes pedaços de terra e participava, na medida do possível, das expedições verdadeiramente criminosas das Grandes Potências contra o Império do Meio. Seus batalhões, organizados e munidos com armamentos de primeira classe e sob o comando do marechal alemão, conde Waldersee, abafaram a rebelião dos Boxers, iniciada com a tomada de territórios chineses. Eles queimavam aldeias e cidades, ocupavam a própria capital da China, Pequim. Quem comandou a ocupação de Pequim, antes da chegada do conde, foi o general Linevitch e as tropas russas, que com os japoneses saquearam a cidade e destruíram o palácio.

Muito bem-falante, o *kaiser* alemão, enviando naquela época — no fim do mês de junho de 1900 — tropas muito cristãs, bem adestradas e disciplinadíssimas, fez no porto de Bremerhaven, do alto de uma tribuna, um discurso que foi a bandeira de luta contra o "perigo amarelo". Levantando bem alto o punho da mão direita, inflando o peito belicosamente, ele gritava com voz forte:

— Não dar quartel! Não fazer prisioneiros! Da mesma maneira como há mil anos atrás, no reinado do rei Átila, os hunos deixaram marcas da sua força que até hoje é conservada nos contos e nas

.endas, exatamente assim, graças a seus feitos, o nome dos alemães na China deverá ser lembrado por mil anos, para que os chineses nunca se atrevam sequer a olhar atravessado para os alemães!

As potências muito cristãs impuseram à China acordos vergonhosos, roubaram suas terras, plantaram barris de dinamite de novos conflitos; por onde passavam queimavam os tesouros nacionais da China, a antiga e grandiosa enciclopédia; e os oficiais cultos — alemães, franceses, russos e outros — voltaram para casa, trazendo os bens roubados: quadros, estátuas preciosas, seda, porcelana, ouro, marfim, diferentes enfeites, antigos ornamentos e moedas, supondo que todos esses feitos tinham mais a ver com o apostolado do que com a categoria do roubo. Em casa bebiam uísque, cerveja, vinho tinto ou vodca, dependendo da nacionalidade, e riam alegremente trocando lembranças sobre as pequenas moças chinesas, às quais eles presenteavam, entre suas façanhas de guerreiros, com a sua atenção instruída.

Agora, dois anos depois, amadureceu o conflito entre o Japão e a Rússia, e Guilherme, que estava possuído pela mania de os duúnviros governarem o mundo — ele próprio, e seu "amado irmão", o czar do norte, Nikki — apressava-se, com seu estado-maior diplomático e militar, em solucionar as principais questões da grandiosa política internacional. Sentia atração pela monarquia russa devido à sua idéia obsessiva de uma luta conjunta contra a hidra da revolução. Ele sonhava constantemente com um golpe de estado, com um banho de sangue contra os trabalhadores, com a aniquilação do deplorável parlamentarismo alemão, com o seu papel de um novo e grande César que, como Georgi Pobedonosets (São Jorge), destruiria o dragão da revolução socialista. Ainda em 1899, durante as greves dos trabalhadores de Augsburg, ele comentava com seu amigo, Philip Eilenburg, que ganhou fama posteriormente por seu homossexualismo palaciano:

— Isso é bom... Deixe-os, deixe-os! Vai chegar o momento em que vamos ter de *agir*... Então, eu não vou parar diante de nada, e nem mesmo o ministério irá me segurar; se não me apoiar será simplesmente deposto. Por favor, leia a recém-editada coletânea de meus discursos, feitos desde minha ascensão ao trono. Irá perceber claramente que no início conclamo com jeito, mas depois com toda seriedade, a atenção do povo alemão ao perigo iminente que paira sobre ele... *O governo precisa agir*, do contrário tudo vai virar cinzas! Se durante um conflito externo sério, criar-se uma situação na qual metade do exército terá que ser mobilizado dentro do país, por causa de uma greve geral, daí estaremos *perdidos!*. Eu me informei até onde podem ir os meus poderes em relação à constituição. O ministro da Guerra me falou que *a qualquer momento* posso decretar estado de sítio em todo o império. Antes que os soldados expulsem do Reichstag os líderes da social-democracia e os fuzilem, não se pode esperar que a situação melhore. Precisamos de uma lei que nos permita mandar cada social-democrata para as ilhas Carolinas... Vamos ter que promover um derramamento de sangue *muito* grande...

O *kaiser*, bebericando o vinho, acariciava seus bigodes, satisfeito consigo mesmo...

Agora, ele ia a um encontro com o imperador russo, que tanto quanto ele, nem um pouco menos, temia a revolução: Nicolau já sentia seus impulsos constantemente...

Fazia uma manhã clara e agradável. No mar, estava fresco, uma leve ondulação sulcava a sua superfície e pequenas ondas esverdeadas refletiam com um brilho de vidro de garrafa e batiam na orla, se dispersando em rendada espuma branca. Cheirava a algas, a iodo e sentia-se o aroma fresco da umidade salgada do mar. Quatorze grandes navios de guerra e quinze torpedeiros aguardavam os eminentes visitantes. O *Variag* e o *Retvizan* brilhavam ofuscantes ao sol com seus cascos brancos. Os outros navios, colossais, negrejavam sombrios como personificação da pesada força marítima do império e seus monstruosos canhões escancaravam as bocas. Os luxuosos iates do czar — *Standart* e *Poliarnaia zvezda* — destacavam-se com sua elegância e graciosidade. Alguns barcos balançavam suas velas como cisnes assustados...

Um bando de gaivotas, com seus gritos tristonhos, revoava sobre os encouraçados e os cruzadores. As gaivotas ora levantavam vôo para o alto, ora desciam para a água, arrancando de lá sua presa; ora ficavam paradas, imóveis no ar, quase sem balançar as asas, como pombos de cera, daqueles de árvore de Natal, pendurados por uma linha, e suas penas brancas como a neve brilhavam contra a palidez de cobalto do céu do norte. Nos navios reuniram-se os mais altos escalões da frota imperial do Báltico. À beira-mar formigava uma imensa multidão de pessoas: todos queriam ver o extraordinário espetáculo. O porto estava repleto de curiosos: burgueses honrados, damas da sociedade, artesãos, operários, servidores, funcionários — de chapéus, quepes, capuzes; de vestidos coloridos, guarda-chuvas —, tudo se misturava nesta multidão em movimento. Meninos espertos corriam para lá e para cá, mostrando suas fisionomia espantadas, tentando passar para lugares de onde dava para se ver melhor. Policiais garbosos mantinham a ordem e afugentavam os bêbados...

Então, no horizonte distante, além da ilha Nargen, através de um suave véu azul-claro, surgiram as escuras nuvens de fumaça, quase imperceptíveis, da esquadra alemã... Ao seu encontro se deslocaram os iates imperiais, acompanhados pelo cruzador *Svetlana* e a água começou a espumar ao longo das bordas dos barcos feito cobrinhas brancas agitadas...

Bandeiras festivas foram hasteadas nos navios e começaram a tremular. Como monstros marinhos de aço tocados por uma varinha mágica, de repente brotaram nos barcos flores em profusão, parecendo estrelas coloridas, decorando-os luxuosamente como se estivessem vestindo-os com roupas brilhantes e festivas. Duas horas mais tarde, a esquadra alemã e os iates imperiais já se aproximavam do ancoradouro: o *Príncipe Henrich*, o *Ninfa*, o torpedeiro *Sleipner* e o iate do *kaiser Hohenzollern*, branco como a neve; todos, bem alinhados se dirigiam ao local do encontro...

O ar começou a estremecer com o ruído dos canhões: cobrindo-se com uma nuvem de fumaça de pólvora e com uma força monstruosa, as armas roncavam — podia-se pensar que estava acontecendo uma grandiosa batalha naval. Os pássaros, batendo as asas, voavam atônitos para todos os lados e, ensurdecidos, pousavam na água e limpavam suas penas, perplexos. Nos navios do almirante e nos iates, as orquestras tocavam e os sons pesados do bronze dos instrumentos de sopro e dos tambores, subiam ao céu. Os alemães tocavam "Deus guarde o czar", os russos, um hino ao *kaiser* alemão... Nas pontes de comando dos navios — nos encouraçados e cruzadores — estavam as pessoas importantes, bem-vestidas, com dragonas, faixas de seda passando pelo ombro, com agulhetas de prata, adornadas com uma completa iconostase de estrelas, medalhas e condecorações de distinção. Nos conveses superiores, enfileirados em posição de sentido, ombro a ombro, com os pés em linha, em uniformes alvos como a neve e colarinhos azuis, um ao lado do outro, ficavam os marinheiros queimados, com seus rostos e peitos de bronze: eles pareciam congelados, como as estátuas da Alameda da Vitória. A outra parte da tripulação cobria a enxárcia e, como guirlandas humanas, estava dependurada no ar. O grito "hurra!", há muito tempo ensaiado, soava ininterruptamente em ondas, ora silenciando, ora explodindo com uma força nova.

No iate imperial *Standart* se encontravam os dois soberanos. Com Guilherme vieram, entre outros, o príncipe Heinrich, o almirante von Tirpitz, o homem mais talentoso da Marinha alemã, inteligente, rigoroso, com uma grande barba e um olhar severo nos olhos penetrantes, o príncipe von Bülow, uma esperta raposa diplomática, cuidadoso e insinuante, que na juventude fora um hussardo voluntário e participara da guerra franco-prussiana, leão dos salões diplomáticos, brilhante conversador, que foi embaixador em Petersburgo, e era um homem de maneiras finas e de excelente discurso literário.

Guilherme, de estatura mediana, porte militar, autoconfiante, como sempre, quando não havia realmente nenhum perigo iminente, com uma exaltação teatral e pose de uma pessoa sem a qual não se podia resolver nenhuma questão, era amável soltando elogios para seu estimado primo. O conteúdo de seus discursos era pensado de antemão e até formulado por escrito pelo ministro das Relações Exteriores. Mas este monarca tagarela por diversas vezes criou dificuldades imprevisíveis para os seus diplomatas. Ele se entusiasmava com a própria eloqüência e, às vezes se parecia com um pássaro em período de procriação, não via e nem ouvia nada ao seu redor. Ele não gostava de falar seguindo o texto. Ele não suportava instruções e, certa vez, por causa disso, brigou com o "Chanceler de Ferro", Otto von Bismarck, levando-o à desgraça. Ele estava tão absorvido pela mania de grandeza que nos círculos mais íntimos da camarilha palaciana, várias vezes se questionou se ele era uma pessoa normal, e sua mãe, a imperatriz, certa vez pronunciou palavras proféticas: "*Mon fils sera la ruine d'Allemagne*" ("Meu filho será a ruína da Alemanha").

Nicolau, por sua vez, era simplesmente sem colorido. Ele foi muito bem definido em uma conversa de Gorki com o comerciante Bugrov: "Aquele pequeno pedaço de carvão não vira uma brasa. Das dez palavras que pronuncia, sete são desnecessárias e três não são dele. Seu pai também não era muito inteligente, mas, de qualquer forma, era um homem sólido, de faro agudo, um mestre. Agora este aqui é gentil, tem os olhos de uma mulher idosa... Oh, não é grande nosso czar!..."

— Sim, amado primo! — Guilherme hipnotizava o czar com seus olhos poderosos. — Firmeza antes de tudo. Será que os japoneses podem se atrever a atacar o seu grande império? Temos em nossos ombros uma missão mundial. O perigo amarelo continua ameaçando a Europa. Há tempos venho avisando aos povos: é preciso proteger a civilização contra estes gafanhotos...

— Estou de pleno acordo com você...

— Já mostramos aos bárbaros chineses o que significa a raça branca. Ainda em 1900, eu disse que eles, por seus crimes inauditos e atrevimentos, mereciam castigo e vingança... Agora, me parece, é a vez dos japoneses: estes macacos imaginam que entraram para a família dos povos civilizados... Eles são apenas imitadores...

Várias vezes escrevi para o meu amigo, o presidente Roosevelt, para ficar de prontidão... Mas aquela república não é capaz, pelo visto, de realizar aquilo que apenas está ao alcance de nossa poderosa monarquia... Nossos interesses, me parece, nesse ponto coincidem totalmente...

— Também penso assim...

— Seria muito perigoso se a França, com a qual você estabeleceu uma aliança, transtornasse as nossas relações. A França é uma nação em extinção, com evidente tendência para o declínio; as manchas do sangue do rei e dos nobres mortos estão naquela nação, que está sendo arruinada pelo ateísmo...

— Também acho que uma briga entre nós poderá apenas favorecer nossos inimigos — falou calmamente Nicolau e seu rosto refletiu de repente um espanto meio infantil — *Ce serait faire le jeu de la révolution* (Isso seria fazer o jogo da revolução). Acho que nossos interesses não se chocam em nenhum lugar...

— Certamente — continuou Guilherme calorosamente, gesticulando com a mão direita (a mão esquerda funcionava muito mal e para esconder este defeito físico ele, como Napoleão, colocava a mão dentro da farda, matando assim dois coelhos com uma cajadada só: escondia seu defeito e fazia o gesto de um grande chefe militar, esquecendo-se da "nação em extinção"). — Um laço muito mais forte nos une: nosso papel na luta contra a revolução. Este é o maior perigo do século. É nosso dever sagrado esmagá-la... Socialismo... eis o nosso inimigo em comum. E não serei eu mesmo, se não destruir em minha pátria o bando social-democrata. Eles estão precisando de um sangramento. E quanto a isso, em breve, não vamos poder fazer cerimônias. Pode ser tarde daqui a algum tempo. *Periculum in mora.*

— Eu também estou preocupado com este problema... Terroristas... Desordens entre os trabalhadores... Social-democratas, maçons, os judeus estão ficando abusados... Mas estou seguro de que no caso de conflito com o Japão todos os verdadeiros russos se juntarão como uma só pessoa em torno do meu trono. Meu povo tem antigas e boas tradições e no final das contas ele vai acabar com os desordeiros. Não quero forçar guerras, mas se a Providência nos levar a ela, espero que o inimigo seja, com a ajuda de Deus, castigado como merece.

— Fico feliz, Nikki, em ver que temos o mesmo ponto de vista...

— Eu também. Mas, me parece, estou até mesmo convencido disso, que com esta posição firme por parte da Rússia os japoneses não se atreverão a medir forças com tão poderoso país. E esta firmeza é a lei da minha política... — falou o czar, espantando-se consigo mesmo e medrosamente olhando nos olhos de seu interlocutor para ver se ele acreditava naquela firmeza...

— Então, querido Nikki, podemos concluir que você é o *Almirante do Pacífico* e eu o *Almirante do Atlântico*. Ha-ha-ha! — gargalhou Guilherme com uma risada satisfeita e pôs-se a acariciar seus famosos bigodes.

Usando esta frase, Guilherme brincava com as palavras. Oceano Pacífico significa Oceano da Paz, e ao chamar Nicolau de almirante do "oceano da paz", antevendo uma guerra, o *Kaiser*, que empurrava o czar para a conquista militar deste "oceano pacífico", desnudava o real sentido da conversa. Nicolau deu um sorriso amarelo, mas não se opôs a nada...

Para Guilherme era prazeroso saber que incutiu algo em Nicolau, da mesma forma que achava muito desagradável qualquer alusão ou instrução recebida por ele da parte de qualquer um dos dirigentes responsáveis por "sua" política. Transformar em seu porta-voz o poderoso imperador de todas as Rússias representava para Guilherme a mais alta conquista política, o apogeu do seu poderio e grandeza pessoais. Ele não desconfiava nem um pouco de que ele próprio nada mais era que o porta-voz dos latifundiários prussianos, que exalavam um cheiro de estábulo e de vodca de batata a mais de dez verstas. Nicolau, com clareza, enxergava as razões encobertas das exortações de Guilherme e, concordando, ao mesmo tempo vivia internamente um sentimento de resistência, pois o risco de um conflito com o Extremo Oriente estava caindo, no final das contas, em suas cestas e não nas do *kaiser*. Mas lhe agradavam os discursos de lisonja sobre seu grande papel histórico, e ele — não sem algum cuidado, ligado à sua insegurança, timidez e em parte esperteza — brincava de perde-e-ganha.

Depois de se despedir de Guilherme, o imperador marcou uma breve audiência com o príncipe Bülow.

— Escute, príncipe, como está a saúde de sua esposa? — perguntou Nicolau ao ver Bülow entrar em sua cabine.

— Muito obrigado, majestade, agora ela está se sentindo razoavelmente bem.

— Sente-se por favor... Nós conversamos com o imperador...

Bülow calou-se com deferência, esperando o que viria após a tradicional pergunta sobre a saúde de sua esposa.

— O que me preocupa — disse o czar devagar e escolhendo as palavras — é o nervosismo do meu amigo quando falou da França... Os interesses da Rússia e da Alemanha não se chocam em nada... E as nossas relações com a França não estão direcionadas contra a Alemanha... Sim, e além disso, o senhor, príncipe, sabe muito bem que não foi por culpa da Rússia que se criou uma configuração diferente... Eu estou tão longe do ateísmo e republicanismo francês como o vosso muito venerado monarca... Seria lamentável caso se formasse uma fissura em nossos relacionamentos ou caso...

Nicolau não terminou e olhava para Bülow, testando-o. Mas no rosto do príncipe não dava para perceber um mínimo movimento de seu treinado espírito diplomático.

— Minha opinião, majestade, coincide em tudo com a opinião do conde von Bismarck, a qual, certa vez, tive a honra de relatar à vossa majestade...

— Faça o favor, avive a minha memória... — falou Nicolau, apesar de lembrar perfeitamente sobre o que lhe falou Bülow: ele queria apenas saber se o gentil príncipe repetiria a mesma coisa agora ou se acrescentaria alguma nova nuance da *imponderabilia* política, os imponderáveis aos quais Bismarck dava tanta importância.

— Às ordens, soberano... Nosso grande chanceler falou que será difícil prever o resultado de uma guerra entre as três potências no sentido de uma vitória militar, mas se pode afirmar que a conta terá que ser paga pelos três monarcas...

O imperador segurou o príncipe Bülow pelo braço e por longo tempo o observou com uns olhos que pareciam ausentes e melancólicos...

Finalmente, ele afirmou:

— Estou tão convencido disso como o senhor...

Meia hora depois, Guilherme já caminhava pelo convés alegre e agitado, ou por causa do ar marítimo, ou por causa do vinho, ou por seus êxitos políticos, de mãos dadas com Nicolau, que neste par encarnava, mais provavelmente, a parte feminina. Ao ver Bülow, Guilherme, sem soltar seu colega, dirigiu-se ao príncipe já de longe gritando bem alto, para que todos os presentes pudessem ouvi-lo perfeitamente:

— Sabe, Bernhard, como resolvemos nos chamar de agora em diante? O czar Nicolau de agora em diante vai chamar a si próprio de *the Admiral of the Pacific*, e eu de — *the Admiral of the Atlantic*...

Com esta brincadeira de Guilherme, o rosto do czar expressou um certo embaraço. Ele não soube como reagir de imediato a esta brincadeira sem graça de seu "amigo" tagarela.

— A mim, majestade, não me espanta nem um pouco se um monarca, que apesar de todo seu poderio, avalia tão alto os benefícios proporcionados pela paz, tenha aceitado tal epíteto... — foi a resposta rápida do hábil e esperto Bülow.

O czar logo se animou, seus olhos perderam a expressão de mudez opaca e ele involuntariamente balançou a cabeça, em sinal de total solidariedade à resposta de von Bülow.

Ao ter um minuto a sós com Guilherme, o príncipe se aproximou com cuidado e jeito, tateando com as palavras como um gato com suas patinhas aveludadas, e tentou persuadir seu soberano a não brincar com essas coisas; de várias maneiras tentou provar que se os novos "*mots*" do *kaiser* se tornassem amplamente conhecidos e chegassem à imprensa, seriam considerados como expressão da radical beligerância do imperador e prejudicariam as relações com o Japão, isto sem falar da Inglaterra, e provocariam um prejuízo considerável à autoridade do santificado personagem, Vossa Majestade. O *kaiser* ouvia essas recomendações com ar condescendente e aborrecido e aparentava concordar: no fundo de sua alma, ele reconhecia a legitimidade dos argumentos de Bülow. Mas durante o almoço, depois de tomar champanhe francês direto da garrafa, que estava no gelo em baldes de prata maciços, ele, como uma criança manhosa, o tempo todo voltava ao assunto, para total insatisfação do czar que fazia algumas caretas, enrolando bolinhas de pão com os dedos...

Depois do almoço, às três horas da tarde, baixaram as bandeiras festivas, a vestimenta de festa foi retirada. A frota do imperador russo se preparava para mostrar ao *kaiser* alemão sua arte em artilharia e as fortalezas flutuantes, retirados os coloridos e solenes adereços de festa, mostraram-se em sua nudez de aço prosaica e tenebrosa. Os dois imperadores encontravam-se agora no cruzador *Minin.* Ali também se encontravam o príncipe Heinrich, o almirante Tirpitz, o comandante da frota, o grande príncipe Aleksei Aleksandrovitch, o ministro da Marinha Tirtov, almirantes e todas as outras patentes da comitiva do imperador. Guilherme estava de pé, com as mãos nos quadris, com a farda de almirante da frota russa. Ele havia sido promovido a almirante por Nicolau alguns anos atrás, antes de um almoço solene em Petersburgo. Guilherme ficou tão feliz com esta promoção que ofereceu ao czar a cerimônia do *Kowtow*, prostrando-se diante dele e beijando o chão. Durante o almoço, brindou o czar, dizendo "colocar a seus pés o profundo, emocionado e feliz agradecimento pela inesperada promoção", e com isso escandalizou bastante seus ministros... Agora, ele estava de farda russa, com a faixa azul-clara da Ordem de Santo André atravessada no ombro, e com o chapéu triangular da Marinha, considerando-se um verdadeiro comandante. Nicolau, trajando um uniforme alemão, era muito desajeitado, comparado com o seu seguro e belicoso confrade, que olhava, como senhor, para todos os lados com seus olhos firmes e ásperos...

A fuzilaria foi bem-sucedida. Os alvos caíam uns depois dos outros...

Guilherme deu os parabéns ao czar:

— Eu ficaria muito feliz se em minha frota houvesse almirantes tão talentosos como o seu Rozhdestvenski...

O czar ficou radiante. Ele se aproximou do grão-duque, que na realidade não passava de uma marionete na mão de estranhos e se destacava por sua grande leviandade, apesar do título de almirante-general e da sua idade avançada, Abraçou-o, beijou-o e depois fez o mesmo com Rozhdestvenski. E este homem grande, musculoso e monumental, de ombros largos, de barba grisalha e olhar penetrante de lobo, se abaixou servilmente e beijou a mão do czar... Os alemães entreolharam-se...

À noite, os marinheiros descobriram: os alvos foram colocados de tal forma, que cairiam apenas com um leve sopro de vento... Os festejos duraram três dias. À noite, na densa escuridão, no meio do mar negro como tinta, dançavam as luzes feéricas dos navios iluminados; seus reflexos serpenteavam e tremulavam, se dividindo na ondulação marítima invisível. No navio *Minin*, com desenhos feéricos brilhavam os monogramas dos soberanos como estrelas reluzentes e mágicas brilhavam sobre eles as coroas imperiais...

Chegou a hora da despedida. Os imperadores se abraçaram e se beijaram com beijos que não excluíam a hostilidade, a deslealdade, a traição, que faziam parte do ritual necessário, como a farda ou a continência. Quando o iate *Hohenzollern* se aproximou do Nargen, dele foram emitidos sinais com a seguinte mensagem: "O Almirante do Atlântico deseja boa viagem ao Almirante do Pacífico."

— Até logo — foi a resposta sucinta.

Um dos mais inteligentes colaboradores do czar, o conde Witte, fez a seguinte anotação mais tarde em seu diário:

"Não sei se foi a influência do imperador Guilherme, expressa, entre outras maneiras, no sinal emitido pelo barco ou se foi alguma outra coisa, mas a partir daquela data, mais precisamente em 1903, nos despachos para o governador-geral de Sua Majestade no Extremo Oriente, e em outros documentos, por diversas vezes foi expressa pelo soberano a idéia de que ele desejava que a Rússia tivesse uma influência dominante no oceano Pacífico."

19

O ginásio em que Kolia estudava se preparava para festejar seu centenário. Comentava-se que a comemoração de tão importante acontecimento se daria com a premiação do ginásio com o mais alto título: "Imperial", e alguns professores já sonhavam com as medalhas de Santa Ana, São Vladimir e Santo Stanislau que iriam enfeitar seus uniformes — existiam também no ginásio estes "caçadores de honrarias". De qualquer maneira, receberam das mais altas esferas o comunicado de que para as comemorações viria o governador-geral de Moscou, o grão-duque Serguei Aleksandrovitch, e com isso todas as autoridades do ginásio, inclusive os liberais, começaram a se agitar com a perspectiva.

O ditado "não é o lugar que embeleza a pessoa, mas é a pessoa que embeleza o lugar" tem realmente um significado relativo; o "lugar" na vida real "embeleza" muito a pessoa até mesmo quando não há uma pessoa presente; mas neste vazio penetra o "lugar" e o preenche, então a multidão, educada no espírito da sagrada deferência à hierarquia, pode ficar de joelhos perante este vazio, que cresceu graças à ausência do lugar. Os fetiches hereditários, nas hierarquias solidificadas e de casta, são sustentadas com tal força pelas tradições históricas que penetram fundo com suas raízes no solo da vida econômica.

O governador-geral de Moscou era como um príncipe feudal e tinha poderes ilimitados na região sob sua administração. Alto e ereto como uma tábua — parecia ter engolido uma vara! — de pernas longas, compridas e finas ele parecia estar sempre caminhando com pernas de pau. Seus olhos cinza, opacos e marejados emanavam desdém, frieza e indiferença. Toda a sua figura estava ajustada e abotoada na farda — o príncipe usava cintas feitas especialmente para ele. Seus horizontes intelectuais eram extremamente estreitos e deploráveis. Ele pertencia ao grupo dos retrógrados mais radicais, e através do seu poder e de medidas draconianas tentava manter a Rússia congelada. Tinha verdadeira paixão pela Igreja Ortodoxa e por meninos rechonchudos de bochechas rosadas, principalmente das classes iniciais dos corpos de cadetes, o que causava verdadeiros sofrimentos em sua esposa, Elizaveta Fiodorovna, irmã da imperatriz. Por isso, suas visitas a igrejas, mosteiros, como também ao corpo de oficiais, onde o grande príncipe com olhar de gavião contemplava as fileiras alinhadas dos cadetes, tinha um lugar de grande importância em sua atividade governamental.

Os vícios secretos, falsamente encobertos pela piedade e cultos religiosos, obrigavam-no a se cercar de ajudantes que praticamente governavam por ele, eram indulgentes com ele e, sabendo o que ele fazia por baixo do pano, tinham-no em suas mãos. Não era de se esperar que eles próprios fossem pilares de virtudes. No começo do reinado de Nicolau II, o braço direito do grão-duque Serguei era o chefe de polícia Vlasovski, um assíduo freqüentador de restaurantes, beberrão, um oficial da polícia ao estilo de um *bachi-bazouk* turco, corrupto e brigão, esperto e astuto, um dos principais culpados pela tragédia da praça Khodinskaia, tendo escapado da responsabilidade pelo monte de cadáveres graças à proteção de Serguei Aleksandrovitch.

Agora, seu favorito era o general Trepov, um bravo cavaleiro da guarda, soldado grosseiro dos pés à cabeça, de cabelos negros, olhos apavorantes e bigode selvagem, um tipo que, com ares de ditador, se considerava a "espada honrada", o defensor das nobres tradições palacianas, que sonhava cortar, com uma machadada só, a cabeça da revolução que aflorava. Isso, aliás, não o atrapalhava em ser o promotor e um dos principais articuladores do "socialismo policial", que ele propagava, com a permissão de Serguei e o auxílio do famoso Zubatov — o verdadeiro e esperto patriarca da polícia secreta que criava organizações operárias com o objetivo de desviar as atenções dos trabalhadores da atividade revolucionária. Trepov falava como um soldado, com frases curtas e ríspidas, como se estivesse atirando em um alvo e fazendo bravatas da objetividade de suas opiniões. Graças à sua aparência máscula, gozava de uma simpatia especial por parte da princesa e ao mesmo tempo era o preferido do príncipe, prestando-lhe serviços governamentais e íntimos.

Serguei era muito influente nos círculos palacianos e era um dos principais conselheiros do czar: como tio do czar e como marido da irmã da czarina, ele fazia a pressão necessária do seu ponto de vista e sempre obtinha êxito. Também era considerado um dos mais importantes caçadores de judeus e, freqüentemente o controle da linha dos *pogroms* passava pelas organizações policiais e caía diretamente em suas mãos.

Mas, em toda a diocese de Serguei havia muita intranqüilidade. Por mais que se aplicassem, os agentes policiais não conseguiam encobrir com sua rede os trabalhadores insatisfeitos. No dia 19 de fevereiro, os seguidores de Zubatov levaram seus adeptos para uma manifestação patriótica ao lado do monumento "Ao czar Libertador". Porém, no mesmo dia, os trabalhadores social-democratas, para desespero dos policiais, organizaram uma demonstração livre e revolucionária no bulevar Tverskoi. As fábricas de Gakental, Bromlei, Dobrovo-Nabgolts e Guzhon entraram em greve. Os estudantes se agitavam e o governo começou a realizar prisões em massa e com isso só fez aumentar o ódio e a exacerbação. Além disso, bem debaixo do nariz das autoridades, estavam os centros da oposição frondista dos nobres liberais e comerciantes: os príncipes Dolgorukov, Trubetskoi, Shospov, Golovin, Stakhovitch, os representantes liberais e os que se faziam de liberais das *zemstvo* e que davam o tom oposicionista dessa instituição começaram a organizar os congressos das *zemstvo*...

Serguei, enfurecido, dava ordens para "apertar" e "fuzilar sem dó", para os guardas fazerem tudo na travessa Gnezdnikovski, onde, atrás das paredes grossas, aconteciam ininterruptos interrogatórios noturnos, as prisões de Taganka e Butirka estavam lotadas. O descontentamento crescia, novas cabeças surgiam na "hidra".

No dia do centenário, os ginasianos estavam enfileirados ao longo da escada principal. Eles foram bem-treinados antes disso. O barão Kister, professor de ginástica, que era um almofadinha de monóculo e um dos nobres bálticos do Ostsee, que perderam suas propriedades em farras, com afinco ensinou-os a afastar as pernas, esticar os braços e gritar a uma só voz: "Desejamos-lhe saúde, Vossa Alteza Imperial!" Os ginasianos, que nunca precisaram anteriormente se preocupar com suas extremidades, tremiam num medo respeitoso, mas alguns deles, com tendência ao protesto, aguardavam o espetáculo com certa curiosidade.

Serguei Aleksandrovitch compareceu com a esposa e, após jogar o sobretudo nas mãos do porteiro que se curvou três vezes em reverência, rapidamente, quase sem responder aos gritos de saudação e hurras!, passou em companhia de seus ajudantes e do diretor para o auditório... A orquestra explodiu com: "Deus, guarde o czar!"

Serguei assistiu ao *Te-Deum* e depois se aproximou do diretor, que estava vermelho de nervosismo, de sentimentos patrióticos aflorados, de medo, apertou sua mão e falou por entre os dentes:

— Hã... meus parabéns... Parece que Bogolepov estudou aqui, não?

Bogolepov, o ministro Nacional de Educação, recentemente assassinado, realmente concluiu o Primeiro Ginásio de Moscou, e seu retrato figurava em destaque no auditório.

— Exatamente, vossa... vossa... vossa alteza imperial...

— Meus parabéns mais uma vez... Mas o ar aqui... hã... o ar não é tão bom assim...

Retinindo as esporas, ele esticou a mão, virou-se nos saltos e andou de volta para a escada, de cabeça erguida e olhando por cima dos olhos que o fitavam. Atrás de Elizaveta Fiodorovna fluía o cheiro quase imperceptível de perfume fino e suave que não harmonizava com o tinido das esporas e com o brilho das botas limpas do grande príncipe...

Kolia estava de pé na escada entre os outros e, quando o importante casal passou diante dele — Serguei ficou apenas a uma distância de meio metro —, de repente veio a sua mente, cutucando-a com uma agulha, uma idéia absurda e maluca: e se eu o beliscar? Ou se der um soco em suas costas? Kolia ficou gelado — pareceu-lhe tão próxima a realização desta idéia-relâmpago...

A direção do ginásio estava desnorteada. Todos se entreolhavam perplexos. O diretor estava com o gordo lábio inferior totalmente caído, vermelho e úmido. Os olhos cheios de lágrimas. O inspetor andava a passinhos curtos, com uma máscara de seriedade no lugar do rosto. Os que aguardavam títulos estavam decepcionados. Os radicais riam ironicamente: "como se dissessem: bem feito para vocês, seus bobos!" Logo todo o ginásio tomou conhecimento das palavras do grande príncipe, e uma horda de estudantes barulhentos, despertos de um hipnótico torpor, ria das esperanças não realizadas dos funcionários do ginásio... Não havia mais a mínima chance de a escola ser chamada de "Imperial". Todas as esperanças tiveram um enterro de primeira classe!

— Ei, Pequeno! — gritou para Petrov um de seus colegas de sala. — Vamos dar um espetáculo!

— O quê?

— Um enterro.

— De quê?

— Das esperanças não realizadas...

Os ginasianos se amontoaram e com algazarra discutiam a proposta. Depois tiraram rapidamente os tampos das carteiras, desenharam nelas ícones com giz e enfeitaram com ramos, seguraram Kolia Petrov pelos braços e pelas pernas e foram carregando-o pelo corredor como um defunto. Na frente estavam os "ícones" e atrás vinha o coro cantando "Memória Eterna", saltitando de tanto dar risada. Os inspetores, assustados, não conseguiam entender o que estava se passando e se afastavam bruscamente, abrindo caminho para o desfile teatral... Enfim, este se tornou o número de maior efeito de todos aqueles que aconteceram nos festejos do jubileu, se não levarmos em conta o seu "pivô", ou seja, o incidente com o príncipe...

O ar no ginásio realmente não era o que desejavam que fosse as altas autoridades. Tudo em volta fermentava e o fermento inevitavelmente passou através das largas paredes do prédio público do ginásio. Entre os próprios funcionários do ginásio houve um afrouxamento das porcas: os professores, de uma maneira ou de outra, estavam seduzidos por diferentes correntes ou no mínimo pelo estado de espírito geral. O diretor não sabia na realidade como se orientar, em que diapasão seria necessário sintonizar o trabalho: o velho tom de Dimitri Tolstoi, o reacionário ministro da Educação com regras ferozes, certamente não servia, mas o que instituir em seu lugar ninguém sabia. Entre os ginasianos a disciplina caía a cada dia, os meninos — até nas classes dos mais novos — provocavam confusões à vontade, quebrando toda a autoridade: às vezes soltavam um balão no auditório durante a missa e ele batia no teto — pum-pum-pum — realizando seus movimentos levemente. Era necessário trazer as escadas para pegá-lo e ele escapava o tempo todo e os bagunceiros riam; outras vezes soltavam uma galinha na sala de aula ou no corredor da escola e ela, cacarejando e deslizando pelo assoalho, de asas abertas, fugia, pulava como uma louca, provocando alegria geral; ora pregavam com pregos, no chão, as galochas dos professores, deixando dentro delas ovos de pardal ou qualquer outra porcaria e o respeitável professor, ingenuamente, tentava enfiar seus pés e no primeiro instante não conseguia entender o que estava acontecendo; ora costuravam as mangas do terno do diretor e ficavam observando a fisionomia que iria fazer Iosif Osvaldovitch, quando ele tentasse, em vão, vestir a sobrecasaca em sua figura pesada... Ainda inventaram de brincar de turfe com os professores. Era assim: no corredor ficava pendurado um sino grande, com o qual davam o sinal para o início das aulas. Todos os pedagogos se dirigiam para as salas de aula e obrigatoriamente passavam perto deste sino. Os ginasianos apostavam qual dos professores "chegaria" primeiro ao sino e em bando, com os rostos animados, acompanhavam seus "cavalos"...

— Vejam! Vejam! Sikerdon já está com meio corpo de vantagem do Fedia...

— Karakatitsa está chegando! Isso não é para o seu Sikerdon...

— E você apostou no Nariz Bizantino?

— Meninos! Klistir está a galope... Tchitch saiu... Ele tem passos largos... Está na reta final...

— Hurra! Hurra! Klistir chegou primeiro! É isso aí, alemão-pimenta-salame!

— Klistir! Klistir! Klistir! — Os alunos saíam correndo em desabalada carreira para suas salas, gritando as últimas novidades do "*derby*" do ginásio.

Lutar contra a brincadeira era extremamente difícil. Os pedagogos resolveram que primeiro sairia o inspetor, sozinho. Atrás dele, a certa distância, iriam os outros como um bando de ovelhas, onde cada um achegava-se ao seu vizinho com medo de "ultrapassá-lo" em meio corpo. Mas isso não adiantou: no início, todos amigavelmente apostavam no Fedia e, cantando "Fedia, nosso menino cacheado!", saudavam com muito algazarra sua vitória. Depois começaram a apostar nos outros, lembrando como certa vez o diretor, dispersando os ginasianos aglomerados no corredor, dizia-lhes:

— Vocês não podem ficar aqui... Digam-me, por que vocês não podem ficar aqui?...

E quando fizeram silêncio, sem saber o que responder, ele solenemente, como se dizendo uma grande verdade que acabara de descobrir, respondeu:

— Sim, pelas leis da fí-si-ca! Petrov não pode ocupar o mesmo espaço que Ivanov...

Lembrando deste sábio ditado, os estudantes levavam em conta os menores movimentos no espaço e as corridas prosperavam, excitando as mais frenéticas paixões e levando à briga de galos na latrina do ginásio, que servia de clube e fumatório, juntamente com a sua principal função.

Entre os colegas de turma de Kolia já começavam a se definir variadas tendências, ou seja, simpatias ainda não completamente formadas e ainda meio inconscientes, que tinham variados centros de atração. Este estado de espírito atingia também a vida diária, ele mesmo vinha do diversificado meio social por onde circulavam os meninos.

Havia o grupo aristocrático, individualista, um grupo de filhos de nobres e da alta burguesia — ricos comerciantes, banqueiros, corretores, figurões judeus cheios de dinheiro, que com afinco tentavam conviver nas esferas mais refinadas. Esses jovens imitavam os adultos, pomposamente brincando de ostentar e esnobar. Eles usavam calças com polainas, sapatos ingleses com meias compridas, agasalhos de um tecido claro e caro, encomendados a famosos alfaiates moscovitas, e cintos de couro largos e chiques. Eles estavam sempre de colarinhos engomados, cabelos cuidadosamente cortados e impecavelmente repartidos ao meio, e nenhum fiozinho que fosse saía do lugar em suas cabeças bem alisadas. Freqüentavam o ginásio como se estivessem fazendo um grande favor a ele, o ginásio. Mantinham-se à parte. Constantemente traziam consigo livros franceses, de Baudelaire a Maeterlinck e Rodenbach, e tinham uma aparência melancólica, claramente mostrando que viviam em um mundo de outras dimensões, lendo-os debaixo das carteiras. Caminhavam fazendo pose, gostavam de trocar entre si frases em francês ou inglês, ou conversar sobre arte; eram exageradamente corretos e pareciam pegar a vida diária com nojo e apenas com dois dedos, separando o dedo mindinho. Esnobavam os nomes de Nietzsche, Soloviov, mas nunca os tinham lido. Às vezes traziam reproduções de obras-primas gráficas refinadas, pecaminosas, contudo elegantes de Aubrey Beardsley ou desenhos de Felicien Rops e com murmúrios de oração falavam de Oscar Wilde. Dos novos poetas russos, reconheciam apenas os simbolistas e se exibiam uns diante dos outros, contando as últimas novidades de seus círculos literários e dos bastidores da vida literária e pessoal dos simbolistas, fazendo assim a sutil transição para a fofoca especializada.

Os antípodas deste grupo eram principalmente os filhos de famílias de intelectuais e de *raznotchintsi*. Por baixo dos casacos, eles agora usavam *kosovorotka*, camisa típica dos camponeses, propositalmente deixavam os cabelos embaraçados e despenteados; alguns, mais velhos, já começavam a deixar os cabelos crescer. Durante as aulas, liam às escondidas Pisarev, Dobroliubov, Chedrin... Entusiasmavam-se com Gorki, que começava a se tornar um verdadeiro ídolo, desprezavam abertamente qualquer e toda autoridade, zombavam de todas as "cerimônias chinesas", riam de quem usasse "forro branco", debochando de sua maneira de andar e de seus "ideais", davam-lhes apelidos mordazes e bastante precisos como, por exemplo, "lavanderia astral", e às vezes travavam com eles discussões animadas, geralmente sobre temas literários. Vagamente, sentiam que o grande fluxo da vida logo daria a resposta à questão: "Quando chegará o verdadeiro dia?" Eles se entusiasmavam com qualquer manifestação de protesto corajosa, com palavras de denúncia, e com cada ato de resistência heróica contra a ordem estabelecida. Até a desordem tinha a seus olhos, um certo valor — ela podia levar, sem intenção, espontaneamente à destruição das "tradições", mesmo que em coisas miúdas. Tinham a língua afiada, não precisavam procurar palavras no bolso e gostavam de provocar as pessoas acomodadas.

Estas eram as "elites" originais da turma. Os outros, a maioria, vivia ao deus-dará: liam apenas o que o professor mandava pelo programa escolar, faziam estragos no ginásio porque isso nem sempre implicava em punição, simplesmente porque tinham excesso de energia e esta era uma forma de protesto contra a monotonia... Ainda havia um grupo de jovens grandalhões, verdadeiros touros: alguns eram filhos de fazendeiros poderosos, meio selvagens, e os outros marmanjos de famílias de funcionários ricos, com altos cargos, em sua maioria repetentes. Eles já freqüentavam casas de prostituição, conversavam sobre baralho, bebida e "meninas" e se vangloriavam quando adquiriam "uma boa blenorragia, com sangue" — para eles isso era indício de masculinidade ímpar.

Pela primeira vez, Kolia sentiu uma forma de opressão no ginásio, por causa do seguinte acontecimento: ele e Sokolovski decidiram editar uma revista no ginásio, algo completamente inocente, com histórias críticas, poemas, artigos sobre a vida no ginásio, desenhos (ele já sonhava como seria a capa, o que para ele tinha um significado muito grande). Eles conversaram sobre isso com vários companheiros — que os apoiaram. Resolveram adquirir um mimeógrafo e comprar papel. Recolheram o dinheiro, aproximadamente dez rublos.

No dia seguinte, quando faltava pouco para terminar a aula, o inspetor, com um brilho seco nas lentes do seu pincenê, se aproximou de Kolia e falou num tom sério:

— Petrov, permaneça na sala depois das aulas. Virei até aqui conversar com você.

Kolia permaneceu e ficou sentado perplexo: qual seria o assunto?...

Não demorou e Fiodor Semionovitch entrou. Ele fechou muito bem a porta atrás de si, olhou através do vidro se não havia ninguém no corredor e, de repente, franzindo as sobrancelhas — ou melhor, aquele lugar onde deveriam estar as sobrancelhas —, perguntou:

— O senhor andou recolhendo dinheiro?

— Sim.

— Para quê?

— Para uma revista, Fiodor Semionovitch.

— Isso é categoricamente proibido... Será que o senhor não sabia disso?

— Mas, Fiodor Semionovitch, é apenas uma revista, escolar...

— De maneira alguma.

— O que pode haver de repreensível?

— O senhor sabe. — O inspetor se debruçou até a orelha de Kolia e cochichando continuou: — E sabe que por esta inocente atitude podem... prendê-lo? O senhor ouviu o que o grande príncipe falou sobre nosso ginásio? Está querendo prejudicar não apenas a si próprio, mas a todo o ginásio?

— Eu não podia esperar que alguém iria ver numa revista dessas algo...

— Mas estou lhe avisando... Isso nem depende de nós. Entendeu? Livre-se de tudo! Devolva o dinheiro. E eu peço, Petrov, peço e exijo... está ouvindo, Petrov, *exijo*: não levante mais esta questão. Se o senhor não fosse nosso... se não fosse um aluno tão brilhante, a conversa seria diferente. Eu — o inspetor se curvou novamente até a orelha de Kolia —, eu acredito na sua discrição. Não posso acrescentar mais nada. Entendido?

— Entendido, Fiodor Semionovitch.

— Vai cumprir as ordens?

— Vou cumprir.

E assim ele teve que dizer adeus à idéia da revista e desta forma Kolia recebeu sua primeira lição objetiva num assunto fundamental que o obrigou a refletir sobre a questão de "alguns direitos"...

O inverno se passava sem muitas alegrias. Kolia sentia muita dor quando recordava-se de Tocia e, às vezes, pensava sobre a morte: para que viver, se de qualquer maneira vamos morrer? Pois tínhamos Tocia, tão talentoso, inteligente... E agora ele não existe mais... Como se alguém tivesse esmagado uma formiga. Que acontecimento tão estúpido e absurdo!... Kolia, pelas madrugadas, se escondia embaixo dos cobertores e tentava imaginar que estava morto: ficava deitado sem mover nem as mãos, nem as pernas, não via nada e não ouvia nada. Mas não existia, "não haver nada"! Por mais que se esforçasse, sempre permanecia uma brechinha para o mundo, você observa a si mesmo. E no sonho? Quando se dorme e depois acorda... O que há no intervalo? É como se não houvesse o tempo... Somente o diabo sabe como é estranho... Mas houve um tempo em que eu também não existia, não houve?... E existiam os outros, as árvores, as flores, o sol, a terra... Mas o que há de estranho nisso? Mas Tocia, Tocia! Estava há pouco tempo vivo e agora — não é mais nada... Não, não há como se conformar com isso! Não há! Quando eu ingressar na universidade, pensava Kolia embaixo do cobertor, vou me ocupar obrigatoriamente com este assunto. Pois até os pólipos vivem quanto se quer. A reprodução por divisão — não será a imortalidade? No homem, as células sexuais passam de geração para geração: uma pessoa morre, mas a espécie contínua. E por que não se pode fazer com que estas células reanimem uma pessoa individualmente para que ela sempre possa nascer dela mesma? Ou isso seria maluquice total? E por que, na verdade, isso seria maluquice? Mas o que vai acontecer com a terra se ninguém mais morrer? As pessoas vão ficar como sardinhas em lata... Mas isso é fácil de resolver. Os estudos de Darwin provam que todas as espécies vivas são aparentadas. Desde a mosca, que vive um só dia, até o corvo, o elefante e o papagaio que vivem cem anos. Quer dizer que existem algumas condições de longevidade, dependendo da formação do corpo.

Mas no livro *Origem das espécies* temos uma enorme quantidade de exemplos de como se pode alterar este mecanismo. Quer dizer, podemos mudar o organismo de tal maneira que ele tenha vida longa. E se isso for possível, onde estaria o limite? Vou obrigatoriamente estudar este assunto... De algum modo vale a pena. Mas não vou poder trazer Tocia de volta. Isso foi perdido para sempre. E como explicar que, às vezes, nos parece que já vimos e vivemos algum dia aquilo que vemos e vivemos atualmente, em todos os detalhes? É claro que existe a doutrina da transmigração da alma, que é uma besteira religiosa, superstição. Mas, de qualquer maneira, como explicar isso? Temos que conseguir. Por que há tanto tempo não se consegue criar um ser vivo artificialmente? Pararam na uréia... Tenho que me ocupar disso, também... Ah, seria bom entrar logo para a universidade! E o caso de Fiodor Semionitch? Parece que ele assustou-se com a idéia da revista... Mais uma vez, é o sistema! Não se pode dizer uma palavra.

Também são interessantes os sonhos que têm uma continuação: você sonha com alguma coisa, depois de um ano e meio vem a continuação do sonho... Mais tarde, outra vez... Você reconhece todos os lugares... O que é isso? Ou sobre os vôos no sonho... Você balança os braços e pensa como é fácil voar? Serão lembranças do tempo dos quirópteros? Dos pterodátilos e outros antigos antepassados? Afinal, o sangue deles está em nossas veias... Como tudo isso é interessante, não dá para aprender tudo, morre-se antes. Como Tocia. Não foi à toa que ele falou da sua morte, certamente teve uma premonição. Por outro lado, neste caso dá para entender — ele era tão fraquinho, ele próprio falava sobre hereditariedade, ele entendia tudo...

Embaixo do cobertor estava escuro e quente. Kolia tentava controlar seus pensamentos, mas eles se amontoavam uns nos outros, depois se desfaziam, tornavam-se confusos, ele já não podia captar os significados. Estava quente. Veio a vontade de dormir... Na verdade, nada importava...

E Kolia adormeceu...

Em um desses dias frios e claros de inverno, no pátio da casa de Blokhin, os Petrov e os alunos organizaram o espaço para uma grande patinação no gelo. Fizeram um monte de puro gelo, para alegria de todos. A neve no pátio rangia sob os pés. Caíam sombras azuladas das casas dos fundos. O sol frio brilhava no céu azul. As árvores do parque de Makhova e no jardim armênio estavam completamente cobertas com a renda da geada e pareciam encantadas, sequer um galho balançava. Os vidros das casas se enfeitaram com os desenhos de flores que o gelo fazia. A respiração vinha curta. Das bocas quentes saía vapor. As bochechas avermelhadas ardiam. As mãos, molhadas pela neve derretida, doíam com o frio. Mas no pátio reinava a balbúrdia e o riso alegre. Empurrando-se uns aos outros, os meninos subiam com seus trenós pesados no monte de gelo e deslizavam de lá, guiando agilmente com os pés para não bater, na curva, na quina do prédio. No caminho, empurravam alguém para fora do trenó e este, dando cambalhotas e gargalhadas, caía na neve, logo se levantava, sacudia a neve e limpava o nariz, os olhos e as orelhas repletos de cristais de neve que derretiam pelo rosto e como córregos pequeninos escorriam para dentro da roupa. Kolia e Andriucha desciam o monte de gelo de patins. O monte era muito íngreme e os meninos desciam numa velocidade alucinante e vertiginosa, mantendo o equilíbrio e balançando os braços. Volodia guiava o trenó...

— Kolka, me alcance! — gritava ele, dando impulso com as botas de feltro e o trenó deslizava, escorregando pelo gelo e pulando nos buracos. Volodia, deitado de barriga, guiava com as pernas abertas. O trenó fazia a curva e, diminuindo a velocidade, quase se chocava com a cerca no descampado de Medintsevski. Mas parava.

— Olha eu aqui! — E Kolia, virando-se bruscamente nos patins, se agarrava, para não cair, nas costas dos meninos.

— Vamos, mais uma vezinha!

Segurando-se pela corda congelada, no caminho trocando socos amistosos, os meninos, saltitando, corriam de volta para o monte gelado. Ao subirem atrás do prédio, eles viram que Andriucha estava deitado de costas, no gelo.

— Andriuchka! O que foi?...

— Caí! — falou ele com dor. — Bati forte com a nuca...

Ele levantou-se e tirou os patins...

— Entre e deite-se um pouco...

Todos gostavam muito de Andriucha: tanto os irmãos como os estranhos. Ele era um menino amável, extraordinariamente capaz, amistoso e carinhoso. Apesar de seus sete anos já sonhava com o ginásio, e todos o chamavam de "Iantchic, Iantchic, ginasiano Iantchic".

— Andriuchka vai ultrapassar Kolia — falava Ivan Antonitch, quando nas aulas particulares com os alunos, Andriucha resolvia as questões rapidamente, sobre as quais os meninos, duas vezes mais velhos do que ele, franziam a testa em vão...

Andriucha foi embora, mas depois voltou e ficou patinando.

— Minha cabeça está doendo... Pode ser que aqui melhore...

E sua dor de cabeça passou. Todos continuaram a brincar alegremente até tarde da noite, com intervalo para o almoço; brincaram no pátio, entraram no jardim armênio e até roubaram uma armadilha verde, quadrada, do vigia. Ele descobriu. Mas como esta armadilha fazia parte dos objetos dos sonhos dos meninos, eles compraram este troféu por quarenta copeques de prata e tudo foi solucionado para satisfação de ambas as partes.

À noite fizeram bagunça nos quartos. Andriucha colocou sobre a nuca uma cadeira austríaca e Kolia, correndo e com um salto, sentou-se nela. De repente, ele percebeu que os olhos do Andriucha se encheram de lágrimas...

Naquela hora entrou Ivan Antonitch.

— O que aconteceu? — perguntou ele, notando as lágrimas.

— Kolia me machucou...

— Não foi por querer...

E isto foi tudo.

De madrugada, quando todos dormiam um sono tranqüilo, ouviu-se um grito medonho, desumano... Andriucha contraía-se em sua cama inconsciente e gritava, gritava... Kolia correu para perto dele junto com a mãe... Andriucha continuou gritando... Kolia abraçou o pequeno corpo do irmão, o quente e pequenino corpinho. E este gritava e contraía-se... Todos se levantaram... Todos estavam desorientados... Sem casaco corriam até a rua para trazer gelo... Ele continuava gritando... De repente calou-se... Andriucha se foi...

Pela manhã, estava deitado sobre a mesa, pálido como cera, olhos fechados, com o pequenino nariz aquilino, como um passarinho morto; um lado de seu rosto estava azul-escuro até a têmpora...

Kolia quase enlouqueceu. Pensava:

“E se fui eu o culpado, e se fui eu que o matei?” E chorava. “Mas ele caiu também”. E chorava. “Meu Deus! O que fazer? O que fazer?”

Kolia estava fora de si. Vieram os padres. Mania Iablotchkina com seu chapéu de pele de gato... Incenso... Jacintos... A mãe chorava... No cemitério a tempestade de neve... O túmulo...

"O choro junto ao túmulo..." Cantavam... Um corvo balançava nos galhos da bétula... O vento levantava uma fina poeira de neve e pequenas agulhinhas pontiagudas de gelo caíam no rosto das pessoas... "Meeemória eteeerna..." Descem o caixão... Querido Andreitchik... Ficarei de joelhos perante você... Diga, diga ao menos uma palavra... Queridinho!

Kolia chorava em silêncio. De madrugada, os pesadelos o sufocaram. Ele via Andriucha, ele o beijava... Mas ele está vivo!... Aquilo foi um sonho, um sonho horrível... De repente, os olhos de Andriucha se enchiam de lágrimas e olhavam e olhavam com reprovação indescritível... Kolia acordou apavorado e perturbado.

Passaram-se semanas. A tristeza não ia embora. Kolia escondia dentro de si dúvidas horríveis e sofria terrivelmente.

O pai estava sentado junto à janela, entregue a pensamentos profundos... Kolia aproximou-se dele.

— Sabe, Kolia? De repente, é como se você...

Kolia, aos prantos, interrompeu o pai e pendurou-se em seu pescoço, tremendo todo e com as omoplatas se contorcendo...

— Acalme-se, Kolietchka... Isso não é assim, você sabe... Você mesmo entende... — balbuciou o pai suavemente.

— Papai, paizinho! Mas quem vai me responder?

A esta pergunta, ninguém jamais poderia dar a resposta a Kolia.

20

No apartamento dos irmãos Molodtsov, companheiros de ginásio de Nikolai Iablotchkin, em uma das travessas desertas da rua Arbat, preparava-se uma batalha decisiva entre os social-democratas (SDs) e os socialistas-revolucionários (SRs). Num quarto grande, todas as janelas estavam bem fechadas com cortinas pesadas vermelho-vinho para que, da rua, não se visse nada. No largo sofá de couro estavam sentados Nikolai, Mania, e o amigo deles, Sokolov, um rapaz sério, com os bigodes apenas despontando. Nas cadeiras acomodaram-se os visitantes: o SR Lebedev, um ginasiano da oitava série; duas moças, Mara e Sima, também SRs, de olhos entusiasmados e brilhantes de Madonas, e Vasilev — estudante do primeiro ano da universidade, de camisa vermelha por baixo do casaco, com cabelos ruivos encaracolados e surpreendentes lábios rosados. Ele era a esperança e a força principal dos socialistas-revolucionários naquela noite. Os irmãos Molodtsov, Ivan e Aleksandr, eram muito parecidos, tinham os narizes perfeitos, rostos bonitos e os cabelos dourados quase idênticos e estavam de pé junto à parede. A irmã deles, Margarida, que havia concluído o ginásio e tinha o apelido de "Rainha Margot", estava sentada em uma cadeira junto à escrivaninha e folheava mecanicamente um livro largado sobre a mesa.

— E então? Vamos começar? — falou sombriamente Nikolai, franzindo as sobrancelhas.

— Vamos esperar mais um pouco. Stepanov prometeu vir — disse Margot.

— Está bem. Mas precisamos determinar um prazo. Proponho dez minutos — resmungou Iablotchkin, fungando e tossindo.

— De acordo, companheiros?

— De acordo. De acordo. Mas não se passaram nem dois minuto e a campainha tocou com um tinido tão violento que todos se entreolharam, assustados. Calmamente e com graça, Margot foi até a ante-sala do apartamento, cheia de casacos e capotes pendurados — os cabides mal sustentavam o peso. De lá, ouviram-se risos e arquejos e irrompeu no quarto o inquieto e míope Stepanov, apelidado de "Tu-tu-tu" por causa de sua gagueira.

— Eu tu-tu-tu, parece que me atrasei... tu-tu-tu... um pouco. A nevasca está como o diabo gosta — falou ele rapidamente com sua língua levemente presa. — Já estão todos aqui?

— Sim, estávamos apenas esperando você.

— Peço desculpas, peço desculpas. — Ele tirou do bolso um relógio antigo, grosso e de prata. — Apenas dez minutos... Não se passou nem um *akademische Viertelstunde*, um quarto de uma aula na escola. Mas por que Popov não está presente?

— Esquecemos de convidá-lo. É uma pena — respondeu Ivan Molodtsov enrugando a testa. — Como é que você não se lembrou, Margot?

— Esqueci, da mesma forma que você esqueceu...

— Não faz mal, da próxima vez o chamamos...

Algumas pessoas começaram a fumar ao mesmo tempo e a fumaça, em forma de anéis, espalhou-se pelo cômodo...

— Argh, começaram... — reclamou Nikolai, tossindo e se sufocando. Ele não suportava fumaça e não tolerava ambientes impregnados com cheiro de cigarro.

— Nikolai Mikhailovitch, não fique aí sentado tão carrancudo — falou Margot sorrindo e se dirigindo a ele. — E depois, se não estou enganada, já é hora de começar...

— Ouçam-me... tu-tu-tu... *Zur Tagesordnug* (na agenda) proponho, para poder manter a ordem, que seja eleito um mediador. Quero lançar a candidatura de Margot...

— A rainha? — falou Vasiliev com ironia.

— Os motivos — continuou Stepanov sem prestar atenção em Vasiliev. — Ela, como sabemos, é mulher...

— Ha-ha-ha!

— Não vejo graça alguma. Devemos continuar a tradição de Tchernichevski... Além disso, Bebel diz...

— Mais sucintamente — pronunciou secamente Nikolai.

— Continuando, ela tem tato, é calma e bastante imparcial...

— Isso é outra coisa... Está bem. Margot, então que seja Margot — concordaram os SRs, se entreolhando.

— Ela é uma moça interessante — cochichou uma SR para outra, que balançou a cabeça silenciosamente, em sinal de acordo.

— Agradeço pela escolha — falou Margot sem se intimidar. — A palavra é sua, Nikolai Mikhailovitch.

— Cavalheiros! — começou Iablotchkin.

— Cavalheiros, não! Companheiros! — disse com voz ofendida uma das Madonas.

— Para alguns, companheiros, mas para outros, senhores... — rosnou Nikolai.

— Vejam só que víbora ele é, uma cobra de óculos! — cochichou a SR.

— Primeiramente, na área teórica, os socialistas-revolucionários se alimentam de pequenas migalhas da mesa dos nobres... Todo o movimento internacional socialista agora caminha para uma divisão. As premissas teóricas do oportunismo, formuladas com uma sinceridade invejável por Bernstein, no fundo são simples repetições da crítica burguesa ao marxismo e representam justificativas para a tática reformista, para a renúncia à revolução, entradas em ministérios burgueses, transformações dos partidos socialistas em contrapeso da burguesia liberal. Nesta discussão entre o marxismo e o revisionismo, os socialistas-revolucionários estão quase totalmente... por enquanto estou falando teoricamente... do lado dos revisionistas...

— Isso é mentira! De onde tirou isso? — com violência, Vasiliev interrompeu Nikolai.

— Companheiro Vasiliev — falou suavemente Margot —, peço que não interrompa o orador...

— Não é verdade? Está bem...

Nikolai enfiou a mão no bolso lateral e tirou de lá o segundo número da revista *Vestnik Russkoi Revoliutsii* (O Mensageiro da Revolução Russa), dos SRs, já gasto e um pouco rasgado.

— No artigo "O crescimento mundial e a crise do socialismo" está dito claramente que o marxismo sai abalado da discussão com os seguidores de Bernstein, ou seja com os burgueses liberais, com os políticos pequeno-burgueses do movimento operário, e com os discípulos dos burgueses apologistas (esta definição não é nossa!). Podem confirmar isso pessoalmente, se quiserem ver.

Nikolai jogou a revista *Vestnik* na mesa.

— Mas isso é...

— *Ergo* — continuou friamente Nikolai — os SRs, por mais que tergiversem, estão *do lado* dos reformistas e contra os revolucionários.

— Isso é revoltante! O que ele está dizendo? Que nós, que usamos bombas... — cochicha Sima, ficando vermelha como uma rosa, com seus olhos queimando. Ela mal podia se conter e olhava interrogativamente para Vasiliev. Este havia enfiado o nariz no *Vestnik* e não percebeu os olhares ardentes da moça. Os Molodtsov sorriram. A rainha Margot permaneceu sentada como uma estátua...

— Em segundo lugar, os socialistas-revolucionários, apesar de todo o seu barulhento radicalismo, não aceitam, não reconhecem e não compreendem o princípio básico da teoria e da prática do socialismo revolucionário, o princípio de que a luta de classes e a ditadura do proletariado são as condições necessárias para uma revolução socialista.

— Nós reconhecemos a luta de classes. Mas...

— Um minutinho... Vocês a reconhecem pela metade. Vocês a reconhecem de tal maneira que afogam o proletariado, a única classe revolucionária consistente da sociedade capitalista, na categoria geral de "povo". Vocês despem a classe operária de suas características próprias e a colocam no mesmo nível dos pequenos proprietários, ou seja, dos pequenos comerciantes, dos camponeses e da intelectualidade, que é burguesa-democrática... ainda que seja radical. Vocês assim mascaram a contradição entre o proletariado, privado dos meios de produção, e a pequena burguesia que possui a chamada "propriedade de trabalho", ou seja os meios para sua sobrevivência. Vocês mascaram a diferença entre os que vendem sua força de trabalho e os pequenos produtores; entre os compradores e os vendedores de produtos agropecuários; entre os representantes do trabalho socializado e do trabalho individualizado.

— Já ouvimos isso antes...

— Possivelmente. Mais ainda: vocês fazem de tudo, a despeito dos fatos, para ignorar as diferenças sociais entre o campesinato, as divisões de classe e as contradições dentro do próprio campesinato. Vocês misturam tudo: os trabalhadores sem terra, os camponeses pobres, os médios e os emergentes e os que são ricos. Vocês vêem o camponês como uma categoria formal, um extrato social único, em vez de olhá-lo de um ponto de vista de classes.

— Mas será que o senhor pode negar a pobreza, o sofrimento e as lágrimas dos camponeses? — replica de repente a moça de olhos ardentes. — Por acaso o senhor não sabe que os camponeses estão inchando e morrendo de fome? Que em muitos lugares eles vivem pior que os operários? Não tem vergonha?

— Companheira! — soa calmamente a voz de contralto de Margot. — Inscreva-se, por favor, assim terá a palavra.

— Desculpe-me, eu apenas não agüentei...

— Isso é muito ruim — queixou-se Nikolai, limpando a garganta. — Argh... cof! Se pensasse com a cabeça perceberia, talvez, que seus argumentos não levam a nada. Pobreza e lágrimas não são os únicos critérios ou argumentos para determinar o papel de uma classe. Desculpe-me por usar um exemplo extremo: choram também os que perderam em jogos de cartas, os nobres empobrecidos, como o Hermann em *A dama de espadas*, de Puchkin.

— Isso é um desplante! Que cinismo! — falou Sima baixinho no ouvido de sua amiga. Vasiliev tomava notas num papelzinho com um lápis fino...

— Que alguns camponeses vivem pior que os operários, que os metalúrgicos, por exemplo, sabemos muito bem. Mas me digam, por favor, será que o lumpemproletariado, os heróis de Gorki, muitas vezes não vivem ainda pior? No entanto, vocês não afirmariam que eles são a esperança do socialismo. De qualquer forma, alguns anarquistas estavam perto de dizer isso, sim, o próprio Bakunin. Na Roma antiga, as massas do lumpemproletariado eram instrumentos de César e de forma alguma do socialismo... E certamente eles eram muito pobres...

— Nikolai Mikhailovitch, me desculpe, mas me parece que está falando mais do que o combinado — disse Margot, com um pouco de culpa, olhando para o conferencista.

— Talvez. Mas vou concluir: a massa camponesa vai para a revolução, mas para essa revolução burguesa, como pequenos proprietários. Eles são uma força imensa muito importante, mas ainda não são uma força socialista consistente. Eles são uma força revolucionária-socialista. Quem disser o contrário, está enganando a si mesmo e aos outros. Com isso se ocupam os socialistas-revolucionários, e contra eles precisamos lutar. Continuando: em terceiro lugar e resumindo, disso se conclui que o operariado tem que assumir a liderança da pequena burguesia. Depois de destruir o czarismo, o proletariado se apoiará nos camponeses miseráveis e levará a massa camponesa para o caminho do socialismo. Mas para isso, antes de mais nada, é necessário claramente entender a diferença entre o proletariado e os pequenos proprietários, ou seja, permanecer no terreno da luta de classes e construir um partido da classe proletária e não um partido das massas em geral, indistinto para todos e onde todos os gatos são pardos, ou SRs.

Os Molodtsov, Mania, Sokolov e Stepanov sorriram juntos. Até no rosto de Margot apareceu algo parecido com sorriso — pardos eram os SRs.

— De acordo com isso, foi elaborado o programa dos SRs sobre a "socialização da terra". Vocês estão criando ilusões sobre uma utopia agrária dentro da sociedade capitalista. Mas esta socialização se parece tanto com o socialismo, como o pequeno proprietário na sociedade capitalista se parece com o proletário, que é o verdadeiro coveiro da sociedade capitalista. Vocês, nisso também em vez de olharem lucidamente para a realidade, pintam para si quadros infantis do paraíso.

Para concluir, quero dizer duas palavras sobre o terrorismo como método de luta...

— Vamos ver o que ele vai dizer agora — cochicharam as Madonas.

— Os pressupostos teóricos das táticas do terrorismo são uma concepção tipicamente burguesa de "heróis" e "multidão", de "pessoas com pensamento crítico" e de "massas inertes" e "Lavrov-Mikhailovski". Beltov descartou todos esses pensamentos em seu livro...

— Você está fazendo suposições! É uma declaração muito corajosa! — observou Vasiliev.

Margot olhou para ele com o rabo do olho.

— Não é difícil provar. Vocês precisam consultar Carlyle ou Vladimir Soloviov. Com eles também encontrarão muito o que remoer.

— Nikolai Mikhailovitch, devo lhe fazer uma advertência — falou Margot.

— Isso do ponto de vista de uma caridosa jovem do Instituto — comentou Nikolai irritado, continuando: — Pregando o terror, os socialistas-revolucionários louvam o combate isolado de indivíduos heróicos, distanciados da preparação das massas para o levante. Trata-se de brincadeiras heróicas infantis, métodos falidos. Tentar dar um sopro de vida nelas é como reanimar múmias...

— O senhor está cuspindo nos mártires! — gritou Mara histericamente...

— Isso é o fim — falou Sima quase com lágrimas nos olhos.

— Não estamos cuspindo em ninguém. Reconhecemos o heroísmo dos *narodovoltsi*. Mas enxergamos também sua tragédia. E na verdade é melhor parar — falou Nikolai irritado e rapidamente — de trocar a lógica pelos desabafos e os argumentos pelos sentimentos. Estamos discutindo qual seria a maneira mais eficiente de lutar contra o czarismo, e depois contra o capitalismo. A maneira mais e-fi-ci-en-te. Compreendem? E o negócio aqui não é a histeria. O único caminho sério é o trabalho de preparação das massas, a instrução delas, a organização do levante que pode derrubar o czarismo...

— Mas me perdoe, por acaso somos contra o trabalho com as massas?! É preciso ter coragem, companheiro, para negar isso...

— Neste caso vocês nadam em duas águas...

— Isso é uma inverdade!

— Inverdade? Está bem...

Nikolai enfiou a mão no bolso novamente e tirou de lá um volante que estava dobrado, lançado pelos SRs por ocasião do assassinato do ministro do Interior Sipiaguin. Cravando nele seus olhos míopes, ele leu:

"Contra a multidão a monarquia tem soldados, contra as organizações revolucionárias, tem a polícia secreta e a uniformizada. Mas o que a salvará de certos indivíduos ou pequenos círculos, que nem se conhecem um ao outro e estão incessantemente preparando ataques e os realizando?" Nada mau, não é? Dêem uma olhada... E ele entregou a proclamação a Vasiliev, que exclamou:

— Escutem, companheiros, mas está tudo escrito aqui com todas as palavras e letras em negrito: nós conclamamos ao terror, não em lugar do trabalho com as massas, mas exatamente para este mesmo "trabalho, e em conjunção com ele"... Vejam!

— Eu sei. De boas intenções o inferno está cheio. Então, segundo sua opinião, o que significa esta condescendente referência à "*multidão*" e às "*organizações revolucionárias*"? Contra elas a monarquia tem como lidar, enquanto contra "certas personalidades", não? É este o ponto?! Isso, na melhor das hipóteses, é uma salada indigesta... Terminei aqui. As conclusões estão claras por si mesmas...

Nikolai tirou o pincenê, limpou-o e depois falou, dirigindo-se a Margot:

— Margot, por favor, cuide para que toda esta literatura não seja esquecida... se não, pode cair nas mãos da criada ou de mais alguém...

Ela fez um aceno.

— Companheiro Vasiliev? O senhor quer falar?

— Sim.

— Por favor.

— Antes de mais nada, quero dizer que não vou seguir o exemplo de Nikolai Mikhailovitch, vou chamá-lo e aos outros SDs de companheiros...

— Muito gentil de sua parte. Estou emocionado e sensibilizado — resmungou Nikolai, olhando para as Madonas. "Como são bonitinhas", pensou ele. "De onde os SRs tiraram tantas moças bonitinhas? Mas todas têm os olhos voltados para o paraíso."

— Mania — cochichou ele para a irmã —, não parecem com a Nossa Senhora, hã? Não acha?

— Pare de falar besteira... Está atrapalhando. Pare.

— E como me saí? Fui bem? — perguntou ele baixinho outra vez para a irmã.

— Mais ou menos. Frio, como sempre. Mas com lógica. Pena que estragou o final. Mas não me amole. Não fica bem... Pare de cochichar...

— Então, companheiros, quero fazer um comentário preliminar. O companheiro Iablotchkin partiu, como todos os marxistas, de um esquema. O esquema geral do desenvolvimento capitalista... isso foi tudo. E as particularidades da Rússia? Onde estão? Ele não as mencionou, elas se evaporaram...

— São uns *samobitniki*!* De boa coisa vocês lembraram!

---

* Defensores da teoria eslavófila de que a Rússia tem uma via original de desenvolvimento. (*N. da T.*)

— Companheiros, eu não estou defendendo os eslavófilos, isso seria engraçado. Eu sei que o antigos *narodniks* estavam errados. V. V. e outros, que negavam a possibilidade do desenvolvimento capitalista na Rússia, estavam enganados, os fatos provaram isso.

— Graças a Deus! — urrou Nikolai.

— Companheiros, não atrapalhem — falou Margot severa e expressivamente, olhando para Nikolai.

— Sim, eles não estavam com a razão. Mas será que isso significa que os marxistas estavam certos em tudo? Nem um pouco. Isso seria uma enorme simplificação. Aqui nós enfrentamos uma autocracia que na Europa não existe. Entre os camponeses aqui existe uma forma coletiva de organização, a *mir,* que também não existe na Europa. Temos uma intelectualidade trabalhadora que ama o povo, que na Europa não existe. Temos uma literatura que defende o povo, nossa muito sofrida e grandiosa literatura, consciente de seu dever perante o povo, uma literatura que a Europa não possui. Nossos estudantes não se parecem em nada com os estudantes *Burschen* alemães, com suas cicatrizes, floretes para duelos e canecas de cerveja, nem com os estudantes de Oxford ou de Cambridge, amantes de competição de remo. Nossa classe operária...

— Então, você quer dizer que ela existe mesmo? Obrigado por isto. — Nikolai não ia perder essa.

— Nossa classe operária está estreitamente ligada com o campesinato, o que também não acontece na Europa. Disso tudo, o companheiro Iablotchkin, pelo visto, se esqueceu. É por isso que no lugar da vida, ele tem um esquema teórico. Esse é o dogmatismo mortal dos marxistas que não vêem o palpitante resplendor da grande aurora, quando todo o povo...

— Vai começar agora a falar bobagens... — balbuciou Nikolai.

Os Molodtsov olhavam para Mania: "Acalme, por favor, o irmãozinho..."

— Por isso, exatamente, é que o nosso camponês não é o mesmo que o europeu ocidental.

— E para o europeu ocidental quem está com a razão? Os marxistas ou Bernstein? Vocês estão copiando tudo de David e Hertz e de outros tipos como eles.

— Nikolai Mikhailovitch, por favor — olhava Margot, implorando.

— Deixe-o falar... Nós não atrapalhamos você — gritaram de uma vez só Sima e Mara.

— Peço desculpas. Ficarei mudo como um peixe...

— Desde que não seja como um tubarão, por favor — acrescentou Sima.

— Isso veremos. Agora, *finis. Silentium* — respondeu Nikolai de brincadeira.

— Em muitos pontos, os críticos do marxismo estão com a razão. Mas eles tiram conclusões táticas erradas a partir de posições completamente corretas. Esta é a resposta às suas objeções. Mas retomando o tema, partimos de condições especiais de desenvolvimento. Nossa inteligência pensante, que tem dado à Rússia tantas idéias de suas cabeças claras e tantos mártires, que heroicamente tem sacrificado a vida de seus melhores filhos, é desconhecida na Europa. E o senhor provavelmente sabe que a russificada palavra *intelligentsia* tem sido usada na literatura do Oeste Europeu. Esta combinação da comunidade camponesa, *mir*, nossas tradições camponesas, e destaco a palavra "nossas", nossas tradições junto a um certo tipo peculiar de *intelligentsia* resultam na fórmula três-em-um: camponês, operário, *intelligentsia*. Até Marx, em sua carta a Vera Zasulitch, não excluía a possibilidade de outro caminho para a Rússia... Vocês, certamente, o colocariam entre os *narodniki*... Não foi à toa que ele mesmo disse a Lafargue: se essas pessoas são marxistas, então eu não sou marxista...

— Muito bom! Maravilhoso! — cochicharam Sima e Mara. Os Molodtsov, sorrindo, entreolharam-se com Iablotchkin e Stepanov...

— Engels escreveu que o marxismo não é um dogma. Em seus últimos escritos ele afirmou que tanto Marx quanto ele subestimaram outros fatores, além do econômico, e que era necessário elaborar uma nova teoria... E o que fazem vocês, marxistas? Vocês amarraram suas idéias numa camisa-de-força tal que parecem cristãos citando a Bíblia e não querem saber nada de novo. Vocês transformaram seu partido em uma prisão, mataram qualquer liberdade de crítica em seu meio e querem estender esta prisão para tudo e todos. Agradecemos humildemente, mas a estas palavras de ordem somente podemos responder categoricamente com não e não!

— Oh! Vocês me assustaram! — resmungou para si mesmo Nikolai sarcasticamente.

— Não estamos chamando vocês para o nosso lado... Não é desse tipo de gente que precisamos — impacientou-se Ivan Molodtsov.

— Vania! Você não está com a palavra — falou em tom de reprovação sua irmã.

— Assim, suponho que estejam caindo por terra todos os seus ataques, pretensamente inquestionáveis, contra o nosso partido, que é aquele que dá continuidade às mais heróicas tendências do movimento revolucionário russo, engrandecido com estrelas brilhantes de nomes célebres. As críticas são produto de um dogmatismo estéril, de um esquema vazio que não leva em conta as particularidades do desenvolvimento da Rússia.

— Agora, passo para a questão do terrorismo. Mas antes, algumas palavras sobre a intelectualidade e os "heróis". O livro *O que fazer?*, não foi o seu Lenin que escreveu? Infelizmente, não o tenho agora em mãos...

— Nós temos — falou Aleksandr Molodtsov. — Vou buscar...

— Melhor ainda, podemos conferir... Não foi o seu Lenin que falou que o socialismo deve ser levado ao movimento operário pela intelectualidade? Que sem esta intelectualidade o movimento operário mergulharia no sindicalismo? Então o que vocês...

— Por favor, eis aqui *O que fazer?* — Aleksandr estendeu para o orador o livro de Lenin.

— Esperem. — Ele se pôs a folhear a brochura. — Ah! Achei... Vejam só: "Nós dissemos" escreve Lenin, "que não pode haver a consciência social-democrática entre os trabalhadores. Ela só pode ser introduzida de fora". Vocês sentem toda a clareza desta formulação? Está escrito com todas as letras: somente de fora... Mais adiante: "A história de todos os países prova que, exclusivamente com suas próprias forças, a classe operária tem condições de elaborar apenas a consciência sindical, ou seja a convicção da necessidade de se unir em sindicatos, travar lutas contra os proprietários, exigir dos governantes a aprovação das leis necessárias para os trabalhadores etc. Os ensinamentos do socialismo se desenvolveram a partir de teorias filosóficas, históricas e econômicas que foram elaboradas por pessoas instruídas, pertencentes às classes abastadas, a *intelligentsia*. Os fundadores do moderno socialismo científico, Marx e Engels, também pertenciam, por sua condição social, à intelectualidade burguesa. Da mesma forma, na Rússia, o estudo teórico da social-democracia surgiu completamente independente do crescimento espontâneo do movimento operário. Ele surgiu... ouçam!... como resultado natural e inevitável do desenvolvimento do pensamento da intelectualidade socialista revolucionária, os SRs." Parece claro, não? Mas vocês, exatamente vocês, não encontram uma saída para esta situação. Onde, nestas linhas escritas por Lenin, vocês vêem o seu tão celebrado e consistente ponto de vista de classe? Que classe tão boa é esta que não pode elaborar sua própria ideologia? E é muito bom o ponto de vista de classe, segundo o qual, os representantes de outra classe assumem a missão da liderança teórica e prática?

Disto resulta que, na hora em que vocês quiserem apoiar-se nos fatos, vocês sofrerão uma derrota. Vocês negam o papel da personalidade, mas criam um culto a seu Lenin. Vocês jogam trovões e raios contra os pecados da intelectualidade, mas elevam a intelectualidade ao céu... Vocês falam sobre a consistência do seu ponto de vista de classe e a destroem. E em vez de tirar conclusões apropriadas disso, ou seja, procurar uma base teórica e prática mais ampla, vocês repetem suas posições dogmáticas estéreis, sem cessar. Mas me desculpem, eu me afastei um pouco do tema. No panfleto que foi citado aqui pelo companheiro Iablotchkin, existem exageros evidentes e o partido, em sua edição oficial, se não me engano, destacou isso.

— Correto. Este é o método mais comum: fazer ressalvas — falou friamente Nikolai de onde estava.

Ele já estava irritado porque o SR havia passado da defesa para o ataque e ele, Nikolai, estava organizando contra-argumentos para usar em sua fala final e para esbofetear as caras dos SRs.

— Não são ressalvas e sim correções. Se vocês acompanharem os efeitos dos atos terroristas verão que eles provocam aquela agitação social que força o movimento da massa e o auxilia. E os exemplos heróicos ensinam que se deve dar a vida pela grande causa da libertação. A história não é um processo fatal, como ensina a doutrina de vocês.

— Aha! — roncou Stepanov. — Agora ele apelou!

— As massas necessitam de atos heróicos e mártires. E o nosso partido é justamente aquele partido que mantém o fogo sagrado no altar da Liberdade...

Vasiliev balançou seus cachos, enxugou o suor da testa com a manga da camisa e sentou-se na cadeira. Sima apertou sua mão e seus olhos brilhavam. Nikolai a olhou ressabiado: que tola!

— Quem quer a palavra? Acho melhor alternar os oradores pelas correntes. Assim vamos ter ordem. Está bem? — perguntou Margot, olhando para todos os presentes.

— Está bem, está bem — soaram várias vozes.

— Então peço a palavra — disse calmamente Aleksandr Molodtsov. Ele era um rapaz lido, estudava a história antiga e medieval com afinco e também estudava filosofia com seriedade.

— Eu gostaria — começou ele —, de me fixar na questão das classes, especialmente o campesinato e o proletariado... Que cada país possui suas particularidades de desenvolvimento, isso é truísmo e nenhum marxista o nega. Se o companheiro Vasiliev tivesse lido com atenção *O que fazer?*, teria percebido que Lenin, com muita sutileza, destaca as particularidades do desenvolvimento na Rússia. Mas quando querem mostrar que o *tipo* de desenvolvimento do capitalismo na Rússia é diferente do seu *tipo* de desenvolvimento em outros países capitalistas, aí sim existe um grande equívoco. Vocês, por exemplo — Molodtsov fez um gesto com a mão em direção a Vasiliev —, afirmam que na Europa Ocidental não houve nada parecido com a intelectualidade russa... Isso não é verdade. Tomemos como exemplo a Alemanha às vésperas de 1848. E quem são os poetas como Herwegh, Chamisso, Freiligrath? E os escritores e críticos como Behrens? Filósofos como Bruno Bauer? E é do seu conhecimento que Bruno Bauer possuía toda esta sua concepção famigerada sobre as "personalidades críticas"? Até as palavras são as mesmas. Caso o senhor conhecesse o trabalho de Marx, *A sagrada família*, veria como se parecem todos estes seus exercícios com o criticismo de Bruno Bauer. Lá também há alma e matéria, heróis e multidão, personalidades críticas e massa. E a intelectualidade francesa antes e durante a Grande Revolução? Dela o senhor esquece... Aqui também há muita coisa parecida e igual. Aqui também vocês exageram a *samobitnost*, a essência particular da Rússia.

"Depois, vocês engrandecem a *samobitnost*, a excepcional qualidade do campesinato russo, a existência de organização coletiva, "a terra é de Deus" e por aí afora. Será que não entendem que tudo isso são resquícios da Idade Média, que eram observados por toda parte naquela época? Será possível que vocês não tenham conhecimento de fatos elementares sobre as guerras dos camponeses medievais, sobre as seitas camponesas comunistas... taboritès, cátaros e outras? Vocês se referem à carta de Marx para Vera Zasulitch. Mas não captaram o sentido desta carta. Lá está escrito que a Rússia poderia evitar o capitalismo e saltar diretamente para o socialismo, em caso de uma revolução socialista no Ocidente. Porém, vocês mesmos têm que admitir que a Rússia, já há muito tempo, está no caminho do capitalismo. E que agora ela já obedece às leis do desenvolvimento capitalista. Esta possibilidade teórica praticamente está perdida, ela não existe mais. Então, para que se referir a isso?

Aleksandr falava baixinho, calmamente e com voz segura. Todos ouviam atentamente. Ninguém o interrompia, não havia motivos para interrupções.

— Margot — continuou ele —, me parece sem sentido você ter interrompido Nikolai em suas reflexões sobre o antigo lumpemproletariado...

Margot ficou ruborizada e fez um gesto impreciso com as mãos. Vasiliev sorriu. As Madonas também.

— É isso... Esperem um pouco. O que eu queria dizer mesmo?

Aleksandr, por alguns segundos se perdeu e todos os pensamentos, de uma só vez, saíram de sua cabeça. Mas ele rapidamente os recapturou, colocou-os em ordem e continuou no mesmo tom calmo:

— Sim... O lumpemproletariado de Roma era pobre, vivia de esmolas. Mas ele não podia ser uma força transformadora da sociedade. Por quê? Porque não era possuidor de um novo modo de produção. Entendam, por favor, o proletariado moderno não é apenas pobre... a propósito, seus aliados políticos, os seguidores de Bernstein, negam a "teoria do empobrecimento", de Marx... mas está concentrado na produção, ele é disciplinado, organizado e unido pelos próprios mecanismos da produção capitalista. Todas as condições de sua existência social são originais. E elas despertam uma correspondente consciência social...

— Mas no livro *O que fazer?* o que diz Lenin? — disse sarcasticamente Vasiliev e soltou um risinho.

— Eu não queria tocar neste assunto, mas já que o senhor provocou, está bem. Vocês entenderam Lenin muito superficialmente, ou melhor, não o entenderam. O proletariado, na sociedade capitalista, é a classe economicamente explorada, politicamente oprimida e culturalmente esmagada. Por isso, sem sair dos limites da sociedade capitalista, o proletariado, por si mesmo, não pode assimilar os grandes avanços da ciência e transformá-los criticamente. Isso fazem seus ideólogos, provenientes de outras classes...

— Aha!

— O que é este "aha"? Eles passam para o lado da classe trabalhadora. Eles expressam sua tendência de desenvolvimento, formulam-na, apoiando-se no desenvolvimento da ciência. Eles se separam de sua base social anterior e encontram uma outra base social. Não ficam suspensos num vazio sem classes. São eles, e não a intelectualidade interclasses, que expressam os interesses de classe do proletariado. Isso apresenta muito bem o fato de que o capitalismo está caminhando para sua morte e as melhores cabeças; inevitavelmente, percebem isso. Para elas o regime capitalista perdeu toda a credibilidade histórica e moral, e isso é tudo... Nisso não há nenhuma violação do princípio de classes. Isto não é de maneira alguma tratar a intelectualidade como um corpo fora de uma classe. Ao contrário.

"Permitam-me, agora, voltar ao meu tema. Exatamente porque o proletariado, o proletariado moderno, realiza o princípio do trabalho socializado e coletivo, de organização, solidariedade, ação concentrada das massas, exatamente por estar privado de propriedade, ele é a única classe revolucionária conseqüente. Nada disto pode haver no campesinato. A comunidade no campo está dividida... vocês não querem ver isso. Ela se transformou, em sua maioria, em um arranjo administrativo de proteção mútua. O campesinato se diferencia e se proletariza com uma rapidez surpreendente... vocês esquecem disso. Vocês querem desviar estes processos, mas eles não podem ser desviados. No nosso país, teremos algo como uma guerra camponesa contra os senhores feudais e contra seu governo absolutista. Mas o campesinato derrubará o latifundiário e não será derrotado por ele, pois encontrará seu aliado e líder, não em Martinho Lutero ou Götz von Berlichingen, mas sim no proletariado industrial e seus batalhões sólidos. Nunca aconteceu de a aldeia guiar a cidade. A cidade é o grande celeiro de forças de organização e liderança. E a sorte do campesinato russo é exatamente o surgimento desse líder e aliado que cresce cada dia mais. É assim que devemos refletir sobre o problema. Termino aqui.

— Companheiros, ouçam — disse Margot. — Está insuportável continuar com tanta fumaça de cigarro. Proponho fazer um intervalo. Fiquem aqui e vou arrumar a mesa para um chá, na sala de jantar, assim podemos arejar o quarto... O ar aqui está irrespirável... E também estamos um pouco cansados. Concordam em fazer um intervalo? — perguntou Margot, levantando-se. Sabia muito bem que o grupo estava de estômago roncando...

— Isso é muito bom! — falou Vasiliev, animado e soltando anéis de fumaça.

— Não faço nenhuma objeção. Aqui realmente só o diabo sabe como poluíram o ar... argh... estes fumantes... — reclamou Nikolai.

— Vamos, Margot, eu te ajudo — disse Mania e saiu de braços dados com a amiga.

Quinze minutos depois, todos estavam sentados na sala de jantar bem iluminada e comiam avidamente os sanduíches de queijo e salame.

— Por favor, não fumem aqui — falou Margot servindo o chá...

— E então, o que acham do Tchernov de vocês? "Camponês e operário como categorias econômicas"? Todos eles... Tchernov, Bulgakov, David e companhia... Lenin estilhaçou em pedaços na *Zaria*... — ouviu-se um comentário de uma das pontas da mesa.

Outra voz comentou:

— "Tudo, tudo que ameaça com a morte, guarda para o coração mortal prazeres inexplicáveis" É isso que os atrai para o terrorismo? No entanto, vocês precisam morrer inteligentemente e não por uma pitada de rapé.

— O materialismo, na verdade, é uma concepção envelhecida... A filosofia moderna se esforça para superar qualquer metafísica, entre elas o materialismo — falou com pompa Vasiliev, mastigando um pedaço de *kalatch*. — Passe, por favor, a manteiga... Obrigado, companheira Margot, me sirva, por favor, mais um copinho...

— Jogo de palavras. Esta é também uma rota de fuga para o campo da burguesia. É a moda de Kant e agnósticos. Ela passará, como a moda dos sapatos ingleses.

— Não, por mais que se diga. Mas Beltov, com sua contraditória natureza do movimento...

— Bem, se vocês quiserem, discutiremos estes temas também...

— Proponho nos ocuparmos com o processo de consumo, para logo passarmos para a teoria da luta de classes... já está ficando tarde — ouviu-se a voz de Nikolai.

— Mas deixe que descansem um pouco — protestou Margot. — E você, já terminou?

— Claro.

— Pegue bombons. Parece-me que gosta muito de doce!

— Engano seu. Não fumo e nem como doces...

Reuniram-se novamente no ambiente anterior. Sentaram-se nos mesmos lugares: parecia que cada um havia reforçado sua posição de combate...

— Ufa... diabo... que... tu...tu...tu... como deixaram que ficasse tão frio aqui — reclamou Stepanov.

— Pois bem, a respeitável reunião continua... Quem quer a palavra? Lembrem-se da ordem...

— Permitam-me — declarou Lebedev, nervoso.

— O companheiro Lebedev tem a palavra.

— Quero pegar o touro pelo chifre...

— É interessante, observe, como suas orelhas são compridas — cochichou Nikolai para Mania. Esta esquivou-se.

— Vocês foram todos muito amáveis...

— Isso é bom! Estou gostando! — falou Nikolai já em voz alta. — Hã, vamos ver. Vamos ouvir.

— Então ouçam... O senhor, Nikolai Mikhailovitch, nos atacou por parecer que apoiamos os reformistas... Mas nós e o nosso partido, a cada passo de nossa luta, com nosso sangue demonstramos que isso é uma calúnia... Sim, uma verdadeira calúnia — continuou o jovem, extremamente nervoso. — Quem são os juízes? Os juízes são pessoas que vêem como seu papel limpar e abrir os caminhos para o capitalismo, ou melhor para os Kolupaev e Razuvaev, para os Morozov e Tchetverikov... Sim... sim... Assim mesmo... E vocês ainda se atrevem a nos recriminar!

— O rapazinho é esquentado! Anda sem... tu... tu... freios.

— Porém, me permitam, estimados marxistas, perguntar: para onde as tendências do vosso desenvolvimento ideológico conduzem? Quem iniciou o ataque do lado dos marxistas? Struve, Tugan-Baranovski, Bulgakov, Berdiaev e companhia. Onde estão eles? Estão totalmente do lado da burguesia. Eles já disseram tudo que tinham para dizer. Eles estão colocando os pingos nos is. Quem escreveu o primeiro manifesto do seu partido, queridos oponentes? Vocês esqueceram? Struve, um de vocês, atualmente líder dos *zemstvo* constitucionalistas, redator do *Osvobozhdenie* (Libertação) que já se esqueceu de qualquer socialismo. Os marxistas eram antes os faxineiros do capitalismo, agora subiram de cargo, deixaram de ser ajudantes e se tornaram proprietários. O preço parece maravilhoso, o preço do vosso socialismo. Então, esta evolução foi casual?

— Está falando besteira, companheiro... tu... tu...

— Não ligue para este bobo — falou Nikolai extravasando sua raiva.

— Não, não foi casual. Já que é preciso limpar o caminho para o capitalismo, então...

— Krivenko fazia este tipo de objeção!

— Isso... isso é entrar em suas fileiras... ou seja... nas fileiras da burguesia. Para vocês, não é vergonhoso, pois ela é mais progressista que o feudalismo... O socialismo está longe... Eis por que vocês não querem ver aspectos socialistas na comunidade *mir*, cooperação, campesinato, intelectualidade. Isso quebra o esquema de vocês... isso desagrada a sua natureza burguesa... Sim... Era isso que eu queria dizer...

— Terminou?

— Sim...

— Quem é o próximo?

— Acho que sou eu — respondeu Stepanov, fungando e falando rapidamente. — Eu... sabem... tu... tu... não sou um orador brilhante... Mas... ao diabo... como você, Lebedev, falou besteira... tu... tu... as orelhas murcham... O que significa limpar os caminhos? Não pensou sobre isso... Devemos lutar... tu... tu... contra os resquícios do feudalismo ou não? A luta contra a monarquia é a luta contra a principal instituição feudal e a derrubada da monarquia significa abrir o caminho para o desenvolvimento do capitalismo, na base do qual e no processo de desenvolvimento do qual a nossa tarefa é a tarefa de organização de forças para a luta contra o capitalismo. Ah, como isso... tu... tu... é difícil de entender! Quando os jacobinos na França cortaram... tu... tu... a cabeça de Luís XVI, eles imaginaram que começaria o reinado da liberdade, igualdade e fraternidade. Eles estavam cheios de ilusões assim como... tu... tu... vocês. E nós não temos ilusões... Não precisamos de frases... tu... tu... brilhantes... nem de devaneios... precisamos, mais de trabalho sóbrio. Não abstêmio, e sim sóbrio, sintam a diferença. Nós derrubaremos o czarismo com certeza. Mas a partir daí, para nós, vão começar as mais... tu... tu... difíceis tarefas na continuação da luta pelo socialismo... Agora, para vocês parece que ele vai acontecer naturalmente... Sobre Struve... Quem foi o primeiro a desmascarar Struve? Lenin. Certo ou não? Com quem está agora Bulgakov? Com Tchernov! Todos os argumentos de seu "trabalho" de dois volumes, *O capitalismo e a agricultura*, são os mesmos de Tchernov, só que mais minuciosos... Quem está mais próximo do Struve atual? Claro que vocês... A mesma fraseologia nacional, humana, cultural e popular, e já nem sei como...

— É tudo?

— Sim eu... tu... tu... queria... ainda... Mas deixa, basta — Stepanov gesticulou com a mão e sentou-se.

— Por que falou tão pouco? — perguntou Nikolai — Começou e não foi até o fim?

— Por Deus, basta. E tanto faz... tu... tu... não dá para esclarecer tudo... E para quê preciso deles? Não está vendo que frutos são... Temos que terminar...

— Quem mais quer a palavra? Sima? Mara?

As moças balançaram a cabeça em sinal de não.

— Então, Nikolai Mikhailovitch, conclua!

— Eu... cof... não vou... cof... estender-me muito pela Antigüidade... Por mim aqui já falou muito Aleksandr. Tentarei ser breve... Enfumaçaram novamente... Cof!

"Não obtive uma resposta convincente à minha primeira pergunta. Falei que no racha de todo o socialismo internacional em marxistas e reformistas, os SRs em geral estão na posição de Bernstein, David companhia, ou seja, na posição de Brentano e dos críticos burgueses do marxismo. Nisso não há terceira opção. Sobre os anarquistas seguidores de *Kropotkin* ou sindicalistas franceses, os SRs ainda não se pronunciaram. O que me respondeu o estimado oponente? Na teoria, eles estão certos, mas chegam a conclusões falsas. Não, por favor, me desculpem: a teoria e a prática deles estão muito interligadas. Então, como explicar que, na Rússia, os socialistas revolucionários ocupam uma posição revolucionária? Que eles a ocupam nem pretendo negar. A explicação é simples. No Ocidente a questão sobre o socialismo está sendo levada muito a sério; mas nós aqui, por enquanto falamos de destruir a monarquia e do golpe burguês-democrático. Como os democratas, os SRs são revolucionários. E os reformistas da Europa Ocidental são muito simpáticos à revolução burguesa-democrática. Mas têm medo da revolução socialista. Como os SRs. O socialismo deles não é revolucionário. A revolução deles não é socialista. A característica deles está correta: são "liberais com bombas".

Segundo... cof... cof... O oponente nos mostrou aqui a particularidade do desenvolvimento na Rússia. Aleksandr deu exemplos bastante oportunos que mostram toda a estreiteza dos argumentos dos SRs. Vou dizer algumas palavras sobre outro aspecto da situação. A principal particularidade do nosso capitalismo é que ele se desenvolve nas condições do poder monárquico dos senhores de terra escravocratas. Na propriedade territorial escravocrata e no poder político deles está o motivo principal do desenvolvimento particularmente difícil e fraco da Rússia. Por isso o interesse na destruição da monarquia existe não apenas da parte da classe operária, mas também de todo o campesinato e até mesmo da burguesia... que depois vai ter, inevitavelmente, medo dos trabalhadores. É esta configuração de forças que dá a ilusão de que o povo é uma entidade única. Mas devemos entender seus componentes, seu peso especifico e a correlação de forças de classes dentro deste "povo". O nosso camponês não é igual ao camponês do Ocidente. Isto é certo. Mas meu oponente não disse uma só palavra para negar o fato de eu designá-los como pequenos produtores de bens de consumo, nem os preceitos sobre sua diferenciação. Este é o ponto fraco da concepção dos SRs. Nisso também estão escondidas as raízes do seu reformismo potencial, na dissimulação das contradições de classes... que serão descobertas por completo no dia seguinte à liquidação da monarquia e dos donos de terras. Quando os liberais com bombas não precisarem mais das bombas eles se tornarão apenas liberais.

— Isso é revoltante! — gritou Lebedev.

— Revoltante, mas assim será... Concordo... cof... cof... que é revoltante...

— Não é isso que eu chamo de revoltante...

— Eu o compreendo muito bem... Vocês é que não entendem uma simples ironia... Sobre o proletariado e o campesinato Aleksandr foi quem falou mais profundamente, sobre a carta de Vera Zasulitch, também. Duas palavras sobre o terror. Vejam vocês que agora estamos no começo de 1903. Durante o ano de 1902 fiz anotações sobre as assim chamadas desordens das massas. Não faria mal citá-las...

Nikolai enfiou a mão no bolso novamente e retirou de lá uma pequena caderneta quadriculada com inscrições bem miúdas. Enfiando o nariz em suas folhas ele leu:

— "22 de janeiro: passeata de trabalhadores e estudantes em Kiev, choque com a polícia. 2 a 6 de fevereiro: greve dos trabalhadores da fábrica de Briansk. 8 de fevereiro: espancamento dos estudantes na Casa do Povo em Piter (Petersburgo). 9 de fevereiro:

movimento dos estudantes em Moscou e prisões em massa. Fevereiro: desordens na Finlândia, em resposta ao recrutamento. Fevereiro-março: greves, manifestações e choque com as forças militares em Batumi. 19 de fevereiro: manifestação dos trabalhadores social-democratas, em Moscou, contra os Zubatov. 19 de fevereiro: manifestações em Rostov sobre o Don. 3 de março: manifestação dos trabalhadores e estudantes em Petrogrado, choques com a polícia. Final de março: agitações dos camponeses nos distritos de Kharkov e em Poltava. Março: manifestações em todas as grandes cidades da Finlândia. 26 de março: desordens na fábrica Votkinski, nos Urais. 18 de abril: manifestações na Finlândia por causa do novo estatuto militar. Maio: manifestações em massa pela ocasião do Primeiro de Maio em Baku, Sormov, Nizhni, Saratov, Odessa e várias outras cidades. 9 de maio: desordens na estação Tikhoretskaia. Nos meses de verão: agitação dos camponeses nos distritos de Saratov, Tanbov, Novorossiisk, Stavropol; agitações em Gori. 23 de julho: greve dos ferroviários e dos metalúrgicos, em Kiev. 13 de setembro: greve nas oficinas das estradas de ferro em Krasnoiarsk..."

— Para que está citando isso tudo? — indignou-se Lebedev.

— Leia, leia! É um quadro muito interessante no geral — gritaram várias vozes.

— Agora mesmo vão saber para que leio. É engraçada a sua falta de atenção para com esta "prosa". Continuando, "12 de novembro: congresso dos finlandeses e resolução sobre a resistência pacífica. 2 a 23 de novembro: greve nas oficinas das estradas de ferro de Vladicavcavz, greve nas fábricas em Rostov sobre o Don, comícios em massa, manifestações e o uso, por parte do governo, da força militar. 17 de novembro: espancamento de trabalhadores na estação Tikhoretsk. 21 de novembro: manifestações em Tíflis. 9 de dezembro: greve em Batumi..." Agora, senhores, quero dizer apenas que o ano de 1903 será um ano com crescente aumento destas manifestações... Para que li tudo isso? Querem que lhes conte um segredo? — Nikolai brilhou alegremente com o pincenê. — Está bem, vou contar. Somente um cego depois disso não vê onde se encontra o pivô da política revolucionária. Está despertando e se desenvolvendo um imenso movimento de massas. Ele exige agitadores, propagandistas, organizadores, líderes corajosos e conseqüentes... Ele cresce sem o estímulo de nenhum ataque terrorista, sem fogos de artifícios ou sensacionalismos individuais. Isso é um negócio muito sério e decisivo e vai determinar uma linha de trabalho. O desvio deste trabalho para o lado do "heróico combate individual" significa a desorganização do movimento de massas e aqui, senhores, temos que escolher e não ficar nadando em duas águas... Compreenderam agora, assim espero, por que fiquei lendo durante tanto tempo este material tão aborrecido para vocês?

"Agora, uma palavra sobre o quartel. O oponente nos amedrontou com a ameaça do quartel. Mas não temo nem um pouco essa palavra. Existem quartéis e quartéis, como temos soldados e soldados. Estamos construindo nosso partido, me desculpem, não como um amontoado de cisnes, caranguejos e peixes de diferentes calibres, mas sim como um partido de correligionários e mais ainda como um partido militar. Sim, militar. Pois revolução significa uma guerra civil, é levante armado, é uma guerra. Esta tem de ser preparada e o partido precisa ser um partido de combate. Se isso não lhes agrada, o que fazer! Então, certamente, vocês preferem a falação em vez da ação. No que diz respeito à nossa severidade, intolerância etc., em consideração aos gritos sobre a "liberdade de crítica", permitam, imitando o meu oponente, me basear no livro de Lenin *O que fazer?*... Margot, me dê, por favor, a brochura. Obrigado. Eis o que escreve Lenin sobre este assunto:

"Nós caminhamos em pequeno grupo por um caminho abrupto e difícil. Estamos cercados de todos os lados por inimigos e precisamos caminhar, quase sempre, sob fogo aberto. Nós nos unimos por uma decisão tomada livremente, exatamente para que possamos lutar contra o inimigo e não afundar no pântano vizinho, cujos habitantes, desde o princípio, nos censuravam somente porque sobressaímos como um grupo específico e escolhemos um caminho de luta e não o caminho da conciliação. E agora, alguns de nós se põem a gritar: vamos para o pântano! E quando começam a ser desonrados, eles protestam: que pessoas atrasadas são vocês! E como vocês não se envergonham de negar para nós a liberdade de os chamar para o melhor caminho! Sim, senhores, vocês são livres não somente para nos chamar para um melhor caminho mas, também, para irem para onde quiserem, até mesmo para o pântano; achamos até que o seu verdadeiro lugar é exatamente no pântano e estamos prontos a fornecer a assistência possível para que se mudem para lá. Mas soltem nossas mãos, não se segurem em nós e nem manchem a grande palavra 'liberdade', porque também somos 'livres' para ir aonde quisermos, livres para lutar não somente contra o pântano, mas também com aqueles que se desviam em direção ao pântano!" Assim vencerás. *Schluss.*

— A reunião está encerrada...

Os SRs. se levantaram. Atrás deles se levantaram os outros...

— Companheiros! Não tenham pressa! Saiamos todos um de cada vez... Exceção apenas para as moças.

— Mania, eu vou com as Madonas. Você tem algo contra? — perguntou Nikolai.

— O que tenho a ver com isso? Me parece que já está bastante crescido, não? — comentou Mania, olhando para o irmão com admiração...

— Nos tempos revolucionários, um ano vale por dez — respondeu ele, sorrindo.

A rua estava tranqüila... Os passos ressoavam pela travessa. A neve caía em grandes flocos. E os flocos de neve caíam sem fazer barulho. Saindo do escuro, formavam círculos em torno das lâmpadas, cobriam de penugem macia e fofa as calçadas, os canteiros, os trenós e as costas do cocheiro que cochilava, meio bêbado, na esquina.

21

Sipiaguin, ministro do Interior, foi morto no dia 2 de abril de 1902 pelo estudante Balmachov, que logo foi executado devido à sentença do julgamento militar, na sombria fortaleza de Schlüsselburg. Para o cargo de Sipiaguin foi nomeado pelo czar um gendarme forte, com vasta experiência policial, Viatcheslav Constantinovitch Pleve, que, ainda nos anos oitenta, especializou-se na caça aos populistas *narodovolets*. Ele era um velho lobo policial "major da cavalaria por educação e organizador de *pogroms* por convicção", como foi descrito posteriormente pelo príncipe liberal C. D. Urusov. Pleve, carreirista e cínico até a medula, não se envergonhava diante de nada e não se detinha perante ninguém, e prometeu ao czar acabar em três meses com a "hidra da revolução", o que deixou o czar muito contente: agradava-lhe esta força de decisão e força de vontade. No momento da conversa com Pleve, ele quase acreditou que este Cérbero roeria o pescoço da subversão que se levantava.

O czar nomeou Pleve, basicamente, por estar sob a influência do medo. Mas a forma consciente deste medo, sua justificativa, encoberta com palavras bonitas sobre o bem para a Rússia, sobre a responsabilidade perante a história, foi dada pelo conselheiro do czar, o príncipe Mescherski, editor da revista *Cidadão*, que era um daqueles aventureiros sem escrúpulos que conseguiam penetrar no palácio do imperador agilmente, por meios obscuros, acumulando capital político através de fofocas, delações, chantagens, servilismo refinado e lisonjas bizantinas. Durante o reinado do czar Alexandre III, assim como durante o do czar Nicolau II, ele recebia, por ordens diretas do soberano, oitocentos mil rublos anualmente, escrevia com freqüência a estes czares cartas com conselhos políticos. Recebia também cartas deles e os monarcas se referiam a ele como "você" o que era um sinal especial de graça monárquica. Ele possuía seus objetos preferidos de amor socrático, que eram chamados por ele de seus "filhos espirituais", começando pelo bonito clarinetista do batalhão de infantaria e terminando com oficiais jovens que se alternavam constantemente. Por esses oficiais o príncipe fazia solicitações a vários ministros e em caso de recusa em atender, escrevia sobre eles artigos difamadores e acusadores: encontrar pecado em qualquer burocrata não era muito difícil. Muitos, até nos próprios círculos palacianos, consideravam-no uma pessoa asquerosa e o odiavam, mas ao mesmo tempo temiam-no e tremiam diante dele, sabendo de seus contatos e desconfiando de que ele tinha nas suas mãos e chantageava pessoas das mais altas esferas. Sem dúvida, este admirador de Eros era um verdadeiro patriota que o *Cidadão* uma vez descreveu com a seguinte máxima política: "Quando o pensamento de cada um em relação aos poderosos é 'ele poderia cortar minha cabeça', então existe submissão à autoridade e tranqüilidade."

E era exatamente a esta pessoa, mais do que qualquer outra, que Pleve devia sua promoção ao posto do ministro mais forte de todo o Império Russo. Pleve era polonês e por isso não suportava mais ninguém além dos russos. Pleve não acreditava em Deus nem no diabo: não era bobo. Mas, ao receber a nomeação, na mesma hora tomou um trem expresso de Petersburgo para Moscou, e de lá partiu em direção ao mosteiro de Troitsa-Serguevsk para reverenciar as relíquias do grande bispo da terra russa, o santo Serguei Rodonezhski, que desde tempos imemoriais era venerado pelos czares de Moscou e imperadores de todas as Rússias: isso deveria agradar ao czar, à czarina e a Serguei Aleksandrovitch, em cuja propriedade se encontrava o famoso mosteiro. Beijar as relíquias era mais que necessário para ele, pois seu próximo e inevitável passo como ministro seria uma viagem a Kharkov. Lá ele teria que aprovar, em nome do governo, o brutal espancamento ao qual foram submetidos os camponeses, autorizado pelo governador de Kharkov, sua alteza real o príncipe Obolenski, e, ao mesmo tempo, encontrar-se com um promotor da corte regional de apelação, que havia, há pouco tempo, demonstrado grande talento no trabalho policial, chamado A. A. Lopukhin. Há pouco tempo, no sul da Rússia tinha havido uma onda de desordens agrárias, o "galo vermelho" lambeu em alguns lugares as velhas propriedades senhoriais, os mujiques, sufocados com a escassez de terra, começaram cobiçar a terra dos senhores. As desordens foram apaziguadas e quem impunha ordem era o príncipe, visitando pessoalmente as aldeias revoltosas e presenciando as punições desumanas: dava-lhe prazer ver como, por baixo das camisas rasgadas, escorria o sangue dos mujiques.

— Não perdem por esperar, canalhas! Brutamontes! Rebeldes! Vou pendurá-los pelas costelas... Agradeçam a Deus por ter sido somente isso!

Os homens açoitados estavam pelo chão, alguns deitado de bruços, outros em pé calados, com fervente ferocidade nos olhos: "Hão de pagar as lágrimas derramadas...", pensavam.

O ministro do czar chegou no lugar da batalha. Elogiou o príncipe por sua honesta defesa do trono e conferiu-lhe uma condecoração: o príncipe recebeu o título de general-adjunto e o cargo de governador geral da Finlândia.

Sentado na casa do governador, muito bem protegida, Pleve mandou chamar Lopukhin: tinha algumas críticas a fazer...

Lopukhin era descendente de uma antiga família de boiardos. As lendas familiares levavam a linha genealógica até o príncipe Rededia, de Kasogian, personagem mítico e épico. A última das imperatrizes com sangue russo, mulher de Pedro o Grande, Evdokia, tinha o sobrenome Lopukhin, e apesar de ter sido mandada para um convento por seu marido enfurecido, as tradições familiares reverenciavam sua memória como uma representante maior da linhagem. Depois, os Lopukhin empobreceram, não sobrou nada da grandeza anterior, mas Aleksei Aleksandrovitch recebeu de herança mais de mil alqueires de terra. Ele terminou a universidade e começou a ser promovido rapidamente em seu serviço. Bastante instruído, dominando maravilhosamente bem vários idiomas, com muito autodomínio, vaidoso e ambicioso, fidalgo e sibarita, ele pertencia à categoria de jovens carreiristas para os quais se abriam amplas perspectivas, pois por estarem servindo à monarquia, eram aceitos nos círculos liberais: Lopukhin condenava os mujiques a castigos cruéis, e ao mesmo tempo era amigo íntimo do professor Serguei Trubetskoi, príncipe liberal, um dos pilares do movimento *zemstvo*, admirador de Vladimir Soloviov e especialista em Platão e nos gnósticos. Os gendarmes ficavam impressionados com ele, assim como os guardas: sempre fazia um acordo prévio com eles.

Limpinho, com a barba bem-feita, cabelos espetados, de pincenê, os olhos um pouco vesgos, ele apresentou-se perante a figura ameaçadora de Pleve. O ministro estava sentado no gabinete, à escrivaninha, carrancudo, acariciando seus densos bigodes de morsa e gendarme e girando os grandes olhos esbugalhados...

— Em que posso servir à vossa alteza?

— Sente-se, Aleksei Aleksandrovitch. Por favor. E mais: vamos eliminar os títulos...

— Como desejar.

— O senhor fuma? Por favor...

Com um clique, ele abriu a cigarreira de prata, com detalhes em ouro. A janela para o jardim estava aberta. Um raio de sol batia no castiçal de bronze e agora atravessava os anéis de fumaça dos cigarros que se moviam e se dissolviam, revelando a suave qualidade do seu azul perfumado... No jardim floriam as macieiras e o vento fraco jogava, às vezes, uma pétala leve e frágil que rodopiando caía no chão de taco, liso como um espelho. Os pássaros gorjeavam...

— O negócio é o seguinte, Aleksei Aleksandrovitch: eu gostaria de saber sua opinião sobre as desordens agrárias... E quero sua mais sincera opinião...

— Sim, senhor...

— O príncipe castigou os amotinados, isso foi excelente. Estas coisas não podem ficar sem castigo e foi necessário muita firmeza aqui... Você não acha?

Pleve, de soslaio, olhou para pequena figura de Lopukhin...

— Certamente. Estou completamente de acordo com o senhor...

— Mas o problema não se esgota com isso... São necessárias medidas preventivas... Agora sou responsável pela tranqüilidade da dinastia e também de todo o império... Mas a prevenção requer um diagnóstico correto e um conhecimento correto das causas da doença. Hã... como é que os médicos chamam isso? Já me esqueci... Estou envelhecendo...

— Patogênese.

— Exatamente. Então gostaria de saber, Aleksei Aleksandrovitch, suas idéias a respeito do conjunto destas questões. Só que, por favor, sem acanhamentos... do contrário isso tudo não terá nenhum valor para mim. O senhor deve compreender que tenho material oficial em profusão...

Pleve apontou com o dedo curto para uma pasta de couro abarrotada, inchada com uma montanha de papéis, com fechos de prata e monogramas, que estava sobre a mesa.

— Não é preciso mencionar que a nossa conversa aqui hoje é rigorosamente confidencial. Isto é tudo que quero pedir ao senhor...

Pleve calou-se e fixou os olhos interrogativamente em Lopukhin.

Lopukhin pôs-se a raciocinar rapidamente: para que Pleve mantinha aquela conversa com ele? O que aconteceria a ele depois daquilo, a ele, Lopukhin? Conhecendo muito bem o meio, ele entendia que não era sem motivo. Pleve o estava testando e ele, Lopukhin, sabia que era necessário não apenas como fonte de informação... Ainda por cima, o ministro agora iria trocar o seu pessoal, a vassoura nova varre mais limpo. Algumas cabeças iriam rolar, outras iriam subir...

E o jovem carreirista farejou que algo bom estava no ar, farejou com todas as forças do seu ser.

Ele lançou para Pleve um olhar sério e dedicado, como se estivesse pensando e organizando os pensamentos...

Uma abelha entrou pela janela e, zunindo, se debatia no vidro superior ora subindo com zumbido forte, ora caindo sem força.

— Preciso dizer inicialmente, a vossa excelência, Viatcheslav Konstantinovitch, que sua pergunta até certo ponto me pegou de surpresa. E peço desculpas pela resposta não muito sistemática...

— Isso não é importante — respondeu Pleve.

— Além disso, minhas observações críticas são apenas observações particulares que não atingem as bases fundamentais do sistema de nosso estado... Tenho que enfatizar isso para evitar possíveis mal-entendidos...

— Quanto a isso não precisa se preocupar, Aleksei Aleksandrovitch...

— Sim, senhor... Parece-me que é necessário reconhecer que a agitação que houve não foi nem um pouco ocasional e sim profundamente sintomática. Elas representam os primeiros sinais de um grande movimento agrário ou, para colocar os pingos nos is, de uma revolução espontânea. Os motivos se escondem, quanto posso julgar, nas condições gerais de nossa vida; eles são muitos e os principais deles, ao meu ver, são...

Pleve se virou pesadamente na poltrona e apoiou um dos cotovelos na mesa, Lopukhin parou...

— Por favor, continue. Estou ouvindo atentamente...

— Os fatos patogênicos principais são a ignorância da população camponesa, a ignorância e obscuridade que dão suporte suficiente para todos os conspiradores que sonham com a glória de Pugatchov e Razin; o terrível empobrecimento dos camponeses, a falência, a fome, as condições de vida em geral... eu poderia lhe dar um detalhado quadro estatístico de algumas de nossas províncias... A total indiferença de parte das autoridades para com as necessidades materiais e espirituais dos camponeses; por fim, a pequena proteção dos sargentos, dos comissários da polícia local, dos chefes das *zemstvo*, da polícia distrital, dos governadores, que é direcionada freqüentemente contra os interesses vitais e essenciais da comunidade camponesa e do camponês como indivíduo, começando pelos interesses de suas propriedades. Os poderes locais não têm a consciência de que a monarquia autocrática deve se apoiar consideravelmente no conservadorismo e na dedicação ao trono, de muitos milhões de camponeses; que a liquidação desta tradicional crença e dedicação à dinastia trará conseqüências incalculáveis; e que, finalizando, a camada pagadora de impostos tem que desenvolver o seu negócio para poder pagar e ter condições de pagar sempre mais, já que as necessidades do Estado inevitavelmente vão crescer. Esta é uma lei da natureza. Nosso aparato administrativo não está preparado para cumprir as tarefas que surgiram e nesse ponto, Viatcheslav Konstantinovitch, é que são necessárias certas reformas... Sem elas...

— Sem elas, a revolução é inevitável. Estou totalmente de acordo. Ela se movimenta na cidade e no campo, e se as greves na cidade se unirem com as revoltas dos seguidores de Pugatchev, a situação pode se tornar ameaçadora...

— Exatamente...

— O que o senhor me diz... e compartilho totalmente do seu diagnóstico... sobre a idéia de criar uma espécie de substituto para a Constituição? — indagou Pleve, observando se haveria mudanças de expressão no rosto de Lopukhin...

— Não compartilho o ponto de vista de uma monarquia constitucional. A que forma de substitutivo o senhor está se referindo?

— Por exemplo, na forma de conclamar as organizações sociais... *zemstvo*, e outras... para o trabalho no Conselho de Estado. Esses oradores também são um fator e uma fonte de discórdia. Se jogarmos um osso para eles... E depois, controlarmos as eleições... O que o senhor acha?

— Acho que este plano é racional. Mas ao mesmo tempo, é preciso racionalizar também a repressão, esmagando as desordens... A sabedoria política já há muito tempo fala sobre a necessidade do chicote e do pão-de-mel. É lamentável, quem sabe, do ponto de vista do humanismo abstrato e do delírio de um Tolstoi qualquer. Mas, para nós, responsáveis pelo destino do país e da monarquia...

Pleve pulou da cadeira e depois sentou-se novamente...

— Aleksei Aleksandrovitch, estou muito contente por ter sido o senhor o primeiro a tocar neste assunto. Eu temia que neste ponto houvesse discórdia entre nós. Agora vejo que o senhor compreende muito bem toda a complexidade da situação que exige de nós métodos combinados de pressão. Reformas... reformas prudentes... não descartam mas sim pressupõem o esmagamento inclemente da revolta e de todas as manifestações do movimento anarquista...

— Também penso assim...

Fez-se um minuto de silêncio. Pleve, na verdade, não pensava em nenhum tipo de reforma. Mas, ao acompanhar, cuidadosamente a correspondência de Lopukhin e censurar suas cartas, o velho gendarme ficou muito bem-informado sobre o namoro do jovem promotor com os liberais-constitucionalistas. Ele tinha o antigo hábito de usar tais pessoas, principalmente devido às suas conexões: elas acabariam encontrando-o no meio do caminho... sobre isso lhe falava sua experiência policial de muitos anos. Por isso, jogava com Lopukhin completamente seguro de que sairia deste jogo como vencedor. Lopukhin, por sua vez, vislumbrava para si uma brilhante carreira e já estava pronto a fazer qualquer coisa só para garantir uma posição firme, no promissor futuro que se descortinava para ele. Lopukhin ficou de ouvidos abertos e aguardou.

— Então me permita, Aleksei Aleksandrovitch, tirar algumas conclusões práticas da nossa sincera conversa.

Pleve levantou a cabeça e olhou para Lopukhin diretamente nos olhos. Lopukhin estava calado.

— Eu — continuou o ministro —, ofereço ao senhor o posto de diretor do Departamento de Polícia... O que o senhor pensa disso?

Lopukhin raciocinou rapidamente: diretor do Departamento de Polícia... é um passo para ser ministro do Interior... Pleve está velho... E...

— Aceito, excelência...

— Então permita-me felicitá-lo... Estou muito, muito contente...

Pleve levantou-se da cadeira e estendeu a mão para Lopukhin. Este também se levantou e o aperto de mãos consolidou o acordo.

Depois de aliciar para si um novo diretor de departamento, Pleve, para manter as aparências, solicitou vários relatórios sobre reformas e deixou-os amadurecendo em grandes pastas muito bem empilhadas. Seu negócio, sufocar a vida que seguia em frente, ele resolveu colocar em bases sólidas, concentrando-o nas mãos de Zubatov, um aficionado e artista, um homem que parecia ter nascido para a investigação policial, provocação e câmaras de tortura. Por sua aparência, Zubatov não dava a impressão de ser um cão policial experiente. Ele parecia mais com um típico intelectual russo, tanto por sua aparência externa, seus maneirismos e até mesmo por seus hábitos. De barbicha pequena, cabelos castanhos claros, lisos e penteados para trás e uma jaqueta, ele parecia uma ave rara entre os uniformes azuis dos gendarmes, os bigodes enrolados com audácia, as esporas e dragonas, os queixos barbeados e as espadas que tiniam. A esta altura, ele já havia subido do patamar de um mísero informante para o posto de chefe da Polícia Secreta de Moscou. Ambicioso e autoritário, ele ficava algumas cabeças mais alto que seus colegas mais estúpidos: a prática de seu trabalho de carrasco ele justificava com a ideologia e, como praticante, tinha horizontes amplos. Na Rússia, ele era considerado o verdadeiro pai do socialismo policial, no qual entrelaçavam-se surpreendentemente sopros de idéias da Europa Ocidental sobre a chamada monarquia social, do eslavofilismo oficial, do tikhomirovismo e das principais tradições da Terceira Divisão.

Como contraponto ao movimento de massa dos trabalhadores, ele implantou organizações policiais para os trabalhadores, às vezes apoiava as greves econômicas, encorajava a discussão sobre as necessidades do dia-a-dia dos trabalhadores, imaginando a ideologia revolucionária como um produto que não possuía nada em comum com os interesses reais dos trabalhadores, com os quais se preocupava o pai do povo, o monarca que estava acima de todas as classes e camadas.

Zubatov chamava para dar palestras professores universitários: o coxo financista, professor U. R. Ozerov, que verbalmente até namorava Marx, era um dos ativos agentes da polícia de Zubatov em Moscou. Em Odessa, Zubatov colocou o "doutor em filosofia" Shaevitch. Em Petersburgo, como em Moscou, prosperou sua sociedade "de trabalhadores" por onde passavam professores, gendarmes, generais e padres que, de repente, se encheram de amor pelos irmãos pequenos. Eram em vão os resmungos de alguns capitalistas e luminares da burocracia, como Witte, avisando que aquilo era brincar com fogo, que o movimento iria passar por cima das barreiras policiais, que as armadilhas da guarda se voltariam contra ela mesma e que a polícia não podia provocar greves e liderá-las. Zubatov seguia sua linha, construindo o ideal das rédeas policiais sobre o movimento dos trabalhadores.

Ao mesmo tempo ele febrilmente reformava o equipamento policial: introduziu a fotografia dos presos, as tabelas de Bertillon com a classificação de sinais distintivos; a datiloscopia, onde com as impressões digitais dos dedos se reconheciam os revolucionários que se escondiam sob passaportes falsos; formava quadros bem preparados de agentes policiais e provocadores. Ele instruía pessoalmente os oficiais da polícia e os canalhas da polícia secreta, esclarecendo como deviam confundir as pessoas, desviando as suspeitas dos agentes de polícia e lançando-as para os inocentes. "Os senhores", dizia ele, "devem olhar para os seus colaboradores assim como olham para a mulher amada, com a qual mantêm uma relação secreta. Cuidem dela como à menina dos olhos. Um passo em falso irá desgraçá-la." Ele tinha um cuidado especial com os provocadores infiltrados entre os terroristas...

Logo após o assassinato de Sipiaguin, por sugestão direta de Pleve, na cabeça da organização militar do partido dos SRs foi colocada a cria de Zubatov, o velho provocador Evno Azef. As principais figuras do mundo policial ocupavam seus postos.

22

Depois da morte de Andriucha, Kolia Petrov não conseguia se sentir em paz. Ele atravessava uma crise espiritual profunda: parecia-lhe que diante de si abrira-se um abismo insondável e que ele caminhava por sua beirada. O mundo tornara-se sombrio, todas as cores empalideceram, todos os sons calaram-se: acima de tudo pairava um tênue manto de morte cheio de um pavor enigmático e de um pesar indescritível. Era como se a alma de Kolia tivesse tombado sobre o mundo e em sua consciência esse mundo deixara de existir, tornando-se insignificante, sem importância e imperceptível, ou que este mesmo mundo estivesse repleto até as bordas de um veneno terrível e olhava para Kolia com um olhar fantasmagórico, de um verde transparente e morto. O sono, o delírio, o devaneio, a realidade — tudo se embaraçara, confundira-se num turbilhão de imagens torturantes, perguntas para as quais não havia resposta, enigmas que não podiam ser decifrados, problemas que não podiam ser resolvidos. Kolia tornou-se macilento, emagreceu, passou a se isolar. A angústia e a melancolia o corroíam a cada momento. Ele ia sozinho para o jardim armênio, sentava-se diretamente na neve e pensava. Arrastava-se para a rua e vagava sem rumo, conversando consigo mesmo, abrindo as mãos e gesticulando, esbarrando nos transeuntes, que, com pressa olhavam de relance, parando um instante, para depois apressarem-se, ocupados com seus afazeres... Para Kolia, então, era tudo indiferente: os transeuntes, os cocheiros, os varais que quase lhe batiam no rosto, os meninos que lhe gritavam algo; ele se voltara completamente para dentro de si e vivia em seu terrível mundo fantástico. Ele ia automaticamente ao ginásio, respondia automaticamente aos professores, perambulava automaticamente pelos corredores e tudo ao seu redor — o barulho, o alarido, as aulas, os professores, os colegas — chegava a ele como através de uma volumosa camada de água.

— Parece que o nosso Petrov enlouqueceu...

— Ei, pequeno, o que há com você? Não vê mais nada além do seu próprio umbigo?

— Deixe-o. Seu irmão morreu...

— Aaah... Então que se dane... Mas será que não é preciso despertá-lo?...

— Tentamos. Não adiantou nada...

E então deixavam Kolia em paz.

Mas Kolia não se consolava. Por toda parte ele tinha a visão dos olhos cheios de lágrimas e recriminadores de Andriucha... Deus, como fazer voltar o passado?... Kolia via as mãos fininhas do irmão, o pequeno narizinho, sentia o calor do corpinho frágil, uma ligação infinitamente próxima... E quanto mais terna era a sensação desta ligação, quanto mais nítido e imediato era o sentimento de proximidade e união quase carnal, mais dolorosos, mais pavorosos e monstruosos eram os sofrimentos... Será que tudo que resta vale uma lagrimazinha do pequeno Andriucha? O que são todos os feitos, as virtudes, as façanhas, as reparações, se não é possível fazer voltar o passado?... Querido Andriuchetchka! Andreitchik!... Oh, meu Deus! O que eu daria para que você não morresse. A vida inteira... Sem um segundo de hesitação! Para que não houvesse os olhos de repreensão... Como eu te amaria, protegeria, defenderia... abraçaria seu pescocinho...

Às vezes, tudo para Kolia, todos os valores do mundo se concentravam nas lágrimas de Andriuchka e parecia que ali se escondiam as últimas profundezas da existência. Ele certamente sentia mais isto do que entendia. As idéias eram vagas e nebulosas, mas um poderoso sentimento imediato o envolvia por inteiro e o consumia com seu pesar imenso... Mas como, despertando de súbito, se perguntava: *isto* não existe mais, não existe, aquele tempo já passou... compreenda, o Andriucha não existe mais e não há mais sua lágrima... Mas seus olhos estão diante de mim... O que é isso então? E serei eu o culpado? Mas não dá para descobrir... Que sofrimento! Não, assim não se pode viver, e não há por quê...

Uma vez, à noite, Kolia não conseguia dormir e deitado com os olhos abertos, pensava... Pensava sempre sobre o mesmo assunto. Em algum lugar um rato raspava a tábua do assoalho obstinadamente... A lua brilhava através da janela pálida e fria. O relógio da parede ressoava com o pêndulo como que perguntando: quem é você? quem é você? quem é você? quem é você? quem é você? quem é você?...

"Quem sou eu de fato? E o que sou? E para que eu sirvo?"

Kolia tentava adormecer. Impossível. Os pensamentos vinham, se aglomeravam na sua cabeça e dilaceravam seu coração. É preciso acabar com isso!...

Kolia desceu da cama cuidadosamente... Não havia ninguém... Não havia nenhum barulho... Tudo estava silencioso na casa... Apenas o relógio importunava, interrogador: quem é você? quem é você?

Kolia amarrou duas toalhas, fez um laço, prendeu uma ponta à maçaneta da janela...

Será preciso? É preciso? Ah, tomara que tudo termine logo... Não ver... Não ouvir... Não saber... Não sofrer... E a lua brilha...

Quem é você? O que é você? Quem é você? O que é você? O coração de Kolia batia inquieto e melancólico...

Ele enfiou a cabeça no laço e pulou. Parecia ter sido agarrado por duas mãos implacáveis em volta do pescoço. Não conseguia respirar. E de repente um raio quente e beatífico trespassou o seu coração e tudo se extinguiu...

Kolia voltou a si no chão: a toalha se desamarrara da maçaneta da janela e não o estrangulara completamente.

A lua seguia brilhando fria e impassível. Do mesmo jeito implacável e pontual o relógio tiquetaqueava... Era? Não era?... Kolia lembrou-se de tudo e não acreditava, e acreditava. Ele ergueu-se rapidamente e sentou-se na cama. Por um segundo sentiu algo como alegria por estar vivo e as sensações de vida, seu corpo, sua consciência, o colchão sob ele, o luar e o barulho do relógio encheram-no, de repente, de uma onda de coragem. Depois, o cansaço o dominou, uma fadiga mortal: ele começou a bocejar, abrindo largamente a boca; parecia que ia destroncar o queixo com esses imensos bocejos... Que tolice, pensava ele, observando-se, a morte esteve tão perto e agora eu bocejo, bocejo, como um animal... Meu Deus, que vontade de dormir!...

Kolia enrolou-se no cobertor, procurando esquecer tudo e dormiu como um morto, um sono de pedra.

Seguiram-se dias de novas meditações. Uma conclusão ficou clara para Kolia: era preciso amar as pessoas, protegê-las. Se não, acontece que as temos, não as protegemos e, ao perdê-las, choramos. Kolia tornou-se mais sério, deixou de caçoar dos companheiros, adquiriu uma sensibilidade doentia, em relação aos outros, tornou-se delicado ao extremo. Ele temia ofender, magoar — sem falar em fazer alguma malvadeza... E ao mesmo tempo sentia uma profunda necessidade de sintetizar os pensamentos dispersos e chegar a algumas certezas, adquirir o verdadeiro sentido da vida... Ele repassava os fragmentos de diferentes observações da vida que de uma maneira ou de outra o tocavam e não conseguia obter a resposta para seu ingênuo questionamento — e quantas outras pessoas se atormentam dessa maneira!... "Havia o egoísmo sensato" de Pisarev. Brilhante, arrebatador... Aparentemente, até científico... Sóbrio e orgulhoso. Mas e os heróis que caminhavam para a morte, como os mártires da ciência? E pessoas como Múcio Cévola e os heróis de Plutarco? E os bôeres? E os revolucionários? E Uriel Acosta? Não, alguma coisa está faltando aqui, afinal de contas. Que espécie de egoísmo racional poderia haver quando o próprio ego era uma fraude? O Evangelho diz: "Tem mais amor aquele que dá sua alma pelo outro..."

Claro que tudo isso é bobagem, essa história de que Cristo é Deus. Mas ele era o guia dos pobres no seu tempo. E será que lá não há bons pensamentos? Sim, mas será que se pode amar todas as pessoas? E o próprio Cristo não expulsou com açoite os vendilhões do templo? E por que amá-los, a estes canalhas? E depois, aquele sermão valorizando a pobreza é a negação do que é terrestre... Será que Heine não está correto nos seus *Contos de inverno*? Será que esta pregação não levou à vida monástica, ao ascetismo, ao surgimento de idiotas, como Simeon Stolpnik, à execução de bruxas e o diabo sabe lá a que mais?... E por outro lado, por que amar somente as pessoas? E os animais? Alguns cientistas, daqueles que não crêem em Deus, não afirmam que entre os europeus e os hutentotes ou qualquer outro habitante de tribos africanas existe mais diferenças do que entre este habitante e o chimpanzé? Afinal de contas, os gorilas são primos do homem... E tudo o que está vivo é aparentado, tudo pertence a uma grande família. Francisco de Assis dizia: "meu irmão é o vento, minha irmã é a noite..." Bem, suponho que isto tudo é bobagem: a deificação ou humanização da natureza. Religião, que ela vá para o inferno... E os budistas que pregam o amor a tudo que é vivo, pelos animais, flores, ervas? Onde vamos parar assim? Será que vamos ter de cuidar de uma pulga, ter medo de esmagar um pernilongo, como ensinam algumas seitas hindus? Ou somente não comer carne, "cadáveres" como dizia Tolstoi? Não dá para entender... É tudo tão confuso...

Pode ser que a resposta seja a ataraxia dos sábios da Grécia antiga. A serenidade, a indiferença? Mas eles se parecem mais com egoístas irracionais: cada qual obcecado com a sua própria virtude... E os outros não são atingidos por isso. É como se o único valor fosse você indicar com o dedo para si mesmo e dizer: "Ah, como sou bom! Ah, como sou virtuoso! Ah, como sou sábio!" Tolice, pura tolice... E isto não se parece com a teoria de não resistência ao mal de Tolstoi? Só ficar quieto, não fazer o mal, mas também não tocar em ninguém?

Kolia, de repente, lembrou-se de que em algum lugar havia lido o que a caseira alemã de Turguenev falou, certa vez, para o escritor: "Ei, Ivan Sergueevitch, não precisa ser triste, *mann soll nicht traurig sein*: viver é como ser uma mosca, um inseto detestável! O que fazer! Temos que suportar!..." Aquele "inseto..." era até bom, pensava Kolia... Tudo é mais como um horror, um inferno e não um "inseto..." Não, não podemos justamente suportar nada. Não se pode suportar... Qual foi a citação de Marx que Tocia me leu antes de sua morte? Soa como um sino... Tenho que procurar... Ler de novo...

Certa vez, Kolia estava sentado tranqüilo, sozinho, e lia Dostoievski. E, de repente, leu um trecho que o emocionou lá no fundo de sua alma. Era o trecho do livro *Adolescente*, onde é descrito como as pessoas que perderam a crença em Deus e na eternidade da alma, vão se sentir, no futuro, sem essa confortável e milenar crença:

"Tornados órfãos, os homens aproximar-se-iam logo uns dos outros, mais estreitamente e mais afetuosamente; tomar-se-iam pelas mãos, compreendendo que doravante eles seriam tudo, uns para os outros. A grande idéia da imortalidade desaparecera e seria preciso substituí-la; todo esse grande excesso de amor para com Aquele que era também a imortalidade desviar-se-ia para a natureza, para o mundo, para os homens, para cada haste de capim. Tomar-se-iam de amores pela terra e pela vida, e na medida em que eles se convencessem de sua natureza transitória e limitada, não teriam mais nada a ver com o amor que sentiam antes, mas com um amor novo e especial. Começariam a descobrir na natureza fenômenos e mistérios até agora insuspeitos, porque agora olhariam a natureza com um novo olhar, com um olhar de amante para sua bem-amada. Despertariam e apressar-se-iam em abraçar-se mutuamente, ávidos de se amarem, sabendo que seus dias eram efêmeros e que tudo o que lhes restava era amar. Trabalhariam uns para os outros e cada qual daria tudo a todos e com isso sentir-se-ia feliz. Cada criança saberia e sentiria que todo homem na Terra seria para ela um pai e uma mãe. 'Pode ser que amanhã seja meu derradeiro dia' diria cada qual a si mesmo, olhando o sol poente. 'Morrerei, mas pouco importa: eles ficarão, todos, e após eles, seus filhos.' 'E este pensamento de que os outros ficarão, continuando a amar-se e preocupar-se uns pelos outros, substituiria a idéia do reencontro além-túmulo. Oh! quanto se apressariam em amar, para afogar o grande pesar de seus corações! Seriam orgulhosos e ousados para si mesmos, mas tímidos para os outros; cada qual se sentiria responsável pela vida e pela felicidade do outro. Tornar-se-iam ternos uns para com os outros e não teriam vergonha, como hoje, de acariciar-se mutuamente, como crianças. Ao encontrar-se, olhar-se-iam com um olhar profundo e cheio de significado e compreensão e nesses olhares haveria amor e pesar."

Kolia leu este trecho sem interrupção. Sua cabeça queimava... Ele tinha encontrado uma saída! E sem Deus! Como era bom e como era claro!...

Dostoievski tocou nas cordas mais sensíveis de Kolia e todas elas agora soavam, e ele já podia ouvir a maravilhosa e miraculosa música celestial que descia na terra... Mas como isto aconteceria? Os sofrimentos e as dúvidas tomaram conta dele novamente... Tudo isto estava no futuro, quando as pessoas fossem melhores... E perante Kolia surgiram imediatamente os Araktcheev, os Saltitchikh, os carrascos, os czares terríveis, os opressores impiedosos... Não, ainda era preciso limpar a terra dessa gente. "Quem não conhece a tristeza e o ódio não ama a sua pátria..." E não era realmente assim? Ele lembrou-se mais uma vez das palavras que Tocia falou antes da morte. E, além disso, ainda falam e escrevem sobre Kant... Preciso ver o que é isso, saber o que significa.

Kolia, já há muito tempo, não perguntava nada para os adultos e procurava obter as respostas por conta própria. Na biblioteca do ginásio, ele folheava a Enciclopédia de Brockhaus e Efron, tirando de lá várias informações. Mas quando chegou em Kant, não entendeu nada, mas nada mesmo: os "idealismo transcendental", "numena", "fenômenos", "antinomias", "categorias" começaram a dançar em sua cabeça como monstros enigmáticos... Ele conseguiu captar algo sobre "o homem como um fim em si mesmo" e alguma coisa sobre "o imperativo categórico"... Mas o imperativo categórico lhe pareceu uma tripa vazia, dentro da qual se podia colocar qualquer coisa — não havia nada vital que fornecesse respostas vivas a questões vivas... Mas podia ser que ele é que não compreendesse nada... Que ele é que tivesse as tripas vazias... — com tristeza pensava Kolia, e as páginas dos livros lhe pareceram um código complicado que ele jamais decifraria..

Os feriados natalinos, Kolia resolveu passar na casa de Georgi Antonitch. O desgosto estava corroendo sua alma como ferrugem, tudo lhe lembrava seu segredo doloroso. Ele queria mudar de lugar, pelo menos durante algum tempo, descansar, pensar melhor nas aflições penosas. Ele estava se recuperando, mas se recuperava devagar e sentia isso...

No ginásio, Borka Balachin estudava com ele. Com a mãe deste menino, na casa dela, vivia Georgi Antonitch, sem as bênçãos do sacramento religioso. Isso agradava muito a Kolia e inspirava-lhe um grande respeito pelo tio que ele defendia furiosamente dos ataques da avó virtuosa, Agnia Ivanovna, e também de algumas observações ocasionais feitas por sua própria mãe. Borka era interno no pensionato do ginásio e, como quase todos os alunos das rígidas instituições escolares do governo, ele via coragem em se engajar nas formas específicas de depravação praticadas no ginásio, ainda que de pequeno calibre. Em geral, ele por natureza era bondoso, não era muito capaz, e nem muito bem-dotado. Junto com ele iam mais dois ginasianos, filhos de um fazendeiro empobrecido, Glotov. Foi nesta companhia que Kolia viajou.

Na estrada, à noite, os ginasianos puseram-se a cochichar misteriosamente... Kolia cochilava...

— E o copo, vocês têm?

— Temos.

— E o saca-rolhas?

— O saca-rolhas, diabo, esqueci. Vou pedir para o condutor...

— Não fica bem...

— Besteira! Dou a ele uma moeda de dez copeques e tudo vai ficar ótimo. Quem é você? Uma moça? É bobo ou da aldeia?

— Está bem, está bem, faça como quiser.

Kolia arregalou os olhos. Os Glotov estavam desembrulhando uma garrafa de vodca e uma garrafa de vinho. Em frente a eles estava um salame inteiro, pão, algumas maçãs e pepinos salgados...

— Ah, acordou?

— Eu não estava dormindo...

Borka voltava vitorioso com o saca-rolhas. O vagão estava quase todo escuro. Os condutores economizavam velas, no único lampião ardia um foguinho grosso e pequeno, rodeado por todos os lados de estalactites de estearina.

Borka, com habilidade, tirou a rolha da garrafa de vodca e ao mesmo tempo o mais velho dos Glotov sacou a rolha do vinho. A vodca, chacoalhada e com bolhas espumantes, foi servida em xícaras de chá. Bebiam de um só gole e comiam os tira-gostos.

— E você, Kolka? Não quer?

— Não vou tomar vodca...

— Sirvam o vinho... Ele é erudito... Como é, Micha, em francês?... Sobre 'o que temos que beber'...

— *Le vin est tiré, il faut le boire.*

— Isso, isso... *Le vin est tiré*, então não faça caretas.

— Está bem, sirvam o vinho...

Kolia sentia vergonha por diversas razões: porque bebiam, de certa forma, como ladrões, furtivamente e às escondidas; porque simplesmente bebiam; também porque lhe faltavam independência e caráter suficiente e ele, como um cãozinho na coleira, ia para onde o guiavam; e finalmente porque esta bebedeira furtiva contrariava todos os sentimentos complicados com os quais Kolia andava preocupado nos últimos tempos... Por falta de hábito, sua cabeça girava, apenas com meio copo de vinho, começou a rodar, pelo corpo passavam filetes de fogo e ele sentia sono... Girava o lampião, o Borka... Cheirava a fuligem e vodca... Kolia enrolou-se de cabeça no capote e logo começou a sonhar que estava abanando os braços e sobrevoando os bosques, os barrancos e os campos... O vento batia em seu rosto... Sentia-se leve e livre...

— Ah, Kolia! Salve, salve. — Georgii Antonitch recebeu pela manhã o recém-chegado Petrov. — Faz tempo que não o via... Como está? Vamos tomar chá. Como está Ivanuchka? E Liubov Ivanovna?... Mas por que está tão azedo? Não estou te reconhecendo?

— Não sei. Não estou azedo. Não há nada de especial lá em casa. O senhor não ficou muito chateado por eu ter vindo sem avisar?

— O que é isso, meu querido? Estou muito feliz! Só que eu, isso é uma pena, tenho que correr.

Na sala, entrou Anna Ivanovna Balachina, uma loira encorpada, de seus 35 anos, com um rosto de traços bem-feitos, olhos azuis e levemente maquiada.

— Este é meu sobrinho Kolia. Anna Ivanovna, por favor, ofereça alguma coisa para ele que tenho que correr... E Boris, onde está?

— Virá depois. Ele deitou e dormiu — disse Anna Ivanovna lançando o olhar para Kolia...

Ela revelou-se bastante instruída e com pontos de vista bastante radicais. O seu radicalismo vinha, até certo ponto, dos pesos da vida familiar do passado com o ex-marido, um oficial, que não quis lhe dar o divórcio formal. Do lado de sua mãe, Emilia Andreevna — uma alemã muito inteligente, ela herdou um temperamento e vontade fortes apesar de se caracterizar por uma explosividade indomável: comentava-se na cidade que certa vez ela até havia atirado em Georgi Antonitch, por ciúmes, só que não acertara — a bala passou perto da orelha esquerda dele e entrou na parede de madeira... Kolia também ouviu falar disso e não era só por curiosidade que olhava para ela: nada revelava as paixões ardentes como uma ruguinha estranha e profunda no intercílio e uma certa reserva na fala, nas maneiras contidas, na mímica e gestos de suas mãos rosadas e gordas.

— Se terminou, Kolia, vamos que lhe mostro o seu quarto...

— Está bem. Obrigado.

Anna Ivanovna o levou para um quarto claro, com uma janela bem grande, onde todo o chão estava coberto de peras! O quarto estava tomado pelo cheiro agradável e específico de um pomar outonal, das folhas, dos frutos, da terra. Para lá da janela a neve branqueava, os vidros estavam cobertos de desenhos feitos pelo gelo, bem perto da janela via-se um "pirulito" grosso e enroscado de gelo que brilhava no frio sol invernal. E era por isso que este forte cheiro de pêra parecia especialmente agradável...

— Desculpe, Kolia, por favor, pelas peras...

— Nada disso, nada disso! É até agradável, por Deus... O cheiro é maravilhoso e o gosto, provavelmente, também...

E assim Kolia instalou-se durante os feriados na casa de seu tio. O dia foi indolente: sentia sono, o cansaço fazia doer seu corpo e a cabeça. À noite, resolveram ir ao circo com Boris. O circo ocupava um prédio velho de pedras que parecia mais com uma estalagem e ficava bem ao lado do rio. Por lá, circulava uma multidão de pessoas diferentes, uns desciam de trenó da ribanceira do rio, outros organizavam lutas de pugilistas no gelo, as pessoas gritavam, urravam, faziam algazarra e se divertiam. Os meninos, os adultos, o *bel-mond* provinciano, as damas, os rapazes e as moças, os empregados, os mujiques das aldeias vizinhas se empurravam, corriam ou passeavam calmamente — cada um a seu modo. Na esquina do prédio havia um poste meio torto de madeira com uma lâmpada de querosene, que piscava cegamente com seu olho amarelo, no escuro azul noturno. No poste, fora colado um cartaz colorido chamando atenção para a programação do circo. Bem na entrada estava um jovem com um vazeirão, num traje extraordinário, com uma cartola na cabeça que gritava frenético:

> Toque o primeiro sinal.
> A apresentação vai começar.
> Venham! Venham! Todos são convidados!
> Pare, pedestre! Pare!
> Venham admirar nossa maravilha.
> Senhorita-sirigaita,
> Mulheres-tagarelas,

Velhinhas-cozinheiras,
Soldados-praças,
Velhos-resmungões,
Corcundas, carecas,
Das fileiras de trás se aproximem!
Dirijam-se aos caixas!
Comprem o ingresso por dez copeques,
Entrem rápido no circo!

— Vejam só, está sendo comido por moscas e pernilongos, porém não cabe em si de alegria! — balançando a cabeça, comentou um homem de casaco de pele de ovelha.

— E o que ele pode fazer? Sabe gritar: chama o público...

— Fedia, me dê cinco copeques, me faltam cinco copeques... — eu te devolvo no domingo... se quiser até seis copeques. Ah! — correndo e tropeçando, gritou um menino para seu colega.

— Não quer mais nada, não? Me devolva sete...

— Pão-duro!

Ao lado do poste, um mujique de capote soletrava:

— E-qui-li-bris-ta... E isso que será agora?

— Vá saber?

— A-tra-ção cô-mi-ca... Veja que coisa... E para quem escrevem, os canalhas?

— E vocês, são carpinteiros?

— Carpinteiros... Carpinteiro, sim, mas não entendemos bulhufas.

— Pergunte aquele do casaco de pele... o de óculos...

— Para o inferno com eles...

— Por que essa gente toda aqui?

— É o circo.

— Vejam só, canibais de um olho só, que papel grudaram aqui!

Kolia e Boris se enfiaram no meio da multidão e entraram no circo. De imediato, o cheiro bolorento de esterco e de suor dos cavalos os envolveu. As pessoas, com casacos de inverno estavam sentadas e de pé. A apresentação já havia começado e ouvia-se o estalido do açoite, o tapa na cara dos palhaços e os gritos estridentes de um ruivo. Havia engolidores de espadas; o cachorro inteligente que contava os números até dez; uma macaca careca de óculos, com um jornal nas mãos, sentada em um penico, provocava uma alegria autêntica e até entusiasmo na platéia. O público aplaudia animadamente, principalmente os números bem-sucedidos. Estava muito abafado e por isso Kolia lembrou-se daquela noite horrorosa, quando ele apenas por um acaso se salvou da forca. E de repente o circo inteiro — o público, os palhaços, o ganso adestrado, o cachorrinho que dançava nas patas traseiras — começou a voar para um lugar distante... Os pensamentos de Kolia estavam longe, longe...

— O que foi, você dormiu, é? Olhe, escute! — Boris cochichava bem na concha de seu ouvido...

Em cena, estavam dois homens: um fantasiado como francês e o outro parecia um zelador, ou um policial, ou um sargento: parecia e não estar de uniforme, não dava para identificar, porém o sentido se entendia.

Kolia, voltando a si, escutou... Os artistas do circo falavam alternadamente:

— Em francês dizem *le savon...*

— Em russo, sabonete.

— Os franceses dizem *mille pardons.*

— E os russos no focinho.

— Em francês é *royale.*

— E aqui temos sanfona.

— Os franceses dizem *étoile.*

— E nós temos a boneca Matrioshka.

— Todos os franceses dizem *salat.*

— Nós temos *zakuska* (tira-gosto).

— Em francês dizem *promenade.*

— Nós dizemos *kutuzka* (cadeia)...

O público soltou uma gargalhada. Os aplausos estrepitaram...

— Em francês dizem *société.*

— E em russo dizemos *chaika* (gangue).

— Os franceses dizem *liberté.*

— E nós *nagaika* (chicote).

A agitação do público aumentou. Agora todo "auditório" batia palmas e gritava sem parar.

Os artista continuaram impassivelmente:

— Para os franceses é tudo *fromage.*

— E para nós garrafa.

— Em francês dizem *le voyage.*

— Em russo é exílio.

— Em francês dizem *dilettante.*

— E para nós é *liubitel* (amador ou amante).

— Para os franceses é *intendant.*

— Para nós *grabitel* (ladrão).

Nesta hora todos já estavam exaltados. Voaram para cima os chapéus, os gorros, as luvas. "Bravo!" "Formidável!" "Muito bem!" "Assim mesmo, acertem a narina esquerda!"

O agente de polícia se aproximou do organizador do evento e, após cochichar algo em seu ouvido, o levou para trás do palco. O público reclamava, mas logo se acalmou. Ouviam-se alguns gritos:

— Que pouca vergonha?! O que ele quer?

— Abaixo os arenques! — gritou uma voz jovem e fanhosa de alguém.

Alguns minutos depois apareceu o organizador, pálido como um lençol.

— Peço desculpas. Por motivos que independem de nós, a apresentação está encerrada... Peço, por favor... Peço, por favor, ao honrado público... que se disperse com calma...

— Malditos tiranos... — resmungou uma velha com um lenço de lã na cabeça.

— Não gostaram. A verdade faz os olhos arderem... — respondeu um artesão.

— É uma arbitrariedade revoltante! — brilharam as lentes do pincenê.

Mas mesmo assim, o público se dispersou. No dia seguinte, o circo com todo o seu pessoal foi expulso da cidade... Em compensação, houve um monte de comentários sobre o incidente e as palavras "*grabitel*", "*chaika*" etc. voaram aladas para todos os lados. É claro que o público não entendia "francês", mas, em compensação, os epítetos russos ele assimilava otimamente bem, e isso era o suficiente para sacudir centenas de pessoas que, com ódio, zombavam dos governantes, sem chegar, é claro, nos de lá de cima, mas já sem sentir aquele medo sagrado que, nos tempos passados, a pessoa da classe média sentia até mesmo diante de um simples sentinela.

Em Kolia, a cena no circo deixou uma profunda impressão. Pela primeira vez, viu com os próprios olhos como se faz "a coisa"... "É, pensava, "a idéia do amor universal há de esperar um pouco... Não podemos nos jogar com beijos no inspetor de polícia... Estes filhos da puta!" Kolia foi tomado cada vez mais pelo sentimento de protesto — desejava fazer algo, ir para algum lugar. Mas o que fazer? Para onde ir?

Mas por enquanto, de manhã bem cedo, ele e Boris foram para o bosque e Boria levou a sua espingarda. Fazia um dia suave e nublado de inverno. A floresta de pinheiros estava sombria. Os esquis deslizavam suavemente pela neve. No bosque, havia silêncio. Somente, às vezes, soava um leve estalo e, de uma hora para outra, caía um monte de neve de cima de um galho de pinheiro, penetrando na inocente manta branca e salpicando-a com a minúscula poeira de neve. Na neve havia rastros: aqui passara pulando um coelho — dois e um, dois e um... Aqui um rato-do-campo deixou suas marcas, como um fiozinho... E ali foi uma doninha ou um arminho... "Si-si-si", piavam os pequeninos crista-dourada, pulando de galho em galho e batendo as asinhas... Caiu suavemente um bolo de neve do arbusto em que esbarraram e em seguida, balançando, o galho tornou-se preto no fundo branco... Um pássaro-trepador acizentado desceu da bétula até a raiz e, em espiral, subiu de novo pelo tronco, apoiando-se no rabo e ajudando, às vezes, com as asas... Bang! — ouviu-se de repente, aparecendo uma baforada de fumaça... Boris atirara. Na neve, surgiu uma pequena bolinha cinza... Kolia apanhou o passarinho morto. Ele fora dilacerado pelo chumbinho, mas aquela bolinha estraçalhada ainda conservava o calor da vida que se fora.

— Por que, diabos, você o matou?

— O que é isso?

— Um pássaro-trepador.

— Só queria testar o alvo da espingarda.

Silêncio.

Kolia pensava sobre suas coisas, novamente, sobre as mesmas de antes... Qual era a diferença entre aquele pássaro e o ser humano? Nenhuma. Existia uma vida — acabou-se a vida. E os nossos descendentes? Seria como Dostoievski os descreveu? Mas as pessoas também morrerão um dia... E morrerá a Terra, nosso velho e querido planeta, e na imensidão infinita vai permanecer o seu cadáver, onde qualquer vida se apagou, até ser lançado por alguma força gigantesca da gravidade para novas esferas e cair no peito ardente de algum poderoso e brilhante sol... E do caos, nascerá uma nova vida, como surgiu antes... Mas como era bom estar vivo!

— Kolka, você enlouqueceu? Vai tropeçar em um toco e cair no fundo do barranco! Hum! Você está muito esquisito...

— Você é que é muito estranho — resmungou Kolia, virando os esquis bruscamente.

Molhados e suados chegaram à casa. Nos cômodos, parecia estar quente e abafado. Tiraram os casacos e deitaram-se...

— Kolka!

— O quê?

— Vamos beber...

— Deixe-me em paz...

— Vamos!

Boris deslizou da cama (para fazer companhia um ao outro, os dois se acomodaram no quarto de Kolia) e puxou o companheiro pelo colarinho até a sala de jantar. Lá, como manda a antiga tradição, pois era Natal, a mesa estava posta; na mesa havia garrafinhas com vodca, licores de frutas preparados em casa e vinhos: vinho do Porto, Madeira, xerez, um grande pernil estava na travessa; salmão defumado, sardinhas, *sprats* e cogumelos de vários tipos, em conserva — brancos, fungos de bétula e álamo; boleto, *shiitake* com molho de açafrão; uma *kulebiaka*, torta de carne, peixe e vegetais, coberta com guardanapo; pepininhos em conserva, pequenos e delicados, estavam na molheira — uma comilança abençoada que animava qualquer paladar.

Borka tomou de um só gole um cálice de vodca e encheu a boca de *kulebiaka*, enfiando também na boca, um pouco de caviar, com os dedos, e cantou uma paródia da canção religiosa:

Santificado seja,
Enquanto assa,
Abençoado pastel.
Em você reluzem
Três potes de geléia branca.

— E você? Beba pelo menos vinho do Porto... Eu sirvo!

— Um pouquinho... Ei, o que você está colocando no copo?

— Não importa, vai cair bem. Tudo vai se misturar aqui. — gargalhou Boris, batendo em sua barriga magra.

Kolia bebeu o doce vinho do Porto e ficou alegre...

— Chega... Pegue as coisas boas aos poucos... Vamos agora para a rua.

— Outra vez? Mas chegamos há pouco tempo...

— Vamos...

Eles saíram sem o capote para esquiar em esquis de corrida. A cabeça de Kolia estava um pouquinho pesada, ele fazia caretas, jogava neve, cantava, assobiava com os dois dedos como Solovei, o bandido, caía de costas abrindo os braços, para que ficasse carimbada fundo a marca humana na neve, e ao mesmo tempo pensava como era estranho o ser humano e como ele mesmo, Kolia, ficara alegre com meio copo de vinho, tirando por algum tempo da cabeça os pensamentos perturbadores, como se fossem cogumelos da cesta.

— Kolia! Boris! Vocês ficaram doidos! O que é isso, correndo no frio sem capotes? Estão cansados da vida? Saibam que para isso temos outros métodos mais modernos do que este — atirou nos meninos Georgi Antonitch, quando eles, refrescados pelo forte ar frio, se remexiam na entrada da casa, tirando as galochas e sacudindo a neve.

— Nós estávamos só...

— "Nós", "nós"... Para dentro! Marchem! Bebam um chá quente com conhaque...

— Faremos isso com prazer... Com conhaque e com prazer — ecoou Borka, sentando-se à mesa.

— É plágio — sorriu Kolia —, ou algo muito parecido...

— Por quê? — perguntou Georgi Antonitch, com o pincenês brilhando sob o abajur e olhando de vez em quando por cima das lentes, o que o deixava com um ar sério. Paf-paf-paf... soltava fumaça com seu cigarro, em forma de anéis...

— Porque há, tio Georgi, um famoso jogo de palavras, algo assim: "A chuva vinha e dois estudantes seguiam/ Um de casaco e o outro para a universidade/ Um chamava-se Ivan, o outro tinha sido chamado para o aniversário."

— Onde foi que você adquiriu esta sabedoria toda?

— Lá no ginásio... Sabe...

E Kolia começou a tirar, como se fosse de um saco, as suas reservas de trocadilhos, dos quais tio Georgi gostava muito. Chegaram Anna Ivanovna e sua mãe, uma pequena velhinha seca, com uma grande testa enrugada, cabelos grisalhos atados em uma trança, olhos cinzentos inteligentes e uma boca severa que quase podia ser representada com uma linha fina... Todos riam alegremente das histórias de Kolia e ele já se soltara como um cavalo sem rédeas: o passeio, o vinho bebido, o evidente sucesso de suas histórias o deixaram tão excitado que ele, sem perceber, já ultrapassava a fronteira do comportamento tradicional e, para chocar totalmente o respeitado grupo, recitou enfaticamente o poema "Carniça", de Baudelaire...

— *Schrecklich!... Das ist doch eine Schweinerei... Und Sei...* (Horrível. Isso é uma grande porcaria... E você...) — falou Emilia Andreevna, dirigindo-se a Kolia. — *So jung und so verdorben!...* (Tão jovem e tão depravado!...) Ela se levantou da mesa e saiu acintosamente...

Caiu um silêncio terrível. O ímpeto deixou Kolia momentaneamente. Ele se encolheu e sentiu um nó na garganta. Não sabia o que fazer... Nunca lhe havia passado pela cabeça magoar Emilia Andreevna. Ele conversou com ela uma vez e se impressionou com sua inteligência e conhecimento literário. E agora, de repente — pumba! Ele caíra no seu conceito. E de uma maneira inesperada... Ele sentia muita amargura e estava aborrecido consigo mesmo.

[O manuscrito foi interrompido aqui.]

ÍNDICE DE PERSONAGENS

Acosta, Uriel (1585-1640) pensador racionalista nascido em Portugal que se tornou um exemplo de intolerância entre os judeus, pois foi perseguido por sua própria comunidade religiosa. Precursor do filósofo Espinoza.

Azef, Evno Fichelevitch (1869-1918) um dos fundadores e líder do partido dos socialistas revolucionários. Líder de vários atos terroristas.

Bakunin, Mikhail Aleksandrovitch (1814-1876) um dos ideólogos dos *narodniki* e do anarquismo.

Balmachov, Stepan Valerianovitch (1881-1902) estudante, socialista revolucionário. Em 2 de abril de 1902 assassinou o ministro do interior da Rússia Dimitri S. Sipiaguin. Foi enforcado.

Barkov, Ivan Semionovitch (1732-1768) poeta russo.

Beli, Andrei (pseudônimo de Boris Nikolaievitch Bugaev) (1880-1934) escritor russo, um dos líderes do simbolismo russo.

Belinski, Vissarion Grigorievitch (1811-1848) crítico literário russo.

Berdiaev, Nikolai Aleksandrovitch (1874-1948) filósofo religioso russo.

Blok, Aleksandr Aleksandrovitch (1880-1921) poeta russo.

Bogdanovitch, Ippolit Fiodorovitch (1744-1803) poeta russo.

Brehm, Ludwig (1787-1864) ornitologista alemão

Briusov, Valeri Iakovlevitch (1873-1924) poeta, fundador do simbolismo russo.

Bulgakov, Serguei Nikolaievitch (1871-1944) economista, filósofo e teólogo.

Chedrin (Saltikov-Chedrin), Mikhail Evgrafovitch (1826-1889) escritor russo de sátiras.

Danilevski, Nikolai Iakovlevitch (1822-1885) publicista e sociólogo russo.

Derzhavin, Gavrila Romanovitch (1743-1816) poeta russo, precursor do classicismo russo.

Fet, Afanasi Afanasievitch (1820-1892) poeta lírico russo.

Garchin, Vsevolod Mikhailovitch (1855-1888) escritor russo.

Gogol, Nikolai Vasilevitch (1809-1852) escritor russo.

Gorki, Máximo (pseudônimo de Aleksei Maksimovitch Pechkov) (1868-1936) escritor russo.

Griboedov, Aleksandr Sergueevitch (1795-1829) escritor e diplomata russo.

Hertsen, Aleksandr Ivanovitch (1812-1870) revolucionário russo, escritor e filósofo.

Kaigorodov, Dmitri Nikiforovitch (1846-1924) difusor das ciências naturais.

Kholodkovski, Nikolai Aleksandrovitch (1858-1921) zoólogo e poeta tradutor russo.

Korch, Valentin Fiodorovitch (1828-1883) filólogo, historiador literário russo.

Korolenko, Vladimir Galaktionovitch (1853-1921) escritor e publicista russo.

Kostomarov, Nikolai Ivanovitch (1817-1885) historiador e escritor russo.

Kotliarevski, Ivan Petrovitch (1769-1838) escritor ucraniano.

Kruchevan, Pavel Andreevitch (1860-1909) jornalista, fundador do jornal antisemita *Znamia*; deputado da Duma por Kichiniov.

Lavrov, Petr Lavrovitch (1823-1900) filósofo, sociólogo e publicista russo.

Lermontov, Mikhail Iurievitch (1814-1841) poeta russo.

Lopatin, Lev Mikhailovitch (1855-1920) filosofo e psicólogo russo.

Lopukhin, Aleksei Aleksandrovitch (1864-1928) um dos líderes das investigações na Rússia, diretor do departamento de polícia.

Mamin-Sibiriak, Dmitri Narkisovitch (1852-1912) escritor russo.

Mikhailovski, Nikolai Konstantinovitch (1842-1904) sociólogo e crítico literário russo. Membro da corrente *narodniki.*

Morozov, Savva (1862-1905) empreendedor russo.

Nekrasov, Nikolai Aleksandrovitch (1821-1877/78) poeta russo.

Niemirovitch-Dantchenko, Vasili Ivanovitch (1848/49-1936) escritor russo.

Nordau, Max (1849-1923) autor alemão de trabalhos sobre filosofia e psicologia, um dos fundadores do sionismo.

Pisarev, Dmitri Ivanovitch (1840-1868) publicista e crítico literário.

Plekhanov, Georgi Valentinovitch (1856-1918) ativista político, filósofo e teórico marxista russo.

Pleve, Viatcheslav Konstantinovitch (1846-1904) ministro do Interior e chefe do departamento de gendarmes.

Prutkov, Kozma pseudônimo coletivo sob o qual assinavam, nos anos 1850-60, os poetas K. Tolstoi e os irmãos Zhemtchuzhnikov.

Pustosviat, Nikita (?-1682) importante escritor e orador adepto da velha crença; considerado pela igreja como "santo oco".

Repin, Ilia Efimovitch (1844-1930) pintor russo.

Rileev, Kondrati Fiodorovitch (1795-1826) poeta, desembrista.

Sipiaguin, Dmitri Sergueevitch (1853-1902) ministro do Interior da Rússia (desde 1900).

Soloviov, Vladimir Sergueevitch (1853-1900) filósofo religioso russo, poeta e publicista.

Struve, Petr Berngardovitch (1870-1944) ativista político, filósofo, economista, historiador e publicista.

Surikov, Vasili Ivanovitch (1848-1916) pintor russo.

Tchaadaev, Petr Iakovlevitch (1794-1856) pensador russo e publicista.

Tchekhov, Anton Pavlovitch (1860-1904) escritor russo

Tchernichevski, Nikolai Gavrilovitch (1828-1889) publicista, crítico literário, escritor.

Tchernov, Victor Mikhailovitch (1873-1952) um dos fundadores do partido dos socialistas revolucionários.

Timiriazev, Klimenti Arcadevitch (1843-1920) um dos fundadores da escola científica russa de fisiologia.

Tiutchev, Fiodor Ivanovitch (1803-1873) poeta russo.

Tolstoi, Aleksei Nikolaievitch (1882/83-1945) conde, escritor russo.

Tolstoi, Conde Dmitri Andreevitch (1823-1889) ativista governamental e historiador.

Tolstoi, Lev Nikolaievitch (1828-1910) conde, escritor russo.

Trubetskoi, Evgueni (príncipe) (1863-1920) filósofo religioso russo.

Trubetskoi, Serguei Nikolaievitch (príncipe) (1862-1905) filósofo religioso russo, ativista político.

Tugan-Baranovski, Mikhail Ivanovitch (1865-1919) economista, historiador, um dos representantes do "marxismo legal".

Turguenev, Ivan Sergueevitch (1818-1883) escritor russo.

Vorontsov, Vasili Pavlovitch (1847-1918) economista e sociólogo, um dos idealizadores dos *narodniki* liberais.

Vrubel, Mikhail Aleksandrovitch (1856-1910) pintor russo.

A tradução deste livro foi um verdadeiro desafio.

Devo agradecer a Luciana por ter confiado em meu trabalho, me entregando a tradução das memórias de Nikolai Bukharin.

Dedico este trabalho a minha querida irmã e amiga Ermelinda que me ajudou a enfrentar e superar todas as dificuldades que encontrei no processo de tradução.

Agradeço de forma muito especial ao meu professor de português, Francisco José, que com carinho e seriedade me auxiliou na revisão. Obrigada ao meu aluno de russo, Carlos Frederico, que com paciência ouviu e discutiu comigo o emprego de determinadas palavras e alguns termos.

Obrigada a Helena Jebit pela ajuda imprescindível com seus conhecimentos e livros que colocou à minha disposição para pesquisa.

Zoia Prestes

Este livro foi composto na tipologia Minion,
em corpo 11,5/15,5, e impresso em papel
off-set 75g/m² no Sistema Cameron da
Divisão Gráfica da Distribuidora Record